UMBERTO ECO

El cementerio de Praga

Umberto Eco, ensayista italiano de renombre internacional y profesor en la Universidad de Bolonia, hizo su entrada triunfal en el mundo de la ficción hace treinta años con *El nombre de la rosa*, una novela que lo convirtió en un autor admirado tanto por la crítica como por el gran público. A este primer éxito siguieron *El péndulo de Foucault*, *La isla del día de antes*, *Baudolino* y *La misteriosa llama de la reina Loana*.

El cementerio de Praga

El cementerio de Praga

UMBERTO ECO

Traducción de Helena Lozano Miralles

Vintage Español
Una división de Random House, Inc.
Nueva York

PRIMERA EDICIÓN VINTAGE ESPAÑOL, MAYO 2011

Biblioteca del Congreso de los Estados Unidos
Información de catalogación de publicaciones:
Eco, Umberto.
[Cimitero di Praga. Spanish]
El cementerio de Praga / by Umberto Eco; traducción de Helena Lozano Miralles.—Primera edición Vintage Español.
p. cm.
ISBN 978-0-307-74511-8
I. Lozano Miralles, Helena. II. Title.
PQ4865.C6C4618 2011
853'.914—dc22
2011004105

www.vintageespanol.com

Impreso en los Estados Unidos de América
10 9 8 7 6 5 4 3 2 1

… Puesto que los episodios también son necesarios, es más, constituyen la parte principal de un relato histórico, hemos introducido el ajusticiamiento de cien ciudadanos llevados a la horca en la plaza pública, la de dos frailes quemados vivos, la aparición de un cometa, descripciones todas ellas que valen las de cien torneos, y que tienen la virtud de desviar sobremanera la mente del lector del hecho principal.

CARLO TENCA, *La ca' dei cani*

1

El viandante que esa gris mañana

El viandante que esa gris mañana de marzo de 1897 hubiera cruzado, a sabiendas de lo que hacía, la place Maubert, o la Maub, como la llamaban los maleantes (antaño, en la Edad Media, centro de vida universitaria, cuando acogía la algarabía de estudiantes que frecuentaban la Facultad de las Artes en el *Vicus Stramineus* o rue du Fouarre y, más tarde, emplazamiento de la ejecución capital de apóstoles del librepensamiento como Étienne Dolet), se habría encontrado en uno de los pocos lugares de París exonerado de los derribos del barón Haussmann, entre una maraña de callejones apestosos, cortados en dos sectores por el curso del Bièvre, que en esa zona todavía emergía de las entrañas de la metrópolis a las que fuera relegado desde hacía tiempo, para arrojarse con estertores febriles y verminosos en el cercanísimo Sena. De la place Maubert, ya desfigurada por el boulevard Saint-Germain, salía una telaraña de callejas como rue Maître Albert, rue Saint-Séverin, rue Galande, rue de la Bûcherie, rue Saint-Julien-le-Pauvre, hasta rue de la Huchette, salpicadas de posadas regentadas por auverneses, hoteleros de legendaria codicia, que pedían un franco por la primera noche y cuarenta céntimos por las siguientes (más veinte perras si uno también quería una sábana).

Si luego nuestro paseante hubiera embocado la que en el futuro sería la rue Sauton pero que en aquel entonces seguía siendo rue d'Amboise, hacia la mitad de esa calle, entre un burdel camuflado de *brasserie* y una taberna donde se servía, con pésimo vino, un almuerzo de dos perras (en aquella época bastante barato, pero eso era lo que se podían permitir los estudiantes de la no lejana Sorbona), habría encontrado un *impasse* o callejón sin salida, que ya por aquel entonces se llamaba impasse Maubert, pero antes de 1865 se llamaba cul-de-sac d'Amboise y aún antes cobijaba un *tapis-franc* (en el lenguaje del hampa, un garito, un figón de ínfimo rango, que solía ser regentado por un ex presidiario y lo frecuentaban forzados recién salidos de gayola) y, además, era tristemente famoso porque en el siglo XVIII amparaba el laboratorio de tres célebres envenenadoras, a quienes un día hallaron asfixiadas por las exhalaciones de las sustancias mortales que destilaban en sus hornillos.

En medio de ese callejón pasaba completamente desapercibido el escaparate de un baratillero que un rótulo descolorido encomiaba como «Brocantage de Qualité»; escaparate apenas transparente por el polvo espeso que ensuciaba los cristales, que a su vez dejaban ver un sí es no es de los géneros expuestos en su interior, puesto que cada uno de esos cristales era poco más que un cuadrado de veinte centímetros de lado, unidos por un bastidor de madera. Junto a ese escaparate, nuestro viandante habría visto una puerta, siempre cerrada, con un letrero, al lado del cordel de un timbre, que avisaba de que el propietario estaba temporalmente ausente.

Que si luego, como sucedía raramente, se hubiera abierto la puerta, quien hubiera entrado habría visto a la incierta luz que iluminaba ese antro, dispuestos en unas pocas estanterías tambaleantes y sobre algunas mesas igual de inseguras, una congerie de objetos que a primera vista resultaban apetecibles, pero que tras una inspección más cuidadosa habrían de revelarse completamente inadecuados para cualquier intercambio comercial, aunque se ofrecieran a precios tan mellados como ellos. Un par de morillos que deshonrarían cualquier chimenea, un reloj de péndulo de esmalte azul desconchado, cojines quizá antiguamente bordados con colores vivos, floreros sostenidos por agrietados amorcillos de cerámica, inestables costureros de un estilo impreciso, una cestita portatarjetas de hierro oxidado, indefinibles cajas pirografiadas, espantosos abanicos de madreperla decorados con dibujos chinos, un collar que parecía de ámbar, dos zapatitos de lana blanca con hebillas incrustadas de diamantitos de Irlanda, un busto agrietado de Napoleón, mariposas tras un cristal quebrado, frutas de mármol policromado bajo una campana que una vez fue transparente, nueces de coco, viejos álbumes con modestas acuarelas de flores, algún daguerrotipo enmarcado (que por aquel entonces ni siquiera tenían un aire antiguo). De modo que, si alguien hubiera podido encapricharse depravadamente de uno de aquellos desechos de antiguos embargos de familias necesitadas, se encontrara ante el muy receloso propietario y le preguntara por el precio, oiría una cifra que desengañaría incluso al más perverso de los coleccionistas de teratologías de anticuario.

Y si, por fin, el visitante, en virtud de algún salvoconducto, hubiera atravesado una segunda puerta que separaba el interior de la tienda de los pisos superiores del edificio, y hubiera subido los escalones de una de aquellas inseguras escaleras de caracol que caracterizan esas casas parisinas con la fachada tan ancha como la puerta de entrada (esas que se apiñan oblicuas las unas contra las otras), habría penetrado en un amplio salón que parecía alojar no el *bric-à-brac* de la planta baja sino una colección de objetos de muy distinta hechura: una mesilla estilo imperio con tres patas adornadas con cabezas de águila, una consola sostenida por una esfinge alada, un armario del siglo XVII, una estantería de caoba que ostentaba un centenar de libros bien encuadernados en tafilete, un escritorio de esos que se dicen a la americana, con el cierre de persiana y muchos cajoncitos tipo *secrétaire*. Y si hubiera pasado a la habitación contigua, habría encontrado una lujosa cama con dosel, una *étagère* rústica cargada de porcelanas de Sèvres, junto con un narguile turco, una gran copa de alabastro, un jarrón de cristal y, en la pared del fondo, unos paneles pintados con escenas mitológicas, dos grandes lienzos que representaban a las musas de la historia y de la comedia, y, colgados heterogéneamente de las otras paredes, barraganes árabes, batas orientales de cachemir, una antigua cantimplora de peregrino y, además, un aguamanil de bella hechura con una superficie cargada de objetos de aseo de materiales valiosos: en definitiva, un conjunto extravagante de objetos curiosos y caros, que quizá no daban testimonio de un gusto coherente y refinado, pero sí, desde luego, de un deseo de ostentada opulencia.

De vuelta al salón de entrada, el visitante habría visto, ante la única ventana por la que penetraba la poca luz que iluminaba el callejón, sentado a la mesa, a un individuo anciano envuelto en un batín, el cual, por lo poco que el visitante pudiera atisbar por encima de su hombro, estaba escribiendo lo que nos disponemos a leer, y que a veces el Narrador resumirá, para no tediar demasiado al Lector.

Y que no se espere el Lector que le revele el Narrador que se sorprendería al reconocer en ese personaje a alguien ya mencionado porque (habiendo empezado este relato en este mismo instante) nadie ha sido mencionado antes. El mismo Narrador no sabe todavía quién es el misterioso escribano, y se propone saberlo (a la una con el Lector) mientras ambos curiosean, intrusos, y siguen los signos que la pluma está trazando en esos folios.

2

¿Quién soy?

24 de marzo de 1897

Siento cierto apuro, como si estuviera desnudando mi alma, en ponerme a escribir por orden —¡no, válgame Dios!, digamos por sugerencia— de un judío alemán (o austriaco, lo mismo da). ¿Quién soy? Quizá resulte más útil interrogarme sobre mis pasiones, de las que tal vez siga adoleciendo, que sobre los hechos de mi vida. ¿A quién amo? No me pasan por la cabeza rostros amados. Sé que amo la buena cocina: sólo con pronunciar el nombre de La Tour d'Argent experimento una suerte de escalofrío por todo el cuerpo. ¿Es amor?

¿A quién odio? A los judíos, se me antojaría contestar, pero el hecho de que esté cediendo tan servilmente a las incitaciones de ese doctor austriaco (o alemán) me dice que no tengo nada contra esos malditos judíos.

De los judíos sé lo que me ha enseñado el abuelo:

—Son el pueblo ateo por excelencia —me instruía—. Parten del concepto de que el bien debe realizarse aquí, y no más allá de la tumba. Por lo cual, obran sólo para la conquista de este mundo.

Los años de mi infancia se vieron entristecidos por ese fantasma. El abuelo me describía esos ojos que te espían, tan falsos que te sobrecogen, esas sonrisas escurridizas, esos labios de hiena levantados sobre los dientes, esas miradas pesadas, infectas, embrutecidas, esos pliegues entre nariz y labios siempre inquietos, excavados por el odio, esa nariz suya cual monstruoso pico de pájaro austral... Y el ojo, ah, el ojo... gira febril en la pupila color de pan tostado y revela enfermedades del hígado, putrefacto por las secreciones producidas por un odio de dieciocho siglos, se pliega en mil pequeños surcos que se acentúan con la edad, y ya a los veinte años, al judío se lo ve arrugado como a un viejo. Cuando sonríe, los párpados hinchados se le entrecierran de tal manera que apenas dejan pasar una línea imperceptible, señal de astucia, dicen algunos, de lujuria, precisaba el abuelo... Y cuando yo estaba ya bastante crecido para entender, me recordaba que el judío, además de vanidoso como un español, ignorante como un croata, ávido como un levantino, ingrato como un maltés, insolente como un gitano, sucio como un inglés, untuoso como un calmuco, imperioso como un prusiano y maldiciente como un astesano, es adúltero por celo irrefrenable: depende de la circuncisión que lo vuelve más eréctil, con esa desproporción monstruosa entre el enanismo de su complexión y la dimensión cavernosa de esa excrecencia semimutilada que tiene.

Yo, a los judíos, los he soñado todas las noches, durante años y años.

Por suerte nunca he conocido a ninguno, excepto la putilla del gueto de Turín, cuando era mozalbete (pero no intercam-

... Yo, a los judíos, los he soñado todas las noches, durante años y años... (p. 15)

bié más de dos palabras), y el doctor austriaco (o alemán, lo mismo da).

A los alemanes los he conocido, e incluso he trabajado para ellos: el más bajo nivel de humanidad concebible. Un alemán produce de media el doble de heces que un francés. Hiperactividad de la función intestinal en menoscabo de la cerebral, que demuestra su inferioridad fisiológica. En los tiempos de las invasiones bárbaras, las hordas germanas sembraban su recorrido de irrazonables amasijos de materia fecal. Por otra parte, también en los siglos pasados, un viajero francés entendía al punto si ya había cruzado la frontera alsaciana por el tamaño anormal de los excrementos abandonados en los bordes de las carreteras. Como si eso no bastara, es típica del alemán la bromhidrosis, es decir, el olor nauseabundo del sudor, y está probado que la orina de un alemán contiene el veinte por ciento de ázoe mientras la de las demás razas sólo el quince.

El alemán vive en un estado de perpetuo embarazo intestinal debido al exceso de cerveza y a esas salchichas de cerdo con las que se atiborra. Una noche, durante mi único viaje a Munich, en esa especie de catedrales desacralizadas llenas de humo como un puerto inglés y apestosas de manteca y tocino, los pude ver incluso a pares, ella y él, sus manos agarradas a esas jarras de cerveza que, por sí solas, saciarían la sed de un rebaño de paquidermos, nariz con nariz en un bestial diálogo amoroso, como dos perros que se olisquean, con sus carcajadas fragorosas y desgarbadas, su turbia hilaridad gutural, translúcidos por la grasa perenne que les pringa rostros y miembros, como el aceite en la piel de los atletas del circo antiguo.

Se llenan la boca de su *Geist*, que quiere decir espíritu, pero es el espíritu de la cerveza, que los entontece desde jóvenes, y explica por qué, más allá del Rhin, jamás se ha producido nada interesante en arte, salvo algunos cuadros con unas jetas repugnantes, y poemas de un aburrimiento mortal. Por no hablar de su música: no me refiero a ese Wagner ruidoso y funerario que hoy pasma también a los franceses, sino de lo poco que he oído de las composiciones del tal Bach, totalmente desprovistas de armonía, frías como una noche de invierno. Y las sinfonías de ese Beethoven: una bacanal de chabacanería.

El abuso de cerveza los vuelve incapaces de tener la menor idea de su vulgaridad, pero lo superlativo de esa vulgaridad es que no se avergüenzan de ser alemanes. Se han tomado en serio a un joven glotón y lujurioso como Lutero (¿puede casarse uno con una monja?), sólo porque ha echado a perder la Biblia al traducirla a su lengua. ¿Quién dijo que los teutones habían abusado de los dos grandes narcóticos europeos, el alcohol y el cristianismo?

Se consideran profundos porque su lengua es vaga, no tiene la claridad de la francesa, y no dice exactamente lo que debería, de suerte que ningún alemán sabe nunca qué quiere decir, y va y toma esa incertidumbre por profundidad. Con los alemanes es como con las mujeres, nunca se llega al fondo. Desgraciadamente, esa lengua inexpresiva, con unos verbos que, al leer, tienes que buscarlos ansiosamente con los ojos, porque nunca están donde deberían estar, pues bien, esa lengua mi abuelo me obligó a aprenderla de chico, y no hay por qué sorprenderse, con lo que le gustaban los austríacos. Y por eso, esa lengua, la he odiado, tanto como al jesuita que venía a enseñármela a golpes de regla en los dedos.

Desde que ese Gobineau ha escrito sobre la desigualdad de las razas parece que, si alguien habla mal de otro pueblo, es porque considera superior al propio. Yo no tengo prejuicios. Desde que me volví francés (y ya lo era a medias por mi madre), entendí hasta qué punto mis compatriotas eran perezosos, estafadores, rencorosos, celosos, orgullosos más allá de todo límite, tanto que piensan que el que no es francés es un salvaje, incapaz de aceptar reproches. Claro que he entendido que para inducir a un francés a reconocer una tara de su raza basta con hablarle mal de otro pueblo, como si dijéramos «Nosotros los polacos tenemos este o aquel defecto» y, como nunca quieren ser segundos de nadie, ni siquiera en lo malo, reaccionan al instante con «Oh, no, aquí en Francia somos peores» y dale, dale a hablar mal de los franceses, hasta que se dan cuenta de que han caído en tu trampa.

No aman a sus semejantes, ni siquiera cuando les sale a cuenta. Nadie es tan maleducado como un tabernero francés; tiene todas las trazas de odiar a sus clientes (y quizá sea verdad) y de desear no tenerlos (y eso es falso, porque el francés es codicioso hasta la médula). *Ils grognent toujours*. Vamos, tú pregúntales algo: *sais pas, moi*, y sacan los labios hacia fuera como si pedorrearan.

Son malos. Matan por aburrimiento. Es el único pueblo que ha mantenido ocupados a sus ciudadanos durante varios años en eso de cortarse la cabeza unos a otros, y suerte que Napoleón consiguió canalizar su rabia hacia las otras razas, movilizándolos para destruir Europa.

Están orgullosos de tener un Estado que dicen poderoso, pero se pasan el tiempo intentando que caiga: nadie como el francés tiene tanta habilidad para hacer barricadas por cualquier motivo y cada dos por tres, a menudo sin saber ni siquiera por qué, dejándose arrastrar a la calle por la peor chusma. El francés no sabe bien qué quiere, lo único que sabe a la perfección es que no quiere lo que tiene. Y para decirlo no sabe sino cantar canciones.

Creen que todo el mundo habla francés. Ocurrió hace algunas décadas con ese Lucas, un hombre de genio: treinta mil documentos autógrafos falsos, robando papel antiguo cortado de las guardas de libros viejos de la Bibliothèque Nationale, imitando diferentes caligrafías, aunque no tan bien como sabría hacerlo yo... Vendió no sé cuántos a un precio altísimo a ese imbécil de Chasles (gran matemático, dicen, y miembro de la Academia de las Ciencias, pero un emérito badulaque). Y no sólo él sino muchos de sus colegas académicos tomaron por bueno que Calígula, Cleopatra o Julio César se escribían sus cartas en francés, y que en francés se carteaban Pascal, Newton y Galileo, cuando hasta los niños saben que los sabios de aquellos siglos se escribían en latín. Los doctos franceses no tenían ni idea de que otros pueblos hablaban de forma muy distinta del francés. Y, además, las cartas falsas decían que Pascal había descubierto la gravitación universal veinte años antes que Newton, y esto bastó para deslumbrar a esos sorboneros devorados por la fatuidad nacional.

Quizá la ignorancia es efecto de su avaricia, el vicio nacional que los franceses toman por virtud y llaman parsimonia. Sólo en este país se ha podido idear toda una comedia alrededor de un avaro. Por no hablar de papá Grandet.

La avaricia la ves en sus viviendas polvorientas, con esas tapicerías que nunca se renuevan, con esos cachivaches que se remontan a sus antepasados, con esas escaleras de caracol de madera tambaleante para aprovechar el poco espacio. Injertad, como se hace con las plantas, un francés con un judío (mejor aún si es de origen alemán) y tendréis lo que tenemos, la Tercera República...

Si me he vuelto francés es porque ya no podía soportar ser italiano. En cuanto piamontés (de nacimiento), sentía que sólo era la caricatura de un galo, pero de ideas más estrechas. A los piamonteses cualquier novedad los envara; lo inesperado les aterra; para que llegaran hasta las Dos Sicilias (aunque entre los garibaldinos había poquísimos piamonteses) fueron necesarios dos ligures: un exaltado como Garibaldi y un gafe como Mazzini. Y no hablemos de lo que descubrí cuando me mandaron a Palermo (¿cuándo fue?, tengo que reconstruirlo). Sólo ese vanidoso de Dumas amaba a esos pueblos, quizá porque lo adulaban más que los franceses, que, con todas sus lisonjas, no dejaban de considerarlo un mulato. Gustaba a napolitanos y sicilianos, mestizos también ellos, no por error de una madre pelleja sino por historia de generaciones, nacidos de cruces de levantinos desleales, árabes sudorientos y ostrogodos degenerados, que tomaron lo peor de cada uno de sus híbridos antepasados: de los sarracenos, la indolencia; de los suabos, la ferocidad; de los griegos, la infructuosidad y el gusto de perderse en charlas con tal de dividir un pelo en cuatro. Y, por lo demás, es suficiente ver a esos *scugnizzi* que en Nápoles encantan a los extranjeros, sofocándose con espaguetis que se echan al coleto con los dedos, pringándose de salsa de tomate rancio. No los he visto, creo, pero lo sé.

El italiano es de poco fiar, vil, traidor, se encuentra más a gusto con el puñal que con la espada, mejor con el veneno que con el fármaco, artero en los tratos, coherente sólo en cambiar de pendón según sople el viento. Y he visto lo que hicieron los generales borbónicos nada más aparecer los aventureros de Garibaldi y los generales piamonteses.

Claro, es que los italianos se han modelado sobre los curas, el único gobierno auténtico que han tenido desde que los bárbaros sodomizaran a aquel pervertido del último emperador romano porque el cristianismo había debilitado el orgullo de la raza antigua.

Los curas… ¿Cómo los conocí? En casa del abuelo, me parece, tengo el recuerdo oscuro de miradas huidizas, dentaduras podridas, alientos pesados, manos sudadas que intentaban acariciarme la nuca. Qué asco. Ociosos, pertenecen a las clases peligrosas, como los ladrones y los vagabundos. Uno se hace cura o fraile sólo para vivir en el ocio, y el ocio lo tienen garantizado por su número. Si hubiera, digamos, uno por cada mil almas, los curas tendrían tantos quehaceres que no podrían estar tumbados a la bartola mientras se echan capones entre pecho y espalda. Y entre los curas más indignos, el gobierno elige a los más estúpidos y los nombra obispos.

Empiezan a revolotear a tu alrededor nada más nacer cuando te bautizan, te los vuelves a encontrar en el colegio, si tus padres han sido tan beatos para encomendarte a ellos; luego viene la primera comunión, y la catequesis, y la confirmación; y ahí está el cura el día de tu boda para decirte lo que tienes que hacer en la alcoba, y el día siguiente en confesión para preguntarte cuántas veces lo has hecho y poder excitarse detrás de la celosía. Te hablan con horror del sexo, pero los ves salir todos los días de un lecho incestuoso sin ni siquiera haberse lavado las manos para ir a comerse y beberse a su señor, y luego cagarlo y mearlo.

Repiten que su reino no es de este mundo, y ponen las manos encima de todo lo que puedan mangonear. La civilización nunca alcanzará la perfección mientras la última piedra de la última iglesia no caiga sobre el último cura y la tierra quede libre de esa gentuza.

Los comunistas han difundido la idea de que la religión es el opio del pueblo. Es verdad, porque sirve para frenar las tentaciones de los súbditos, y si no existiera la religión, habría el doble de gente en las barricadas, por eso en los días de la Comuna había poca, y se la pudieron cargar sin tardanza. Claro que, tras haber oído hablar a ese médico austriaco de las ventajas de la droga colombiana, yo diría que la religión también es la cocaína de los pueblos, porque la religión empujó y empuja a las guerras, a las matanzas de infieles, y esto vale para cristianos, musulmanes y otros idólatras; y si los negros de África antes se limitaban a matarse entre ellos, los misioneros los han convertido y los han transformado en tropa colonial, de lo más adecuada para morir en primera línea, y para violar a las mujeres blancas cuando entran en una ciudad. Los hombres nunca hacen el mal de forma tan completa y entusiasta como cuando lo hacen por convencimiento religioso.

Los peores de todos, sin duda, son los jesuitas. Tengo la vaga sensación de haberles hecho alguna que otra jugarreta, o quizá sean

... Se han tomado en serio a un joven glotón y lujurioso como Lutero (¿puede casarse uno con una monja?), sólo porque ha echado a perder la Biblia al traducirla a su lengua... (p. 18)

ellos los que me han hecho daño, todavía no lo recuerdo bien. O quizá eran sus hermanos carnales, los masones, iguales a los jesuitas, sólo que un poco más confusos. Aquéllos, por lo menos, tienen una teología propia y saben cómo manejarla, éstos tienen demasiadas y pierden la cabeza. De los masones me hablaba el abuelo. Junto con los judíos, le cortaron la cabeza al rey. Y generaron a los carbonarios, masones un poco más estúpidos porque se dejaron fusilar, en una ocasión, y después se dejaron cortar la cabeza por haberse equivocado en la fabricación de una bomba, o se convirtieron en socialistas, comunistas y comuneros. Todos al paredón. Bien hecho, Thiers.

Masones y jesuitas. Los jesuitas son masones vestidos de mujer.

Odio a las mujeres, por lo poco que sé de ellas. Durante años he estado obsesionado por esas *brasseries à femmes* donde se reúnen malhechores de toda suerte. Peor que las casas de tolerancia. Éstas, por lo menos, encuentran dificultades para instalarse por la oposición de los vecinos, mientras que esos otros locales se pueden abrir dondequiera que uno guste porque, dicen, son sólo establecimientos donde se va a beber. Pero se bebe en la planta baja y se practica el meretricio en los pisos superiores. Cada cervecería tiene un tema, al que se ciñen los vestidos de las muchachas: aquí encuentras kellerinas alemanas; allá, delante del Palacio de Justicia, camareras con toga de abogado. Por otra parte, bastan los nombres, como la Brasserie du Tire-cul, la Brasserie des Belles Marocaines o la Brasserie des Quatorze Fesses, no lejos de la Sorbona. Casi siempre las regentan alemanes, que es una buena manera de minar la moralidad francesa. Entre el quinto y el sexto *arrondissement* hay por lo menos sesenta, pero en todo París hay casi doscientas, y todas dejan entrar también a los chavales. Los chicos primero van por curiosidad, luego por vicio y, por fin, pescan la sífilis (cuando les va bien). Si la *brasserie* está cerca de un colegio, los estudiantes, a la salida, van a espiar a las mozas a través de la puerta. Yo voy para beber. Y para espiar, desde dentro, a través de la puerta, a los estudiantes que desde fuera espían a través de la puerta. Y no sólo a los estudiantes. Se aprende mucho sobre costumbres y compañías de adultos, y siempre puede servir.

Lo que más me divierte es identificar, en las mesas, la índole de los diferentes rufianes a la espera. Algunos son maridos que viven de los encantos de su mujer y están en medio de los demás, bien vestidos, fumando y jugando a las cartas, y el tabernero y las chicas hablan de ellos como de la mesa de los cornudos; pero en el Barrio Latino muchos son ex estudiantes fracasados, siempre inquietos por el miedo a que alguien les sople su renta, y a menudo sacan la navaja. Los más tranquilos son los ladrones y los asesinos, que van y vienen porque tienen que ocuparse de sus golpes, y saben que las chicas no los traicionarán, pues al día siguiente estarían flotando en el Bièvre.

Hay también invertidos, que se dedican a captar depravados y depravadas, para los servicios más soeces. Recogen clientes en el Palais-Royal o en los Champs-Élysées y los atraen con señales convencionales. A menudo hacen que sus cómplices lleguen a la habitación disfrazados de policías; éstos amenazan con arrestar al cliente en calzoncillos, el fulano se pone a implorar piedad, y saca del bolsillo un buen fajo de billetes.

Cuando entro en esos lupanares, lo hago con prudencia porque sé lo que podría pasarme. Si el cliente tiene pinta de tener dinero, el tabernero hace una señal, una chica se acerca y poco a poco lo convence para que invite a la mesa a todas las demás, y dale con lo más caro (pero ellas, para no emborracharse, beben anisete superfino o *cassis fin*, agua coloreada que el cliente paga a peso de oro). Luego intentan hacerte jugar a las cartas, naturalmente se intercambian señales, tú pierdes y tienes que pagarles la cena a todas, y al tabernero, y a su mujer. Y si intentas dejarlo, te proponen que juegues, no por dinero: a cada mano que ganas, una de las chicas se quita algo de ropa... y a cada encaje que cae, hete ahí esas asquerosas carnes blancas, esos senos túrgidos, esos sobacos oscuros con un olor que te enerva...

Nunca he subido al piso de arriba. Alguien ha dicho que las mujeres no son más que el sucedáneo del vicio solitario, salvo que se requiere más imaginación. Por eso vuelvo a casa y de noche sueño con ellas, pues no soy de hierro y, además, son ellas las que me provocan.

He leído al doctor Tissot, sé que son perjudiciales incluso de lejos. No sabemos si los espíritus animales y el licor genital son lo mismo, pero es seguro que estos dos fluidos tienen cierta analogía, y tras largas poluciones nocturnas, no sólo se pierden las fuerzas, sino que el cuerpo se adelgaza, palidece el rostro, pulverízase la memoria, núblase la vista, la voz se vuelve ronca, sueños inquietos turban el dormir, adviértense dolores en los ojos y salen manchas rojas en la cara, algunos escupen materias calcinadas, notan palpitaciones, sofocos, desmayos, otros se quejan de estreñimiento, o emisiones cada vez más fétidas. Por último, la ceguera.

Quizá sean exageraciones: de chico, yo tenía la cara granujienta: parece ser que es típico de la edad, o quizá es que todos los chicos se procuran esos placeres, algunos de forma excesiva, tocándose día y noche. Ahora, pues, sé dosificarme, sólo tengo sueños ansiosos cuando vuelvo de uno de esos locales y no me pasa, como a muchos, eso de tener erecciones nada más ver una falda por la calle. El trabajo me protege de la relajación de las costumbres.

Pero, ¿por qué hacer filosofía en lugar de reconstruir los acontecimientos? Quizá porque necesito saber no sólo lo que hice antes de hoy, sino también cómo soy dentro de mí. Aun admitiendo que tenga un dentro. Dicen que el alma es sólo lo que uno hace, pero si odio a alguien y cultivo este rencor, voto a Dios, ¡esto significa que un dentro existe! ¿Cómo decía el filósofo? *Odi ergo sum*.

Hace poco, cuando han llamado de abajo, temía que fuera alguien tan necio como para querer comprar algo; en cambio, el tipo me ha dicho en seguida que lo mandaba Tissot. ¿Por qué habré elegido este santo y seña? Quería un testamento ológrafo, firmado por un tal Bonnefoy a favor de un tal Guillot (seguramente era él), tenía el papel de cartas que usa, o usaba, ese Bonnefoy y un ejemplo de su caligrafía. He hecho subir al despacho a Guillot, he elegido una pluma y la tinta adecuadas y, sin ni siquiera hacer una prueba, he fabricado el documento. Perfecto. Como si Guillot conociera las tarifas, me ha dejado una recompensa proporcional a la herencia.

Así pues, ¿es éste mi oficio? Está bien construir un acta notarial de la nada, forjar una carta que parece verdadera, elaborar una confesión comprometedora, crear un documento que lleve a alguien a la perdición. El poder del arte... Me tengo que premiar con una visita al Café Anglais.

Debo de tener la memoria en la nariz, porque tengo la impresión de que llevo siglos sin aspirar el perfume de ese menú: *soufflés à la reine*, *filets de sole à la vénitienne*, *escalopes de turbot au gratin*, *selle de mouton purée bretonne*... Y como entrantes *poulet à la portugaise*, o *pâté chaud de cailles*, u *homard à la parisienne*, o todo junto, y como plato fuerte, qué sé yo, *canetons à la rouennaise* u *ortolans sur canapés*, y como intermedios, *aubergines à l'espagnole*, *asperges en branches*, *cassolettes princesse*... Para el vino, no sabría, quizá Château Margaux, o Château Latour, o Château Lafite, depende de la cosecha. Para rematar, sí, una *bombe glacée*.

La cocina siempre me ha dado más satisfacciones que el sexo: quizá sea una marca que me han dejado los curas.

Sigo sintiendo como una nube, en la mente, que me impide mirar atrás. ¿Por qué, de repente, me afloran a la memoria mis fugas al Caffè al Bicerin con los hábitos del padre Bergamaschi? Me había olvidado completamente del padre Bergamaschi. ¿Quién era? Me gusta dejar correr la pluma allá donde el instinto me ordena. Según aquel doctor austriaco debería llegar a un momento verdaderamente doloroso para mi memoria, que explicaría por qué de golpe he borrado tantas cosas.

Ayer, el que yo consideraba martes 22 de marzo, me desperté como si supiera perfectamente quién era: el capitán Simonini, sesenta y siete años cumplidos pero bien llevados (estoy todo lo rollizo que es menester para que se me considere lo que se dice un hombre bien plantado); adopté en Francia ese título en recuerdo del abuelo, alegando vagos lances militares en las filas de los garibaldinos en Sicilia, algo que en este país, donde a Garibaldi se lo aprecia más que en Italia, otorga cierto prestigio. Simón Simonini, nacido en Turín, de padre turinés y madre francesa (o saboyana, si bien al poco de nacer, el Reino de Cerdeña cedió Saboya a Francia).

Estando todavía en la cama, dejaba correr la imaginación... Con los problemas que tenía con los rusos (¿los rusos?) era mejor no dejarme ver en mis restaurantes preferidos. Podría cocinarme algo aquí en casa. Trabajar algunas horas y, luego, preparar un buen plato, eso me relaja. Por ejemplo, unas *côtes de veau Foyot*: carne de por lo menos cuatro centímetros de grosor, porciones para dos, por supuesto, dos cebollas de tamaño mediano, cincuenta gramos de miga de pan, setenta y cinco de queso gruyère rallado, cincuenta de mantequilla, se pica la miga hasta hacer un pan rallado que se mezcla con el gruyère, luego se pelan y trituran las cebollas, se funden cuarenta gramos de mantequilla en un cacito pequeño mientras en otro se pondrán a dorar las cebollas con la mantequilla sobrante, se cubre el fondo del plato con la mitad de las cebollas, se salpimienta la carne, se la coloca en el plato y se añade el resto de la cebolla a un lado, se cubre todo con una primera capa de miga con queso haciendo que la carne se pegue bien al fondo del plato, se vierte la mantequilla fundida y se aprieta ligeramente con la mano, se pone otra capa de miga hasta formar una especie de cúpula sin dejar de añadir mantequilla, se empapa bien con vino blanco y caldo, sin sobrepasar la mitad de la altura de la carne. Se pone en el horno durante media hora, sin dejar de humedecer con vino y caldo. Se acompaña con coliflor salteada.

Lleva un poco de tiempo, pero los placeres de la cocina empiezan antes que los del paladar, y preparar quiere decir pregustar, como estaba haciendo yo, todavía remoloneando en la cama. Los necios necesitan tener bajo las mantas a una mujer, o a un chicuelo, para no sentirse solos. No saben que el que se le haga a uno la boca agua es mejor que una erección.

Tenía en casa casi todo, salvo el gruyère y la carne. Para la carne, si hubiera sido otro día, estaba el carnicero de la place Maubert, pero quién sabe por qué el martes está cerrado. Claro que, conocía a otro a doscientos metros de distancia en el boulevard Saint-Germain, y un breve paseo tampoco me sentaría mal.

Me visto y, antes de salir, ante el espejo que domina el tocador, me aplico el consabido par de bigotes negros y mi hermosa barba en el mentón. Luego me toco con la peluca y la peino con su habitual raya en el medio, mojando apenas el peine en la palangana. Me pongo la redingote, y meto en el bolsillo del chaleco el reloj de plata con su cadena bien a la vista. Para parecer un capitán jubilado, se me da bien juguetear, mientras hablo, con una cajita de tortuga llena de pequeños rombos de regaliz y en el interior de la tapa el retrato de una mujer fea pero bien vestida, sin duda una amada difunta. De vez en cuando, me meto en la boca un rombo y lo paso de un lado al otro de la lengua, lo cual me permite hablar más lentamente, así el oyente sigue el movimiento de tus labios y no presta mucha atención a lo que dices. El pro-

... Los jesuitas son masones vestidos de mujer...
(p. 25)

blema es causar la impresión de ser alguien dotado de una inteligencia menos que mediocre.

Bajé a la calle, doblé la esquina, intentando no pararme delante de la *brasserie*, desde la cual, ya desde primera hora de la mañana, llegaba el vocerío sin gracia de sus mujeres perdidas.

La place Maubert ya no es la corte de los milagros que todavía era cuando llegué hace treinta y cinco años, un hormiguero de comerciantes de tabaco reciclado: tabaco grueso —el que se obtiene de residuos de puros y de los fondos de pipa— y fino, procedente de las primeras colillas de cigarrillos; el grueso a un franco y veinte céntimos; el fino, entre un franco con cincuenta y un franco con sesenta la libra (aunque aquella industria no era muy lucrativa, y tampoco hoy lo es mucho, si ninguno de esos industriosos recicladores, una vez gastada una parte consistente de sus ganancias en alguna taberna, sabe dónde dormir por la noche). Un hervidero de protectores que, tras haber remoloneado por lo menos hasta las dos de la tarde, dejaban transcurrir el resto de la jornada apoyados en una pared como jubilados de buena condición, para entrar en acción como perros pastores nada más caer las tinieblas. Un avispero de ladrones obligados a robarse los unos a los otros porque ningún burgués (salvo algún que otro desocupado procedente del campo) osaría cruzar esa plaza, y yo habría resultado una buena presa si no hubiera caminado con paso militar, haciendo molinetes con mi bastón —además los rateros del lugar me conocían, alguno me saludaba, es más, me llamaba capitán, pensaban que de alguna manera yo pertenecía a esa maleza, y un lobo no muerde a otro—. Y un nido de prostitutas de gracias mustias puesto que, si siguieran siendo agradables, ejercerían en las *brasseries à femmes* y, por lo tanto, se ofrecían sólo a los quincalleros, a los bribones y a los pestilentes tabaqueros de segunda mano —pero al ver a un señor vestido con propiedad, con una chistera bien cepillada, podían atreverse a rozarte, o incluso, asirte por un brazo, acercándose tanto que se podía sentir ese terrible perfume de dos perras que se amalgamaba con su sudor— y eso habría sido una experiencia demasiado desagradable (no quería soñar con ellas por la noche) y, por eso, cuando veía que alguna de ellas se me acercaba, agitaba mi bastón con un molinete, como para formar a mi alrededor una zona protegida e inaccesible, y ellas lo cazaban al vuelo, pues estaban acostumbradas a que se las dominara y, el bastón, lo respetaban.

Y, por último, erraban en aquella muchedumbre los espías de la prefectura de policía, que en aquel lugar reclutaban a sus *mouchards* o confidentes, o captaban oportunamente informaciones muy bien valoradas sobre infamias que se estaban tramando y de las que algunos hablaban susurrando en voz demasiado alta, pensando que se perdía en el ruido general. Pero se los podía reconocer a primera vista por el aspecto exageradamente patibulario. Ningún verdadero truhán se parece a un truhán. Sólo ellos.

Ahora por la plaza pasan hasta los *tramways*, y uno ya no se siente como en casa, aunque, para quien los sepa identificar, todavía se encuentran los tipejos que te pueden ser útiles, apoyados en un rincón, en el umbral del Café Maître Albert, o en una de las callejuelas adyacentes. Pero en fin, París no es lo que era, desde que, en la lejanía, asoma de cualquier esquina ese sacapuntas de la Torre Eiffel.

Basta, no soy un sentimental, y hay otros lugares donde siempre puedo ir a agenciarme lo que necesito. Ayer por la mañana necesitaba carne y queso, y la place Maubert todavía me iba bien.

Después de comprar el queso, pasé por delante de mi carnicero habitual y vi que estaba abierto.

—¿Cómo es que abre los martes? —pregunté al entrar.

—Pero si hoy es miércoles, capitán —me contestó riéndose. Confuso me excusé, dije que cuando uno se va volviendo viejo se pierde la memoria, el otro dijo que yo seguía siendo un jovencito y que todos tenemos la cabeza en las nubes cuando nos despertamos demasiado temprano; elegí la carne y pagué sin ni siquiera aludir al descuento, que es la única manera de que los tenderos te respeten.

Pues qué día era entonces, me preguntaba mientras subía a mi casa. Pensé en quitarme bigotes y barba, como hago cuando estoy solo, y entré en mi alcoba. Y sólo en eso me llamó la atención algo que parecía no estar en su sitio: de un perchero que estaba junto a la cómoda colgaba una sotana, unos hábitos sin duda alguna talares. Al acercarme vi que en la encimera de la cómoda había una peluca de color castaño, casi rubio.

Estábame preguntando a qué tipejo podía haber concedido hospitalidad los días anteriores, cuando caí en que yo también iba disfrazado, puesto que los bigotes y la barba que llevaba no eran míos. ¿Era yo, pues, alguien que una vez se disfrazaba de acomodado caballero y otra de clérigo? Pero, ¿cómo es que había borrado todo recuerdo de esta segunda naturaleza mía? ¿O no sería que, por alguna razón (quizá para huir de una orden de busca y captura), disfrazábame con bigotes y barba pero, al mismo, tiempo alojaba en mi casa a alguien que se disfrazaba de abate? Y si este falso abate (porque un abate verdadero nunca se pondría una peluca) vivía conmigo, ¿dónde dormía, visto que en casa sólo había una cama? O, a lo mejor, no vivía en mi casa, habíase refugiado aquí el día antes, por alguna razón, liberándose luego de su disfraz para ir Dios sabe dónde a hacer Dios sabe qué.

Notaba un vacío en la cabeza, como si viera algo de lo que debería acordarme pero que no recordaba, quiero decir, algo que perteneciera a recuerdos ajenos. Creo que hablar de recuerdos ajenos es la expresión adecuada. En ese momento tuve la sensación de que yo era otro, que se estaba observando, desde fuera. Alguien observaba a Simonini, el cual, de repente, tenía la sensación de no saber exactamente quién era.

Calma, razonemos, me dije. No es inverosímil que un individuo que falsifica documentos, so pretexto de vender *bric-à-bracs*, y ha elegido vivir en uno de los barrios menos recomendables de París dé cobijo a alguien involucrado en maquinaciones poco limpias. Pero lo que no me parecía normal es que hubiera olvidado a quién daba hospedaje.

Sentía la necesidad de tener guardadas las espaldas y, de golpe, mi misma casa se me presentaba como un lugar extraño que quizá escondía otros secretos. Me puse a explorarla como si fuera un albergue ajeno. Al salir de la cocina, a la derecha, se abría la alcoba, a la izquierda el salón con sus consabidos muebles. Abrí los cajones del escritorio, que contenían mis herramientas de trabajo, las plumas, las botellitas de las diferentes tintas, hojas aún blancas (o amarillas) de épocas y formatos distintos; en los estantes, además de libros, había unas cajas que contenían mis documentos y un tabernáculo de nogal antiguo. Estaba intentando recordar para qué podía servir, cuando oí llamar desde abajo. Bajé para echar al importuno y vi a una vieja que me parecía conocer. A través del cristal me dijo:

—Me manda Tissot. —Y tuve que dejarla entrar (quién sabe por qué elegiría yo ese santo y seña).

Entró, abrió un paño que estrechaba contra su pecho y me mostró unas veinte hostias.

—El abate Dalla Piccola me ha dicho que estabais interesado.

Contesté maquinalmente «Claro», y pregunté cuánto. Diez francos cada una, dijo la vieja.

—Estáis loca —le dije, por instinto de comerciante.

—Estaréis loco vos, que queréis celebrar misas negras. ¿Creéis que es fácil ir a veinte iglesias en tres días, tomar la comunión intentando mantener la boca seca, arrodillarse con las manos sobre la cara, lograr que las hostias salgan de la boca sin que se humedezcan, recogerlas en una bolsita que llevo en el seno, y todo eso sin que ni el cura ni los vecinos se den cuenta? Por no hablar del sacrilegio, ni del infierno que me aguarda. Por lo tanto, si os place, son doscientos francos, si no, voy a donde el abate Boullan.

—El abate Boullan ha muerto, se ve que no vais por hostias desde hace tiempo —le contesté casi maquinalmente. Luego decidí que con el desarreglo que tenía en la cabeza, había de seguir mi instinto sin razonar demasiado.

—Dejémoslo, me las quedo —dije y pagué. Y entendí que había de colocar las partículas en el tabernáculo de mi estudio, en espera de algún cliente habitual. Un trabajo como cualquier otro.

En fin, que me resultaba cotidiano, familiar. Y aun así sentía a mi alrededor el olor de algo siniestro, que se me escapaba.

Volví al estudio, y noté que, cubierta por una cortina, en el fondo, había una puerta. Al abrirla, supe que iba a entrar en un pasillo tan oscuro que había de recorrerlo con una lámpara. El pasillo se parecía al almacén de utillaje de un teatro, o a la trastienda de un ropavejero del Templo. De las paredes colgaban los trajes más dispares, de labriego, de carbonero, de recadero, de pordiosero, otras dos sotanas de cura, una juba con los pantalones de soldado y, junto a los trajes, los tocados que habían de completarlos. Una docena de fraustinas dispuestas en buen orden encima de la repisa de madera sostenían otras tantas pelucas. En el fondo, una *pettineuse* parecida a las de los camerinos de los comediantes, cubierta de tarritos de albayalde y de carmín, de lápices negros y turquesa, de patas de liebre, de borlas, de pinceles, de cepillos.

En cierto punto, el pasillo torcía en ángulo recto, y en el fondo había otra puerta que daba a una habitación más luminosa que las mías, porque recibía la luz de otra calle que no era el angosto impasse Maubert. Y, en efecto, al asomarme por una de las ventanas, vi que daba a la rue Maître Albert.

Desde la habitación, una escalerilla llevaba a la calle, y eso era todo. Se trataba de un estudio, algo a medias entre un despacho y una alcoba, con muebles sobrios y oscuros, una mesa, un reclinatorio, una cama. Al lado de la salida se abría una pequeña cocina, y sobre la escalera una *chiotte* con aguamanil y jofaina.

Era, evidentemente, el *pied-à-terre* de un clérigo, con el que había de tener alguna confianza, puesto que nuestras dos moradas se comunicaban. Empero, aunque todo parecía recordarme algo, de hecho tenía la impresión de que visitaba esa habitación por primera vez.

Me acerqué a la mesa y vi un fajo de cartas con sus respectivos sobres, todas dirigidas a la misma persona: Al Reverendísimo o Al Muy Reverendo Señor Abate Dalla Piccola. Junto a las cartas vi algunos folios redactados con una caligrafía fina y agraciada, casi femenina, muy distinta de la mía. Borradores de cartas sin especial importancia, agradecimientos por un regalo, confirmaciones de una cita. El que estaba encima de todos, sin embargo, había sido redactado de forma desordenada, como si quien escribía estuviera tomando apuntes para fijar puntos sobre los cuales reflexionar. Leí, con cierta dificultad:

Todo parece irreal. Como si yo fuera otro que me está observando. Poner por escrito para estar seguro de que es verdad.

Hoy es 22 de marzo.

¿Dónde están la sotana y la peluca?

¿Qué hice ayer por la noche? Tengo una suerte de niebla en la cabeza.

Ni siquiera recordaba adónde llevaba la puerta del fondo de la habitación.

He descubierto un pasillo (¿lo habré visto alguna vez?) lleno de trajes, pelucas, cremas y albayaldes como los que usan los actores.

Del gancho colgaba una buena sotana y en una repisa he encontrado no sólo una buena peluca sino también cejas postizas. Con un fondo ocre, dos pómulos apenas rosados, he vuelto a ser quien creo ser, aspecto pálido y ligeramente febril. Ascético. Soy yo. Yo, ¿quién?

Sé que soy el abate Dalla Piccola. Es decir, ese a quien el mundo conoce como abate Dalla Piccola. Pero evidentemente no lo soy, dado que para parecerlo tengo que disfrazarme.

¿Adónde lleva ese pasillo? Miedo de llegar hasta el fondo.

Releer los apuntes supraescritos. Si pone lo que pone, y por escrito, es que me ha sucedido de veras. Prestar fe a los documentos escritos.

¿Alguien me ha suministrado un filtro? ¿Boullan? Sería muy capaz. O, ¿los jesuitas?, ¿los francmasones? ¿Qué tengo que ver yo con ellos?

¡Los judíos! He ahí quién puede haber sido.

Aquí no me siento seguro. Alguien podría haber entrado por la noche, haberme sustraído las vestiduras y, lo que es peor, haber curioseado entre mis papeles. Quizás alguien está recorriendo París haciendo que todos le crean el abate Dalla Piccola.

Tengo que refugiarme en Auteuil. Quizás Diana sepa. ¿Quién es Diana?

Los apuntes del abate Dalla Piccola se detenían ahí, y es curioso que él no tomara consigo un documento tan confidencial, señal de la agitación que lo embargaba. Y ahí se acababa lo que podía saber yo de él.

Volví al aposento del impasse Maubert y me senté ante mi escritorio. ¿De qué manera la vida del abate Dalla Piccola se entrecruzaba con la mía?

Naturalmente, no podía no plantearme la hipótesis más obvia. El abate Dalla Piccola y yo éramos la misma persona, y si así fuera, todo se explicaría, los dos aposentos en común e incluso que yo hubiera vuelto vestido de Dalla Piccola al aposento de Simonini, hubiera depositado allí la sotana y la peluca y luego me hubiera quedado dormido. Exceptuando un pequeño detalle: si Simonini era Dalla Piccola, ¿por qué yo lo ignoraba todo de Dalla Piccola y no me sentía Dalla Piccola que lo ignoraba todo de Simonini? Es más, para conocer los pensamientos y los sentimientos de Dalla Piccola había tenido que leer sus apuntes. Y más, si hubiera sido Dalla Piccola debería haber estado en Auteuil, en esa casa de la cual él parecía saberlo todo y yo (Simonini) no sabía nada. ¿Y quién era Diana?

A menos que yo fuera en algunos momentos Simonini que se había olvidado de Dalla Piccola, y en otros momentos Dalla Piccola que se había olvidado de Simonini. No sería nada nuevo. ¿Quién me ha hablado a mí de casos de doble personalidad? ¿No es lo que le pasa a Diana? Pero ¿quién es Diana?

Me propuse proceder con método. Sabía que llevaba un cuaderno con mis compromisos, y encontré los siguientes apuntes:

21 de marzo, misa
22 de marzo, Taxil
23 de marzo, Guillot para el testamento Bonnefoy.
24 de marzo, ¿ir donde Drumont?

Que yo tuviera que ir a misa el 21, no lo sé, no creo ser creyente. Si uno es creyente, cree en algo. ¿Creo en algo? No me lo parece. Por lo tanto soy un descreído. Ésta es lógica. Pero dejémoslo. A menudo uno va a misa por muchas razones, y la fe no tiene nada que ver.

Más seguro era que ese día que yo creí que era martes, en realidad, era el miércoles 23 de marzo, y en efecto, vino el tal Guillot para que redactara el testamento Bonnefoy. Era el 23 y yo creía que era el 22. ¿Qué pasó el 22? ¿Quién o qué era Taxil?

Que luego el jueves tuviera que ver al tal Drumont ya quedaba fuera de discusión. ¿Cómo podía encontrarme con alguien si ni siquiera sabía quién era yo? Tenía que esconderme hasta que se me aclararan las ideas. Drumont..., me decía a mí mismo que sabía perfectamente quién era, pero si intentaba pensar en él, era como si tuviera la mente ofuscada por el vino.

Formulemos algunas hipótesis, me dije. Primero: Dalla Piccola es otra persona, que, por misteriosas razones, suele pasar a mi casa a través de un pasillo más o menos secreto. La noche del 21 de marzo volvió a mi casa, en el impasse Maubert, se quitó la sotana (¿por qué?), y luego se fue a dormir a su casa, donde se despertó desmemoriado por la mañana. Y así, igual de desmemoriado, me desperté yo dos mañanas después. Pero en ese caso, ¿qué hice yo el martes 22, si me desperté desprovisto de memoria la mañana del 23? ¿Y por qué hubo de desvestirse Dalla Piccola en mi casa y volver a la suya sin sotana, y a qué hora? Me asaltó el terror de que hubiera pasado la primera parte de la noche en mi lecho... Dios mío, es verdad que las mujeres me causan horror, pero con un abate sería aún peor. Soy casto pero no pervertido...

O, si no, Dalla Piccola y yo somos la misma persona. Puesto que he encontrado la sotana en mi alcoba, tras la jornada de la misa (el 21) yo podría haber vuelto al impasse Maubert, ataviado como Dalla Piccola (si tenía que ir a una misa, era más creíble que fuera como abate), para luego desembarazarme de la sotana y de la peluca, e irme a dormir al aposento del abate (olvidando que había dejado la sotana en casa de Simonini). La mañana siguiente, el martes 22 de marzo, al despertarme como Dalla Piccola, no sólo me habría encontrado desmemoriado sino que ni siquiera habría hallado la sotana a los pies de la cama. En calidad de Dalla Piccola desmemoriado habría hallado una sotana de recambio en el pasillo y habría tenido tiempo para huir ese mismo día a Auteuil, para luego cambiar de idea al final de la jornada, volver a recobrar el valor y regresar a París, entrada la noche, al aposento del impasse Maubert, dejando la sotana en el perchero de la alcoba, y despertándome, de nuevo desmemoriado, pero como Simonini, el miércoles, creyendo que aún era martes. Así pues, me decía yo, Dalla Piccola se desmemoria el 22 de marzo y desmemoriado permanece todo un día para luego amanecer el 23 como un Simonini desmemoriado. Nada excepcional, tras lo que he sabido de..., ¿cómo se llama ese doctor de la clínica de Vincennes?

Salvo por un pequeño problema. He releído mis notas: si los hechos hubieran acaecido de este modo, el día 23 por la mañana, Simonini debería haber encontrado en la alcoba no una sino dos sotanas, la que dejara la noche del 21 y la que dejó la noche del 22. Y, en cambio, sólo había una.

Pero no, qué tonto. Dalla Piccola, la noche del 22, volvió de Auteuil a la rue Maître Albert, allí dejó su sotana, luego debió de pasar al aposento del impasse Maubert para acostarse y despertarse la mañana siguiente (el 23) como Simonini, encontrando en el perchero una sola sotana. Es verdad que, si así se hubieran producido los acontecimientos, cuando la mañana del 23 entré en el aposento de Dalla Piccola, debería haber encontrado en su alcoba la sotana que él había dejado la noche del 22. Claro que habría podido colgarla en el pasillo donde la había encontrado. Bastaba cerciorarse.

Recorrí el pasillo con la lámpara encendida, con algún temor. Si Dalla Piccola no fuera yo, me decía, podría verlo aparecer al otro lado de ese conducto, a lo mejor, también él con su lámpara por delante… Por suerte, no sucedió. Y al fondo del pasillo encontré la sotana colgada.

Y aun así, aun así… Si Dalla Piccola hubiera vuelto de Auteuil y, abandonada la sotana, hubiera recorrido todo el pasillo hasta mi aposento y se hubiera acostado sin vacilaciones en mi lecho, lo habría hecho porque se había acordado de mí, y sabía que en mi casa se podía dormir igual que en la suya, visto que éramos la misma persona. Por lo tanto, Dalla Piccola se había acostado sabiendo que era Simonini mientras que la mañana siguiente Simonini se había despertado sin saber que era Dalla Piccola. Como si dijéramos que primero pierde la memoria Dalla Piccola, luego la recobra, se echa un sueño y le pasa a Simonini su desmemoria.

Desmemoria… Esta palabra, que significa el no-recuerdo, me ha abierto algo parecido a una brecha en la niebla del tiempo olvidado: yo hablaba de desmemoriados en Magny, hace más de diez años. Allí era donde hablaba yo con Bourru y Burot, con Du Maurier y con el doctor austriaco.

3

Chez Magny

25 de marzo de 1897, al alba

Chez Magny… Yo me conozco como amante de la buena cocina y, por lo que recuerdo, en aquel restaurante de la rue de la Contrescarpe-Dauphine no se pagaban más de diez francos por barba, y la calidad se correspondía con el precio. Pero no se puede ir todos los días a comer a Foyot. Muchos, en los años pasados, iban a comer a Magny para admirar de lejos a escritores ya célebres como Gautier o Flaubert, y antes aún a aquel pianista polaco medio tísico mantenido por una degenerada que deambulaba con pantalones. Yo le eché un vistazo una noche y me salí en seguida. Los artistas, aun de lejos, son insoportables, y no hacen más que mirar a su alrededor para ver si los estamos reconociendo.

Luego los «grandes» abandonaron Magny, y emigraron al Brébant-Vachette, en el boulevard Poissonière, donde se comía mejor y se pagaba más, pero se ve que *carmina dant panem*. Y cuando Magny, válgame la expresión, se purificó, de vez en cuando me dio por frecuentarlo, desde principios de los años ochenta.

Había visto que iban a comer los hombres de ciencia, por

ejemplo, químicos ilustres como Berthelot y muchos médicos de La Salpêtrière. El hospital no está precisamente a tiro de piedra, pero quizá aquellos clínicos experimentaban placer en darse un breve paseo por el Barrio Latino en lugar de comer en las inmundas *gargottes* donde van los parientes de los enfermos. Los discursos de los médicos son interesantes porque atañen siempre a las debilidades de los demás, y en Magny, para superar el ruido, todos hablan en voz alta, de suerte que un oído adiestrado siempre puede captar algo digno de nota. Vigilar no quiere decir intentar saber algo preciso. Todo, incluso lo irrelevante, puede ser útil algún día. Lo importante es saber lo que los demás no saben que sabes.

Si los literatos y los artistas se sentaban siempre en torno a mesas comunes, los hombres de ciencia almorzaban solos, como yo. Empero, después de coincidir algunas veces como vecinos de mesa, se empieza a entrar en relación. El primero con el que entablé relación fue con el doctor Du Maurier, un individuo sobremanera odioso, tanto que uno se preguntaba cómo podía un psiquiatra (que eso era) inspirar confianza a sus pacientes exhibiendo un rostro tan desagradable. La cara envidiosa y lívida de uno que se considera un eterno segundón. En efecto, dirigía una pequeña clínica para enfermos de los nervios en Vincennes, pero sabía perfectamente que su sanatorio nunca llegaría a gozar de la fama y de las rentas de la clínica del más célebre doctor Blanche. Aunque Du Maurier murmuraba sarcástico que hacía treinta años la había visitado un tal Nerval (en su opinión, poeta de cierto mérito) y los cuidados del famosísimo sanatorio Blanche lo llevaron al suicidio.

Otros dos comensales con los que establecí buenas relaciones eran los doctores Bourru y Burot, dos tipos singulares que parecían hermanos gemelos, vestidos siempre con el mismo corte de traje, los mismos mostachos negros y la barbilla lampiña, con el cuello siempre ligeramente sucio, lo que era inevitable, considerando que estaban de viaje en París, ya que ejercían en la École de Médecine de Rochefort y venían a la capital sólo algunos días al mes, para seguir los experimentos de Charcot.

—¿Cómo, hoy no hay puerros? —preguntó un día irritado Bourru.

Y Burot escandalizado:

—¿No hay puerros?

Mientras el camarero se excusaba, intervine desde la mesa de al lado:

—Pero hay unas excelentes barbas cabrunas. Yo las prefiero a los puerros.

Luego canturreé sonriendo:

Tous les légumes,
au clair de lune
étaient en train de s'amuser
et les passants les regardaient.
Les cornichons
dansaient en rond,
les salsifis
dansaient sans bruit…

Convencidos, los dos comensales eligieron los *salsifis*. Y a raíz de ello se entabló un trato cordial, dos días al mes.

—Ved, señor Simonini —me explicaba Bourru—, el doctor

Charcot está estudiando a fondo la histeria, una forma de neurosis que se manifiesta con distintas reacciones psicomotoras, sensoriales y vegetativas. Antaño se la consideraba un fenómeno exclusivamente femenino, derivado de trastornos de la función uterina, pero Charcot ha intuido que las manifestaciones histéricas están igualmente extendidas en los dos sexos, y pueden incluir parálisis, epilepsia, ceguera o sordera, dificultades para respirar, hablar, tragar.

—El colega —intervenía Burot— todavía no ha dicho que Charcot pretende haber puesto a punto una terapia que cura los síntomas.

—A eso iba —respondía picado Burot—. Charcot ha elegido el camino del hipnotismo, que hasta ayer era materia de charlatanes como Mesmer. Los pacientes, sometidos a hipnosis, deberían evocar episodios traumáticos que están en la raíz de su histeria, y curarse al tomar conciencia de ellos.

—¿Y se curan?

—Éste es el punto, señor Simonini —decía Bourru—; a nosotros, lo que sucede con cierta frecuencia en La Salpêtrière nos sabe más a teatro que a sanatorio psiquiátrico. Entendámonos, no es que queramos poner en cuestión las infalibles cualidades diagnósticas del Maestro…

—No es para ponerlas en duda —confirmaba Burot—. Es la técnica del hipnotismo en sí la que…

Bourru y Burot me explicaron los diferentes métodos para hipnotizar, desde los sistemas aún charlatanescos de un tal abate Faria (se me pusieron las orejas de punta con ese nombre dumasiano, pero es bien sabido que Dumas saqueaba crónicas verdade-

... Antaño se la consideraba un fenómeno exclusivamente femenino, derivado de trastornos de la función uterina... (p. 48)

ras) hasta los métodos ya científicos del doctor Braid, un auténtico pionero.

—Claro que ahora —decía Bourru— se siguen métodos más sencillos.

—Y más eficaces —precisaba Burot—. Se hace oscilar ante el enfermo una medalla o una llave, diciéndole que la mire fijamente: en el lapso de uno a tres minutos las pupilas del individuo adoptan un movimiento oscilatorio, el pulso baja, los ojos se cierran, el rostro expresa una sensación de descanso, y el sueño puede durar hasta veinte minutos.

—Hay que decir —corregía Bourru— que depende del individuo, porque la magnetización no tiene que ver con la transmisión de fluidos misteriosos (como pretendía ese bufón de Mesmer) sino de fenómenos de autosugestión. Los santones indios obtienen el mismo resultado mirándose atentamente la punta de la nariz; y los monjes del monte Athos, clavando su mirada en el ombligo.

»Nosotros no creemos mucho en estas formas de autosugestión —dijo Burot—, aunque no hacemos sino poner en práctica intuiciones propias de Charcot, antes de que empezara a prestarle tanta fe a eso del hipnotismo. Nos estamos ocupando de casos de variaciones de la personalidad, o sea, de pacientes que un día piensan que son una persona y el día siguiente otra, y las dos personalidades se ignoran la una a la otra. El año pasado entró en nuestro hospital un tal Louis.

—Un caso interesante —precisó Bourru—, acusaba parálisis, anestesias, contracturas, espasmos musculares, hiperestesias, mutismo, irritaciones cutáneas, hemorragias, tos, vómito, ataques

... Charcot ha elegido el camino del hipnotismo, que hasta ayer era materia de charlatanes como Mesmer... (p. 48)

epilépticos, catatonia, sonambulismo, baile de san Vito, malformaciones del lenguaje…

—A veces creía ser un perro —añadía Burot—, o una locomotora de vapor. Y además, tenía alucinaciones persecutorias, restricción del campo visivo, alucinaciones gustativas, olfativas y visuales, congestión pulmonar pseudotuberculosa, cefaleas, dolores de estómago, estreñimiento, anorexia, bulimia y letargia, cleptomanía…

—En fin —concluía Bourru—, un cuadro normal. Ahora bien, nosotros, en lugar de recurrir a la hipnosis, aplicamos una barra de acero en el brazo derecho del enfermo y, como por encanto, se nos apareció un personaje nuevo. Parálisis e insensibilidad habían desaparecido del lado derecho para transferirse al izquierdo.

—Estábamos ante otra persona —aclaraba Burot—, que no recordaba nada de lo que era un instante antes. En uno de sus estados, Louis era abstemio y en el otro se volvía incluso aficionado a la bebida.

—Nótese —decía Bourru— que la fuerza magnética de una sustancia actúa también a distancia. Por ejemplo, sin que el sujeto lo sepa, se coloca bajo su silla una botellita que contenga una sustancia alcohólica. En ese estado de sonambulismo, el sujeto mostrará todos los síntomas de la borrachera.

—Vos comprendéis cómo nuestras prácticas respetan la integridad física del paciente —concluía Burot—. El hipnotismo hace que el sujeto pierda el conocimiento, mientras que con el magnetismo ningún órgano sufre una conmoción violenta, sino que se produce una carga progresiva de los plexos nerviosos.

De esa conversación saqué la convicción de que Bourru y Burot eran dos imbéciles que atormentaban con sustancias urticantes a unos pobres dementes, y me sentí reconfortado en mi convicción al ver que el doctor Du Maurier, que seguía esa conversación desde la mesa de al lado, meneaba la cabeza a menudo.

—Querido amigo —me dijo dos días más tarde—, tanto Charcot como nuestros dos esculapios de Rochefort, en lugar de analizar lo vivido por sus pacientes y preguntarse qué quiere decir tener dos conciencias, se dedican a preocuparse de si se puede actuar sobre ellos con el hipnotismo o con las barras de metal. El problema es que, en muchos individuos, el paso de una personalidad a otra se produce de manera espontánea, con formas y tiempos imprevisibles. Podríamos hablar de autohipnotismo. Yo creo que Charcot y sus discípulos no han reflexionado bastante sobre las experiencias del doctor Azam y sobre el caso de Félida. Todavía sabemos poco sobre estos fenómenos: el trastorno de memoria puede tener como causa una disminución del flujo de sangre en una parte aún desconocida del cerebro y la constricción momentánea de los vasos puede estar provocada por el estado de histeria. Entonces, en las pérdidas de memoria, ¿dónde disminuye el flujo de sangre?

—¿Dónde disminuye?

—Éste es el punto. Sabéis que nuestro cerebro tiene dos hemisferios. Puede haber, por lo tanto, individuos que a veces piensan con un hemisferio completo y a veces con uno incompleto, desprovisto de la facultad de memoria. Yo, en la clínica, me encuentro con un caso muy parecido al de Félida. Una joven de poco más de veinte años, de nombre Diana.

Aquí Du Maurier se detuvo un instante, como si temiera confesar algo reservado.

—Una pariente la confió a mis cuidados hace dos años y luego falleció; dejó de pagar la pensión, obviamente, pero qué debía hacer yo, ¿poner a la paciente en la calle? Sé poco de su pasado. Parece ser, según sus relatos, que desde la adolescencia empezó a notar, cada cinco o seis días y tras una emoción, dolores en las sienes, después de lo cual caía como en sueños. Lo que ella llama sueño, en realidad, son ataques histéricos: cuando se despierta, o se tranquiliza, es completamente distinta de antes, esto es, entra en lo que ya el doctor Azam llamaba «condición segunda». En la condición que llamaríamos normal, Diana se comporta como la adepta de una secta masónica... No me interpretéis mal. También yo pertenezco al Gran Oriente, esto es, a la masonería de las personas respetables, pero quizá vos sepáis que existen varias «obediencias» de tradición templaria, con extrañas propensiones a las ciencias ocultas, y algunas de ellas (minorías por fortuna, naturalmente) se inclinan hacia los ritos satánicos. En la condición que, por desgracia, es necesario definir como «normal», Diana se considera adepta de Lucifer y cosas por el estilo, pronuncia discursos licenciosos, cuenta episodios lúbricos, intenta seducir a los enfermeros e incluso a mí, siento tener que decir algo tan embarazoso, entre otras cosas porque Diana es una mujer atractiva. Yo considero que, en esa condición, se resiente de traumas que sufrió en el curso de su adolescencia, e intenta huir de esos recuerdos entrando a intervalos en la condición segunda. En esa condición, Diana parece una criatura dócil y candorosa, es una buena cristiana, pide siempre el libro de oraciones, quiere salir para ir a misa. Pero el fenómeno singular, que se producía también con Félida, es que, en la condición segunda, Diana, cuando es la Diana virtuosa, recuerda perfectamente cómo era en su condición normal y se aflige, y se pregunta cómo ha podido ser tan malvada, y se castiga con un cilicio, hasta el punto de que a la condición segunda la llama «su estado de razón», y evoca la condición normal como un período en el que era esclava de las alucinaciones. En cambio, en la condición normal, Diana no se acuerda de nada de lo que hacía en la condición segunda. Los dos estados se alternan a intervalos imprevisibles, y la paciente a veces se queda en una u otra condición durante muchos días. Estaría de acuerdo con el doctor Azam en hablar de «sonambulismo perfecto». En efecto, no sólo los sonámbulos, sino también los que toman drogas, opio, haxix, belladona, o abusan del alcohol, hacen cosas de las que no se acuerdan al despertarse.

No sé por qué el relato de la enfermedad de Diana me intrigó tanto, pero recuerdo haberle dicho a Du Maurier:

—Hablaré de ella con un conocido que se ocupa de casos piadosos como éste y sabe dónde dar asilo a una muchacha huérfana. Le mandaré al abate Dalla Piccola, un religioso muy poderoso en el ámbito de las obras pías.

Así pues, cuando yo hablaba con Du Maurier conocía, como poco, el nombre de Dalla Piccola. Pero ¿por qué estaba tan preocupado por esa Diana?

Llevo escribiendo ininterrumpidamente desde hace horas, el pulgar me duele, me he limitado a comer siempre en mi mesa de trabajo, untando paté y mantequilla en el pan, con alguna copa de Château Latour, para excitar la memoria.

Debería haberme gratificado, qué sé yo, con una visita a Brébant-Vachette, pero hasta que haya entendido quién soy, no puedo dejarme ver por ahí. Con todo, tarde o temprano, tendré que aventurarme por la place Maubert, para traer a casa algo de comida.

Por ahora no pensemos en ello, y volvamos a escribir.

En aquellos años (me parece que era el 85 o el 86), conocí en Magny a quien sigo recordando como el doctor austriaco. Ahora me vuelve a las mientes su nombre, se llamaba Froïde (creo que se escribe así), un médico de unos treinta años —no cabe duda de que iba a Magny sólo porque no podía permitirse nada mejor— que estaba realizando un período de prácticas con Charcot. Solía sentarse en la mesa de al lado y, al principio, nos limitábamos a intercambiar un educado gesto de la cabeza. Lo juzgué de naturaleza melancólica, un poco perdido, tímidamente deseoso de que alguien escuchara sus confidencias para descargarse un tanto de sus ansias. En dos o tres ocasiones había buscado pretextos para intercambiar alguna palabra, pero yo siempre me mantuve distante.

Aunque el nombre Froïde no me sonaba como Steiner o Rosenberg, bien sabía yo que todos los judíos que viven y se enriquecen en París tienen nombres alemanes; receloso de su nariz ganchuda, se lo pregunté un día a Du Maurier, quien hizo un gesto vago, añadiendo «No lo sé muy bien, pero en cualquier caso yo mantengo las distancias, judío y alemán es una mezcla que no me gusta».

—¿No es austriaco? —pregunté.

—Lo mismo da, ¿no? Misma lengua, misma forma de pensar. No he olvidado a los prusianos desfilando por los Champs-Élysées.

—Me dicen que la profesión médica es una de las más practicadas entre los judíos, tanto como el préstamo con usura. La verdad es que es mejor no tener nunca necesidad de dinero y no caer nunca enfermos.

—Pero también hay médicos cristianos —sonrió gélido Du Maurier.

Había metido la pata.

Entre los intelectuales parisinos, hay quienes antes de expresar la propia repugnancia hacia los judíos, conceden que algunos de sus mejores amigos son judíos. Hipocresía. No tengo amigos judíos (Dios me guarde), siempre he evitado a los judíos. Quizá los haya evitado por instinto, porque al judío (mira qué casualidad, como al alemán) se lo reconoce por el olor (lo ha dicho también Victor Hugo, *fetor judaica*), y con ésa y otras señales se reconocen entre ellos, como les sucede a los pederastas. Me recordaba el abuelo que su olor se debe al uso descomedido de ajo y cebolla, y quizá de la carne de carnero y de ganso, embutidas de azúcares viscosos que las vuelven atrabiliarias. Pero debe de ser también la raza, la sangre infecta, la espalda encorvada. Son todos comunistas, véanse Marx, y Lasalle, y en esto, por una vez, tenían razón mis jesuitas.

Yo, a los judíos, los he evitado siempre, entre otras cosas porque presto atención a los nombres. Los judíos austriacos, nada más enriquecerse, se compraban nombres graciosos, de flor, de piedra preciosa o de metales nobles, de donde Silbermann o Goldstein. Los más pobres adquirían nombres como Grünspan, o sea, cardenillo. En Francia, como en Italia, se han disfrazado adoptando nombres de ciudades o de lugares, como Ravenna, Modena, Picard, Flamand, a veces se han inspirado en el calendario revolucionario (Froment, Avoine, Laurier); lo cual es justo, visto que sus padres fueron los artífices ocultos del regicidio. Pero hay que estar atentos a los nombres propios que a veces enmascaran nombres judíos, Mauricio viene de Moisés, Isidoro de Isaac, Eduardo de Arón, Jaime de Jacob y Alfonso de Adán…

¿Segismundo es un nombre judío? Decidí por instinto no darle confianza a ese medicastro, pero un día, Froïde, mientras cogía el salero, lo tiró. Entre vecinos de mesa se deben respetar ciertas normas de cortesía y le alargué el mío observando que, en ciertos países, volcar la sal era un mal augurio, y él, riendo, contestó que no era supersticioso. A partir de ese día empezamos a intercambiar algunas palabras. Él pedía disculpas por su francés, que decía demasiado forzado, pero se hacía entender a la perfección. Son nómadas por vicio y deben adaptarse a todas las lenguas. Dije amablemente:

—Sólo debéis acostumbrar un poco más el oído.

Y él me sonrió con gratitud. Taimada.

Froïde era mentiroso también porque era judío. Yo siempre había oído decir que los de su raza tienen que tomar comidas especiales, cocinadas a su manera, y por eso están siempre metidos en sus guetos, mientras que Froïde comía con ganas todo lo que le proponían en Magny, y no le hacía ascos a un vaso de cerveza en cada comida.

Una noche parecía que quisiera franquearse. Había pedido ya dos cervezas, y después del postre, mientras fumaba nerviosamente, pidió una más. En determinado momento, mientras hablaba agitando las manos, volvió a tirar la sal por segunda vez.

—No es que sea torpe —se excusó—, es que estoy nervioso. Hace tres días que no recibo correo de mi prometida. No pretendo que me escriba casi a diario como hago yo, pero este silencio me inquieta. Tiene la salud delicada, y yo sufro terriblemente por no poder estar cerca de ella. Y, además, necesito su aprobación, haga lo que haga. Quisiera que me escribiera qué piensa de mi cena en casa de Charcot. Porque habéis de saber, señor Simonini, que me invitaron a cenar a casa del gran hombre, hace unas noches. No a todo joven doctor de visita le sucede, y menos aún a un extranjero.

Ahí está, me dije, el pequeño *parvenu* semita, que se introduce en las buenas familias para hacer carrera. Y esa congoja por su prometida, ¿no traicionaba la naturaleza sensual y voluptuosa del judío, siempre orientado hacia el sexo? Piensas en ella por las noches, ¿verdad? Y a lo mejor hasta te tocas fantaseando con ella, también tú necesitarías leerte a Tissot. Pero le dejé que siguiera contando.

—Había invitados de categoría, el hijo de Daudet, el doctor Strauss, el asistente de Pasteur, el profesor Beck del Instituto y Emilio Toffano, el gran pintor italiano. Una velada que me costó catorce francos, una hermosa corbata negra de Hamburgo, guantes blancos, una camisa nueva y el frac, por primera vez en mi vida. Y por primera vez en mi vida me recorté la barba, a la francesa. En cuanto a la timidez, un poco de cocaína para soltarme la lengua.

—¿Cocaína? ¿No es un veneno?

—Todo es veneno, si uno toma dosis exageradas, incluso el vino. Pero llevo dos años estudiando esta prodigiosa substancia. Mirad, la cocaína es un alcaloide que se aísla de una planta que los indígenas de América mastican para soportar la alturas andinas. A diferencia del opio y del alcohol, provoca estados mentales exaltados sin por ello tener efectos negativos. Es excelente como analgésico, sobre todo en oftalmología o para curar el asma, útil en el tratamiento del alcoholismo y de las toxicomanías, perfecta contra el mareo, estupenda contra la diabetes; hace desaparecer como por arte de magia el hambre, el sueño, el cansancio, es un buen sustituto del tabaco, cura dispepsias, flatulencias, cólicos, gastralgias, hipocondría, irritación espinal, fiebre del heno, y es un válido reconstituyente en casos de tisis y cura la hemicránea; de sobrevenir una caries aguda, basta con introducir en la cavidad un poco de algodón embebido en una solución al cuatro por ciento y el dolor se calma en seguida. Y, sobre todo, es maravillosa para infundir confianza en los deprimidos, levantar el espíritu, dar brío y generar optimismo.

El doctor estaba ya en su cuarto vaso y, evidentemente, tenía embriaguez melancólica. Acercábase a mí, como si quisiera confesarse.

—La cocaína es óptima para alguien como yo que, como le digo siempre a mi adorable Marta, no se considera muy atractivo, que en mi juventud nunca fui joven y que ahora que ya tengo mis treinta años no consigo llegar a ser un hombre maduro. Hubo un tiempo en el que yo era todo ambición y ganas de aprender, y no pasaba día sin que me sintiera atribulado por el hecho de que la madre naturaleza en uno de sus momentos de clemencia no me hubiera impreso la marca de ese genio que de vez en cuando concede a algunos.

Se detuvo de golpe con el aire de quien se da cuenta de que ha puesto su propia alma al desnudo. Pequeño judío quejica, me dije. Y decidí ponerle en apuros.

—¿No se habla de la cocaína como de un afrodisíaco? —pregunté.

Froïde se puso colorado:

—También tiene esa virtud, al menos me lo parece, pero... no tengo experiencias al respecto. Como hombre no soy sensible a tales pruritos. Y, como médico, el sexo no es un argumento que me atraiga. Aunque se empieza a hablar mucho de sexo también en La Salpêtrière. Charcot ha expuesto que una paciente suya, una tal Augustine, en una fase avanzada de sus manifestaciones histéricas reveló que el trauma inicial consistía en una violencia sexual sufrida de niña. Naturalmente, no niego que entre los traumas que desencadenan la histeria pueda haber fenómenos vinculados con el sexo, faltaría más. Sencillamente, me parece exagerado reducirlo todo al sexo. Pero quizá sea mi *pruderie* de pequeño burgués la que me mantiene alejado de tales problemas.

No, me decía yo, no es tu *pruderie*, es que como todos los circuncidados de tu raza, estás obsesionado por el sexo, pero intentas olvidarlo. Quiero ver, cuando pongas tus sucias manos encima de esa Marta tuya, si no la dejas preñada de una sarta de pequeños judíos y no la vuelves tísica por el esfuerzo...

Mientras tanto Froïde seguía:

—El problema mío, más bien, es que he agotado mi reserva

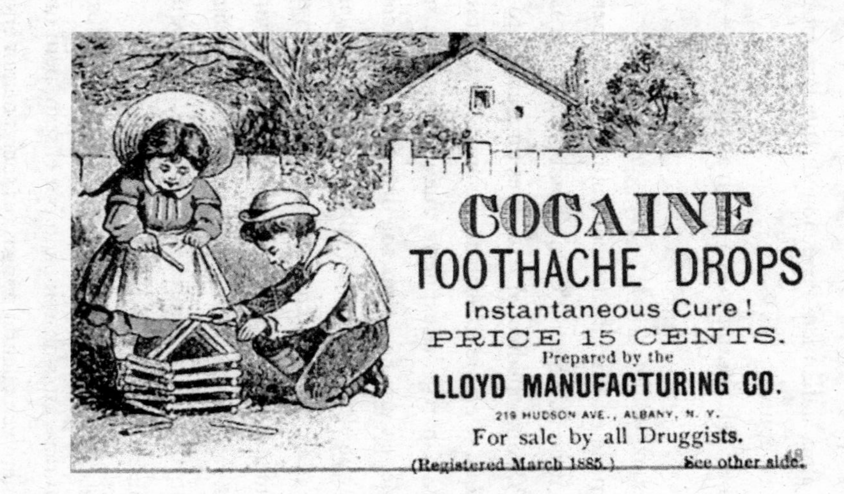

... de sobrevenir una caries aguda, basta con introducir en la cavidad un poco de algodón embebido en una solución al cuatro por ciento y el dolor se calma en seguida... (p. 60)

de cocaína y estoy volviendo a caer en la melancolía; los médicos de antaño habrían dicho que tengo un trasvase de bilis negra. Antes encontraba el preparado en Merck y Gehe, pero han tenido que suspender su producción porque recibían sólo materia prima de baja calidad. Las hojas frescas sólo las pueden trabajar en América y la mejor producción es la de Parke y Davis de Detroit, una variedad más soluble, de color puro y olor aromático. Tenía cierta reserva, pero aquí en París no sabría a quién dirigirme.

Un anillo al dedo para uno que está al día de todos los secretos de place Maubert y alrededores. Conocía a ciertos individuos a los que bastaba mencionarles no sólo la cocaína, sino un diamante, un león disecado o una garrafa de vitriolo, y al día siguiente te lo traían, sin que hubiera que preguntarles de dónde lo habían sacado. Para mí la cocaína es un veneno, me decía, y contribuir a envenenar a un judío no me disgusta. Así es que le dije al doctor Froïde que a la vuelta de unos días le haría llegar una buena reserva de su alcaloide. Naturalmente, Froïde no dudó de que mis procedimientos fueran menos que irreprensibles. Es que, le dije, nosotros los anticuarios conocemos a la gente más variada.

Todo esto no tiene nada que ver con mi problema, pero era para decir cómo, al final, nos tomamos confianza y hablábamos de cosillas. Froïde era facundo y gracioso, quizá yo estaba equivocado y no era judío. Es que se conversaba con él mejor que con Bourru y Burot, y un día que llegamos a hablar de los experimentos de estos últimos, aludí a la paciente de Du Maurier.

—¿Creéis —le pregunté— que una enferma de ese tipo puede curarse con los imanes de Bourru y Burot?

—Querido amigo —contestó Froïde—, en muchos de los casos que examinamos se le da demasiada importancia al aspecto físico, olvidando que si surge el mal, muy probablemente tiene orígenes psíquicos, y si tiene orígenes psíquicos, es la psique la que hay que curar, no el cuerpo. En una neurosis traumática, la verdadera causa de la enfermedad no es la lesión, que en sí suele ser modesta, sino el trauma psíquico originario. ¿No es verdad que, al experimentar una fuerte emoción, nos desmayamos? Pues entonces, para quien se ocupa de enfermedades nerviosas, el problema no es cómo se pierden los sentidos, sino cuál es la emoción que nos los ha hecho perder.

—Pero ¿cómo podemos saber cuál ha sido esa emoción?

—Querido amigo, cuando los síntomas son claramente histéricos, como en el caso de esa paciente de Du Maurier, entonces la hipnosis puede producir artificialmente esos mismos síntomas, y tal vez podamos remontarnos de veras al trauma inicial. Pero otros pacientes han tenido una experiencia tan insoportable que han querido borrarla, reprimirla, como si la hubieran guardado en una zona inalcanzable de su ánimo, tan profunda que ni siquiera bajo hipnosis se llega a ella. Por otro lado, ¿por qué bajo hipnosis deberíamos tener capacidades mentales más vivaces que cuando estamos despiertos?

—Pues entonces no se sabrá nunca…

—No me pidáis una respuesta clara y definitiva, porque os estoy confiando pensamientos que todavía no han adquirido una forma cabal. A veces siento la tentación de pensar que a esa zona profunda se llega sólo cuando se sueña. Ya lo sabían los antiguos que los sueños pueden ser reveladores. Yo tengo la sospecha de que si un enfermo pudiera hablar, y hablar largo y tendido, durante días y días, con una persona que supiera escucharlo, incluso contarle lo que ha soñado, podría aflorar de golpe el trauma original y volverse transparente. En inglés se habla de *talking cure*. Habréis experimentado que, si relatáis acontecimientos lejanos a alguien, al contárselos recuperáis detalles que habíais olvidado, o mejor, que pensabais haber olvidado y que, en cambio, vuestro cerebro conservaba en algún recodo secreto. Yo creo que, cuanto más minuciosa sea esa reconstrucción, tanto más podrá aflorar un episodio, pero qué digo, incluso un hecho insignificante, un matiz que aun así ha tenido un efecto tan insoportablemente perturbador que ha provocado una..., como decir, una *Abtrennung*, una *Beseitigung*, no encuentro el término adecuado, en inglés diría *removal*; en francés, ¿cómo se dice cuando se corta un órgano..., *une ablation*? Ah, quizá en alemán el término adecuado sería *Entfernung*.

Ahí tenemos al judío, aflorando, me decía. Creo que en esa época ya me había ocupado de los diferentes complots judíos y del proyecto de esa raza para hacer que sus hijos se volvieran médicos y farmacéuticos a fin de controlar tanto el cuerpo como la mente de los cristianos. Si yo estuviera enfermo, ya te gustaría a ti que me entregara a tus manos, contándotelo todo sobre mí, incluso lo que no sé, y así tú te convertirías en el dueño de mi alma. Peor que con el confesor jesuita, porque con él, por lo menos, hablaría protegido por una celosía y no diría lo que pienso sino lo que todos hacen, hasta el punto de que se lo denomina con términos casi técnicos, iguales para todos: he robado, he fornicado, no he honrado al padre y a la madre. Tu mismo lenguaje te traiciona, hablas de ablación como si quisieras circuncidarme el cerebro...

Pero, mientras tanto, Froïde se había echado a reír y había pedido otra cerveza.

—Claro que no habéis de tomaros a pie juntillas lo que os digo. Son las fantasías de un iluso. Cuando regrese a Austria me casaré y para mantener a la familia tendré que abrir una consulta médica. Y entonces usaré sabiamente la hipnosis como me ha enseñado Charcot y no curiosearé en la mente de mis enfermos. No soy una pitonisa. Me pregunto si a la paciente de Du Maurier le sentaría bien tomar un poco de cocaína.

Así acabó aquella conversación, que dejó pocas huellas en mi memoria. Pero ahora todo vuelve a la mente porque podría hallarme, si no en la situación de Diana, en la de una persona normal que ha perdido parte de su memoria. Y además, Froïde, quién sabe ya dónde estará, y por nada en el mundo iría a contarle mi vida no digo a un judío, ni siquiera a un buen cristiano. Con el oficio que desempeño (¿cuál?) debo contar los asuntos ajenos, previo pago, pero abstenerme a toda costa de contar los míos. Claro que puedo contarme mis asuntos a mí mismo. Me acabo de acordar de que Bourru (o Burot) me dijo que había unos santones que se hipnotizaban clavando su mirada en su mismo ombligo.

Por eso he decidido escribir este diario, aunque sea hacia atrás, para contarme mi pasado a medida que voy consiguiendo que me vuelva a la cabeza incluso lo más nimio, hasta que el elemento (¿cómo se decía?) traumático aflore. Yo solo. Y yo sólo quiero curarme, sin ponerme en manos de los médicos de las locas.

Antes de empezar (aunque ya empecé, justo ayer), a fin de ponerme en el estado de ánimo necesario para esta forma de autohipnosis, me habría gustado ir a la rue Montorgueil, *chez Philippe*. Me habría sentado con calma, habría considerado el menú con detenimiento, el que sirven de las seis hasta las doce de la noche, y habría encargado *potage à la Crécy*, rodaballo en salsa de alcaparras, solomillo de buey y *langue de veau au jus*, para acabar con un sorbete de marrasquino y repostería variada, todo bien regado con dos botellas de viejo Borgoña.

Entre tanto habría transcurrido la medianoche y habría tomado en consideración el menú nocturno: me habría concedido un caldito de tortuga (pues me ha venido a la boca uno, delicioso, de Dumas. ¿Es que he conocido a Dumas?), un salmón aromatizado con cebolletas y acompañado de alcachofas a la pimienta javanesa, para acabar con un sorbete al ron y pastelería inglesa con especias. Bien entrada la noche me habría regalado alguna delicadeza del menú de la mañana, esto es, una *soupe aux oignons*, como la que en aquel momento estarían saboreando los descargadores en los Halles, feliz de engranujarme con ellos. Luego, para disponerme a una mañana activa, un café muy fuerte y un *pousse-café* mixto de coñac y kirsch.

Me habría sentido, todo hay que decirlo, un poco pesado, pero el ánimo lo habría tenido distendido.

Pobre de mí, no podía concederme esa dulce licencia. Estoy sin memoria, me dije, si en el restaurante te encuentras con alguien que te reconoce, es posible que tú no le reconozcas a él. ¿Cómo reaccionarías?

Me pregunté también cómo había de reaccionar ante alguien que viniera a buscarme a la tienda. Con el fulano del testamento Bonnefoy y con la vieja de las hostias me había ido bien, pero habría podido ser peor. He colgado fuera un cartel que dice: «El propietario se ausentará durante un mes», sin especificar cuándo empieza el mes y cuándo acaba. Hasta que no haya comprendido algo más, debería esconderme en casa, y salir sólo de vez en cuando para comprar algo de comida. Quizá el ayuno me siente bien, quién me dice que lo que me sucede no sea el resultado de algún festín excesivo que me he concedido… ¿cuándo? ¿La famosa noche del 21?

Y, además, si había de empezar el examen de mi pasado clavando la mirada en el ombligo, como decía Burot (¿o Bourru?), y con la tripa llena, pues estoy todo lo obeso que requiere mi edad, me habría tocado ponerme a recordar mirándome al espejo.

En cambio, empecé ayer, sentado ante este escritorio, escribiendo sin parar, sin distraerme, limitándome a comiscar algo de vez en cuando y bebiendo, eso sí, sin miramientos. Lo mejor de esta casa es una buena bodega.

4

Los tiempos del abuelo

26 de marzo de 1897

Mi infancia. Turín... Una colina más allá del Po y yo en el balcón con mamá. Luego mamá ya no está, mi padre llora al atardecer, sentado en el balcón, ante la colina, el abuelo dice que Dios lo ha querido.

Con mi madre hablaba en francés, como todo buen piamontés de buena condición (aquí en París, cuando lo hablo, parece que lo hubiera aprendido en Grenoble, donde se habla el francés más puro, no el *babil* este de los parisinos). Desde mi infancia me he sentido más francés que italiano, como todo piamontés que se respete. Por eso encuentro que los franceses son insoportables.

* * *

Mi infancia fue mi abuelo, más que mi padre y mi madre. Odié a mi madre porque se fue sin avisarme, a mi padre porque no fue capaz de hacer nada para impedírselo, a Dios porque lo había querido y al abuelo porque le parecía normal que Dios lo quisiera. Mi padre siempre estuvo lejos de casa: construyendo Italia, decía él. Luego Italia lo destruyó, a él.

El abuelo, Juan Bautista Simonini, fue oficial del ejército saboyano; me parece recordar que lo abandonó en los tiempos de la invasión napoleónica, se enroló con los Borbones de Florencia y luego, cuando también Toscana pasó bajo el control de una Bonaparte, volvió a Turín como capitán retirado y cultivó sus propias amarguras.

Nariz tuberosa, cuando dejaba que me pusiera a su lado veía sólo su nariz. Y en mi cara notaba sus salpicaduras de saliva. Era lo que los franceses llamaban un *ci-devant*, un nostálgico del *ancien régime* que no se había resignado a los desmanes de la Revolución. No había abandonado los *culottes* —seguía teniendo unas hermosas pantorrillas— ceñidos bajo la rodilla por una hebilla de oro; y de oro eran las hebillas de sus zapatos de charol. Chaleco, traje y corbata negros le otorgaban un aire como de cura. Aunque las reglas de la elegancia del tiempo pasado sugirieran llevar una peluca empolvada, había renunciado a ella, decía, porque con pelucas empolvadas se engalanaron también los comecristianos como Robespierre.

Nunca supe si era rico, desde luego no se privaba de la buena cocina. De mi abuelo y de mi infancia recuerdo sobre todo la *bagna caöda*: en una cazuelita de barro soportada por un braserillo que la mantenía abrasando, poníase aceite arreglado con anchoas, ajo y mantequilla, y en ella se mojaban cardos (que antes habían estado a remojo en agua fría y zumo de limón, aunque algunos, no el abuelo, los remojaran en leche), pimientos crudos o braseados, hojas blancas de repollo, tupinambo, coliflor muy tierna; también —claro que, como decía el abuelo, eran cosas de pobres— verduras cocidas, cebollas, remolachas, patatas o zanahorias. Yo gustaba de comer, y al abuelo le complacía verme engordar (lo decía con ternura) como un pequeño cerdito.

Rociándome de saliva, el abuelo me exponía sus máximas:

—La Revolución, hijo mío, nos ha hecho esclavos de un estado ateo, más desiguales que antes, hermanos enemigos, cada cual Caín de su prójimo. No está bien ser demasiado libres, y tampoco está bien tener todo lo necesario. Nuestros padres eran más pobres y más felices, puesto que no habían perdido el contacto con la naturaleza. El mundo moderno nos ha traído el vapor, que envenena los campos, y los telares mecánicos, que han quitado trabajo a muchos pobres desgraciados y ni siquiera producen los géneros de antaño. El hombre, abandonado a sí mismo, es demasiado malo para ser libre. Ese poco de libertad que necesita se la debe garantizar un monarca.

Ahora bien, su tema preferido era el abate Barruel. Pienso en mí de niño y casi lo veo, al abate Barruel, que parecía estar viviendo en casa, aunque debía de haber muerto hacía tiempo.

—Mira, hijo —oigo que me dice el abuelo—, después de que la locura de la Revolución desbaratara todas las naciones de Europa, se alzó una voz que reveló cómo la Revolución no era sino el último capítulo, o el más reciente, de una confabulación universal llevada a cabo por los templarios contra el trono y el altar, o sea, contra los reyes, y señeramente los reyes de Francia y nuestra Santísima Madre Iglesia... Ésta fue la voz del abate Barruel, que hacia finales del siglo pasado escribió sus *Mémoires pour servir à l'-histoire du jacobinisme*...

—Pero, señor abuelo, ¿qué pintaban los templarios? —preguntaba a la sazón, yo, que ya me sabía esa historia de memoria, pero quería dar motivo al abuelo de repetir su argumento preferido.

—Criatura, los templarios fueron una orden poderosísima de caballeros que el rey de Francia destruyó para apoderarse de sus bienes, mandando a la mayoría de ellos a la hoguera. Pero los que lograron sobrevivir constituyeron una orden secreta con el fin de vengarse de los reyes de Francia. Y en efecto, cuando la guillotina hizo rodar la cabeza del rey Luis, un desconocido se subió al patíbulo y levantó aquella pobre cabeza gritando: «¡Jacobo de Molay, estás vengado!». Y Molay era el Gran Maestre de los templarios que el rey hizo quemar en la punta extrema de la Île-de-la-Cité de París.

—¿Y cuándo quemaron a este Molay?

—En 1314.

—Déjeme sacar las cuentas, señor abuelo. ¡Pues hablamos de casi quinientos años antes de la Revolución! ¿Y qué hicieron los templarios en todos esos quinientos años para permanecer escondidos?

—Se infiltraron en las corporaciones de los antiguos albañiles de las catedrales, y de esas corporaciones nació la masonería inglesa, que se llama así porque sus socios se consideraban *free masons*, o sea, libres albañiles.

—¿Y por qué deberían los albañiles hacer la revolución?

—Barruel entendió que los templarios de los orígenes y los libres albañiles habían sido conquistados y corrompidos... ¡por los

... y casi lo veo, al abate Barruel, que parecía estar viviendo en casa, aunque debía de haber muerto hacía tiempo... (p. 71)

Iluminados de Baviera! Y ésta era una secta terrible, ideada por un tal Weishaupt, en la que cada miembro conocía sólo a su inmediato superior y lo ignoraba todo de los jefes que estaban más arriba y de sus propósitos; su finalidad era no sólo destruir el trono y el altar, sino también crear una sociedad sin leyes y sin moral, donde se ponían en común los bienes, y hasta las mujeres, que Dios me perdone si le digo estas cosas a un muchacho, pero es que es preciso saber reconocer las tramas de Satán. Y vinculados sobremanera con los Iluminados de Baviera, estaban aquellos negadores de toda fe que dieron vida a la infame *Encyclopédie*, digo Voltaire, y D'Alembert, y Diderot, y toda esa raza que no paraba de hablar en Francia, a imitación de los Iluminados, de siglo de las Luces y, en Alemania, de Clarificación o Explicación, y que, por último, reuniéndose en secreto para urdir la caída de los reyes, dieron vida a ese club denominado de los Jacobinos, del nombre, precisamente, de Jacobo de Molay. ¡Ahí tienes tú quién ha confabulado para que estallara la Revolución en Francia!

—Este Barruel lo había entendido todo...

—No entendió cómo a partir de un núcleo de caballeros cristianos pudo crecer una secta enemiga de Cristo. Sabes, es como la levadura en la masa: si falta, la masa no crece, no se infla, no haces el pan. ¿Cuál fue la levadura que alguien, o la fortuna, o el Diablo, puso en el cuerpo todavía sano de los conventillos de los templarios y de los libres albañiles para hacer que levitara la más diabólica secta de todos los tiempos?

Aquí el abuelo hacía una pausa, unía las manos como para concentrarse mejor, sonreía astuto y revelaba con calculada y triunfal modestia:

—El que ha tenido el valor de decirlo ha sido tu abuelo, querido muchacho. Cuando leí el libro de Barruel, no vacilé en escribirle una carta. Ve allá, al fondo, tráeme ese cofre que está ahí encima.

Obedecía, el abuelo abría el cofrecillo con una llave dorada que llevaba colgada del cuello y extraía un folio bastante amarillento por sus cuarenta años de edad.

—Éste es el borrador de la carta que le envié a Barruel.

Vuelvo a ver al abuelo mientras lee con pausas dramáticas:

Recibid, Señor, de un ignorante militar cual soy, mis más sinceras felicitaciones sobre vuestra obra, que a buen derecho puede llamarse la obra por excelencia del último siglo. ¡Oh! De qué modo excelso habéis desenmascarado a esas infames sectas que preparan los caminos del Anticristo, y son enemigos implacables, no sólo de la religión cristiana, sino de todos los cultos, de todas las sociedades, de todo orden. Aun así hay una que no habéis tocado sino levemente. Quizá lo hayáis hecho aposta, puesto que es la más conocida y por ello la que menos hay que temer. Ahora bien, a mi entender, hoy en día es la potencia más formidable, si hemos de tomar en consideración sus grandes riquezas y la protección de la que disfruta en casi todos los Estados de Europa. Vos entenderéis, Señor, que me refiero a la secta judaica. Parece completamente separada y enemiga de las demás sectas, pero en realidad no lo es. Ello es que basta que una de esas sectas se muestre enemiga del nombre cristiano para que se la favorezca, se le pague un emolumento, se la proteja. ¿Y acaso no la vimos nosotros, y la seguimos viendo, prodigando su oro y su plata para sostener y guiar a los modernos sofistas, los Francmasones, los Jacobinos, los Iluminados? Los judíos, pues, con todos los demás sectarios forman una fracción única, para destruir, si es posible, el nombre cristiano. Y no creáis, Señor, que todo ello es exageración mía. Yo no expongo cosa alguna que no me haya sido comunicada sino por los judíos mismos...

—¿Y cómo ha sabido usted estas cosas de los judíos?

—Tenía yo poco más de veinte años y era un joven oficial del ejército saboyano cuando Napoleón invadió el Reino de Cerdeña, fuimos derrotados en Millesimo y el Piamonte quedó anexionado a Francia. Fue el triunfo de los bonapartistas sin Dios, que nos perseguían a nosotros, los oficiales del rey, para colgarnos del cuello. Y se decía que no era conveniente salir de uniforme, qué digo, ni siquiera dejarse ver. Mi padre estaba en el comercio, y había tenido relaciones con un judío que prestaba con usura, y le debía no sé qué favor; de este modo, gracias a sus buenos oficios, durante algunas semanas, hasta que el ambiente se hubo calmado y pude salir de la ciudad para irme a casa de unos parientes en Florencia, puso a mi disposición (a un alto precio, se entiende) un cuartucho en el gueto, que entonces estaba justo detrás de este palacio nuestro, entre via San Filippo y via delle Rosine. Me gustaba poquísimo mezclarme con esa gentuza, pero era el único lugar donde nadie pensaría nunca poner pie, pues los judíos no podían salir de allí y la buena gente se mantenía a distancia.

El abuelo se cubría a la sazón los ojos con las manos, como para ahuyentar una visión insoportable:

—Así, esperando que pasara la tormenta, viví en esos antros cochambrosos, donde a veces se alojaban ocho personas en un solo cuarto, cocina, cama y orinal, todos consumidos por la anemia, con piel de cera, imperceptiblemente azul como la porcelana de Sèvres, siempre ocupados en buscar los rincones más furtivos, iluminados sólo por la luz de una vela. Ni una gota de sangre, la tez amarillenta, los cabellos color cola de pescado, la barba de un rojizo indefinible y, cuando era negra, con los reflejos de una levita desteñida... No conseguía soportar el hedor de mi habitáculo y vagaba por los cinco patios; me acuerdo perfectamente, el Patio Grande, el Patio de los Curas, el Patio de la Vid, el Patio de la Taberna y el de la Terraza, que se comunicaban entre sí mediante espantosos pasillos cubiertos, los Soportales Oscuros. Ahora puedes toparte con un judío incluso en la piazza Carlina, es más, te los encuentras por doquier porque los Saboya están hincando la rodilla, pero entonces se arracimaban todos en aquellas callejas sin sol y, en medio de aquella muchedumbre pringosa y sórdida, el estómago, de no ser por el miedo que les tenía a los bonapartistas, no habría aguantado...

El abuelo hacía una pausa, humedeciéndose los labios con un pañuelo, como para quitarse de la boca un sabor insoportable:

—Y a ellos les debía mi salvación, qué afrenta. Claro que, si nosotros los cristianos los despreciábamos, tampoco ellos nos querían como a las niñas de sus ojos: nos odiaban entonces y nos siguen odiando hoy en día. A la sazón, me puse a contar que había nacido en Livorno de una familia judía, que aún mozalbete me educaron unos parientes que por desgracia me bautizaron, pero en mi corazón nunca había dejado de ser judío. Estas confidencias mías no parecían impresionarles mucho, en consideración, me decían, de que tantos había en mi situación que ya no les prestaban atención. Pero con mis palabras me gané la confianza de un viejo que vivía en el Patio de la Terraza, junto a un horno para la cocción de pan ázimo.

Aquí el abuelo se animaba, contando aquel encuentro y, moviendo los ojos y las manos, sin dejar de hablar, imitaba al judío de su relato. Parece ser, pues, que este Mardoqueo era de origen sirio, y quedó involucrado en un triste asunto en Damasco. Había desaparecido de la ciudad un niño árabe y al principio no se pensó en los judíos, pues se consideraba que, para sus ritos, los judíos mataban sólo a niños cristianos. Pero luego, en el fondo de un foso, hallaron los restos del pequeño cadáver, que debía de haber sido cortado en mil pedazos que luego molieron en un almirez. Las características del delito eran tan afines a las que se imputaban a los judíos, que los gendarmes empezaron a pensar que, acercándose la Pascua, y necesitando sangre cristiana para amasar los panes ázimos, al no conseguir capturar a un hijo de cristianos, los judíos habían secuestrado al niño árabe, lo bautizaron y luego le sacaron los tuétanos.

—Tú sabes —comentaba el abuelo— que un bautismo siempre es válido, lo haga quien lo haga, con tal de que quien bautiza pretenda bautizar según la intención de la Santa y Romana Iglesia, cosa que los judíos saben a la perfección, y no sienten vergüenza ninguna en decir: «Yo te bautizo como lo haría un cristiano, en cuya idolatría yo no creo, pero él sigue creyendo porfiadamente». Así el pobre pequeño mártir tuvo, por lo menos, la suerte de irse al paraíso, por más que se fuera por obra del diablo.

Sospecharon en seguida de Mardoqueo. Para que hablara, le ataron las muñecas detrás de la espalda, le añadieron unas pesas en los pies, lo levantaron con una polea una docena de veces y luego lo dejaron caer de golpe al suelo. Entonces le pusieron azufre bajo la nariz, y aún lo metieron en agua helada y cuando sacaba la cabeza lo empujaban hacia abajo hasta que confesó. A saber: se decía que para acabar con el tormento, el miserable dio los nombres de cinco correligionarios que no tenían nada que ver y que fueron condenados a muerte mientras que a él, con las extremidades desarticuladas, lo pusieron en libertad, pero ya había perdido la razón; algún alma buena lo embarcó en un mercantil que iba a Génova, pues de otro modo los judíos lo habrían matado a pedradas. Y aún hay más, alguien decía que en el barco fue seducido por un barnabita que lo convenció para que se bautizara y que —con tal de obtener ayuda una vez desembarcado en el Reino de Cerdeña— aceptó, pero se mantuvo fiel en su corazón a la religión de sus padres. Sería, a la postre, lo que los cristianos denominan un marrano, salvo que una vez llegado a Turín y solicitado asilo en el gueto, negó haberse convertido nunca, y muchos lo consideraban un falso judío que conservaba en su corazón su nueva fe cristiana: como quien dice, era dos veces marrano. Claro que no pudiendo probar nadie todas esas comadrerías que llegaban de allende el mar, lo mantenía en vida la caridad de todos, harto parca, por la piedad debida a los dementes; eso sí, segregado en un tugurio que ni siquiera un habitante del gueto osaría habitar.

El abuelo consideraba que, fuera lo que fuese lo que hubiera hecho en Damasco, el viejo no se había vuelto loco ni por asomo. Simplemente, estaba animado por un odio inagotable hacia los cristianos y, en aquel cubil sin ventanas, agarrándole la muñeca con mano temblorosa y clavándole unos ojos que brillaban en la oscuridad, decíale que a partir de aquel momento había dedicado su vida a la venganza. Contábale cómo su Talmud prescribía el odio hacia la raza cristiana y cómo, para corromper a los cristianos, ellos, los judíos, inventaron a los francmasones, y él se había convertido en uno de sus dirigentes en la sombra, el que tenía bajo su mando las logias desde Nápoles hasta Londres, salvo que debía permanecer oculto, secreto y apartado, para que los jesuitas no le apuñalaran, pues le estaban dando la caza por doquier.

Mardoqueo, al hablar, miraba a su alrededor como si desde cada rincón oscuro hubiera de asomarse un jesuita armado de un puñal, sonábase luego la nariz ruidosamente; en parte lloraba por su triste condición, en parte sonreía astuto y vengativo saboreando el hecho de que el mundo ignorase su terrible poder, palpaba untuosamente la mano de Simonini, y seguía fantaseando. Y le decía que, si Simonini lo deseaba, su secta lo acogería con alegría, y él le haría entrar en la más secreta de las logias masónicas. Le reveló que tanto Manes, el profeta de la secta de los maniqueos, como el infame Anciano de la Montaña, que embriagaba con droga a sus Asesinos para luego mandarlos a ajusticiar a los príncipes cristianos, eran de raza judía. Que los francmasones y los Iluminados habían sido instituidos por los judíos, y que de los judíos se originaban todas las sectas anticristianas; eran ya tan numerosas en el mundo que llegaban a contar con millones de personas de todos los sexos, de todos los estados, de todos los rangos y de todas las condiciones, incluidos muchísimos clérigos e incluso algún cardenal, y de ahí a poco no perdían la esperanza de tener un Papa de su partido (años después, el abuelo habría de comentar que desde la ascensión al trono de Pedro de un ser ambiguo como Pío IX, la cosa ya no parecía tan inverosímil); que para engañar mejor a los cristianos, ellos mismos solían fingirse cristianos, viajando y pasando de un país a otro con falsos certificados de bautismo comprados a curas corruptos; que, a fuer de dinero y de engaños, esperaban obtener de todos los gobiernos un estado civil, como el que estaban obteniendo en muchos países; que cuando poseyeran derechos de ciudadanía como todos los demás, empezarían a conquistar casas y terrenos, y que mediante la usura despojarían a los cristianos de sus bienes hipotecarios y de sus tesoros; que ellos se proponían firmemente llegar a ser en menos de un siglo los dueños del mundo, abolir todas las demás sectas para que reinara la suya, transformar en sinagogas las iglesias de los cristianos y reducir al resto a la esclavitud.

—Eso es —concluía el abuelo—, lo que le revelé a Barruel. Quizá exageré un poco, diciendo que supe por todos lo que uno sólo me había confiado, pero estaba convencido y lo sigo estando de que el viejo me decía la verdad. Y así lo escribí, si me dejas acabar de leer.

Y el abuelo volvía a ponerse a leer:

Aquí quedan expuestos, Señor, los pérfidos proyectos de la nación judía, que yo he escuchado con mis propios oídos… Sería pues sumamente deseable que una pluma enérgica y superior cual es la vuestra hiciera que los mencionados gobiernos abrieran los ojos, y los instruyerais para hacer que semejante pueblo regrese a la abyección que merece, y en la que nuestros padres más políticos y más juiciosos que nosotros se preocuparon siempre de mantenerlos. A ello, Señor, yo os invito en mi propio nombre, rogándoos que le perdonéis a un Italiano, a un soldado, los errores de todo tipo que encontraréis en esta carta. Deseando que la mano de Dios os recompense lo más ampliamente por los escritos luminosos con los que habéis enriquecido a su Iglesia, y que Él inspire hacia vuestra persona, en quien los lea, la más alta estima y el respeto más profundo, cultivando los cuales, Señor, tengo el honor de ser vuestro humilde y obediente servidor, Juan Bautista Simonini.

Llegado a este punto, el abuelo siempre guardaba la carta en el cofre y yo preguntaba:

—¿Y qué respondió el abate Barruel?

—No se dignó contestarme. Pero supe, por buenos amigos de la Curia romana, que ese pávido temía que, de difundir esas verdades, se desencadenaría una matanza de judíos que él no tenía intención de provocar, al considerar que entre ellos había inocentes. Y, además, debieron de pesar ciertas conjuras de las juderías francesas de aquel entonces, cuando Napoleón decidió encontrarse con los representantes del Gran Sanedrín con el fin de obtener su apoyo para sus ambiciones y alguien debió de convencer al abate de que no le convenía enturbiar las aguas. Ahora, también es verdad que Barruel no quería callar, por lo que envió el original de la carta al sumo pontífice Pío VII y copias a muchos obispos. Y no acabó ahí el asunto, pues también hizo llegar la carta al cardenal Fesch, por aquel entonces primado de las Galias, para que la pusiera en conocimiento de Napoleón. Y lo mismo hizo con el jefe de la policía de París. Y la policía parisina, me dicen, llevó a cabo una investigación en la curia romana, con el objeto de saber si yo era un testigo creíble: ¡por los demonios si lo era!, y los cardenales no pudieron negarlo. En fin, Barruel tiraba la piedra y escondía la mano, no quería promover mayores revuelos que los que ya había levantado su libro, pero, dándose aires de uno que calla, comunicaba mis revelaciones a medio mundo. Has de saber que Barruel fue educado por los jesuitas hasta que Luis XV los expulsó de Francia, que después recibió órdenes como clérigo secular, para volver a convertirse en jesuita cuando Pío VII devolvió plena legitimidad a la orden. Ahora bien, tú sabes que yo soy un católico ferviente y que profeso el máximo respeto por quienquiera que lleve unos hábitos, pero desde luego un jesuita no deja de ser un jesuita, dice una cosa, hace otra; hace una y dice la otra, y Barruel no se condujo de otro modo…

Y el abuelo se reía escupiendo saliva a través de los pocos dientes que le quedaban, divertido por aquella sulfúrea impertinencia.

—Mira, Simonino mío —concluía—, yo soy viejo, no tengo vocación de voz que clama en el desierto; si no han querido escucharme, responderán de ello ante el Padre Eterno, pero a vosotros los jóvenes os encomiendo la antorcha del testimonio, ahora que estos siempre malditos judíos van recuperando su poderío, y nuestro pávido soberano Carlos Alberto se muestra cada vez más indulgente con ellos. Ya lo atropellarán, ya, con su conjura…

—¿Conjuran también aquí en Turín? —preguntaba yo.

El abuelo miraba a su alrededor como si alguien escuchara sus palabras, mientras las sombras del atardecer oscurecían la habitación:

—Aquí y en todos los sitios —decía—. Son una raza maldita, y su Talmud les da la consigna, como afirma quien sabe leerlo, de maldecir tres veces al día a los cristianos y pedirle a Dios que sean exterminados y destruidos; y si uno de ellos se encuentra con un cristiano ante un precipicio, tiene el deber de despeñarlo. ¿Tú sabes por qué te llamas Simonino? He querido que tus padres te bautizaran con este nombre en memoria de san Simón, un niño mártir que en el lejano siglo XV, allá por Trento, fue secuestrado por los judíos, que lo mataron y despedazaron, para usar luego la sangre en sus ritos.

* * *

«Si no te portas bien y no te vas a la cama corriendo, esta noche te visitará el horrible Mardoqueo.» Así me amenaza el abuelo. Y a mí me cuesta quedarme dormido, en mi cuartito bajo el tejado, poniendo el oído a cualquier crujido de la vieja casa, casi oyendo por la escalerilla de madera los pasos del terrible viejo que viene a buscarme para arrastrarme a su infernal habitáculo, con la intención de hacerme comer panecillos ázimos amasados con la sangre de mártires infantes. Confundiéndome con otros cuentos que le he oído a ama Teresa, la vieja criada que ya amamantó a mi padre y sigue trajinando por casa, oigo a Mardoqueo que masculla salivando lúbrico: «Mmm, mmm, huele a carne fresca de cristiano».

* * *

Ya tengo casi catorce años, y varias veces he sentido la tentación de entrar en el gueto, que está desbordándose de sus antiguos límites, visto que en Piamonte van a quitar muchas restricciones. Es posible que, mientras vagabundeo casi en los confines de ese mundo prohibido, me tropiece con algunos judíos, pues he oído decir que muchos han abandonado sus vestimentas tradicionales. Se disfrazan, dice el abuelo, se disfrazan, pasan a nuestro lado y nosotros ni siquiera lo sabemos. Mientras vago por los márgenes,

... casi oyendo por la escalerilla de madera los pasos del terrible viejo que viene a buscarme para arrastrarme a su infernal habitáculo, con la intención de hacerme comer panecillos ázimos amasados con la sangre de mártires infantes... (p. 84)

me he encontrado con una joven con el cabello negro que cada mañana cruza la piazza Carlina para llevar no sé qué cesto cubierto por un paño a una tienda cercana. Mirada ardiente, ojos de terciopelo..., es imposible que sea una judía, que esos padres que el abuelo me describe, con el rostro de torvo rapaz y los ojos venenosos, puedan generar hembras de esa raza. Aun así, no puede sino venir del gueto.

Es la primera vez que miro a un mujer que no sea ama Teresa. Paso una y otra vez, todas las mañanas y, cuando la veo de lejos, se me acelera un poco el corazón. Las mañanas que no la veo, merodeo por la plaza como si estuviera buscando una vía de escape y las rechazara todas, y todavía estoy allí mientras el abuelo me espera en la mesa mordisqueando furioso migas de pan.

Una mañana me atrevo a parar a la muchacha, con los ojos bajos le pregunto si puedo ayudarla a llevar el cesto. Ella responde con altanería, en dialecto, que puede llevarlo perfectamente ella sola. Pero no me llama *monssü* sino *gagnu*, niño. No he vuelto a buscarla, no he vuelto a verla. ¿Me ha humillado una hija de Sión? ¿Quizá porque estoy gordo? Así es cómo empezó mi guerra con las hijas de Eva.

* * *

En toda mi infancia, el abuelo no quiso mandarme a los colegios del Reino porque decía que los maestros sólo eran carbonarios y republicanos. Viví todos aquellos años en casa, yo sólo, mirando con rencor, durante horas, a los demás chicos que jugaban a la orilla de río, como si me sustrajeran algo que era mío; el resto del tiempo, permanecía encerrado en una habitación con un padre jesuita, que el abuelo elegía siempre, según mi edad, entre los corbachos negros de los que se rodeaba. Odiaba al maestro de turno, no sólo porque me enseñaba las cosas a palmetazos en los dedos, sino también porque mi padre (las pocas veces que se demoraba distraídamente conmigo) me instilaba odio hacia los curas.

—Pero los maestros no son curas, son padres jesuitas —decía yo.

—Peor aún —replicaba mi padre—. No hay que fiarse nunca de los jesuitas. ¿Sabes qué ha escrito un santo sacerdote? (Digo sacerdote, fíjate bien, no un masón, un carbonario, un Iluminado de Satanás como dicen que es, sino un sacerdote de angélica bondad, el abate Gioberti.) Pues bien, ha escrito que el jesuitismo desacredita, molesta, tribula, calumnia, persigue, arruina a los hombres dotados de espíritu libre; es el jesuitismo el que echa de los cargos públicos a los buenos y valerosos y los sustituye por tristes y viles; es el jesuitismo el que lentifica, obstruye, molesta, trastorna, mengua, corrompe de mil maneras la instrucción pública y privada, el que siembra rencores, desconfianzas, animosidades, odios, peleas, discordias evidentes y ocultas entre los individuos, las familias, las clases, los Estados, los gobiernos y los pueblos. Es el jesuitismo el que debilita los intelectos, doma los corazones y los deseos con la ignavia, embota a los jóvenes con una disciplina blanda, corrompe la edad madura con una moral complaciente e hipócrita, combate, entibia, apaga la amistad, los afectos domésticos, la piedad filial, el santo amor por la patria en el mayor número de los ciudadanos… No hay secta en este mundo más desprovista de vísceras (ha escrito), tan dura y despiadada, cuando se trata de sus intereses, como la Compañía de Jesús. Bajo ese rostro amable y halagador, esas dulces y melifluas palabras, esa disposición amable y afabilísima, el jesuita que dignamente responde a la disciplina de la Orden y a los gestos de los superiores, tiene un alma de hierro, impenetrable a los sentidos más sagrados y a los afectos más nobles. El jesuita pone rigurosamente en práctica el precepto de Maquiavelo por el cual donde se delibera de la salud de la patria, no se debe tener en consideración alguna ni lo justo ni lo injusto, ni lo piadoso ni lo cruel. Y por eso se los educa desde niños, en sus colegios, para que no cultiven los afectos familiares, para que no tengan amigos, siempre en disposición de revelar a sus superiores cualquier mínima falta incluso del compañero más querido, para disciplinar cualquier movimiento del corazón y prepararse a la obediencia absoluta, *perinde ac cadaver*. Gioberti decía que mientras los Fasingarios de la India, a saber, una secta de estranguladores, inmolan a su deidad los cuerpos de los enemigos matándolos con la soga o con el cuchillo, los jesuitas de Italia matan el alma con la lengua, como los reptiles, o con la pluma.

—Claro que siempre me ha hecho sonreír —concluía mi padre— que algunas de estas ideas, Gioberti las tomara de segunda mano de una novela publicada un año antes, *El judío errante* de Eugenio Sue.

* * *

Mi padre. La bestia negra de la familia. Si he de dar crédito al abuelo, mi padre formaba parte de los carbonarios. Cuando aludía a las opiniones del abuelo se limitaba a decirme en voz baja que no escuchara sus devaneos, pero, no sé si por pudor, por respeto hacia las ideas de su padre, o por desinterés hacia mí, evitaba hablarme de sus propios ideales. A mí me bastaba con escuchar alguna conversación del abuelo con los jesuitas, o creerme los cotilleos de ama Teresa con el portero para entender que mi padre pertenecía a aquellos que no sólo aprobaban la Revolución y Napoleón, sino que incluso hablaban de una Italia que se sacudiría de encima el Imperio Austriaco, a los Borbones y al Papa, y se convertiría en (palabra que en presencia del abuelo no había de pronunciarse) Nación.

* * *

Los primeros rudimentos me los impartió el padre Pertuso, con su perfil de garduña. Él fue el primero en instruirme en la historia de nuestros días (mientras que el abuelo me instruía en la de los tiempos pasados).

Más tarde, ya corrían las primeras voces sobre los movimientos carbonarios —y me aprovisionaba de noticias en las gacetas que le llegaban a mi padre ausente incautándolas antes de que el abuelo las mandara destruir— y yo recuerdo que había de seguir las clases de latín y de alemán que me impartía el padre Bergamaschi, tan íntimo del abuelo que en el palacio le habían reservado una alcoba no lejana de la mía. El padre Bergamaschi... A diferencia del padre Pertuso, era un hombre joven, de buena presencia, con los cabellos ondulados, un hermoso rostro bien dibujado y labia fascinante; por lo menos en casa, llevaba con dignidad una sotana bien cuidada. Recuerdo sus manos blancas con dedos largos y uñas un poco más largas de lo que se podía esperar de un hombre de Iglesia.

Cuando me veía inclinado estudiando, solíase sentar detrás de mí y, acariciándome la cabeza, poníame en guardia contra los muchos peligros que amenazaban a un joven ingenuo y me explicaba cómo la carbonería no era sino un disfraz del flagelo mayor, el comunismo.

—Los comunistas —decía— no parecían temibles hasta ayer, pero ahora, tras el manifiesto de ese Marsh (así parecía pronunciar), tenemos que poner al desnudo sus confabulaciones. Tú no sabes nada de Babeta de Interlaken, la digna sobrina de Weishaupt, la que ha sido llamada la Gran Virgen del comunismo helvético.

Quién sabe por qué el padre Bergamaschi parecía estar menos obsesionado por las insurrecciones milanesas o vienesas de las que se hablaba en aquellos días, que por los choques religiosos que se habían producido en Suiza entre católicos y protestantes.

—Babeta nació de forma fraudulenta y creció entre la crápula, los hurtos, la rapiña y la sangre, y sólo conocía a Dios por haber oído de continuo blasfemar su nombre. En las escaramuzas en Lucerna, cuando los radicales mataron a algunos católicos de los cantones primitivos, Babeta les arrancaba el corazón y les sacaba los ojos. Agitando al viento su cabellera rubia de concubina de Babilonia, ocultaba bajo el manto de sus gracias el hecho de que era el heraldo de las sociedades secretas, el demonio que sugería todos los engaños y las astucias de aquellas misteriosas congregaciones; Babeta aparecía de improviso y desaparecía en un visto y no visto como un duende, sabía secretos impenetrables, robaba despachos diplomáticos sin alterar sus sellos, se deslizaba como un áspid en los recónditos gabinetes de Viena, de Berlín e incluso de San Petersburgo, fabricaba letras de cambio, alteraba las cifras de los pasaportes; ya desde niña conocía el arte de confeccionar venenos y de propinarlos según las órdenes de su secta. Parecía tener el diablo en el cuerpo, tal era la fuerza de su fibra, la fascinación de sus miradas.

Yo abría mucho los ojos, intentaba no escuchar, pero por la noche soñaba con Babeta de Interlaken. Mientras en el duermevela me proponía borrar la imagen de ese demonio rubio con su sedosa cabellera que le acariciaba los hombros —claramente desnudos—, de ese duende demoníaco y perfumado, con el seno jadeante por su voluptuosidad de audaz réproba y pecadora, la anhelaba como modelo de imitación; a saber, sólo pensar en acariciarla con los dedos me producía horror; lo que sentía era el deseo de ser como ella, agente omnipotente y secreto que alteraba las cifras de los pasaportes, llevando a la perdición a sus víctimas del otro sexo.

* * *

Mis maestros gustaban de comer bien, y este vicio debe de habérseme pegado también en edad adulta. Recuerdo mesas, comedidas en su regocijo, donde los buenos padres discutían sobre las excelencias de un *bujì* que el abuelo había mandado preparar.

Se necesitaba por lo menos medio kilo de morcillo de buey, un rabo, culata, salchichas, lengua de ternera, cabeza, manos, gallina, una cebolla, dos zanahorias, dos tallos de apio, un puñado de perejil. Se ponía todo a cocer con tiempos distintos, según el tipo de carne. Pero, como recordaba el abuelo, y el padre Bergamaschi aprobaba con enérgicos movimientos de cabeza, nada más colocar el cocido en una bandeja, había que esparcir un puñado de sal gruesa sobre la carne y verterle algunos cazos de caldo hirviendo, para que resaltara el sabor. Poco acompañamiento, salvo alguna patata, aunque eran fundamentales las salsas, ya sea *mostarda* de uvas, salsa de rábano, *mostarda* de fruta a la mostaza, y sobre todo (el abuelo no transigía) el *bagnetto verde*: un puñado de perejil, cuatro anchoas, la miga de un panecillo, una cucharadita de alcaparras, un diente de ajo, una yema de huevo duro. Todo triturado muy fino, con aceite de oliva y vinagre.

Éstos eran, recuerdo, los placeres de mi infancia y mi adolescencia. ¿Qué más se puede pedir?

* * *

Tarde de bochorno. Estoy estudiando. El padre Bergamaschi se sienta silencioso detrás de mí, su mano se cierra sobre mi nuca, y me susurra que a un chico tan pío, tan bienintencionado, que quisiera evitar las seducciones del sexo enemigo, él podría ofrecerle no sólo una amistad paterna, sino el calor y el afecto que puede darle un hombre maduro.

Desde entonces no he vuelto a dejar que me tocara un cura. ¿Será que me disfrazo de abate Dalla Piccola para ser yo quien toque a los demás?

* * *

Ahora bien, hacia mi decimoctavo año, el abuelo, que quería que fuera abogado (en Piamonte se le llama abogado a quienquiera que haya estudiado derecho), se resignó a dejarme salir de casa y mandarme a la universidad. Experimentaba por vez primera la relación con mis coetáneos, pero era demasiado tarde, pues lo vivía de forma desconfiada. No entendía sus risas sofocadas y las miradas de complicidad cuando hablaban de mujeres, y se pasaban libros franceses con unos grabados repulsivos. Yo prefería estar solo y leer. Mi padre recibía en suscripción desde París *Le Constitutionnel*, donde había salido por entregas *El judío errante* de Sue, y naturalmente devoré aquellos fascículos. Y allí me enteré de cómo la infame Compañía de Jesús sabía tramar los crímenes más abominables para apoderarse de una herencia, conculcando los derechos de los desheredados y de los buenos. Y junto a la desconfianza hacia los jesuitas, aquella lectura me inició en las delicias del folletín: en la buhardilla encontré una caja de libros que mi padre, evidentemente, había sustraído al control del abuelo e (intentando yo también mantener oculto al abuelo ese vicio solitario) me pasaba tardes enteras dejándome los ojos con *Los misterios de París*, *Los tres mosqueteros*, *El conde de Montecristo*...

Habíamos entrado en aquel año admirable que fue 1848. Todos los estudiantes exultaban por la subida al solio pontificio del cardenal Mastai Ferretti, ese papa Pío IX que dos años antes había concedido la amnistía por los crímenes políticos. El año empezó con los primeros movimientos antiaustriacos de Milán, donde los ciudadanos se dedicaron a no fumar para poner en crisis a la Hacienda del Imperial Regio Gobierno (y a los ojos de mis compa-

... Yo abría mucho los ojos, intentaba no escuchar, pero por la noche soñaba con Babeta de Interlaken... (p. 91)

ñeros de Turín, aquellos compañeros milaneses eran auténticos héroes, pues aguantaban a pie firme ante los soldados y los funcionarios de policía que los provocaban lanzando bocanadas de humo de cigarros ricamente aromáticos). Aquel mismo mes, estallaron unos movimientos revolucionarios en el Reino de las Dos Sicilias y Fernando II prometió una constitución. En febrero, en París, la insurrección popular destronaba a Luis Felipe y proclamaba (¡de nuevo y por fin!) la república —se abolían la pena de muerte para los delitos políticos y la esclavitud, y se instauraba el sufragio universal—; en marzo, el Papa concedió no sólo la constitución sino también la libertad de prensa, y liberó a los judíos del gueto de muchos y humillantes rituales y servidumbres. Y en ese mismo período, también concedía la constitución el gran duque de Toscana, mientras que Carlos Alberto promulgaba el Estatuto en el Reino de Cerdeña. Por último, se produjeron los movimientos revolucionarios de Viena, y Bohemia, y Hungría, y aquellas cinco jornadas de la insurrección de Milán que llevarían a la expulsión de los austriacos, con el ejército piamontés entrando en guerra para anexionar el Milán liberado al Piamonte. Entre mis compañeros se rumoreaba la aparición de un Manifiesto de los Comunistas, de modo que exultaban no sólo los estudiantes sino también los trabajadores y los hombres de baja condición, todos ellos convencidos de que de ahí a poco ahorcarían al último cura con las tripas del último rey.

No todas las noticias eran buenas, pues Carlos Alberto estaba siendo derrotado y era considerado un traidor por los milaneses y, en general, por todos los patriotas; Pío IX, asustado por el asesinato de un ministro suyo, se refugió en Gaeta, huésped del rey de las Dos Sicilias y tras haber tirado la piedra, escondía la mano, demostrándose menos liberal de lo que parecía al principio; muchas de las constituciones concedidas eran retiradas... Claro que, mientras tanto, Garibaldi y los patriotas mazzinianos habían llegado a Roma y, a principios del año siguiente, se proclamaría la República Romana.

Mi padre desapareció definitivamente de casa en marzo; ama Teresa estaba convencida de que se había unido a los insurgentes milaneses, salvo que, hacia diciembre, uno de los jesuitas de casa trajo la noticia de que se había unido a los mazzinianos que acudían a luchar por la República Romana. Destrozado, el abuelo me freía a espantosos vaticinios que transformaban el *annus mirabilis* en *annus horribilis*. Tanto es así que, esos mismos meses, el gobierno piamontés suprimía la orden de los jesuitas y confiscaba sus bienes, y, para no dejar piedra sobre piedra a su alrededor, suprimía también las órdenes denominadas jesuitantes, como las de los Oblatos de San Carlos, los de María Santísima y los Redentoristas.

—Estamos ante la llegada del Anticristo —se quejaba el abuelo y, naturalmente, atribuía todos los acontecimientos a las confabulaciones de los judíos, al ver que se cumplían las más tristes profecías de Mardoqueo.

* * *

El abuelo prestaba asilo a los padres jesuitas que intentaban sustraerse al furor popular, a la espera de reintegrarse de alguna forma en el clero secular, y a primeros de 1849 muchos de ellos llegaban clandestinamente de Roma, refiriendo atrocidades sobre lo que sucedía allí.

El padre Pacchi. Tras haber leído *El judío errante* de Sue, lo veía como la encarnación del padre Rodin, el jesuita perverso que actuaba en la sombra sacrificando todo principio moral al triunfo de la Compañía, quizá porque, como el padre Rodin, ocultaba siempre su afiliación a la orden llevando indumentaria seglar, es decir, vistiendo una levita raída con el cuello embebido de sudor antiguo y cubierto de caspa, un pañuelo de mano por corbata, un chaleco de paño negro que enseñaba la hilaza, zapatos gruesos siempre incrustados de fango, que apoyaba sin consideración en las hermosas alfombras de nuestra casa. Tenía un rostro afilado, delgado y cadavérico, cabellos grises y untuosos pegados a las sienes, ojos de tortuga, labios finos y violáceos.

No contento con inspirar disgusto con su mero sentarse a la mesa, nos quitaba el apetito a todos contando historias tremebundas con los tonos y el lenguaje de un sagrado predicador:

—Amigos míos, la voz me tiembla, empero, no puedo dejar de hablaros. La lepra se ha extendido desde París, porque Luis Felipe, desde luego no era lo que se dice virtuoso, pero sí era un dique contra la anarquía. ¡Yo he visto al pueblo romano estos días! Canallas harapientos y despeinados, facinerosos que por un vaso de vino renegarían del paraíso. No un pueblo sino una plebe, que en Roma se ha mancornado con los viles desechos de las ciudades italianas y extranjeras, garibaldinos y mazzinianos, instrumento ciego de todos los males. No sabéis lo nefandas que son las abominaciones cometidas por los republicanos. Entran en las iglesias y rompen las urnas de los mártires, dispersan sus cenizas al viento y de la urna hacen bacín. Arrancan las sagradas piedras de los altares y las mancillan con heces, arañan con los puñales las estatuas de la Virgen, a las imágenes les sacan los ojos y con carbón trazan palabras de lupanar. A un sacerdote que hablaba contra la República lo arrastraron a un zaguán, lo cosieron a puñaladas, le extirparon los ojos de raíz y le arrancaron la lengua, y, tras haberlo destripado, le enrollaron sus intestinos alrededor del cuello y lo estrangularon, por si aún no estaba muerto. Y no creáis que aunque Roma sea liberada (ya se habla de ayudas que deben acudir desde Francia), los mazzinianos serán derrotados. Han ido apareciendo en todas las provincias de Italia, son astutos y taimados, simuladores e impostores, valientes y muy dispuestos, pacientes y constantes. Seguirán reuniéndose en las guaridas más secretas de las ciudades, la simulación y la hipocresía les permitirá entrar en los secretos de los gabinetes, en la policía, en los ejércitos, en las flotas, en las ciudadelas.

—Y mi hijo está entre ellos —lloraba el abuelo, destrozado en el cuerpo y en el espíritu.

Luego acogía en su mesa un excelente estofado al Barolo.

—Mi hijo no entenderá nunca —decía— la belleza de esta carne roja con cebolla, zanahoria, apio, salvia, romero, laurel, clavo, canela, enebro, sal, pimienta, mantequilla, aceite de oliva y, naturalmente, una botella de Barolo, servido con polenta o puré de patatas. Haced, haced la revolución..., se ha perdido el gusto por la vida. Queréis echar al Papa para comer la *bouillabaisse* a la nizarda, a eso nos obligará ese pescador de Garibaldi... Ya no hay religión.

* * *

... A un sacerdote que hablaba contra la República lo arrastraron a un zaguán, lo cosieron a puñaladas, le extirparon los ojos de raíz y le arrancaron la lengua... (p. 98)

A menudo el padre Bergamaschi se ponía ropa seglar y se iba diciendo que se ausentaría durante unos días, sin especificar ni cómo ni para qué. Entonces yo entraba en su habitación, me apoderaba de su sotana, me la ponía e iba a admirarme al espejo, esbozando movimientos de danza. Como si fuera —el cielo me perdone— una mujer, o lo fuera aquel a quien imitaba. Si saliera a la luz que el abate Dalla Piccola soy yo, ello esclarecería los orígenes lejanos de estos gustos teatrales míos.

Encontré dinero (que evidentemente el padre había olvidado) en los bolsillos de la sotana y decidí concederme tanto algunos pecados de gula como algunas exploraciones por lugares de la ciudad que a menudo había oído celebrar.

Así vestido —y sin tener en cuenta que en aquellos tiempos eso constituía una provocación—, me adentraba en los meandros del Balôn, ese barrio de Porta Palazzo que entonces estaba habitado por la escoria de la población turinesa, donde se reclutaba el ejército de los peores sinvergüenzas que infestaban la ciudad. Con ocasión de las fiestas, el mercado de Porta Palazzo ofrecía una animación extraordinaria: la gente chocaba entre sí, se arremolinaba alrededor de los puestos, las criadas entraban en tropel en las carnicerías, los mozalbetes se detenían estáticos ante el fabricante de turrones, los glotones hacían sus compras de aves, caza y embutidos, en los restaurantes no se encontraba una mesa libre, y yo acariciaba con mi sotana revoloteadoras faldas femeninas, y acechaba con el rabillo del ojo, que mantenía eclesiásticamente fijo en las manos unidas, cabezas de mujer con sombreritos, cofias, velos o pañuelos, y me sentía aturdido por el ajetreo de diligencias y carros, por los gritos, los chillidos, el estruendo.

Excitado por aquella efervescencia, que el abuelo y mi padre, aun por opuestas razones, hasta entonces me habían ocultado, llegueme hasta uno de los lugares legendarios de la Turín de aquel entonces. Vestido de jesuita, y disfrutando con malicia del estupor que levantaba, iba yo al Caffè al Bicerin, cerca del Santuario de la Consolata, a tomarme ese vasito con protección y asa de metal, con su aroma de leche, cacao y otras fragancias. Todavía no sabía que del *bicerin* escribiría Alejandro Dumas, uno de mis héroes, algunos años más tarde; pero en el curso de mis no más de dos o tres incursiones a aquel lugar mágico, aprendí todo sobre ese néctar, que derivaba de la *bavareisa*, aunque claro, si en la *bavareisa*, leche, café y chocolate están mezclados y dulcificados con sirope, en el *bicerin* los tres ingredientes se sirven en capas separadas y muy calientes, de modo que se pueden pedir tres variedades, *pur e fiur*, con café y leche; *pur e barba*, café y chocolate, y *'n poc 'd tut*, con los tres ingredientes.

La beatitud de aquel ambiente con el marco exterior de hierro, los carteles de anuncio a los lados, las columnillas y los capiteles de fundición, las *boiseries* interiores decoradas por espejos, las mesillas de mármol, la barra detrás de la cual sobresalían los botes, con su perfume de almendra, de cuarenta tipos distintos de peladillas... Me gustaba sentarme a observar sobre todo los domingos, porque la bebida era el néctar de quienes, habiendo ayunado para prepararse a la comunión, buscaban consuelo al salir de la Consolata; el *bicerin* también era muy solicitado en tiempos de ayuno cuaresmal, puesto que el chocolate caliente no se consideraba comida. Hipócritas.

Pero, aparte de los placeres del café y del chocolate, lo que me causaba satisfacción era parecer otra persona: el hecho de que la gente no supiera quién era yo de verdad me daba una sensación de superioridad. Era el dueño de un secreto.

* * *

Luego tuve que limitar y, posteriormente, interrumpir aquellas aventuras, porque temía toparme con alguno de mis compañeros, que desde luego no me conocían como tragasantos y me consideraban inflamado por su mismo ardor carbonario.

Con aquellos aspirantes a la patria rebelión, solíamos encontrarnos en la Osteria del Gambero d'Oro. En una calle estrecha y oscura, por encima de una entrada aún más oscura un rótulo con una gamba dorada recitaba *All'Osteria del Gambero d'Oro, buon vino e buon ristoro*. Dentro se abría un zaguán que servía de cocina y de tasca. Se bebía entre olores de embutidos y de cebolla, a veces se jugaba a la morra, más a menudo, conjurados sin conjura, pasábamos la noche imaginando insurrecciones inminentes. La cocina del abuelo me había acostumbrado a vivir como un sibarita, mientras que en el Gambero d'Oro a lo sumo se podía (si uno tenía buena boca) satisfacer el hambre. Pero había que hacer vida de sociedad, y alejarse de los jesuitas de casa, por lo cual, mejor las aceitosidades del Gambero, con algunos amigos joviales, que las tétricas cenas caseras.

Hacia el alba salíamos con el aliento saturado de ajo y el corazón lleno de ardores patrióticos, y nos perdíamos en una confortable capa de niebla, ideal para sustraerse a la mirada de los espías de la policía. A veces subíamos allende el Po, observando desde lo alto los tejados y los campanarios que flotaban entre aquellos vapores que inundaban la llanura, mientras a lo lejos la basílica de Superga, ya iluminada por el sol, parecía un faro en medio del mar.

Nosotros, los estudiantes, no hablábamos sólo de la Nación futura. Hablábamos, como sucede a esas edades, de mujeres. Con los ojos encendidos, cada uno recordaba una sonrisa robada al mirar hacia un balcón, una mano acariciada al bajar una escalinata, una flor mustia caída de un misal y recogida (decía el embustero) mientras todavía conservaba el perfume de la mano que la colocara entre aquellas sagradas páginas. Yo me retraía, ceñudo, y me ganaba la fama de mazziniano de íntegras y severas costumbres.

Salvo que, una noche, el más licencioso de nuestros compañeros reveló que había descubierto en el desván, bien ocultos en un arcón por su desvergonzadísimo padre, y crápula, algunos de aquellos volúmenes que entonces en Turín se denominaban (en francés) *cochons*, y al no osar mostrárnoslos en la grasienta mesa del Gambero d'Oro, decidió prestárnoslos por turno, de modo que, cuando llegó el mío, no pude negarme.

De madrugada, hojeé aquellos tomos, que debían ser preciados y caros, encuadernados en tafilete, nervios en el lomo y tejuelo dorado, corte de oro, *fleurons* dorados en los planos y —algunos— *aux armes*. Se titulaban *Une veillée de jeune fille* o *Ah! monseigneur, si Thomas nous voyait!* Y yo me estremecía al pasar aquellas hojas y ver grabados que hacían que me gotearan ríos de sudor desde los cabellos hasta las mejillas y el cuello: hembras de joven edad que levantaban las faldas para mostrar nalgas de una

... Pero, aparte de los placeres del café y del chocolate, lo que me causaba satisfacción era parecer otra persona... *(p. 102)*

deslumbrante belleza, ofrecidas al ultraje de machos lascivos. Y no sabía si más me turbaban aquellas redondeces sin pudor o la sonrisa casi virginal de esa doncella, que volvía impúdicamente la cabeza hacia su profanador, con ojos maliciosos y un mohín casto que iluminaba su rostro enmarcado por cabellos corvinos dispuestos en dos moños laterales; o mucho más terribles, tres hembras en un sofá que abrían las piernas enseñando la que debería haber sido la natural defensa de su pubis virginal, una ofreciéndosela a la mano derecha de un semental con los cabellos alborotados, que mientras tanto estaba penetrando y besando a la inverecunda vecina, y a la tercera, descuidando su ingle descubierta, abríale con la mano izquierda el escote apenas licencioso, arrugándole el corsé. Y luego encontré la curiosa caricatura del abad con el rostro granujiento que, al acercar el ojo, resultaba compuesto por desnudos masculinos y femeninos enlazados de las maneras más dispares y penetrados por enormes miembros viriles, muchos de los cuales caían en legión sobre la nuca para formar, con sus testículos, una densa cabellera que terminaba con bucles rechonchos.

No recuerdo cómo acabó aquella noche de gatuperio, cuando el sexo se me presentó en sus aspectos más tremendos (en el sentido sagrado del término, como estruendo del trueno que inspira, junto al sentimiento de lo divino, el temor de lo diabólico y de lo sacrílego). Recuerdo sólo que logré salir de aquella perturbadora experiencia repitiéndome a media voz, como una jaculatoria, la frase de no sé qué escritor de temas sagrados que el padre Pertuso me había hecho aprender de memoria años antes: «La belleza del cuerpo sólo existe en la piel. En efecto, si los hombres vieran lo que hay debajo de ella, la sola vista de las mujeres les resultaría nauseabunda: esa gracia femenina no es sino sebo, sangre, humores, hiel. Considerad lo que se esconde en las narices, en la garganta, en el vientre... Y nosotros que no osamos tocar ni siquiera con la punta de los dedos el vómito o el estiércol, ¿cómo podemos desear, pues, estrechar entre nuestros brazos un saco de excrementos?».

Quizá a esa edad todavía creía en la justicia divina, y atribuí lo que sucedió el día siguiente a su venganza por aquella noche atroz. Encontré al abuelo reclinado en su sillón, boqueando mientras asía un papel arrugado entre las manos. Llamamos al médico, cogí la carta y leí que mi padre había sido traspasado mortalmente por una bala francesa mientras defendía la República Romana, precisamente ese mes de junio de 1849 en que el general Oudinot, por encargo de Luis Napoleón, acudió a liberar el sagrado solio de mazzinianos y garibaldinos.

El abuelo no murió, y eso que tenía más de ochenta años, pero durante días estuvo encerrado en un silencio resentido, no se sabe si odiando a los franceses o a los papistas que le habían matado al hijo, o al hijo que irresponsablemente había osado desafiarlos, o a los patriotas en su conjunto que lo habían corrompido. De vez en cuando dejaba escapar quejosos silbidos, aludiendo a la responsabilidad de los judíos en esas circunstancias que agitaban Italia al igual que hacía cincuenta años habían trastornado Francia.

* * *

Quizá para evocar a mi padre, me paso largas horas en la buhardilla con las novelas que ha dejado, y consigo interceptar el *José Bálsamo* de Dumas, que llega por correo cuando él ya no lo podrá leer.

Este libro prodigioso cuenta, como todo el mundo sabe, las aventuras de Cagliostro y cómo urdió la trama del collar de la reina, logrando en una sola tanda arruinar moral y financieramente al cardenal de Rohan, comprometer a la soberana y exponer al ridículo a toda la corte, hasta el punto que muchos consideraban que el fraude de Cagliostro contribuyó a minar el prestigio de la institución monárquica de tal manera que preparó ese clima de descrédito que llevaría a la Revolución del 89.

Pero Dumas hace mucho más, y ve en Cagliostro, esto es, en José Bálsamo, a un hombre capaz de organizar de forma consciente no sólo una estafa sino un complot patriótico a la sombra de la masonería universal.

Me fascinaba la *ouverture*. Escena: el mont Tonerre, el monte del Trueno. En la orilla izquierda del Rhin, a pocas leguas de Worms, empiezan a elevarse las primeras cordilleras de una serie de lúgubres montañas, la silla del Rey, la roca de los Halcones, la cresta de la Serpiente, y la más elevada de todas, el monte del Trueno. El día 6 de mayo de 1770 (casi veinte años antes del estallido de la fatídica Revolución), en el momento en que se ocultaba el sol tras la aguja de la catedral de Estrasburgo, dividiéndolo casi en dos hemisferios de fuego, un Desconocido que venía de Maguncia, al subir las laderas de esa montaña, en cierto momento abandonaba a su caballo y le capturaban unos seres enmascarados que, tras haberlo vendado, lo llevaban más allá del bosque a un claro donde los esperaban trescientos fantasmas envueltos en sudarios y armados con espadas de dos filos, los cuales inmediatamente lo sometían a un prolongado interrogatorio.

¿Qué deseas? Ver la luz. ¿Estás dispuesto a jurar? Y lo sometían a una serie de pruebas, como beber la sangre de un traidor que acababan de matar, dispararse a la sien con una pistola para experimentar el propio sentido de la obediencia, y paparruchas semejantes, que evocaban rituales masónicos de ínfimo rango, bien conocidos también por los lectores populares de Dumas, hasta que el viajero decidía cortar por lo sano y dirigirse altanero a la congregación, aclarando que conocía todos sus ritos y trucos y que, por lo tanto, dejaran de hacer teatro, porque él era algo más que todos ellos, era el jefe por derecho divino de aquella congregación masónica universal.

Y llamaba, para ponerlos bajo su dominio, a los miembros de las logias masónicas de Estocolmo, de Londres, de Nueva York, de Zurich, de Madrid, de Varsovia, y de diferentes países asiáticos, todos ellos congregados en el monte del Trueno.

¿Por qué estaban reunidos allí los masones de todo el mundo? El Desconocido ahora lo explicaba: pedía la mano de hierro, la espada de fuego, y las balanzas de diamante para echar al Impuro de la tierra, es decir, envilecer y destruir a los dos grandes enemigos de la humanidad, el trono y el altar (bien me había dicho el abuelo que el lema del infame Voltaire era *écrasez l'infame*). El Desconocido recordaba entonces que él vivía, como todo buen nigromante de su época, desde hacía miles de generaciones, desde antes de Moisés y quizá de Asurbanipal, y llegaba de Oriente para anunciar que la hora había llegado. Los pueblos forman una inmensa falange que marcha sin cesar hacia la luz, y Francia estaba en la vanguardia de esa falange. Había de serle colocada la antorcha verdadera de tal marcha para que alumbrara de nuevo al mundo incendiándolo. En Francia todavía reinaba un rey viejo y corrupto, a quien le aguardaban pocos años de vida. Aunque uno de los congregados —que luego resultaba ser Lavater, el excelso fisonomista— intentaba hacer notar que el rostro de su dos jóvenes sucesores (el futuro Luis XVI y su mujer María Antonieta) revelaba una índole buena y caritativa, el Desconocido (en el cual los lectores probablemente deberían haber reconocido a ese José Bálsamo que en el libro de Dumas todavía no había sido mencionado) recordaba que no había que cuidarse de la humana piedad cuando se trataba de hacer avanzar la antorcha del progreso. En el término de veinte años la monarquía francesa había de ser borrada de la faz de la tierra.

A esas alturas cada representante de cada logia de cada país se adelantaba ofreciendo quiénes hombres, quiénes riquezas, para el triunfo de la causa republicana y masónica, con el lema del *lilia pedibus destrue*, pisotea y destruye el lis de Francia.

No me pregunté si el complot de cinco continentes no era demasiado para modificar la ordenación constitucional de Francia. En el fondo, un piamontés de aquel entonces consideraba que en el mundo existían sólo Francia, ciertamente Austria, quizá muy, muy lejos la Cochinchina, pero ningún otro país digno de atención, excepto, obviamente, el Estado Pontificio. Ante la puesta en escena de Dumas (venerando como veneraba yo a ese gran autor) me preguntaba si el Vate no habría descubierto, al relatar una sola confabulación, cómo decirlo, la Forma Universal de todas las confabulaciones posibles.

Olvidemos el monte del Trueno, la orilla izquierda del Rhin, la época —me decía—. Pensemos en conjurados que proceden de todas las partes del mundo en representación de los tentáculos de su secta extendida por todos los países, reunámoslos en un claro, en una cueva, en un castillo, en un cementerio, en una cripta, con tal de que sea un lugar razonablemente oscuro, hagamos que cada uno de ellos pronuncie un discurso que ponga al desnudo sus maquinaciones, y la voluntad de conquistar el mundo... Yo siempre he conocido personas que temían el complot de algún enemigo oculto, los judíos para el abuelo, los masones para los jesuitas, los jesuitas para mi padre garibaldino, los carbonarios para los reyes de media Europa, el rey aguijado por los curas para mis compañeros mazzinianos, los Iluminados de Baviera para las policías de medio mundo y, ea, quién sabe cuánta gente más en este mundo piensa que una conspiración la está amenazando. He aquí una forma que se puede rellenar al gusto, a cada uno su complot.

Dumas era de verdad un profundo conocedor del alma humana. ¿A qué aspira cada uno, tanto más cuanto más desventurado y menos amado por la fortuna? Al dinero pero conquistado sin esfuerzo, al poder (qué voluptuosidad mandar sobre un semejante, y humillarlo) y a la venganza por todos los agravios sufridos (teniendo en cuenta que cada cual en su vida ha soportado por lo menos un agravio, por pequeño que sea). Y ahí tenemos a Dumas, que en *Montecristo* te demuestra cómo es posible adquirir una enorme riqueza, capaz de darte un poder sobrehumano, y hacer pagar a tus enemigos todas sus deudas. Pero claro, se pregunta cada cual, ¿por qué a mí, en cambio, la suerte me ha desfavorecido (o por lo menos, no me ha favorecido todo lo que yo quisiera)?, ¿por qué se me han negado favores concedidos a otros que se los merecen menos que yo? Puesto que nadie piensa que sus desventuras puedan ser atribuidas a su poquedad, tendrá que encontrar un culpable. Dumas ofrece a la frustración de todos (a los individuos y a los pueblos) la explicación de su fracaso. Ha sido alguien, reunido en el monte del Trueno, quien ha proyectado tu ruina...

Pensándolo mejor, además, Dumas no se había inventado nada: sólo había dado forma de narración a lo que, según el abuelo, revelara el abate Barruel. Lo cual me sugería que, si quisiera vender de algún modo la revelación de un complot, no había de ofrecerle al cliente nada original, sino sólo y exclusivamente lo que ya sabía o lo que habría podido llegar a saber más fácilmente por otras vías. La gente cree sólo lo que ya sabe, y ésta era la belleza de la Forma Universal del Complot.

* * *

Era el año 1855, ya tenía yo veinticinco años, me había licenciado en Derecho y todavía no sabía qué hacer con mi vida. Frecuentaba a los antiguos compañeros sin entusiasmarme demasiado por sus estremecimientos revolucionarios, pues anticipaba siempre algunos meses, con escepticismo, sus desilusiones: ahí está Roma completamente reconquistada por el Papa, y Pío IX que, de pontífice de las reformas, se vuelve más reaccionario que sus predecesores; ahí se desvanecen —por mala suerte o por cobardía— las esperanzas de que Carlos Alberto se convierta en el heraldo de la unidad italiana; ahí se restablece, tras arrolladores movimientos socialistas que inflaman todos los ánimos, el Imperio en Francia; ahí tenemos al nuevo gobierno piamontés que, en lugar de liberar Italia, manda soldados para hacer una guerra inútil en Crimea...

Y ni siquiera podía leer ya aquellas novelas que me habían formado más de lo que habían sabido hacer mis jesuitas, porque en Francia un consejo superior de la universidad, donde quién sabe por qué se sentaban tres arzobispos y un obispo, promulgó la así llamada enmienda Riancey, que tasaba con cinco céntimos por número cada periódico que publicara folletines por entregas. Para los que sabían poco de negocios editoriales, la noticia tenía escaso relieve, pero mis compañeros y yo captamos en seguida su alcance: la tasa era demasiado alta y los periódicos franceses habrían de renunciar a publicar novelas; la voz de aquellos que habían denunciado los males de la sociedad, como Sue y Dumas, se verían obligadas a callar para siempre.

Con todo, el abuelo, cada vez más ido en ciertos momentos, pero en otros muy lúcido para registrar lo que sucedía a su alrededor, se quejaba de que el gobierno piamontés, desde que lo habían tomado en sus manos masones como D'Azeglio y Cavour, se había transformado en una sinagoga de Satán.

—Date cuenta, muchacho —decía—, las leyes de ese Siccardi han abolido los privilegios del clero. ¿Por qué abolir el derecho de asilo en los lugares sagrados? ¿Acaso tiene una iglesia menos derechos que una gendarmería? ¿Por qué abolir el tribunal eclesiástico para los religiosos acusados de delitos comunes? ¿Acaso la Iglesia no tiene derecho a juzgar a los suyos? ¿Por qué abolir la censura religiosa preventiva sobre las publicaciones? ¿Es que ya todos pueden decir lo que les agrada, sin consideración y sin respeto por la fe y la moral? Y cuando nuestro arzobispo Fransoni ha invitado al clero de Turín a desobedecer estos decretos, ¡lo han arrestado como a un malhechor y condenado a un mes de cárcel! Y ahora hemos llegado a la supresión de las órdenes mendicantes y contemplativas, casi seis mil religiosos. El Estado se incauta de sus bienes, y dicen que servirán para el pago de las prebendas de los párrocos; pero si juntas todos los bienes de estas órdenes, alcanzas una cifra que es diez, qué digo, cien veces todas las prebendas del Reino, ¡y el gobierno se gastará este dinero en la escuela pública donde se enseñará lo que no sirve a los humildes, o lo usará para adoquinar los guetos! Y todo bajo la divisa «Libre Iglesia en libre Estado», donde quien al final es verdaderamente libre de prevaricar es el Estado y sólo él. La verdadera libertad es el derecho del hombre a seguir la ley de Dios, a merecerse el paraíso o el infierno. Ahora, en cambio, se entiende por libertad la posibilidad de elegir las creencias y las opiniones que más te agradan, pues tanto vale la una como la otra; y al Estado le es igual que tú seas masón, cristiano, judío o seguidor del Gran Turco. De este modo se vuelve uno indiferente a la Verdad.

—Hijo, hijo —lloró una noche el abuelo, que en su postración ya no me distinguía de mi padre y hablaba jadeando y gimiendo—, así desaparecen canónigos de Letrán, regulares de San Egidio, carmelitas calzados y descalzos, cartujos, benedictinos casinienses, cistercienses, olivetanos, mínimos, menores conventuales, menores de la observancia, menores reformados, menores ca-

... Y cuando nuestro arzobispo Fransoni ha invitado al clero de Turín a desobedecer estos decretos, ¡lo han arrestado como a un malhechor y condenado a un mes de cárcel!... (p. 113)

puchinos, oblatos de Santa María, pasionistas, dominicos, mercedarios, siervos de María, padres del Oratorio, y además clarisas, adoratrices, celestes o de la Santísima Anunciación, bautistinas.

Y, mientras desgranaba esta lista como un rosario, agitándose más y más hasta llegar casi a olvidarse de respirar, mandó que sirvieran a la mesa el *civet*, con su tocino, su mantequilla, su harina, su perejil, su medio litro de Barbera, su liebre cortada en pedazos del tamaño de un huevo, corazón e hígado incluidos, sus cebolletas, su sal, su pimienta, sus especias y su azúcar. Casi, casi se había repuesto, pero entonces, de repente, abrió mucho los ojos y se apagó, con un eructo leve.

El péndulo da la medianoche y me avisa de que hace demasiado tiempo que escribo casi ininterrumpidamente. Ahora, por mucho que me esfuerce, no consigo recordar nada más de los años que siguieron a la muerte del abuelo.

La cabeza me da vueltas.

5

Simonino carbonario

Noche del 27 de marzo de 1897

Perdonadme, capitán Simonini, si me entrometo en vuestro diario que no he podido evitar leer. Pero no era mi voluntad haberme despertado esta mañana en vuestro lecho. Habréis entendido que soy (o por lo menos me considero) el abate Dalla Piccola.

Me he despertado en un lecho que no era el mío, en una casa que no conozco, sin rastro alguno de mis vestiduras talares ni de mi peluca. Sólo una barba postiza al lado del lecho. ¿Una barba postiza?

Ya hace unos días me desperté sin entender quién era, salvo que entonces sucedió en mi casa, mientras que esta mañana me ha sucedido en una casa ajena. Me sentía como si tuviera los ojos legañosos. Me dolía la lengua, como si me la hubiera mordido.

Mirando por la ventana me he dado cuenta de que el cuarto da al impasse Maubert, justo en la esquina con la rue Maître Albert donde vivo yo.

Me he puesto a rebuscar por toda la casa, que parece habitada por un laico, evidentemente portador de barba postiza, y, por lo tanto (deberéis excusarme), persona de dudosa moralidad. He pasado a un despacho, amueblado con cierta ostentación; en el fondo, detrás de una cortina, he encontrado una puertecilla y he penetrado en un pasillo. Parecíame estar entre los bastidores de un teatro, lleno de vestiduras y pelucas exactamente como el lugar donde hace unos días encontré una sotana. A la sazón me he dado cuenta de que recorría en dirección contraria el pasillo que conduce, pues, a mi aposento.

En mi mesa he encontrado una serie de apuntes que debería haber redactado, a juzgar por vuestras reconstrucciones, el 22 de marzo, día en que, como esta mañana, desperteme desmemoriado. Pero, además, ¿qué significa —me he preguntado— el último apunte que tomé ese día sobre Auteuil y Diana? ¿Quién es Diana?

Es curioso. Vos sospecháis que nosotros dos somos la misma persona. Ahora bien, vos recordáis muchísimas cosas de vuestra vida y yo poquísimo de la mía. Por el contrario, como prueba vuestro diario, vos de mí no sabéis nada, mientras que yo me estoy dando cuenta de que recuerdo otras cosas, y no pocas, de lo que os ha sucedido a vos y —qué casualidad— exactamente esas que por lo visto vos no conseguís recordar. Debería decir que, si puedo recordar tantas cosas de vos, entonces, ¿yo soy vos?

Quizás no, somos dos personas distintas, involucradas en una especie de vida en común por alguna misteriosa razón; yo, en el fondo, soy un clérigo y quizás sepa de vos lo que me habéis relatado en el sigilo de la confesión. ¿O soy aquel que ha tomado el lugar del doctor Froïde y, sin que vos lo recordéis, os he extraído de las profundidades de vuestras entrañas lo que intentabais mantener enterrado?

Sea como fuere, tengo el sacerdotal deber de devolveros a lo que os sucedió tras la muerte de vuestro señor abuelo, que Dios haya acogido su alma en la paz de los justos. Claramente, si hubierais de morir en este instante, el Señor en esa paz no os acogería, puesto que me parece que muy bien no os habéis comportado con vuestros semejantes, y quizás se deba a este motivo la negativa de vuestra memoria a recuperar recuerdos que no os hacen honor.

* * *

En realidad, Dalla Piccola recordaba una secuencia de hechos bastante descarnada, apuntados con una grafía minúscula muy distinta de la suya; pero precisamente esas avaras alusiones funcionaban para Simonini como perchas para colgar de ellas torrentes de imágenes y palabras que de repente rememoraba. El Narrador va a intentar resumirlas, o mejor dicho, ampliarlas debidamente, para que ese juego de estímulos y respuestas se vuelva más coherente, y para no imponer al lector el tono hipócritamente virtuoso con el cual el abate, al sugerir, censuraba con excesiva unción las andanzas de su álter ego.

Parece ser que no sólo el hecho de que hubieran sido abolidos los carmelitas descalzos, sino incluso que el abuelo hubiera pasado a mejor vida, no trastornaron especialmente a Simone. Quizá sí que había sentido verdadero cariño por su abuelo pero, tras una infancia y una adolescencia transcurridas encerrado en una casa que parecía haber sido estudiada para oprimirlo, donde tanto el abuelo como sus educadores con sotana negra siempre le habían inspirado desconfianza, rencor y resentimientos hacia el mundo, Simonino se había vuelto cada vez más incapaz de abrigar otro sentimiento que no fuera un sombrío amor a sí mismo, que poco a poco había ido adoptando la sosegada serenidad de una opinión filosófica.

Tras haberse ocupado de las exequias del abuelo, en las que tomaron parte eclesiásticos ilustres y lo mejor de la nobleza piamontesa vinculada al *ancien régime*, Simonini se vio con el viejísimo notario de familia, un tal Rebaudengo, que le leyó el testamento por el que el difunto le dejaba todas sus sustancias. Salvo que, informaba el notario (y parecía regodearse), a causa de la cantidad de hipotecas que el anciano había firmado, y de varias de sus malas inversiones, no quedaba ya nada de aquellos bienes, ni siquiera la casa con todos los muebles que tenía dentro, que debería entregarse cuanto antes a los acreedores, los cuales hasta entonces no se habían adelantado por el debido respeto hacia tan estimado caballero, pero con el nieto no tendrían miramientos.

—Ay, mi querido abogado —le dijo el notario—, serán las tendencias de los tiempos modernos que ya no son lo que eran, pero también los hijos de buena familia a veces han de doblegarse a trabajar. Que si Su Merced quisiera inclinarse hacia esta elección, de verdad humillante, yo podría ofrecerle un empleo en mi despacho, donde me resultaría cómodo tener a un joven con alguna noción de derecho, pero quede claro que no podré recompensar a Su Merced en la medida de su ingenio, aunque la cantidad que le daría debería resultarle suficiente para encontrarse un alojamiento donde vivir con modesto decoro.

Simone sospechó en seguida que el notario se había quedado con muchos de los bienes que el abuelo creía haber perdido por incautas colocaciones, pero no tenía pruebas de ello, y de alguna manera tenía que sobrevivir. Se dijo que, si trabajaba en contacto con el notario, un día podría pagarle con la misma moneda, sustrayéndole lo que seguramente le había escamoteado. Por lo tanto, se adaptó a vivir en dos habitaciones de la via Barbaroux, a escatimar las visitas a las diferentes tabernas en las que se reunían sus camaradas y empezó a trabajar con Rebaudengo, avaro, autoritario, desconfiado. El cual dejó de llamarle inmediatamente Su Merced, y se dirigía a él como Simonini y ya está, para hacer saber quién era el amo. Tras algunos años de trabajo como tabelión (como solía decirse), obtuvo el reconocimiento legal y, a medida que se iba ganando la cauta confianza del amo, se dio cuenta de que su actividad principal no consistía tanto en hacer lo que suele hacer un notario, esto es, dar fe de testamentos, donaciones, compraventas y otros contratos, sino más bien en falsificar testamentos, donaciones, compraventas y contratos que nunca habían tenido lugar. En otras palabras, el notario Rebaudengo, por sumas razonables, fabricaba actas falsas, imitando si era necesario la caligrafía ajena y ofreciendo testigos que reclutaba en las tascas de los alrededores.

—Quede claro, querido Simone —le explicaba, habiendo pasado ya al tú—, que yo no fabrico falsificaciones, sino nuevas copias de un documento auténtico que se ha perdido o que, por un trivial accidente, nunca ha llegado a ser producido pero que habría podido o debido serlo. Sería una falsificación si yo redactara un certificado de bautismo en el que resultara, perdóname el ejemplo, que has nacido de una prostituta de esas de Odalengo Piccolo —y se reía por lo bajo, feliz con esa deshonrosa hipótesis—. Jamás osaría cometer un crimen de ese tipo porque soy un hombre de honor. Claro que, si un enemigo tuyo aspirara a tu herencia y tú supieras sin lugar a dudas que el fulano no nació ni de tu padre ni de tu madre sino de una buscona de Odalengo Piccolo y que ha hecho desaparecer su certificado de bautismo para aspirar a tu riqueza; pues bien, si tú me pidieras que fabricara ese certificado desaparecido para confundir a ese malhechor, yo ayudaría, permítaseme la expresión, a la verdad, probaría lo que sabemos que es verdadero, y no tendría remordimientos.

—Sí, pero ¿cómo sabría usted de quién nació de verdad ese fulano?

—¡Pues tú me lo dirías! Tú que lo conoces bien.

—¿Y usted se fía de mí?

—Yo me fío siempre de mis clientes, porque sirvo sólo a personas de honor.

—¿Y si por casualidad el cliente le mintiera?

—Entonces sería él el que pecaría, no yo. Si me pongo a pensar que el cliente puede mentir, entonces dejaría este oficio, que se basa en la confianza.

Simone no había quedado convencido del todo de que el de Rebaudengo fuera un oficio que otros definirían como honrado pero, desde que fue iniciado en los secretos del despacho, participaba en las falsificaciones; en poco tiempo superó al maestro y descubrió que poseía prodigiosas habilidades caligráficas.

Además, el notario, casi para hacerse perdonar lo que decía, o habiendo encontrado el lado débil de su colaborador, de vez en cuando invitaba a Simonino a restaurantes lujosos como el Cambio (donde iba incluso Cavour), y lo iniciaba en los misterios de la *finanziera*, una sinfonía de crestas de gallo, mollejas, sesos y criadillas de ternera, solomillo de buey, boletus, medio vaso de Marsala, harina, sal, aceite y mantequilla, todo con un toque áspero debido a una alquímica dosis de vinagre; y, para saborearla como se debe, los comensales debían presentarse, como indicaba su nombre, con redingote o *stiffelius*, o como se llame esa levita.

Será que Simonino, a pesar de las exhortaciones paternas, no había recibido una educación heroica y abnegada, el caso es que por esas veladas estaba dispuesto a servir a Rebaudengo hasta la muerte. O mejor, hasta la suya, la de Rebaudengo, como veremos, no la propia.

Y mientras tanto, su sueldo, aunque bajo, había aumentado; entre otras cosas porque el notario estaba envejeciendo de forma vertiginosa, la vista le fallaba y le temblaba la mano, por lo que en poco tiempo Simone se volvió indispensable. Claro que, precisamente porque ahora podía concederse alguna comodidad más, y ya no conseguía evitar los restaurantes más famosos de Turín (ah, la delicia de los *ag-*

... Quede claro, querido Simone —le explicaba, habiendo pasado ya al tú—, que yo no fabrico falsificaciones, sino nuevas copias de un documento auténtico que se ha perdido o que, por un trivial accidente, nunca ha llegado a ser producido pero que habría podido o debido serlo... (p. 120)

nolotti a la piamontesa, con su relleno de carnes blancas y rojas asadas, de buey y gallina deshuesada hervidos, de repollo cocinado con los asados, más cuatro huevos enteros, parmesano, nuez moscada, sal y pimienta, y para la salsa, el fondo de cocción de los asados, mantequilla, un diente de ajo, una ramita de romero); pues bien, para satisfacer la que se estaba volviendo su más profunda y carnal pasión, el joven Simonini no podía acudir con trajes raídos a aquellos lugares; de modo que, al aumentar sus posibilidades, aumentaban sus exigencias.

Trabajando con el notario, Simone se dio cuenta de que éste no sólo llevaba a cabo trabajos confidenciales para particulares sino que —quizá para guardarse las espaldas en el caso en que llegaran a conocimiento de las autoridades aspectos de su no intachablemente lícita actividad— prestaba servicios también a los que se ocupaban de seguridad pública, porque a veces, como se expresaba él, para lograr que se condenara justamente a un sospechoso, era necesario presentar a los jueces alguna prueba documental capaz de convencerles de que las deducciones de la policía no estaban prendidas con alfileres. De este modo, entró en contacto con unos individuos de identidad incierta que a veces pasaban por el despacho y que, en el léxico del notario, eran «los señores del Gabinete». Qué era y a quién representaba ese Gabinete no era muy difícil de adivinar: se trataba de asuntos reservados de competencia del gobierno.

Uno de esos señores era el *cavalier* Bianco, que un día se declaró muy satisfecho por la forma en que Simone había producido cierto documento irrefutable. Este caballero debía de ser una persona que, antes de establecer contacto con alguien, se procuraba informes seguros porque un día, en un aparte, le preguntó si todavía seguía frecuentando el Caffè al Bicerin y allí lo convocó para lo que definió como una entrevista privada; y allí le dijo:

—Queridísimo abogado, sabemos demasiado bien que usted era el nieto de un súbdito entre los más fieles de Su Majestad, y que, por lo tanto, tiene una sana educación. Sabemos del mismo modo que su señor padre pagó con su vida por cosas que también nosotros consideramos justas, aunque lo hizo, si se me permite la expresión, con excesiva antelación. Confiamos, pues, en su lealtad y voluntad de colaboración, considerando también que hemos sido muy indulgentes con usted, dado que desde hace tiempo habríamos podido incriminarle a usted y al notario Rebaudengo por empresas no completamente recomendables. Nosotros sabemos que usted frecuenta amigos, camaradas, socios de espíritu, cómo decirlo, mazziniano, garibaldino..., carbonario. Es natural, parece que es la tendencia de las jóvenes generaciones. Pero ahí tenemos nuestro problema: no queremos que estos jóvenes cometan locuras o, por lo menos, no antes de que sea útil y razonable cometerlas. Ha molestado mucho a nuestro gobierno la temeraria aventura de ese Pisacane que hace algunos meses se embarcó con otros veinticuatro subversivos, desembarcó en Ponza agitando la bandera tricolor, hizo que se evadieran trescientos detenidos, y luego se dirigió hacia Sapri, pensando que las poblaciones locales lo esperarían en armas. Los más indulgentes dicen que Pisacane era un hombre generoso; los más escépticos que era un necio; la verdad es que era un iluso. Esos palurdos que él quería liberar lo dejaron seco junto a los suyos, así que ya ve usted adónde pueden conducir las buenas intenciones, cuando no se tiene en cuenta el estado de los hechos.

—Entiendo —dijo Simone—, pero ¿qué queréis de mí?

—Pues... Bien. Si tenemos que impedir que esos jóvenes cometan errores, la mejor manera es meterlos en la cárcel durante una temporada, acusados de atentar contra las instituciones, para liberarlos luego cuando haya necesidad verdadera de corazones generosos. Es necesario, por lo tanto, sorprenderlos en evidente delito de conspiración. Usted sabe ciertamente qué jefes consideran fidedignos. Bastaría que les llegara un mensaje de uno de esos jefes, que los convocara a un lugar preciso, armados de punta en blanco, con escarapelas y banderas y otras bagatelas que los califiquen como carbonarios en armas. La policía llegaría, los arrestaría, y todo habría acabado.

—Pero si yo en ese momento estuviera con ellos, me arrestarían también a mí; y si no estuviera, comprenderían que era yo quien les había traicionado.

—Vamos, señor mío, no somos tan ingenuos como para no haberlo pensado.

Como veremos, Bianco lo había pensado. Pero también nuestro Simone tenía excelentes dotes de pensador, y tras haber escuchado con atención el plan que se le proponía, concibió una extraordinaria forma de compensación, y le dijo a Bianco lo que se esperaba de la real munificencia.

—Vea usted, excelentísimo señor, el notario Rebaudengo ha cometido muchos delitos antes de que yo empezara a colaborar con él. Bastaría con que yo hallara dos o tres de estos casos, para los que existe suficiente documentación, que no implicaran a ninguna persona verdaderamente importante, mejor aún, que implicara a alguien que entre tanto ha pasado a mejor vida, y que yo hiciera llegar de forma anónima, por su amable mediación, todo lo necesario para formular la acusación ante los tribunales de justicia. Tendrían bastante para acusar al notario de un delito repetido de falsedad en documento público y ponerlo en lugar seguro durante un número razonable de años, los suficientes para que la naturaleza siga su curso, ciertamente no muy largo, dado el estado en el que se encuentra el viejo.

—¿Y luego?

—Luego, una vez esté el notario en la cárcel, yo exhibiría un contrato, fechado precisamente unos días antes de su arresto, del que se recabaría que, habiendo acabado de pagarle una serie de plazos, yo adquiero definitivamente su despacho, del que me convierto en titular. En cuanto al dinero que figuraría que le he pagado, todos piensan que debería haber heredado bastante de mi abuelo, y el único que sabe la verdad es, precisamente, Rebaudengo.

—Interesante —dijo Bianco—. Pero el juez se preguntará dónde ha ido a parar el dinero que usted dice haberle pagado.

—Rebaudengo desconfía de los bancos y lo tiene todo en una caja fuerte del despacho, que naturalmente sé cómo abrir porque a él le basta con darme la espalda y, como no me ve, se cree que yo no veo lo que hace él. Ahora bien, los hombres de la ley, sin duda, abrirán de alguna manera la caja fuerte y la encontrarán vacía. Yo podría testificar que la oferta de Rebaudengo llegó casi de repente, yo mismo estaba asombrado de la exigüidad de la suma que pretendía, tanto que sospeché que tenía alguna razón para abandonar sus negocios. Y, en efecto, se encontrarán, además de la caja fuerte vacía, cenizas de quién sabe qué documentos en la chimenea, y en el cajón de su escritorio una carta en la que un hotel de Nápoles le confirma la reserva de una habitación. Entonces estará claro que Rebaudengo ya se sentía observado por la ley y quería esfumarse, yendo a disfrutar de sus caudales donde los Borbones, adonde quizá ya había enviado su dinero.

—Pero ante el juez, si se le informara de este contrato, negaría...

—Quién sabe qué más negará, el magistrado desde luego no le dará crédito.

—Es un plan astuto. Usted me gusta, abogado. Es más rápido, más motivado, más decidido que Rebaudengo y, si me permite, más ecléctico. Pues bien, échenos una mano con ese grupo de carbonarios, luego nos ocuparemos de Rebaudengo.

El arresto de los carbonarios parece ser que fue un juego de niños, considerando precisamente que casi niños eran esos entusiastas, carbonarios lo eran sólo en sus sueños ardientes. Desde hacía tiempo, Simone, al principio por pura vanidad, sabedor de que cada una de sus revelaciones se atribuiría a noticias que él recibiera de su heroico padre, propinaba una serie de embustes sobre la carbonería que le había susurrado el padre Bergamaschi. El jesuita no dejaba de ponerle en guardia contra las tramas de carbonarios, masones, mazzinianos, republicanos y judíos disfrazados de patriotas que, para esconderse a los ojos de las policías de todo el mundo, se fingían mercaderes de carbón y se reunían en lugares secretos so pretexto de llevar a cabo sus transacciones comerciales.

—Todos los carbonarios dependen de la Alta Venta, que se compone de cuarenta miembros, en su mayor parte (me espanta decirlo) la flor del patriciado romano y, naturalmente, algunos judíos. Su jefe era Nubius, un gran señor, tan corrompido como todo un penitenciario, mas, gracias a su nombre y fortuna, se creó en Roma una posición libre de toda sospecha. Desde París, Buonarroti, el general Lafayette o Saint-Simon lo consultaban como al oráculo de Delfos. Desde Múnich como desde Dresde, desde Berlín como desde Viena o San Petersburgo, los jefes de las principales Ventas (Tscharner, Heymann, Jacobi, Chodzko, Lieven, Mouravieff, Strauss, Pallavicini, Driesten, Bem, Bathyani, Oppenheim, Klauss y Carolus) lo interrogaban sobre las vías de acción. Nubius llevó el timón de la Venta suprema hasta casi 1844, cuando alguien le suministró agua tofana. No pienses que fuimos nosotros, los jesuitas. Se sospecha

... Todos los carbonarios dependen de la Alta Venta, que se compone de cuarenta miembros, en su mayor parte (me espanta decirlo) la flor del patriciado romano y, naturalmente, algunos judíos... (p. 129)

que el autor del homicidio fue Mazzini, que aspiraba y sigue aspirando a ponerse a la cabeza de toda la carbonería, con la ayuda de los judíos. El sucesor de Nubius ahora es Pequeño Tigre, un judío que, como Nubius, no cesa de correr por doquier para crearle enemigos al calvario. Pero la composición y el lugar de la Alta Venta son secretos. Todo debe permanecer incógnito a las logias que reciben de ella dirección e impulso. Los mismos cuarenta miembros de la Alta Venta nunca han sabido de dónde llegaban las órdenes que habían de transmitir o ejecutar. Y luego dicen que los jesuitas son esclavos de sus superiores. Son los carbonarios los que son esclavos de un dueño que se sustrae a sus miradas, quizá un Gran Viejo que dirige esa Europa subterránea.

Simone había transformado a Nubius en su propio héroe, casi un homólogo viril de Babette de Interlaken. Y, vertiendo en forma de poema épico lo que el padre Bergamaschi le contaba en forma de relato gótico, hipnotizaba a sus compañeros. Ocultando el detalle insignificante de que Nubius ya había muerto.

Hasta que un día enseñó una carta, que le había costado poquísimo fabricar, en la que Nubius anunciaba una insurrección inminente en todo el Piamonte, ciudad por ciudad. El grupo que dependía de Simone tendría una tarea peligrosa y excitante. Si se reunían una determinada mañana en el patio de la Osteria del Gambero d'Oro, encontrarían sables y fusiles, y cuatro carros cargados de viejos muebles y colchones, armados con ellos deberían llegarse al principio de la via Barbaroux para erigir una barricada que impidiera su acceso desde la piazza Castello. Y allí esperarían órdenes.

No hacía falta nada más para inflamar los ánimos de una veintena de estudiantes, que esa fatídica mañana se reunieron en el patio del vinatero y encontraron, en algunos toneles abandonados, las armas prometidas. Mientras miraban a su alrededor buscando los carros con los trastos, sin ni siquiera haber pensado todavía en cargar sus fusiles, el patio fue invadido por unos cincuenta gendarmes que empuñaban sus armas. Incapaces de oponer resistencia, los jóvenes se rindieron, fueron desarmados, acompañados fuera y colocados de cara a la pared a los dos lados del zaguán.

—Adelante, canallas, ¡arriba las manos!, ¡silencio! —gritaba un funcionario de paisano con un gran entrecejo.

Mientras en apariencia se concentraba a los conjurados casi al azar, dos gendarmes colocaron a Simone precisamente al final de la fila, justo en la esquina con un callejón y justo entonces su sargento los llamó y se alejaron dirigiéndose a la entrada del patio. Era el momento (convenido). Simone se dio la vuelta hacia su compañero más cercano y le susurró algo. Una ojeada a los gendarmes bastante alejados y los dos, de un salto doblaron la esquina y se echaron a correr.

—¡Alarma!, ¡se escapan! —gritó alguien.

Mientras huían, ambos oyeron los pasos y los gritos de los gendarmes que también doblaban la esquina. Simone oyó dos disparos: uno hirió a su amigo, y Simone no se preocupó si mortalmente o no. Le bastaba con que el segundo disparo fuera al aire.

Al cabo de poco ya había embocado otra calle, luego otra más, mientras de lejos oía los gritos de sus perseguidores que, obedientes a las órdenes, tomaban la pista equivocada. De ahí a poco cruzaba la piazza Castello y se volvía a su casa como un ciudadano cualquiera. Para sus compañeros, a los que estaban llevándose, él había huido y, como habían sido arrestados en grupo e inmediatamente después colocados de espaldas, era obvio que ninguno de aquellos hombres de la ley pudiera recordar su rostro. Natural, pues, que no tuviera necesidad de dejar Turín, pudiera retomar su trabajo y, más aún, acudiera a dar consuelo a las familias de los amigos arrestados.

No quedaba sino pasar a la eliminación del notario Rebaudengo, que se produjo según los modos previstos. Al viejo se le rompió el corazón un año después, en la cárcel, pero Simonini no se sintió responsable: estaban igualados, el notario le había dado un oficio y el había sido su esclavo durante algunos años; el notario había arruinado al abuelo y Simone lo había arruinado a él.

Esto era, pues, lo que el abate Dalla Piccola estaba revelando a Simonini. Y que también él tras todas estas evocaciones se sintiera roto, lo probaría el hecho de que su contribución al diario se detenía en una frase no acabada como si, mientras escribía, hubiera caído en un estado de enajenación.

6

Al servicio de los servicios

28 de marzo de 1897

Señor abate:

Es curioso que lo que había de ser un diario (destinado a ser leído sólo por quien lo escribe) se haya transformado en un intercambio de mensajes. Y heme aquí escribiéndoos una carta, casi seguro de que algún día, al pasar por aquí, la leeréis.

Sabéis demasiado sobre mí. He pasado la noche recién transcurrida explorando todos los recovecos de nuestros dos aposentos, con una lámpara en la mano izquierda bien alzada y una pistola en la derecha, esperando encontraros y —si me lo permitís— mataros. Sois un testigo demasiado desagradable. Y excesivamente severo.

Sí, lo admito, con mis camaradas aspirantes carbonarios, y con Rebaudengo, no me conduje según las costumbres que vos estáis obligados a predicar. Pero digámonos la verdad: Rebaudengo era un estafador, y si pienso en todo lo que he hecho después, me parece que he estafado sólo a estafadores. En cuanto a aquellos jóvenes, eran unos exaltados, y los exaltados son la hez del mundo porque es por su causa, y por los vagos principios con los que se exaltan, por la que se hacen las guerras y las revoluciones. Y puesto que, a estas alturas, he comprendido que en este mundo jamás se podrá reducir el número de los exaltados, lo mejor es sacar provecho de su exaltación.

Vuelvo a tomar mis recuerdos, si me lo permitís. Me veo dirigiendo la notaría del difunto Rebaudengo, y el hecho de que ya con Rebaudengo fabricara actas notariales falsas no me sorprende porque es exactamente lo que sigo haciendo aquí en París.

Ahora recuerdo bien al *cavalier* Bianco. Un día me dijo:

—Mire usted, señor abogado, los jesuitas han sido proscritos del Reino de Cerdeña, pero todos saben que siguen actuando y captando adeptos bajo falsa apariencia. Sucede en todos los países de los que han sido expulsados; me han enseñado una divertida caricatura de un periódico extranjero: se ve a algunos jesuitas que cada año fingen querer volver a entrar en su país de origen (obviamente, detenidos en la frontera), para que no nos demos cuenta de que sus congéneres ya están en ese país, libres y con los hábitos de otras órdenes. Así pues, siguen estando por doquier, y nosotros hemos de saber dónde están. Ahora bien, sabemos que, desde los tiempos de la República Romana, algunos de ellos frecuentaban la casa de su señor abuelo. Nos parece, pues, difícil que usted no haya mantenido ninguna relación con algunos de ellos, por lo cual le pedimos que sondee usted sus humores y propósitos, porque tenemos la impresión de que la orden se está volviendo nuevamente poderosa en Francia, y lo que sucede en Francia es como si sucediera también aquí en Turín.

Era falso que tuviera relaciones con los buenos padres, pero me estaba enterando de muchas cosas sobre los jesuitas, y de una fuente segura. En aquellos años Eugenio Sue había publicado su última obra maestra, *Los hijos del pueblo*, y la terminó justo antes de morir, exiliado, en Annecy, en Saboya, porque desde hacía tiempo tenía vínculos con los socialistas y se había opuesto valerosamente a la toma del poder y la proclamación del Imperio por parte de Luis Napoleón. Visto que ya no se publicaban folletines por causa de la enmienda Riancey, esta última obra de Sue salió en pequeños volúmenes, y cada uno de ellos cayó bajo los rigores de muchas censuras, incluida la piamontesa, de modo que me costó lo suyo conseguirlos todos. Recuerdo que me aburrí mortalmente siguiendo esa cenagosa historia de dos familias, una de galos y otra de francos, desde la prehistoria hasta Napoleón III, donde los malos dominadores son los francos, y los galos parecen todos ellos socialistas desde los tiempos de Vercingetórix, pero es que a Sue ya lo embargaba por una sola obsesión, como a todos los idealistas.

Era evidente que había escrito las últimas partes de su obra en el exilio a medida que Luis Napoleón tomaba el poder y se convertía en emperador. Para que sus proyectos resultaran odiosos, Sue tuvo una idea genial: puesto que el otro gran enemigo de la Francia republicana eran, desde los tiempos de la revolución, los jesuitas, no quedaba sino mostrar cómo la conquista del poder de Luis Napoleón había sido inspirada y dirigida por ellos. Es verdad que los jesuitas habían sido expulsados también de Francia tras la revolución de 1830, pero en realidad habían permanecido en ese país sobreviviendo a hurtadillas, y mejor aún desde que Luis Napoleón empezó su escalada al poder, tolerándolos para mantener buenas relaciones con el Papa.

En el libro, pues, había una larguísima carta del padre Rodin (que ya había salido en *El judío errante*) al general de los jesuitas, el padre Roothaan, en la que el complot se exponía con pelos y señales. En la novela, las últimas vicisitudes se producen durante la última resistencia socialista y republicana contra el golpe de Estado, y la carta está escrita de modo que lo que Luis Napoleón iba a hacer realmente a continuación se presentara todavía bajo forma de proyecto. Y el hecho de que, cuando los lectores lo leían, ya todo se hubiera verificado, hacía que el vaticinio resultara aún más perturbador.

Naturalmente, me volvió a las mientes el principio del *José Bálsamo* de Dumas: habría bastado sustituir el monte del Trueno con algún ambiente de sabor más clerical, quizá la cripta de un antiguo monasterio, reunir en ella no a los masones sino a los hijos de Loyola llegados desde todo el mundo, habría bastado que en lugar de Bálsamo hablara Rodin, y ahí tendríamos que el antiguo esquema de complot universal se adaptaría al presente.

De ahí la idea de que a Bianco le podía vender no sólo algún cotilleo escuchado aquí y allá, sino todo un documento sustraído a los jesuitas. Estaba claro que tenía que cambiar algo, eliminar al padre Rodin que quizá alguien recordara como personaje novelesco y poner en escena al padre Bergamaschi, que quién sabe dónde estaría pero era seguro que en Turín alguien habría oído hablar de él. Además, cuando Sue escribía, todavía era general de la orden el padre Roothaan, pese a que ya se decía que había sido sustituido por un tal padre Bechx.

El documento debería parecer la transcripción casi literal de lo que habría referido un informador creíble, y el informador desde luego no había de ser un delator (porque ya se sabe que los jesuitas no traicionan jamás a la Compañía) sino, más bien, un antiguo amigo del abuelo que le confiaba esas cosas como prueba de la grandeza e invencibilidad de su orden.

Me habría gustado poner en la historia también a los judíos, en homenaje a la memoria del abuelo, pero Sue no hablaba de ellos, y no conseguía casarlos con los jesuitas; la verdad es que, en Piamonte, en aquellos años, los judíos no le importaban un bledo a nadie. A los agentes del gobierno no había que cargarles la cabeza con demasiada información, quieren sólo ideas claras y sencillas, blanco y negro, buenos y malos, y el malo debe ser uno solo.

Pero bueno, a los judíos no quise renunciar, así que los usé para la ambientación. De todas maneras, era una forma de insuflar en Bianco alguna sospecha hacia los judíos.

Me dije que un acontecimiento ambientado en París, o aun peor en Turín, podría haber sido controlado. Tenía que reunir a mis jesuitas en algún lugar que los servicios secretos piamonteses no tuvieran bajo control, un lugar del que sólo tuvieran noticias legendarias. Mientras que ellos, los jesuitas, estaban por doquier, pulpos del Señor, con sus manos aduncas tendidas también hacia los países protestantes.

Los que han de falsificar documentos tienen que documentarse siempre, por eso frecuentaba las bibliotecas. Las bibliotecas son fascinantes: a veces parece que uno está bajo la marquesina de una estación ferroviaria y, al consultar libros sobre tierras exóticas, tiene la impresión de viajar hacia mares lejanos. En ello, me topé con un libro que contenía unos bellos grabados del cementerio judío de Praga. Ya abandonado, había casi doce mil lápidas en un espacio de lo más angosto, pero las sepulturas debían de ser muchas más porque en el transcurso de algunos siglos, habían sido superpuestos muchos estratos de tierra. Tras ser abandonado el cementerio, alguien levantó algunas tumbas enterradas con sus lápidas, de suerte que se había creado un amasijo irregular de piedras mortuorias inclinadas en todas las direcciones (o quizá habían sido los judíos los que las habían clavado así, sin miramientos, ajenos como eran a todo sentimiento de belleza y orden).

Aquel lugar ya abandonado me convenía, por lo incoherente que resultaba: ¿qué astucia había hecho que los jesuitas se decidieran a reunirse en un lugar que había sido sagrado para los judíos? ¿Y qué control tenían sobre aquel lugar olvidado por todos y, quizá, inaccesible? Todas ellas preguntas sin respuesta, que darían credibilidad al relato, porque yo consideraba que Bianco creía firmemente que, cuando todos los hechos resultan completamente explicables y verosímiles, entonces el relato es falso.

Como buen lector de Dumas, no me disgustaba que esa noche y ese convite, se volvieran tenebrosos y espantosos, con ese campo sepulcral, apenas iluminado por una guadaña de luna extenuada, y los jesuitas dispuestos en semicírculo, de modo que, a causa de sus sombrerajos de teja negros, el suelo, visto desde arriba, pareciera pulular de escarabajos. Y cómo no describir el rictus diabólico del padre Bechx mientras enunciaba los tenebrosos propósitos de aquellos enemigos de la humanidad (y el fantasma de mi padre exultaría desde lo alto de los cielos, qué digo, desde el fondo de ese infierno en el que probablemente Dios hunde a los mazzinianos y a los republicanos). O mostrar a los infames mensajeros mientras se dispersaban como un enjambre para anunciar a todas sus casas dispersas por el mundo el nuevo y diabólico plan para conquistar el mundo, como pajarracos negros que se alzaran en la palidez del alba, para concluir aquella noche de aquelarre.

Claro que tenía que ser sobrio y esencial, como corresponde a una relación secreta, porque ya se sabe que los agentes de policía no son literatos y no consiguen ir más allá de dos o tres páginas.

Así pues, mi presunto informador contaba que aquella noche los representantes de la Compañía de varios países se habían reunido en Praga para escuchar al padre Bechx, que presentó a los asistentes al padre Bergamaschi, el cual se había convertido en consejero de Luis Napoleón por una serie de acontecimientos providenciales.

El padre Bergamaschi habría descrito la sumisión a las órdenes de la Compañía de la que Luis Napoleón estaba dando prueba.

—Tenemos que alabar —decía— la astucia con la que Bonaparte ha engañado a los revolucionarios fingiendo abrazar sus doctrinas, la habilidad con la que ha conspirado contra Luis Felipe, favoreciendo la caída de ese gobierno de ateos, y la fidelidad a nuestros consejos, cuando en 1848 se presentó a los electores como un sincero republicano, para poder ser elegido presidente de la República. Y tampoco hay que olvidar la forma en la que consiguió destruir la República Romana de Mazzini y restablecer al Santo Padre en el trono.

... Y cómo no describir el rictus diabólico del padre Bechx mientras enunciaba los tenebrosos propósitos de aquellos enemigos de la humanidad (y el fantasma de mi padre exultaría desde lo alto de los cielos, qué digo, desde el fondo de ese infierno en el que probablemente Dios hunde a los mazzinianos y a los republicanos)... (p. 139)

Napoleón se había propuesto disolver la asamblea legislativa (proseguía Bergamaschi) para destruir definitivamente a los socialistas, a los revolucionarios, a los ateos y a todos los infames racionalistas que proclaman la soberanía de la nación, el libre examen, la libertad religiosa, política y social; así como arrestar, so pretexto de conspiración, a los representantes del pueblo, decretar el estado de asedio en París, fusilar sin proceso a los hombres capturados en las barricadas con las armas en la mano, transportar a los individuos más peligrosos a Cayena, suprimir las libertades de prensa y de asociación, retirar al ejército en sus fortines y desde allí bombardear la capital, carbonizarla, no dejar piedra sobre piedra, y así hacer triunfar a la Iglesia católica, apostólica y romana sobre las ruinas de la moderna Babilonia. Luego convocaría al pueblo al sufragio universal para prorrogar diez años más su poder presidencial, y a continuación transformar la República en un renovado Imperio, al ser el sufragio universal el único remedio contra la democracia, puesto que llama al pueblo del campo, aún fiel a la voz de sus párrocos.

Lo más interesante era lo que el padre Bergamaschi decía al final sobre la política con respecto al Piamonte. Aquí hacía que el padre Bergamaschi enunciara aquellos propósitos futuros de la Compañía que, en el momento de su redacción, ya se habían realizado plenamente.

—Ese rey débil que es Víctor Manuel sueña con el Reino de Italia, su ministro Cavour excita sus veleidades, y ambos pretenden no sólo echar a Austria de la península, sino también destruir el poder temporal del Santo Padre. Ellos buscan apoyo en Francia, por lo que será fácil arrastrarlos a una guerra contra Rusia, con la promesa de ayudarlos contra Austria, pero pidiéndoles a cambio Saboya y Niza. Luego el emperador fingirá empeñarse junto a los piamonteses pero —tras alguna insignificante victoria local— negociará la paz con los austriacos sin consultarles, y favorecerá la formación de una confederación italiana presidida por el Papa en la que entrará Austria, que conservará el resto de sus posesiones en Italia. Así el Piamonte, el único gobierno liberal de la península, quedará subordinado tanto a Francia como a Roma, y será mantenido bajo control por las tropas francesas que ocupan Roma y por las que están desplegadas en Saboya.

Ahí tenía el documento. No sabía hasta qué punto al gobierno piamontés le gustaría la denuncia de Napoleón III como enemigo del Reino de Cerdeña, pero ya había intuido lo que más tarde la experiencia me confirmaría, que a los hombres de los servicios reservados siempre les resulta cómodo, incluso sin sacarlo en seguida a la luz, algún documento con el cual chantajear a los hombres del gobierno, o sembrar desconcierto, o darles la vuelta a las situaciones.

En efecto, Bianco leyó con atención la relación, levantó los ojos de aquellos folios, me miró fijamente a la cara, y dijo que se trataba de material de la mayor importancia. Me confirmó una vez más que cuando un espía vende algo inédito no debe hacer otra que contar algo que se podría encontrar en cualquier mercadillo de libros usados.

Aunque poco informado en literatura, Bianco estaba bien informado sobre mí, por lo que añadió con aire socarrón:

—Naturalmente, todo esto se lo ha inventado usted.

—¡Por favor! —contesté escandalizado. Pero él me detuvo, levantando la mano:

—Deje, deje, abogado. Aunque este documento fuera harina de su costal, a mí y a mis superiores nos conviene presentárselo al gobierno como auténtico. Usted sabrá, puesto que ya es tema conocido *urbi et orbi*, que nuestro ministro Cavour estaba convencido de tener en su puño a Napoleón III, porque le había cosido a sus talones a la condesa de Castiglione, bella mujer, no se puede negar, y el francés no se hizo de rogar para disfrutar de sus gracias. Pero luego hemos comprendido que Napoleón no hace todo lo que quiere Cavour, y que la condesa de Castiglione ha derrochado toda esa divina gracia por nada, a lo mejor le ha tomado gusto, pero nosotros no podemos hacer que los asuntos de Estado dependan de los pruritos de una señora de no difíciles costumbres. Es muy importante que la Majestad de nuestro soberano desconfíe de Bonaparte. Dentro de no mucho, ya se puede prever claramente, Garibaldi o Mazzini, o los dos juntos, organizarán una expedición contra el Reino de Nápoles. Si por azar esta empresa se viera coronada por el éxito, el Piamonte deberá intervenir, para no dejar esas tierras en manos de republicanos enloquecidos y, para ello, tendrá que cruzar el país a través de los estados pontificios. Por lo cual, disponer a nuestro soberano a alimentar sentimientos de desconfianza y rencor hacia el Papa, y a no tener muy en cuenta las recomendaciones de Napoleón III, será una condición necesaria para alcanzar este objetivo. Como usted habrá entendido, querido abogado, a menudo decidimos nosotros, los más humildes servidores del Estado, la política más que aquellos que a los ojos del pueblo gobiernan…

Aquel informe fue mi primer trabajo verdaderamente serio, donde no me limitaba a garabatear un testamento cualquiera de uso privado, sino que construía un texto políticamente complejo con el que quizá contribuía a la política del Reino de Cerdeña. Me acuerdo de que me sentía realmente orgulloso.

Mientras tanto habíamos llegado al fatídico 1860. Fatídico para el país, todavía no para mí, que me limitaba a seguir con indiferencia los acontecimientos, escuchando los discursos de los desocupados en los cafés. Al intuir que habría de ocuparme cada vez más de temas políticos, consideraba que las noticias más apetecibles por fabricar serían las que los desocupados se esperaban y que había de desconfiar de las que los gacetilleros referían como ciertas.

De este modo llegué a saber que los súbditos del gran ducado de Toscana, del ducado de Módena y del ducado de Parma estaban echando a sus soberanos, las denominadas legaciones pontificias de Emilia y Romaña se sustraían al control del Papa, todos pedían la anexión al Reino de Cerdeña; en abril de 1860 estallaban en Palermo movimientos insurreccionales, Mazzini escribía a los jefes de la sublevación que Garibaldi acudiría a ayudarles, se murmuraba que Garibaldi buscaba hombres, dinero y armas para su expedición y que la marina borbónica vigilaba ya las aguas sicilianas para bloquear cualquier expedición enemiga.

—¿Pues sabe usted que Cavour se sirve de un hombre de su confianza, La Farina, para tener bajo control a Garibaldi?

—¿Pero qué va diciendo usted? El ministro ha aprobado una

suscripción para adquirir doce mil fusiles, precisamente para los garibaldinos.

—En cualquier caso, han bloqueado su distribución, ¿y quién? ¡Los reales carabineros!

—Hágame usted el favor, caballero. Cavour ha facilitado su distribución, vaya si eso es bloquearla.

—Ya, ya; lo que pasa es que no son los buenos fusiles Enfield que Garibaldi se esperaba, ¡son unos cachivaches viejos con los que el héroe a lo sumo puede ir a cazar alondras!

—He sabido de gente del palacio real, no me haga dar nombres, que La Farina le ha dado a Garibaldi ocho mil liras y mil fusiles.

—Sí, sí, claro que tenían que ser tres mil, los fusiles, y dos mil se los ha quedado el gobernador de Génova.

—¿Por qué de Génova?

—Pues no querrá usted que Garibaldi vaya a Sicilia a lomos de burro. Ha suscrito un contrato para adquirir dos barcos, que habrán de zarpar desde Génova, o de sus alrededores. ¿Y saben quién ha garantizado la deuda? La masonería, aún diría más, la logia genovesa.

—Pero qué logia de Egipto, ¡si la masonería es una invención de los jesuitas!

—¡Calle usted, que es masón y todos lo saben!

—*Glissons.* Sé de fuentes seguras que en la firma del contrato estaban presentes —y aquí la voz del que hablaba se convertía en un susurro— el abogado Riccardi y el general Negri de San Front.

—¿Y quiénes son esos *Gianduja*?

—¿No lo sabe? —La voz aún susurraba más—. Son los jefes del

Gabinete de Asuntos Reservados, o mejor dicho, el Gabinete de la Alta Vigilancia Política, que en realidad es el servicio de información del presidente del consejo... Son una potencia, cuentan más que el primer ministro, ahí tiene quiénes son, déjese usted de masones.

—¿Ah, sí? Pues se puede ser miembro de Asuntos Reservados y ser masón, es más, ayuda.

El 5 de mayo se hizo de dominio público que Garibaldi, con mil voluntarios, había zarpado y se dirigía a Sicilia. Piamonteses había no más de unos diez, había también extranjeros y una cantidad enorme de abogados, médicos, farmacéuticos, ingenieros y propietarios. Poca gente del pueblo.

El 11 de mayo los barcos de Garibaldi desembarcaron en Marsala. ¿Y la marina borbónica hacia qué lado miraba? Parece ser que había sido atemorizada por dos barcos británicos que estaban en el puerto, oficialmente para proteger los bienes de sus compatriotas, que en Marsala tenían prósperos comercios de vinos finos. ¿Pues no sería que los ingleses estaban ayudando a Garibaldi?

En fin, que en pocos días los Mil de Garibaldi (ya la voz pública los llamaba de este modo) derrotaban a los borbónicos en Calatafimi, aumentaban gracias a la llegada de voluntarios locales, Garibaldi se proclamaba dictador de Sicilia en nombre de Víctor Manuel II, y a finales del mes, Palermo estaba conquistada.

Y Francia, ¿qué decía Francia? Francia parecía observar con cautela, pero un francés, ya más famoso que Garibaldi, Alejandro Dumas, el gran novelista, acudía a bordo de una goleta privada, la *Emma*, a unirse con los libertadores, también él con dinero y armas.

—Pero qué logia de Egipto, ¡si la masonería es una invención de los jesuitas!

—¡Calle usted, que es masón y todos lo saben!... *(p. 146)*

En Nápoles, el pobre rey de las Dos Sicilias, Francisco II, ya temeroso de que los garibaldinos hubieran vencido en diferentes lugares porque sus generales lo habían traicionado, se apresuraba a conceder la amnistía a los detenidos políticos y a volver a proponer el estatuto de 1848, que él mismo había abrogado, pero ya era demasiado tarde y maduraban los tumultos populares incluso en su capital.

Y justo a primeros de junio recibía una esquela del *cavalier* Bianco, que me decía que esperara a las doce de la noche de ese día una carroza que me recogería a la puerta de mi notaría. Cita singular, pero me olía a negocio interesante y a medianoche, sudando por el calor canicular que esos días atormentaba también a Turín, esperé delante del despacho. Allí llegó una carroza, cerrada y con las ventanillas tapadas por cortinillas, con un señor desconocido que me llevó a alguna parte: no muy lejos del centro, me pareció, es más, tuve la impresión de que la carroza recorrió dos o tres veces las mismas calles.

La carroza se detuvo en el patio ruinoso de una vieja casa de vecinos, toda ella una asechanza de barandillas inconexas. Ahí me hicieron pasar por una puertecilla y recorrer un largo corredor, al final del cual otra puertecilla daba al zaguán de un palacio de otra calidad, donde se abría una amplia escalinata. Pero no subimos por ella, sino por una escalerilla en el fondo del zaguán, después entramos en un gabinete con las paredes tapizadas de damascos, un gran retrato del rey en la pared del fondo, una mesa cubierta por un tapete verde alrededor de la cual tomaban asiento cuatro personas, una de las cuales era el *cavalier* Bianco, que me presentó a los demás. Nadie me tendió la mano, se limitaron a un gesto de la cabeza.

—Siéntese, abogado. El caballero a su derecha es el general Negri de San Front, el de su izquierda el abogado Riccardi y el caballero delante de usted es el profesor Boggio, diputado por el Colegio de Valencia del Po.

Por lo que había oído susurrar en los bares, reconocí en los dos primeros personajes a aquellos jefes de la Alta Vigilancia Política que (*vox populi*) habrían ayudado a los garibaldinos a comprar los dos famosos barcos. En cuanto al tercer personaje, conocía su nombre: era periodista, a los treinta años ya era profesor de derecho, diputado, siempre muy cercano a Cavour. Tenía un rostro rubicundo agraciado por unos bigotitos, un monóculo del tamaño del culo de un vaso y el aire del hombre más inofensivo del mundo. Pero la deferencia con la que lo gratificaban los otros tres atestiguaba su poder en el gobierno.

Negri de San Front empezó:

—Querido abogado, conociendo sus capacidades para recoger informaciones, además de su prudencia y reserva en administrarlas, quisiéramos encomendarle una misión en extremo delicada en las tierras recién conquistadas por el general Garibaldi. No ponga esa cara de preocupación, no pretendemos encargarle que guíe las camisas rojas al asalto. Se trata de agenciarnos noticias. Ahora bien, para saber qué informaciones le interesan al gobierno, tenemos que confiarle necesariamente aquello que no puedo sino definir como secreto de Estado, por lo que comprenderá de cuánta circunspección tendrá que dar prueba de esta noche en adelante, hasta el final de su misión, y más allá. También, cómo diría yo, para salvaguardia de su incolumidad personal, que naturalmente nos interesa muchísimo.

No se podía ser más diplomático. San Front estaba muy preocupado por mi salud y por eso me avisaba de que, si hablaba fuera de allí de lo que oiría, mi salud correría serios riesgos. Pero el preámbulo dejaba pronosticar, junto con la importancia de la misión, la magnitud de lo que yo sacaría. Por ello, con un respetuoso gesto de confirmación, animé a San Front a seguir.

—Nadie mejor que el excelentísimo diputado Boggio podrá explicarle la situación, entre otras cosas porque él deriva sus informaciones y sus deseos de la fuente más alta, a la que está muy cercano. Por favor, profesor…

—Vea usted, abogado Simonini —empezó Boggio—, no hay en el Piamonte nadie que admire más que yo a ese hombre íntegro y generoso que es el general Garibaldi. Lo que ha hecho en Sicilia, con un puñado de valientes, contra uno de los ejércitos mejor armados de Europa, es milagroso.

Bastaba este principio para inducirme a pensar que Boggio era el peor enemigo de Garibaldi, pero me había propuesto escuchar en silencio.

—Aun así —siguió Boggio—, si es verdad que Garibaldi ha asumido la dictadura de los territorios conquistados en nombre de nuestro rey Víctor Manuel II, los que están detrás de él no aprueban en absoluto esta decisión. Mazzini lo amenaza resollándole en el cuello para que la gran insurrección del Sur lleve a la República. Y conocemos la gran fuerza de persuasión de este Mazzini el cual, estándose tranquilo en países extranjeros, ya ha convencido a muchos descriteriados a dar su vida. Entre los colaboradores más íntimos del general están Crispi y Nicotera, que son mazzinianos desde el primer momento, e influyen negativamente en un hombre como el general, incapaz de darse cuenta de la malicia ajena, Bien, hablemos claro: Garibaldi no tardará en llegar al estrecho de Mesina y pasar a Calabria. El hombre es un estratega astuto, sus voluntarios son apasionados, muchos isleños se han unido a ellos, no se sabe si por espíritu de patria o por oportunismo, y muchos generales borbónicos ya han dado prueba de tan escasa habilidad en el mando que hacen sospechar que donaciones ocultas han debilitado sus virtudes militares. No nos toca a nosotros decirle hacia dónde apuntan nuestras sospechas sobre la autoría de estas donaciones. Desde luego no se trata de nuestro gobierno. Ahora Sicilia ya está en manos de Garibaldi, y si en sus manos cayeran también las Calabrias y Nápoles, el general, apoyado por los republicanos mazzinianos, dispondría de los recursos de un reino de nueve millones de habitantes y, al estar rodeado de un prestigio popular irresistible, sería más fuerte que nuestro soberano. Para evitar tamaña desdicha nuestro soberano tiene una sola posibilidad: descender hacia el sur con nuestro ejército, pasar a través de los estados pontificios, lo cual no será indoloro ni por asomo, y llegar a Nápoles antes de Garibaldi. ¿Claro?

—Claro. Pero no veo cómo yo…

—Espere, espere. La expedición garibaldina ha sido inspirada por sentimientos de amor patrio, pero si hemos de intervenir para disciplinarla, mejor dicho, para neutralizarla, deberíamos poder demostrar, a través de voces bien difundidas y artículos de gacetas, que ha sido contaminada por personajes ambiguos y corruptos, de forma que la intervención piamontesa se vuelva necesaria.

—En definitiva —dijo el abogado Riccardi, que todavía no había hablado—, no hay que minar la esperanza en la expedición garibaldina sino debilitar la confianza en la administración revolucionaria que ha implantado. El conde de Cavour está enviando a Sicilia a La Farina, gran patriota siciliano que ha tenido que afrontar el exilio y, por lo tanto, podría gozar de la confianza de Garibaldi, pero al mismo tiempo y, desde hace años, es un fiel colaborador de nuestro gobierno y ha fundado una Sociedad Nacional Italiana que sostiene la anexión del Reino de las Dos Sicilias y una Italia unida. La Farina está encargado de aclarar algunas voces, muy preocupantes, que ya nos han llegado. Parece ser que, ya sea por buena fe, ya sea por incompetencia, Garibaldi está instaurando allá abajo un gobierno que es la negación de todo gobierno. Obviamente, el general no puede controlarlo todo, su honradez no se discute, pero ¿en qué manos está dejando la cosa pública? Cavour espera de La Farina un informe completo sobre cualquier posible malversación, pero los mazzinianos harán de todo para mantenerlo aislado del pueblo, esto es, de esos estratos de la población donde es más fácil recoger noticias vivas de los escándalos.

—En cualquier caso, nuestro Gabinete se fía hasta cierto punto de La Farina —intervino Boggio—. No es por criticar, entiéndame usted, es que también él es siciliano, y serán buena gente, pero son distintos de nosotros, ¿no le parece? Usted recibirá una carta de recomendación para La Farina, apóyese en él sin problemas, pero se moverá con mayor libertad, no deberá recoger sólo datos documentados, sino (como ya ha hecho otras veces) fabricarlos cuando no los haya.

—¿Y de qué manera y en concepto de qué bajaría yo hasta allá?

—Como siempre, hemos pensado en todo —sonrió Bianco—. El señor Dumas, que conocerá de nombre como célebre novelista, va a unirse a Garibaldi en Palermo con una goleta de su propiedad, la *Emma*. No hemos entendido muy bien qué va a hacer allá, quizá quiera, sencillamente, escribir alguna historia novelesca de la expedición garibaldina, quizá es un vanidoso que ostenta su amistad con el héroe. Sea lo que fuere, sabemos que dentro de unos dos días hará escala en Cerdeña, en la bahía de Arzaquena, así pues, en nuestra casa. Usted saldrá pasado mañana al alba hacia Génova y se embarcará en un buque de vapor que le llevará a Cerdeña, donde se unirá a Dumas, con una carta credencial firmada por alguien a quien Dumas debe mucho y de quien se fía. Usted se presentará como enviado del periódico dirigido por el profesor Boggio, enviado a Sicilia para celebrar tanto la empresa de Dumas como la de Garibaldi. Entrará así a formar parte del *entourage* de este novelista y con él desembarcará en Palermo. Llegar a Palermo con Dumas le dará un prestigio y una credibilidad de la que no gozaría si llegara usted solo. Allí podrá mezclarse con los voluntarios y al mismo tiempo tomar contacto con la población local. Otra carta de una persona conocida y estimada le acreditará con un joven oficial garibaldino, el capitán Nievo, que Garibaldi debería haber nombrado viceintendente general. Figúrese que ya cuando zarparon el *Lombardo* y el *Piemonte*, los dos barcos que llevaron a Garibaldi a Marsala, se le encomendaron catorce mil de las noventa mil liras que constituían la caja de la expedición. No sabemos muy bien por qué se le encomendaron tareas administrativas precisamente al tal Nievo que es, nos dicen, un hombre de letras, pero parece ser que goza de fama de persona integérrima. Será feliz de conversar con alguien que escribe para los periódicos y se presenta como amigo del famoso Dumas.

El resto de la velada se empleó en concordar los aspectos técnicos de la empresa y su recompensa. El día siguiente cerré el despacho por tiempo indeterminado, recogí alguna menudencia de estricta necesidad y, por no sé qué inspiración, llevé conmigo la sotana que el padre Bergamaschi dejara en casa del abuelo y que yo había conseguido salvar antes de que todo quedara en manos de los acreedores.

7

Con los Mil

29 de marzo de 1897

No sé si habría logrado recordar todos los acontecimientos y, sobre todo, las sensaciones de mi viaje siciliano entre junio de 1860 y marzo de 1861, si ayer por la noche, hurgando entre los papeles en el fondo de una cómoda, abajo, en la tienda, no hubiera encontrado un fascículo de folios arrugados, donde había consignado un borrador de aquellas andanzas, probablemente para poder hacerle luego un informe detallado a mis jefes turineses. Son notas lagunosas, evidentemente apunté sólo lo que consideraba importante, o lo que quería que resultara importante. Lo que callé, lo ignoro.

* * *

A partir del 6 de junio estoy a bordo de la *Emma*. Dumas me ha acogido con mucha cordialidad. Viste una juba de tejido ligero, color marrón pálido y se presenta sin duda alguna como el mestizo que es. La piel aceitunada, los labios pronunciados, turgentes, sensuales, un casco de cabellos erizados como un salvaje africano. Lo demás: una mirada vívida e irónica, la sonrisa cordial, la redonda obesidad del *bon vivant*... Me he acordado de una de las muchas leyendas que lo conciernen: un joven petimetre, en París, aludió con malicia a esas teorías tan actuales que ven un vínculo entre el hombre primitivo y las especies inferiores. Y Dumas contestó: «¡Sí, señor, yo desciendo del mono, pero mi familia empieza donde acaba la suya!».

Me ha presentado al capitán Beaugrand, al segundo Brémond, al piloto Podimatas (un individuo cubierto de pelos como un jabalí, con barba y cabellos que se mezclan en todos los puntos de su rostro, de suerte que parece que se afeite sólo en el blanco de los ojos) y, por encima de todo, el cocinero Jean Boyer (y, la verdad, es que al observar a Dumas resulta que el cocinero es el personaje más importante de su séquito). Dumas viaja con una corte, como un gran señor de antaño.

Mientras me acompaña a mi camarote, Podimatas me informa de que la especialidad de Boyer son los *asperges aux petits pois*, receta curiosa porque no hay rastro de guisantes en ese plato.

Doblamos la isla de Caprera, donde va a esconderse Garibaldi cuando no combate.

—Pronto podréis encontraros con el general —me dice Dumas, y sólo con hablar de él su rostro se ha iluminado de admiración—. Con su barba rubia y sus ojos azules parece el Jesús de la *Última Cena* de Leonardo. Sus movimientos están llenos de elegancia: su voz tiene una dulzura infinita. Parece un hombre acompasado, ahora bien, pronunciad ante él las palabras *Italia* e *independencia* y lo veréis despertarse como un volcán, erupciones de

... Pronto podréis encontraros con el general —me dice Dumas, y sólo con hablar de él su rostro se ha iluminado de admiración—. Con su barba rubia y sus ojos azules parece el Jesús de la Última Cena *de Leonardo... (p. 157)*

fuego y torrentes de lava. Para combatir, nunca va armado; en el momento de la acción, desenvaina el primer sable que cae bajo su mano, tira la funda y se arroja sobre el enemigo. Tiene una debilidad, una sola: se cree un as de la petanca.

Al cabo de poco tiempo, gran agitación a bordo. Los marineros están a punto de pescar una gran tortuga marina, como las que se encuentran en el sur de Córcega. Dumas está excitado.

—Habrá mucho trabajo. Primero habrá que darle la vuelta sobre el dorso, la ingenua estirará el cuello y aprovecharemos su imprudencia para cortarle la cabeza, chac; luego la colgaremos por la cola, dejándola sangrar doce horas. Después la volvemos a volcar sobre el dorso, introducimos un acero robusto entre las escamas del vientre y las del dorso, prestando mucha atención a no perforarle la hiel, si no, se vuelve incomible, se le extraen las tripas y se conserva únicamente el hígado, la papilla transparente que contiene no sirve para nada, pero tiene dos lóbulos de carne que parecen dos redondos de ternera por su blancura y sabor. Por último, separamos las membranas, el cuello y las aletas, cortamos unos trozos de carne del tamaño de una nuez, los dejamos purgar, los ponemos en un buen caldo con pimienta, clavo, zanahorias, tomillo y laurel, y lo dejamos cocer todo durante tres o cuatro horas a fuego lento. Mientras tanto, se preparan unas tiras de pollo aliñadas con perejil, cebollino y anchoa, se ponen a cocer en el caldo hirviendo, a continuación se cuelan y se les echa encima la sopa de tortuga, que bañaremos con tres o cuatro copitas de Madeira seco. Si no hubiera Madeira, podríamos añadir Marsala con una copita de aguardiente o de ron. Pero sería un *pis aller*. Saborearemos nuestra sopa mañana por la noche.

Me cayó bien un hombre al que le gustaba tanto la buena mesa; a pesar de que su raza fuera tan dudosa.

* * *

(13 de junio) Desde antes de ayer la *Emma* está en Palermo. La ciudad, con su trajín de camisas rojas, parece un campo de amapolas. Claro que muchos voluntarios garibaldinos van vestidos y armados como pueden, algunos llevan simplemente un sombrerucho con una pluma encima de sus trajes burgueses. Es que ya casi no se encuentra tela roja, y una camisa de ese color cuesta una fortuna, quizá está más al alcance de todos esos hijos de la nobleza local que se han unido a los garibaldinos después de las primeras y más sangrientas batallas que en la de los voluntarios zarpados de Génova. El *cavalier* Bianco me ha dado bastante dinero para sobrevivir en Sicilia y me he procurado inmediatamente —pues no quiero parecer un petimetre recién llegado— un uniforme bastante raído: la camisa empieza a volverse rosa de tanto lavarla, y los pantalones están en mal estado; además, sólo la camisa me ha costado quince francos, y con la misma suma en Turín me habría podido comprar cuatro.

Aquí todo tiene un precio que no es razonable; un huevo cuesta cuatro perras; una libra de pan, seis; una libra de carne, treinta. No sé si debe a que la isla es pobre, y los ocupantes están devorando sus escasos recursos, o porque los palermitanos han decidido que los garibaldinos son el maná caído del cielo, y los estrujan a conciencia.

El encuentro entre los dos grandes, en el Palacio del Senado ha sido muy teatral («¡Como el municipio de París en 1830!», decía un Dumas extasiado). De los dos, no sé cuál era el mejor histrión.

—Querido Dumas, sentía su ausencia —ha gritado el general y, a Dumas que se congratulaba con él—: No a mí, no a mí, sino a estos hombres. ¡Han sido unos gigantes!

Y luego a los suyos:

—Dadle inmediatamente al señor Dumas el mejor aposento de palacio. ¡Todo será poco para el hombre que me ha traído cartas que anuncian la llegada de dos mil quinientos hombres, diez mil fusiles y dos piróscafos!

Yo miraba al héroe con la desconfianza que, tras la muerte de mi padre, experimentaba por los héroes. Dumas me lo había descrito como un Apolo, y a mí me parecía de estatura modesta, no rubio sino pajizo, con las piernas cortas y torcidas, y a juzgar por el modo de andar, afligido por reumatismos. Le había visto montar a caballo con cierta dificultad, ayudado por dos de los suyos.

Hacia el final de la tarde, una muchedumbre se ha reunido bajo el palacio real gritando: «¡Viva Dumas, viva Italia!». El escritor estaba visiblemente complacido aunque tengo la impresión de que el tinglado lo ha organizado Garibaldi, que conoce la vanidad de su amigo y necesita los fusiles prometidos. Me he mezclado entre el gentío intentando entender qué se decían en ese dialecto tan incomprensible —como el habla de los africanos—, y no me he perdido un breve diálogo: uno le preguntaba a otro quién era ese Dumas que estaban vitoreando, y el otro le contestaba que era un príncipe circasiano que ataba perros con longaniza y llegaba para poner su dinero a disposición de Garibaldi.

Dumas me ha presentado a algunos hombres del general; la mirada rapaz del lugarteniente de Garibaldi, el terrible Nino Bixio, me ha fulminado y me ha amedrentado a tal punto que me he alejado. Debo buscar una fonda en la que pueda entrar y salir sin dar en los ojos de nadie.

Es que ahora, a los ojos de los locales, soy un garibaldino; a los ojos del cuerpo de expedición, un cronista independiente.

* * *

He vuelto a ver a Nino Bixio mientras pasaba a caballo por la ciudad. Por lo que se dice, el verdadero jefe militar de la expedición es él. Garibaldi se distrae, piensa siempre en qué hará mañana, es bueno en los asaltos y arrastra a los que van detrás; Bixio, en cambio, piensa en el presente y es quien alinea las tropas. Mientras estaba pasando, he oído que un garibaldino que estaba a mi lado le decía a su camarada:

—Mira qué ojo, fulmina por doquier. Su perfil corta como un sablazo. ¡Bixio! Su mismo nombre da la idea del destello de un rayo.

Está claro que Garibaldi y sus lugartenientes han hipnotizado a estos voluntarios. Malo. Los jefes demasiado cautivadores hay que decapitarlos rápidamente, por el bien y la tranquilidad de los reinos. Mis amos de Turín tienen razón: es preciso que este mito de Garibaldi no se difunda por el norte, de ser así todos los vasallos de allá arriba se pondrán la camisa roja, y será la república.

* * *

(15 de junio) Es difícil hablar con los paisanos. Lo único que está claro es que intentan aprovecharse de cualquiera que tenga aspecto de piamontés, como dicen ellos, aunque entre los voluntarios haya poquísimos piamonteses. He encontrado una taberna donde puedo cenar por poco y saborear algunos platos con nombres impronunciables. Casi me sofoco con los panecillos rellenos de pajarilla de cerdo; suerte que con el buen vino del lugar se puede engullir más de uno. Mientras cenaba, he trabado amistad con dos voluntarios, un tal Abba, un ligur poco más que veinteañero, y un tal Bandi, un periodista de Livorno más o menos de mi edad. A través de sus relatos he reconstruido la llegada de los garibaldinos y sus primeras batallas.

—Ah, si tú supieras, mi querido Simonini —me decía Abba—. ¡El desembarco en Marsala ha sido un circo! Pues mira, tenemos delante el *Stromboli* y el *Capri*, los buques borbónicos; nuestro *Lombardo* choca contra un escollo y Nino Bixio dice que es mejor que lo capturen con un agujero en la tripa que sano y salvo, es más, deberíamos hundir también el *Piemonte*. Menudo derroche, digo yo, aunque tenía razón Bixio: no había que regalarles dos barcos a los borbónicos y, además, eso es lo que hacen los grandes adalides: tras desembarcar, quemas los bajeles y, hala, ya no puedes retirarte. El *Piemonte* inicia el desembarco, el *Stromboli* empieza a cañonear, pero los disparos no dan en el blanco. El comandante de una nave inglesa atracada en el puerto va a bordo del *Stromboli* y le dice al capitán que hay súbditos ingleses en tierra y que lo considerará responsable de cualquier incidente internacional. Como bien sabrás, los ingleses tienen en Marsala grandes intereses económicos por lo del vino. El comandante borbónico dice que le importan un rábano los incidentes internacionales y manda que descarguen otra vez el cañón, pero sigue fallando. Cuando, por fin, las naves borbónicas consiguen dar en el blanco, no le hacen daño a nadie, salvo partir un perro en dos.

—¿Los ingleses os han ayudado, pues?

—Digamos que se han puesto tranquilamente por en medio, para poner en apuros a los borbónicos.

—Pero ¿qué relación tiene el general con los ingleses?

Abba ha hecho un gesto como para decir que los soldados rasos como él obedecen y no hacen demasiadas preguntas.

—Mejor escucha ésta, que es buena. Al llegar a la ciudad, el general ordenó apoderarse del telégrafo y cortar los hilos. Mandan a un teniente con algunos hombres y, al verlos llegar, el empleado del telégrafo huye. El teniente entra en la oficina y encuentra la copia de un cable recién enviado al comandante militar de Trapani: «Dos vapores con bandera sarda acaban de entrar en el puerto y desembarcan hombres». Justo en ese momento llega la respuesta. Uno de los voluntarios, que era un empleado en los telégrafos de Génova, la traduce: «¿Cuántos hombres y por qué desembarcan?». El oficial hace que transmitan: «Lo siento, me he equivocado; son dos mercantiles procedentes de Girgenti con un cargamento de azufre». Reacción desde Trapani: «Es usted un estúpido». El oficial encaja sin caber en sí del gozo, hace cortar los hilos y se va.

—Digamos la verdad —intervenía Bandi—, el desembarque no ha sido exactamente un circo como dice Abba; cuando llegamos al muelle, desde las naves de los borbónicos llegaban, por fin, las primeras granadas y golpes de metralla. Nos divertíamos, eso sí. Apareció en medio de los estallidos un fraile viejo y bien orondo, que nos daba la bienvenida con el sombrero en la mano. Alguien gritó: «¿A qué vienes tú, fraile, a tocarnos los cojones?», pero Garibaldi levantó la mano y dijo: «Buen fraile, ¿qué andáis buscando? ¿No oís cómo silban estas balas?». Y el fraile: «Las balas no me dan miedo; soy siervo de san Francisco de los pobres, y soy hijo de Italia». «¿Estáis, pues, con el pueblo?», preguntó el general. «Con el pueblo, con el pueblo», contestó el fraile. Entonces entendimos que Marsala era nuestra. Y el general mandó a Crispi a donde Hacienda en nombre de Víctor Manuel rey de Italia para requisar toda la caja, que fue entregada al intendente Acerbi con recibo. Un reino de Italia todavía no existía, pero el recibo que Crispi le firmó al recaudador de los impuestos es el primer documento en el que a Víctor Manuel se le llama rey de Italia.

He aprovechado para preguntar:

—Pero el intendente, ¿no es el capitán Nievo?

—Nievo es el vice de Acerbi —ha precisado Abba—. Tan joven, y ya un gran escritor. Un verdadero poeta. Le ves destellar el ingenio en la frente. Siempre va tan solitario, mirando hacia la lejanía, como si quisiera ampliar el horizonte con sus ojeadas. Creo que Garibaldi está a punto de nombrarlo coronel.

Y Bandi ha remachado en el clavo:

—En Calatafimi, se había quedado un poco atrasado para distribuir el pan cuando Bozzetti lo llamó a la batalla, y él se arrojó a la contienda volando hacia el enemigo como un gran pájaro negro, desplegando los bordes de su capa, que inmediatamente resultó traspasada por una bala…

Con eso ha sido suficiente para que este Nievo me cayera mal. Debería ser coetáneo mío y ya se considera un hombre famoso. El poeta guerrero. Es fuerza que te traspasen la capa si se la abres justo delante, menuda manera de exhibir un agujero que no está en tu pecho…

Entonces Abba y Bandi han empezado a hablar de la batalla de Calatafimi, una victoria milagrosa, mil voluntarios por un lado y veinticinco mil borbónicos bien armados por el otro.

—Garibaldi a la cabeza —decía Abba—, en un bayo de Gran Visir, una silla preciosa, con los estribos calados, camisa roja y un sombrero de estilo húngaro. En Salemi se nos unen los voluntarios locales. Llegan de todas partes, a caballo, a pie, a centenares, una mesnada de diablos, montañeses armados hasta los dientes, con caras de esbirros y ojos que parecen bocas de pistolas. Eso sí, mandados por caballeros, terratenientes del lugar. Salemi es sucia, con las calles que parecen cloacas, aunque los frailes tienen bonitos conventos, y allá nos alojamos. Aquellos días teníamos noticias divergentes del enemigo, son cuatro mil, no, diez mil, veinte mil, con caballos y cañones, se fortifican allá arriba, no allá abajo, avanzan, se retiran… y, de repente, aparece el enemigo. Serán unos cinco mil hombres, pero qué dices, voceaba alguno de nosotros, son diez mil. Entre nosotros y ellos una llanura sin cultivar. Los cazadores napolitanos descienden de las alturas. Qué calma, qué seguridad, se ve que están bien adiestrados, no son unos bisoños como nosotros. ¡Y sus trompetas, qué lúgubres toques! El primer escopetazo no se produce hasta la una y media después del mediodía. Lo disparan los cazadores napolitanos que bajan por las filas de chumberas. «¡No respondáis al fuego, no respondáis!», gritan nuestros capitanes; pero las balas de los cazadores pasan con tal maullido por encima de nuestras cabezas que no podemos quedarnos quietos. Se oye un tiro, luego otro, luego el trompetista del general toca la diana y el paso de carrera. Las balas caen como granizo, el monte es una nube de humo por los cañones que nos disparan, atravesamos la llanura, se rompe la primera línea de enemigos, me doy la vuelta y veo a Garibaldi a pie, con la espada envainada colgada del hombro derecho, que avanza despacio observando toda la acción. Bixio corre al galope a ampararlo con su caballo, y le grita: «General, ¿así queréis morir?». Y él responde: «¿Cómo podría morir mejor que por mi patria?». Y sigue adelante, sin importarle esa granizada de balas. En ese momento temí que al general le pareciera imposible ganar, e intentara morir. Pero acto seguido uno de nuestros cañones retumba desde la carretera. Nos parece que recibimos la ayuda de mil brazos, ¡adelante, adelante, adelante! Ya no se oye sino esa trompeta que no ha cesado de tocar el paso de carrera. Superamos con la bayoneta el primer, el segundo, el tercer bancal, arriba por la colina, los batallones borbónicos se retiran hacia la cima, se recogen, parecen cobrar fuerza. Parece imposible seguir enfrentándolos, están todos en la cumbre, y nosotros alrededor del margen, cansados, quebrantados. Hay un instante de pausa, ellos allá arriba, nosotros todos en tierra. Aquí y allá algún escopetazo, los borbones hacen rodar pedruscos, tiran piedras, se dice que una ha herido al general. Veo entre las chumberas a un joven hermoso, herido de muerte, sostenido por dos compañeros. Está rogando a los compañeros que sean piadosos con los napolitanos, porque también ellos son italianos. Toda la cuesta está apiñada de caídos, pero no se oye un lamento. Desde la cima, los napolitanos de vez en cuando gritan: «¡Viva el Rey!». Mientras tanto llegan refuerzos. Recuerdo que entonces llegaste tú, Bandi, cubierto de heridas, pero sobre todo con una bala que se te había alojado encima de la tetilla izquierda, y pensé que no ibas a durar vivo ni media hora. Y, en cambio, cuando iniciamos el último asalto, ahí estás, delante de todos. ¿Cuántas almas tenías?

—Tonterías —decía Bandi—, eran rasguños.

—¿Y los franciscanos que combatían por nosotros? Había uno, delgado y sucio, que cargaba un trabuco con puñados de balas y piedras, luego se encaramaba y descargaba la metralla. Vi a uno, herido en un muslo, sacarse la bala de las carnes y volver a hacer fuego.

Luego Abba se ponía a evocar la batalla del puente del Almirante:

—¡Voto a Dios, Simonini, una jornada de poema homérico! Estamos ante las puertas de Palermo y acude en nuestra ayuda una tropa de insurgentes locales. Uno grita: «¡Dios!», se da la vuelta sobre sí mismo, da dos o tres pasos de lado como borracho, y cae en un foso, a los pies de dos álamos junto a un cazador napolitano muerto; quizá el primer centinela sorprendido por los nuestros. Y oigo todavía a aquel genovés, que allá donde el plomo caía como granizo, se preguntaba cómo iban a pasar por allí, y exclamaba en dialecto: «Belandi, belandi!». En eso, una bala le da en la frente y lo mata partiéndole el cráneo. En el puente del Almirante, en la carretera, en los arcos y en los huertos: matanza a la bayoneta. Al alba nos apoderamos del puente pero nos detiene un fuego terrible, que llega de una fila de infantería, detrás de un muro, mientras alguna unidad de caballería carga contra nosotros desde la izquierda, pero es repelida hacia los campos. Conseguimos cruzarlo y nos concentramos en la encrucijada de la Puerta Termini, pero estamos a tiro de los cañonazos de una nave que nos bombardea desde el puerto, y expuestos al fuego de una barricada que nos corta el paso. No importa. Una campana dobla a rebato. Nos adentramos por las callejas y en un determinado momento, santo Dios, ¡qué visión! Agarradas a una reja con las manos que parecían azucenas, tres muchachas vestidas de blanco, bellísimas, nos miraban mudas. Parecían los ángeles que se ven en los frescos de las iglesias. Y quiénes sois, nos preguntan, y nosotros decimos que somos italianos, y les preguntamos quiénes son ellas y contestan que son monjitas. Oh, pobrecillas, decimos nosotros, que no nos habría disgustado liberarlas de esa prisión y alegrarlas, y ellas gritan: «¡Viva Santa Rosalía!». Nosotros contestamos: «¡Viva Italia!» y también ellas gritan: «¡Viva Italia!» con esas voces suaves como un salmo, y nos desean la victoria. ¡Hemos combatido cinco días más en Palermo antes del armisticio, pero de monjillas nada, y nos hemos tenido que conformar con las putas!

¿Cuánto he de fiarme de estos dos entusiastas? Son jóvenes, han sido sus primeros lances de armas, ya desde antes adoraban a su general, a su manera son novelistas como Dumas, embellecen sus recuerdos y una gallina se transforma en un águila. Sin duda, se han comportado bravamente en esas escaramuzas, pero ¿será una casualidad que Garibaldi paseara tan tranquilo en medio del fue-

... En el puente del Almirante, en la carretera, en los arcos y en los huertos: matanza a la bayoneta... (p. 168)

go (y los enemigos desde lejos bien habían de verle) sin que resultara herido? ¿No será que esos enemigos, por orden superior, tiraban sin emplearse a fondo?

Estas ideas ya me rondaban en la cabeza por algunos rezongueos que le había captado a mi posadero, que debe de haber estado en otras regiones de la península, y habla un lenguaje casi comprensible. Y de él me ha llegado la sugerencia de ir a charlar con don Fortunato Musumeci, un notario que parece que lo sabe todo, y también en estas circunstancias ha mostrado su desconfianza hacia estos recién llegados.

No podía ponerme en contacto con él con la camisa roja, y pensé en la sotana del padre Bergamaschi que me había traído. Una pasada de peine, un tonillo de unción suficiente, los ojos bajos, y ahí estaba yo, escabulléndome de la posada, irreconocible para todos. Ha sido una gran imprudencia porque corría la voz de que iban a expulsar a los jesuitas de la isla. Sea lo que fuere, a la postre me ha ido bien. Y, además, como víctima de una injusticia inminente podía infundir confianza en los ambientes antigaribaldinos.

He empezado a discurrir con don Fortunato sorprendiéndolo en una taberna donde estaba paladeando lentamente su café tras la misa matutina. El lugar era céntrico, casi elegante, don Fortunato estaba arrellanado, con la cara vuelta hacia el sol y los ojos entrecerrados, la barba de unos días, un traje negro con corbata también en esas fechas de bochorno, un cigarro semiapagado entre los dedos amarillos de nicotina. He observado que, aquí, ponen una corteza de limón en el café. Espero que no la pongan en el café con leche.

Sentado en la mesa de al lado, me ha bastado quejarme del calor, y nuestra conversación ha empezado. Me he definido como enviado de la curia romana para entender qué estaba sucediendo en esa zona, y esto ha permitido a Musumeci hablar libremente.

—Padre mío reverendísimo, ¿os parece normal que mil personas reunidas a la buena de Dios y armadas como Dios les dio a entender llegan a Marsala y desembarcan sin ni siquiera perder un hombre? ¿Por qué las naves borbónicas, y es la segunda marina de Europa tras la inglesa, han tirado al tuntún sin darle a nadie? Y más tarde, en Calatafimi, cómo ha podido pasar que esos mismos mil desharrapados, más algún centenar de paisanos empujados a patadas en el trasero por algunos terratenientes que querían quedar bien con los ocupantes, colocados ante uno de los ejércitos mejor adiestrados del mundo (y no sé si vos sabéis lo que es una academia militar borbónica), pues bien, mil y pico desastrados han puesto en fuga a veinticinco mil hombres, claro que por ahí se han visto sólo algunos millares, mientras los demás estaban retenidos en los cuarteles, ¿os parece normal? Pues han sido necesarios dineros, señor mío, dineros a espuertas para pagar a los oficiales de las naves de Marsala, y al general Landi en Calatafimi, que tras una jornada de resultado incierto todavía habría tenido tropas frescas de sobra para deshacerse de los voluntarios y, en cambio, se retiró a Palermo. En su caso se habla de una propina de catorce mil ducados, ¿sabéis? ¿Y sus superiores? Por mucho menos, hace una docena de años, los piamonteses fusilaron al general Ramorino; no es que los piamonteses me caigan bien, pero de asuntos militares entienden. En cambio, Landi ha sido sustituido simplemente con Lanza, y yo creo que también él está comprado. Véase, si no, esa celebradísima conquista de Palermo... Garibaldi reforzó sus bandas con tres mil quinientos sacamantecas reclutados entre la delincuencia siciliana, pero Lanza disponía de unos dieciséis mil, digo dieciséis mil hombres. Y en lugar de emplearlos en masa, Lanza los manda contra los rebeldes en pequeños grupos, y es natural que sean superados siempre, entre otras cosas porque también se había pagado a unos cuantos traidores palermitanos para que se pusieran a disparar desde los tejados. En el puerto, bajo los ojos de las naves borbónicas, buques piamonteses desembarcan fusiles para los voluntarios y se deja que en tierra Garibaldi se llegue a la cárcel de la Vicaría y al penal de los Condenados donde libera a otros mil delincuentes comunes, enrolándolos en su banda. Y no os digo lo que está sucediendo ahora en Nápoles, nuestro pobre soberano está rodeado por miserables que ya han recibido su paga y le están socavando el terreno bajo los pies...

—Pero ¿de dónde viene todo este dinero?

—¡Reverendísimo padre! ¡Me sorprende que en Roma se sepa tan poco! ¡Pues de la masonería inglesa! ¿Veis el nexo? Garibaldi masón, Mazzini masón, Mazzini exiliado en Londres en contacto con los masones ingleses, Cavour masón que recibe órdenes de las logias inglesas, masones todos los hombres en torno a Garibaldi. Se trata de un proyecto no tanto de destrucción del Reino de las Dos Sicilias, como de un golpe mortal a Su Santidad, porque está claro que, después de las Dos Sicilias, Víctor Manuel querrá también Roma. ¿Acaso creéis en ese bonito cuento de los voluntarios que zarpan con noventa mil liras en la caja, que no alcanzan ni para dar de comer durante todo el viaje a esa tropa de beodos y glotones, basta verles cómo se están tragando las últimas provisiones de Palermo, y despojando las campiñas de los alrededores? ¡Es que los masones ingleses le dieron a Garibaldi tres millones de francos franceses, en piastras de oro turcas que pueden emplearse en todo el Mediterráneo!

—¿Y quién tiene todo ese oro?

—El masón de confianza del general, ese capitán Nievo, un barbilampiño de menos de treinta años que no debe hacer sino de oficial pagador. Pero estos diablos pagan a generales, almirantes y a quien vos queráis, y mientras tanto los campesinos pasan hambre. Éstos se esperaban que Garibaldi repartiera las tierras de sus amos y, en cambio, como es obvio, el general debe aliarse con quienes tienen la tierra y el dinero. Veréis que esos paisanos que fueron a morir a Calatafimi, cuando entiendan que aquí no ha cambiado nada, empezarán a disparar contra los voluntarios y, precisamente, con los fusiles que les han robado a los que han muerto.

Abandonadas ya las vestiduras talares, mientras merodeaba por la ciudad en camisa roja, he intercambiado dos palabras en la escalinata de una iglesia con un monje, el padre Carmelo. Dice que tiene veintisiete años pero aparenta cuarenta. Me confía que desearía unirse a nosotros, pero algo lo frena. Le pregunto qué, visto que en Calatafimi también había frailes.

—Iría con vosotros, dice, si supiera que haréis algo grande de veras. Lo único que sabéis decirme es que queréis unir Italia para hacer de ella un solo pueblo. Pero al pueblo, unido o dividido, si sufre, sufre; y yo no sé si lograréis que cese de sufrir.

—Pero el pueblo tendrá libertad y escuelas —le he dicho.

—La libertad no es pan, y tampoco la escuela. Esto puede bastaros a vosotros los piamonteses, pero a nosotros no.

—¿Y qué es lo que necesitaríais, vosotros?

—No una guerra contra los Borbones sino una guerra de los menesterosos contra los que les hacen pasar hambre, que están por doquier, no sólo en la Corte.

—Así pues, ¿también contra vosotros los tonsurados, que tenéis conventos y tierras por todos sitios?

—También contra nosotros; ¡es más, antes que a nadie, contra nosotros! Eso sí, con el Evangelio y la cruz en las manos. Si así fuera, os acompañaría. Lo de ahora es demasiado poco.

Por lo que pude entender de ese famoso manifiesto de los comunistas en la universidad, este monje es uno de ellos. De verdad, no entiendo de la misa la media, de esta Sicilia.

* * *

Será que arrastro esta obsesión desde los tiempos de mi abuelo, pero me ha surgido espontáneo preguntarme si no tendrían algo que ver los judíos en el complot para sostener a Garibaldi. Siempre suelen tener algo que ver. Me he dirigido una vez más a Musumeci.

—¿Y cómo no? —me ha dicho—. Primero, si no todos los masones son judíos, todos los judíos son masones. ¿Y entre los garibaldinos? Me he divertido sacándole las pulgas a la lista de los voluntarios de Marsala que se acaba de publicar «para honra de los valientes». Y he encontrado nombres como Eugenio Ravà, José Uziel, Isaac d'Ancona, Samuel Marchesi, Abrahán Isaac Alpron,

Moisés Maldacea y un Colombo Donato antes Abrahán. Decidme vos si con semejantes nombres van a ser buenos cristianos.

* * *

(16 de junio) Me he presentado al tal capitán Nievo, con la carta de recomendación. Es un petimetre con un par de bigotitos cuidados, y una mosca bajo el labio, con poses de soñador. Poses, poses, pues mientras hablábamos ha entrado un voluntario diciéndole algo de no sé qué mantas que había de recoger y él como un contable puntilloso le ha recordado que su compañía ya se había llevado otras diez la semana antes. «¿Os las coméis o qué, las mantas?», ha preguntado. Y: «Si quieres comer más, te mando a que las digieras en un calabozo». El voluntario ha saludado y ha desaparecido.

—¿Ve qué trabajo tengo que hacer? Le habrán dicho que soy un hombre de letras. Y aun así tengo que corresponder la soldada y dotar de vestuario a los soldados, encargar veinte mil uniformes nuevos, porque cada día llegan más voluntarios de Génova, La Spezia y Livorno. Y luego están las súplicas, condes y duquesas que quieren doscientos ducados al mes de salario y creen que Garibaldi es el arcángel del Señor. Aquí todos se esperan que las cosas les caigan del cielo, no es como en nuestras tierras, donde uno ha de esforzarse por conseguir lo que quiere. Me han encomendado la caja a mí, quizá porque me licencié en Padua en derecho y económicas, o porque saben que no robo. Y no robar es una gran virtud en esta isla, donde príncipe y estafador son la misma persona.

Evidentemente juega a hacerse el poeta distraído. Cuando le he preguntado si era ya coronel o no, me ha contestado que lo ignoraba:

—Sabe —me ha dicho—, aquí la situación es un poco confusa. Bixio intenta imponer una disciplina militar de tipo piamontés, como si estuviéramos en Pinerolo, aunque la verdad es que somos una banda de irregulares. Ahora bien, si usted debe escribir artículos para Turín, deje de lado estas miserias. Intente comunicar la verdadera excitación, el entusiasmo que nos invade a todos. Aquí hay gente que se juega la vida por algo en lo que cree. Lo demás, tómeselo como una aventura en tierras coloniales. Palermo es divertida para ser vivida, por sus chismes es como Venecia. A nosotros nos admiran como héroes: dos palmos de blusa roja y setenta centímetros de cimitarra nos vuelven deseables a los ojos de muchas bellas señoras, cuya virtud sólo es aparente, no hay velada en la que no dispongamos de un palco en el teatro y los sorbetes son excelentes.

—Me acaba de comentar que tiene que hacer frente a muchos gastos. Pero ¿cómo lo consigue con el poco dinero con el que zarparon de Génova? ¿Usa el dinero confiscado en Marsala?

—Aquello era calderilla. No, no, nada más llegar a Palermo, el general ha mandado a Crispi a sacar el dinero del banco de las Dos Sicilias.

—Algo he oído, se habla de cinco millones de ducados…

Llegados a ese punto el poeta ha vuelto a ser el hombre de confianza del general. Ha fijado su mirada en el cielo:

—Ya sabe usted, se dicen muchas cosas. Además, debe tener en cuenta las donaciones de los patriotas de toda Italia, y quisiera decir de toda Europa, y esto escríbalo en su periódico de Turín, para sugerirles la idea a los distraídos. En fin, lo más difícil es mantener en orden los registros porque, cuando estas tierras sean oficialmente Reino de Italia, habré de entregar todo en regla al gobierno de Su Majestad, sin equivocarme de un céntimo, tanto debe, tanto haber.

¿Cómo te las arreglarás con los millones de los masones ingleses?, me preguntaba. O quizá estáis todos de acuerdo, tú, Garibaldi, Cavour: el dinero ha llegado mas no se ha de hablar de ello. ¿O quizá, aún mejor, el dinero existe, pero tú no sabías y no sabes nada, eres el lechuzo, el pequeño virtuoso que ellos (¿pero quiénes?) usan como tapadera, y piensas que las batallas se vencen sólo por la gracia de Dios? El individuo todavía no me resultaba transparente. Lo único sincero que captaba en sus palabras era la amarga aflicción porque los voluntarios, esas semanas, estaban avanzando hacia la costa oriental, y de victoria en victoria se disponían a cruzar el estrecho para entrar en Calabria, y luego en Nápoles, mientras él había sido asignado a Palermo, para cuidar de las cuentas económicas en la retaguardia. Y mordía el freno. Hay gente que es así: en lugar de felicitarse por la suerte, que le deparaba buenos sorbetes y bellas señoras, deseaba que otras balas le atravesaran la capa.

He oído decir que en la Tierra viven más de mil millones de personas. No sé cómo han conseguido contarlas, pero es suficiente con darse una vuelta por Palermo para entender que somos demasiados y ya nos estamos dando pisotones mutuamente. Y la mayoría, huele mal. Ya hay poca comida ahora, imaginémonos si seguimos creciendo. Pues eso, hace falta mermar a la población.

Sí, es verdad, hay pestilencias, suicidios, condenas capitales, y también ayudan los que no dejan de retarse en duelo, o los que gustan de cabalgar por bosques y praderas partiéndose el cuello; también he oído hablar de caballeros ingleses que van a nadar al mar, y naturalmente mueren ahogados…, pero no basta. Las guerras son el desahogo más eficaz y natural que se pueda desear para ponerle un freno al crecimiento de los seres humanos. ¿Acaso antaño, al marchar a la guerra, no se decía que Dios lo quería? Luego se necesita gente que tenga ganas de marchar a la guerra. Si todos se emboscaran, en la guerra no moriría nadie. Y en ese caso, ¿para qué hacerlas? Así pues, son indispensables los Nievo, los Abba o los Bandi, seres deseosos de arrojarse bajo la metralla. Para que los seres como yo podamos vivir menos obsesionados por la humanidad que se nos arreboza con su aliento inmundo.

En fin, que aunque no me gustan, necesitamos almas bellas.

* * *

Me he presentado a La Farina con mi carta de recomendación.

—Si usted se espera de mí buenas noticias para comunicárselas a Turín —me ha dicho—, quíteselo de la cabeza. Aquí no hay gobierno. Garibaldi y Bixio piensan que mandan sobre genoveses como ellos, no sobre sicilianos como yo. En un país en el que se desconoce por completo el reclutamiento obligatorio, se ha pensado seriamente en alistar a treinta mil hombres. En muchos pueblos se han producido verdaderas sublevaciones. Se decreta que sean excluidos de los consejos cívicos los antiguos empleados regios, que son los únicos que saben leer y escribir. El otro día, unos comecuras propusieron quemar la biblioteca pública, porque la fundaron los jesuitas. Se nombra gobernador de Palermo a un jovencito de Marcilepre, un solemne desconocido. En el interior de la isla se suceden delitos de todo tipo y, a menudo, los asesinos son los mismos que deberían garantizar el orden, porque han alistado también a auténticos bandoleros. Garibaldi es un hombre honrado, pero es incapaz de darse cuenta de lo que pasa bajo sus ojos: de una partida de caballos requisada en la provincia de Palermo, ¡han desaparecido doscientos! Se da comisión para organizar un batallón a quienquiera que lo solicite, de modo que hay batallones que tienen banda musical y oficiales al completo ¡para cuarenta o cincuenta soldados, a lo sumo! ¡Se le da la misma colocación a tres o cuatro personas! Se deja a toda Sicilia sin tribunales ni civiles, ni penales, ni comerciales, porque han despedido en masa a toda la magistratura, y tienen que crear comisiones militares para juzgarlo todo y a todos, ¡como en la época de los hunos! Crispi y su banda dicen que Garibaldi no quiere tribunales civiles porque los jueces y los abogados son todos unos embusteros; que no quiere asamblea porque los diputados son gentes de pluma y no de espada; que no quiere fuerza ninguna de seguridad pública, porque los ciudadanos deben armarse todos y defenderse por sí mismos. No sé si es verdad, pero ya ni siquiera consigo despachar con el general.

El 7 de julio he sabido que La Farina ha sido arrestado y conducido a Turín. Por orden de Garibaldi, evidentemente soliviantado por Crispi. Cavour ya no tiene un informador. Todo dependerá entonces de mi informe.

Es inútil que me siga disfrazando de cura para recoger chismes: se chismorrea en las tabernas, a veces son precisamente los voluntarios los que se quejan de los derroteros del general. Oigo decir que medio centenar de los sicilianos que se habían alistado con los garibaldinos tras entrar en Palermo, ya se han ido, algunos llevándose las armas. «Son campesinos que se encienden como yesca y pronto se cansan», los justifica Abba. El consejo de guerra los condena a muerte, pero luego deja que se vayan donde quieran, con tal de que sea lejos. Intento entender cuáles son los verdaderos sentimientos de esta gente. Toda la excitación que reina en Sicilia depende del hecho de que ésta es una tierra abandonada por Dios, quemada por el sol, sin agua como no sea la del mar y pocos frutos espinosos. En esta tierra en la que no pasa nada desde hace siglos, ha llegado Garibaldi con los suyos. No es que la gente de aquí lo apoye, o que siga siéndole fiel al rey que Garibaldi está destronando. Simplemente, están como emborrachados por el hecho de que ha sucedido algo distinto. Y cada uno interpreta la diversidad a su manera. Quizá este gran viento de novedades es un simple siroco que los adormecerá a todos de nuevo.

* * *

(30 de julio) Nievo, con el que ya tengo cierta intimidad, me confía que Garibaldi ha recibido una carta formal de Víctor Manuel que le intima a no cruzar el estrecho. Pero la orden va acompañada por una nota reservada de puño del mismo rey, que le dice más o menos: antes le he escrito como rey, ahora le sugiero que conteste que usted desearía seguir mis consejos pero sus deberes hacia

Italia no le permiten obligarse a no socorrer a los napolitanos cuando éstos apelen a usted para liberarlos. Doble juego del rey, pero ¿contra quién? ¿Contra Cavour? ¿O contra el mismo Garibaldi a quien primero le ordena que no vaya al continente, luego lo anima y cuando lo haga, para castigar su desobediencia, intervendrá en Nápoles con las tropas piamontesas?

—El general es demasiado ingenuo y caerá en alguna trampa —dice Nievo—. Quisiera estar con él, pero el deber me impone quedarme aquí.

He descubierto que este hombre, indudablemente culto, vive también él en la adoración de Garibaldi. En un momento de debilidad, me ha enseñado un librito que le acaba de llegar, *Amores garibaldinos*, impreso en el norte sin que él haya podido corregir las galeradas.

—Espero que quienes lo lean piensen que en mi calidad de héroe, tengo el derecho de ser un poco bruto, y he hecho lo posible para demostrarlo dejando una serie vergonzosa de errores tipográficos.

He ojeado una de estas composiciones suyas, dedicada precisamente a Garibaldi, y me he convencido de que un poco bruto Nievo debe de serlo:

Tiene un qué en la mirada
que resplandece en la mente
y a quedar arrodillada
parece inclinar la gente.
Aun en la plaza atestada,
moverse cortés y humano

... Tiene un qué en la mirada / que resplandece en la mente / y a quedar arrodillada / parece inclinar la gente... (p 182)

vile, para dar su mano
a las muchachas: sosegada.

Aquí enloquecen todos por este bajito con las piernas torcidas.

* * *

(12 de agosto) Voy donde Nievo para pedirle que me confirme una voz que está circulando: los garibaldinos ya han desembarcado en las costas calabresas. Pero lo encuentro de pésimo humor, casi a punto de llorar. Le ha llegado noticia de que en Turín corren voces sobre su administración.

—Pero si yo lo tengo todo anotado aquí. —Y da una palmada sobre sus registros, encuadernados con tela roja—. Tanto se recibe, tanto se gasta. Y si alguien ha robado, se deducirá de mis cuentas. Cuando entregue todo esto en las manos de quien ha de recibirlo, saltará alguna cabeza. Pero no será la mía.

* * *

(26 de agosto) Aunque no soy un estratega, por las noticias que recibo, me parece entender lo que está sucediendo. Oro masón o conversión de los Saboya, algunos ministros napolitanos están tramando contra el rey Fernando. Estallará una sublevación en Nápoles, los revoltosos deberán pedir ayuda al gobierno piamontés, Víctor Manuel bajará al sur. Garibaldi parece no darse cuenta de nada, o se da cuenta de todo y acelera sus movimientos. Quiere llegar a Nápoles antes que Víctor Manuel.

* * *

Encuentro a Nievo furibundo, mientras agita una carta:

—Su amigo Dumas —me dice— juega a hacerse el Creso ¡y luego piensa que Creso soy yo! Mire lo que me escribe, ¡y tiene la cara dura de afirmar que se dirige a mí también en nombre del general! En los alrededores de Nápoles, los mercenarios suizos y bávaros a sueldo del Borbón se huelen la derrota y se ofrecen a desertar a cuatro ducados por cabeza. Como son cinco mil, es un asunto de veinte mil ducados, o sea, noventa mil francos. Dumas, que parecía su conde de Montecristo, no los tiene, y como un gran señor pone a disposición la miseria de mil francos. Tres mil dice que los recolectarán los patriotas napolitanos. Y se pregunta si no podría poner yo el resto. Pero ¿de dónde se cree que saco yo los dineros?

Me invita a beber algo.

—Fíjese, Simonini, ahora están todos excitados por el desembarque en el continente, y nadie se ha dado cuenta de una tragedia que pesará vergonzosamente en la historia de nuestra expedición. Sucedió en Bronte, cerca de Catania. Diez mil habitantes, la mayor parte campesinos y pastores, condenados todavía a un régimen que recordaba el feudalismo medieval. Todo el territorio fue dado en regalo a lord Nelson, duque de Bronte, y por lo demás, siempre ha estado en las manos de unos pocos pudientes, u «hombres de honor», como los llaman. A la gente se la explotaba y trataba peor que a los animales: les prohibían ir a los bosques de los amos para recolectar hierbas para comer, y tenían que pagar un peaje para entrar en los campos. Cuando llega Garibaldi, esa gente piensa que ha llegado el momento de la justicia y de que las tierras vuelvan a sus manos, se forman unos comités denominados liberales, y el hombre más eminente es cierto abogado Lombardo. Pero Bronte es propiedad inglesa, los ingleses han ayudado a Garibaldi en Marsala, ¿y de qué parte ha de estar? A este punto esa gente deja de escuchar también al abogado Lombardo y a otros liberales, no entiende ya nada, desencadena una jauría popular, una matanza, liquida a los hombres de honor. Han actuado mal, es obvio, y en medio de los revoltosos se han insinuado también desechos de la sociedad, ya se sabe, con el terremoto que se ha producido en esta isla, ha quedado en libertad mucha gentuza que nunca debería haber salido..., y todo ello ha sucedido porque hemos llegado nosotros. Presionado por los ingleses, Garibaldi manda a Bixio a Bronte, y ése no es hombre de grandes sutilezas: ordena el estado de sitio, empieza una severa represalia sobre la población, escucha las denuncias de los nobles e identifica en el abogado Lombardo al cabecilla de la revuelta, lo que es falso, pero da lo mismo, hay que dar ejemplo, y a Lombardo lo fusilan con otros cuatro, entre ellos un pobre demente que antes de las matanzas ya iba por las calles gritando insultos contra los nobles, sin darle miedo a nadie. Aparte de la tristeza por estas crueldades, el tema me hiere personalmente. ¿Entiende, Simonini? Llegan a Turín, por una parte, noticias de estas acciones, en las que nosotros quedamos como los que están compinchados con los antiguos terratenientes; por otra, las murmuraciones de las que le hablaba, sobre el dinero malgastado. Se necesita poco para sumar dos y dos, los terratenientes nos pagan para que fusilemos a los pobres, y nosotros con este dinero nos dedicamos a la buena vida. Y, en cambio, usted ve que aquí morimos, y gratis. Se me amarga la sangre.

* * *

(8 de septiembre) Garibaldi ha entrado en Nápoles, sin encontrar resistencia alguna. Evidentemente, se le ha llenado la cabeza de aire porque Nievo me dice que le ha pedido a Víctor Manuel que se deshaga de Cavour. En Turín ahora necesitarán mi informe, y tengo para mí que ha de ser lo más antigaribaldino posible. Tendré que recargar las tintas con lo del oro masónico, hablar de los otros delitos, de los robos, de las concusiones, de la corrupción y de los despilfarros generales. Insistiré en la conducta de los voluntarios tal como lo relata Musumeci: que si arman jarana en los conventos, que si desfloran a las muchachas (quizá también a las monjas, recargar, recargar las tintas, nunca está de más).

Producir también alguna orden de requisición de bienes privados. Fabricar una carta de un informador anónimo que me pone al día de los continuos contactos entre Garibaldi y Mazzini a través de Crispi, y de sus planes para instaurar la república, también en Piamonte. En fin, un buen y enérgico informe que permita acorralar a Garibaldi. Entre otras cosas porque Musumeci me ha dado otro buen argumento: los garibaldinos son más que nada una banda de mercenarios extranjeros. De esos mil hombres forman parte aventureros franceses, americanos, ingleses, húngaros e incluso africanos, hez llegada de todas las naciones, muchos que fueron corsarios con Garibaldi mismo en las Américas. Es su-

... Garibaldi ha entrado en Nápoles, sin encontrar resistencia alguna... (p. 187)

ficiente oír el nombre de esos sus lugartenientes, Turr, Eber, Tuccorì, Telochi, Maghiarodi, Czudaffi, Frigyessi (Musumeci escupe estos nombres como le van saliendo, y salvo Turr y Eber, a los demás no los había oído mencionar nunca). Además debería haber polacos, turcos, bávaros y un alemán de nombre Wolff, que manda a los desertores alemanes y suizos antaño al sueldo del Borbón. Y el gobierno inglés habría puesto a disposición de Garibaldi batallones de argelinos y de indios. Vaya con los patriotas italianos. De mil, los italianos son sólo la mitad. Musumeci exagera, porque a mi alrededor oigo sólo acentos vénetos, lombardos, emilianos o toscanos; indios, no los he visto nunca, pero si en el informe insisto en esta caterva de razas, pienso que no estará mal.

He introducido, naturalmente, también algunas alusiones a los judíos unidos como uña y carne con los masones.

Pienso que el informe ha de llegar cuanto antes a Turín sin caer en manos indiscretas. He encontrado una nave militar piamontesa que está haciendo regreso inmediato al Reino de Cerdeña, y no me lleva mucho tiempo fabricarme un documento oficial que ordena al capitán que me embarque inmediatamente hasta Génova. Mi estancia siciliana acaba aquí, y siento un poco no ver qué pasará en Nápoles y más allá, pero no he venido hasta aquí para divertirme, ni para escribir un poema épico. En el fondo, de todo este viaje, recuerdo con placer sólo los *pisci d'ovu*, los *babbaluci a picchipacchi*, que es una manera de preparar los caracoles, y los *cannoli*, oh, los *cannoli*... Nievo me había prometido hacerme probar cierto pez espada *a' sammurigghu* pero no hemos tenido la ocasión, y me queda sólo el perfume de su nombre.

8

El «Ercole»

De los diarios del 30 y 31 de marzo y 1 de abril de 1897

Al Narrador le molesta un poco tener que registrar este canto sinalagmático entre Simonini y su abate fisgón, pero parece ser que justo el 30 de marzo, Simonini reconstruye de forma incompleta los últimos acontecimientos en Sicilia, y su texto se complica con muchos renglones borrados de forma impenetrable, otros tachados con una X, aún legibles, e inquietantes de leer. El 31 de marzo se introduce en el diario el abate Dalla Piccola, como para desbloquear puertas herméticamente cerradas de la memoria de Simonini, revelándole lo que Simonini se niega en redondo a recordar. El 1 de abril, Simonini, tras una noche inquieta en la que recuerda haber tenido conatos de vómito, vuelve a intervenir, irritado, como para corregir las que considera exageraciones, indignaciones moralistas del abate.

En definitiva, el Narrador, no sabiendo a quién darle la razón, se permite relatar aquellos acontecimientos tal como considera que hay que reconstruirlos, y naturalmente se asume la responsabilidad de su reconstrucción.

Nada más llegar a Turín, Simonini hizo llegar su informe al *cavalier* Bianco y al cabo de un día le llegó el recado que lo volvía a convocar a una hora tardía en el lugar desde el cual la carroza lo conduciría a ese mismo saloncito de la vez pasada, donde lo esperaban Bianco, Riccardi y Negri di Saint Front.

—Abogado Simonini —empezó Bianco—, no sé si la confianza que ya nos une me permite expresarle sin reservas mis sentimientos, pero debo decirle que es usted un necio.

—Señor, ¿cómo se permite?

—Se permite, se permite —intervino Riccardi—, y habla también en nombre nuestro. Yo añadiría, un necio peligroso, tanto que nos preguntamos si es prudente dejar que siga circulando usted por Turín con esas ideas que se le han formado a usted en la cabeza.

—Usted perdone, puedo haberme equivocado en algo, pero no entiendo...

—Se ha equivocado, se ha equivocado, y en todo. ¿Acaso no se da cuenta de que dentro de pocos días (y ya lo saben hasta las comadres) el general Cialdini entrará con nuestras tropas en los Estados de la Iglesia? Y es probable que a la vuelta de un mes nuestro ejército esté a las puertas de Nápoles. A la sazón ya habremos provocado un plebiscito popular por el cual el Reino de las Dos Sicilias y sus territorios quedarán anexionados oficialmente al Reino de Italia. Si Garibaldi es ese caballero y ese realista que es, ya habrá plantado cara a esa cabeza caliente de Mazzini y habrá aceptado *bon gré mal gré* la situación, habrá encomendado las tierras conquistadas a las manos del rey, y habrá quedado como un espléndido patriota. Entonces tendremos que desmantelar el ejército garibaldino, que ya son casi sesenta mil hombres que no está bien dejar por ahí a rienda suelta, y aceptar a los voluntarios en el ejército sardo, mandando a los demás a casa con un finiquito. Todos ellos buenos muchachos, todos ellos héroes. ¿Y usted quiere que, dando su inoportuno informe en pasto a la prensa y a la pública opinión, nosotros digamos que estos garibaldinos que van a convertirse en nuestros soldados y oficiales, eran una mesnada de granujas, sobre todo extranjeros, que han expoliado Sicilia?, ¿que Garibaldi no es el purísimo héroe al que toda Italia deberá demostrar su gratitud, sino un aventurero que ha vencido a un falso enemigo comprándolo?, ¿y que hasta el final ha conjurado con Mazzini para hacer de Italia una república?, ¿que Nino Bixio iba por la isla fusilando a liberales y sacándoles las tripas a pastores y campesinos? ¡Pues está usted loco!

—Pero sus señorías me habían encargado...

—No le habíamos encargado que difamara a Garibaldi y a los buenos italianos que se han batido con él, sino que encontrara documentos que probaran cómo el *entourage* republicano del héroe administraba mal las tierras ocupadas, para poder justificar una intervención piamontesa.

—Pero, señores, saben bien que La Farina...

—La Farina escribía cartas privadas al conde de Cavour, que desde luego no las dejaba trascender. Además, La Farina es La Farina, una persona que sentía un enconamiento particular con Crispi. Y por último, ¿qué son esos devaneos sobre el oro de los masones ingleses?

—Todos lo dicen.

—¿Todos? Nosotros no. Y, además, ¿quiénes son estos masones? ¿Es masón, usted?

—Yo no, pero...

—Pues no se interese por asuntos que no le conciernen. Los masones allá se las compongan.

Evidentemente, Simonini no había entendido que en el gobierno piamontés eran todos masones, y decir que habría debido saberlo, con la de jesuitas que lo habían rodeado desde su infancia. Pero ya Riccardi estaba cebándose con el tema de los judíos, preguntándole por qué tortuosidades mentales los había introducido en su informe.

Simonini balbució:

—Los judíos están por doquier, y no creerá...

—No importa lo que creamos o dejemos de creer —interrumpió Saint Front—. En una Italia unida necesitaremos también el apoyo de las comunidades judías, por un lado, y por el otro, es inútil recordarles a los buenos católicos italianos que entre los purísimos héroes garibaldinos había judíos. En fin, que con todas las meteduras de pata que ha cometido, tendríamos elementos suficientes para mandarle a respirar aire puro durante algunas décadas en alguno de nuestros confortables fuertes alpinos. Pero, desgraciadamente, usted todavía nos sirve. Parece ser que se ha quedado allá abajo ese capitán Nievo o coronel o lo que sea, con todos sus registros, y no sabemos *in primis* si ha sido y es correcto al redactarlos e, *in secundis*, si es útil desde el punto de vista político que se divulguen. Usted dice que Nievo pretende entregarnos a nosotros esos registros, y eso sería bueno, pero antes de que lleguen a nosotros, podría mostrárselos a otros, y eso no lo sería. Por lo tanto, usted regresa a Sicilia, siempre como enviado del diputado Boggio para dar cuenta de los nuevos y admirables acontecimientos, se pega a Nievo como una sanguijuela y hace que esos registros desaparezcan, se esfumen en el aire, se conviertan en humo, y nadie vuelva a oír hablar de ellos. Es cosa suya cómo lograr ese resultado; está autorizado a emplear todos los medios, quede claro en el ámbito de la legalidad, y no se espere de nosotros otra orden. El *cavalier* Bianco le dará un apoyo en el Banco de Sicilia para que disponga del dinero necesario.

Aquí lo que Dalla Piccola revela es bastante lagunoso y fragmentario, como si también él se esforzara en recordar lo que su contrafigura se había esforzado en olvidar.

Parece ser, de todas formas, que una vez regresado a Sicilia a finales de septiembre, Simonini se queda hasta marzo del año siguiente, siempre con el intento infructuoso de poner su mano sobre los registros de Nievo, recibiendo cada quince días un despacho del *cavalier* Bianco que le pregunta con irritación a qué punto había llegado.

Es que Nievo estaba entregado en cuerpo y alma a esas benditas cuentas, cada vez más presionado por la voces malévolas, cada vez más ocupado en investigar, controlar, espulgar millares de recibos para estar seguro de lo que registraba, investido ahora de mucha autoridad porque también Garibaldi se había preocupado de que no se crearan escándalos o maledicencias, y le había puesto a disposición una oficina con cuatro colaboradores y dos guardias tanto en la entrada como a lo largo de las escaleras, por lo que no se podía, por hipótesis, entrar de noche en sus santuarios y buscar los registros.

Es más, Nievo había dejado filtrar sus sospechas de que a alguien no le iba a gustar que rindiera cuentas, por lo que temía que los registros pudieran ser robados o manumitidos, y se había empleado a fondo para que no se pudieran encontrar. Y a Simonini no le había quedado más remedio que ir saldando cada vez más la amistad con el poeta, con lo cual pasaron a un tú de camaradas, para al menos poder entender qué proyectaba hacer Nievo con esa maldita documentación.

Pasaban juntos muchas veladas, en aquella Palermo otoñal aún lánguida de calores no sosegados por los vientos marinos, paladeando a veces agua y anís, mientras el licor se desleía poco a poco en el agua como una nube de humo. Quizá porque sentía simpatía por Simonini, quizá porque, al sentirse ya prisionero de la ciudad, necesitaba fantasear con alguien, Nievo abandonaba poco a poco su guardia de estilo militar, se confiaba. Hablaba de un amor que había dejado en Milán, un amor imposible porque era la mujer no sólo de su primo, sino de su mejor amigo. Pero no había nada que hacer, también los otros amores lo habían llevado a la hipocondría.

—Así soy, y estoy condenado a serlo. Siempre seré fantástico, oscuro, tenebroso, bilioso. Tengo ya treinta años y siempre me he dedicado a la guerra, para distraerme de un mundo que no amo. Con eso, me he dejado en casa una gran novela aún manuscrita. Me gustaría verla impresa, y no puedo ocuparme de ella porque tengo que cuidar de estas sucias cuentas. Si fuera ambicioso, si tuviera sed de placeres... Si por lo menos fuera malo... Por lo menos como Bixio. Nada. Me conservo niño, vivo al día, amo el movimiento por moverme, el aire por respirarlo. Moriré por morir... Y todo habrá acabado.

Simonini no intentaba consolarlo. Lo consideraba incurable.

A principios de octubre se produjo la batalla de Volturno, donde Garibaldi rechazó la última ofensiva del ejército borbónico. Esos mismos días el general Cialdini derrotó al ejército pontificio en Castelfidardo e invadió los Abruzos y Molise, que estaban ya en el reino borbónico. En Palermo, Nievo seguía mordiendo el freno. Se había enterado de que entre sus acusadores en Piamonte se encontraban los lafarinianos, señal de que La Farina estaba escupiendo veneno contra todo lo que oliera a camisa roja.

—Le dan ganas a uno de abandonarlo todo —decía Nievo desconsolado—, pero precisamente en estos momentos es cuando no hay que dejar el timón.

El 26 de octubre se produjo un gran acontecimiento. Garibaldi se encontró con Víctor Manuel en Teano. Prácticamente le entregó Italia del sur. Con lo cual se merecía como poco que lo nombraran senador del Reino, decía Nievo, y, en cambio, a primeros de noviembre, Garibaldi alineó en Caserta a catorce mil hombres y trescientos caballos esperando que el rey pasara revista, y el rey no se dejó ver.

El 7 de noviembre, el rey hacía su ingreso triunfal en Nápoles y Garibaldi, moderno Cincinato, se retiraba a la isla de Caprera. «Qué hombre», decía Nievo, y lloraba, como hacen los poetas (cosa que irritaba muchísimo a Simonini).

Al cabo de pocos días quedaba disuelto el ejército garibaldino, veinte mil voluntarios eran acogidos por el ejército sardo, y se integraban también tres mil oficiales borbónicos.

—Es justo —decía Nievo—, son italianos también ellos, pero es una triste conclusión de nuestra epopeya. Yo no me alisto, pido seis meses de soldada y adiós. Seis meses para acabar mi encargo, espero lograrlo.

Debía de ser un maldito trabajo, porque a finales de noviembre apenas había llevado a término las cuentas de finales de julio. A ojo y cruz necesitaba todavía tres meses y quizá más.

Cuando en diciembre Víctor Manuel llegó a Palermo, Nievo le decía a Simonini:

—Soy la última camisa roja aquí abajo y me miran como

a un salvaje. Y debo responder de las calumnias de esos animales de los lafarinianos. Dios de mi vida, si llego a saber que acabaría de este modo, me ahogo yo en Génova, en lugar de embarcarme para estas galeras, que habría sido mejor.

Hasta entonces Simonini no había encontrado todavía la forma de apoderarse de los malditos registros. Y de repente, a mediados de diciembre, Nievo le anunció que regresaba durante un breve período a Milán. ¿Dejando los registros en Palermo?, ¿llevándoselos consigo? Imposible saberlo.

Nievo estuvo ausente casi dos meses y Simonini intentó emplear ese triste período (no soy un sentimental, se decía, pero ¿qué es una Navidad en un desierto sin nieve y salpicado de higos chumbos?) visitando los alrededores de Palermo. Adquirió una mula, se volvió a poner la sotana del padre Bergamaschi, e iba de pueblo en pueblo, con la excusa de recoger cotilleos de los curas y campesinos, pero sobre todo para explorar los secretos de la cocina siciliana.

Encontraba en solitarios mesones de las afueras manjares salvajes y baratos (pero de gran sabor) como el *acqua cotta*: era suficiente poner unas rodajas de pan en una sopera, aliñándolas con mucho aceite y pimienta recién molida, se ponían a hervir en tres cuartos de agua salada cebollas troceadas, filetes de tomate y calaminta, al cabo de veinte minutos, se vertía todo encima del pan, se dejaba reposar un par de minutos y a la mesa, servida bien caliente.

En las puertas de Bagheria descubrió una taberna con pocas mesas en un zaguán oscuro, pero en aquella sombra agradable incluso en los meses invernales, un tabernero de apariencia (y quizá también sustancia) bastante sucia, preparaba magníficos platos a base de casquería, como el corazón relleno, la gelatina de cerdo, las mollejas y todo tipo de callos.

Allí encontró a dos personajes, bastante distintos el uno del otro, que sólo más tarde su genio sabría reunir en el cuadro de un solo plan. Pero no anticipemos.

El primero parecía un pobre demente, aunque la verdad es que era capaz de llevar a cabo muchos y muy útiles recados. Todos lo llamaban el Bronte y, en efecto, parece ser que consiguió escapar de las matanzas de Bronte. Siempre estaba agitado por los recuerdos de la sublevación y tras algunos vasos de vino golpeaba el puño sobre la mesa y gritaba «Cappelli guaddativi, l'ura du giudizziu s'avvicina, populu non mancari all'appellu», es decir «Terratenientes, guardaos porque se acerca la hora del juicio, pueblo no faltes a la llamada». La misma frase que gritaba antes de la insurrección su amigo Nunzio Ciraldo Fraiunco, uno de los cuatro que luego Bixio mandó fusilar.

Su vida intelectual no era intensa, pero por lo menos una idea la tenía, y era una idea fija. Quería matar a Nino Bixio.

Para Simonini, el Bronte era sólo un tipo extravagante que le servía para pasar alguna aburrida velada invernal. Más interesante juzgó inmediatamente a otro individuo, un personaje hirsuto y al principio arisco que, tras haberle oído preguntar al tabernero las recetas de varias comidas, empezó a pegar la hebra revelándose un devoto de la mesa tal cual Simonini. Éste le contaba cómo se hacían los *agnolotti* a la piamontesa, y él todos los secretos de la *caponata*; Simonini le hablaba de la carne cruda de Alba lo suficiente para que se le hiciera la boca agua, él se explayaba sobre las alquimias del mazapán.

Este Mastro Ninuzzo hablaba casi italiano, y había dejado entender que había viajado también por países extranjeros. Hasta que, demostrándose muy devoto de varias vírgenes de los santuarios locales y respetuoso de la dignidad eclesiástica de Simonini, le confió su curiosa posición: había sido artificiero del ejército borbónico, pero no como militar, sino en calidad de artesano experto en la custodia y gestión de un polvorín no demasiado lejano. Los garibaldinos echaron a los militares borbónicos y secuestraron las municiones y las pólvoras pero, para no desmantelar toda la santabárbara, mantuvieron a Ninuzzo en servicio como guardián del lugar, con paga de la intendencia militar. Y allí estaba, aburriéndose, a la espera de órdenes, rencoroso con los ocupantes del norte, nostálgico de su rey, fantaseando revueltas e insurrecciones.

—Todavía podría hacer saltar por los aires a media Palermo, si quisiera —dijo susurrando a Simonini, una vez que entendió que tampoco él estaba del lado de los piamonteses. Y ante su estupor, contó que los usurpadores no se habían dado cuenta de que debajo del polvorín había una

... Todos lo llamaban el Bronte y, en efecto, parece ser que consiguió escapar de las matanzas de Bronte... *(p. 199)*

cripta en la que todavía quedaban barriletes de pólvora, granadas y otros instrumentos de guerra. Polvorín que había que conservar, para el día inminente de la reconquista, visto que ya bandas de insurgentes se estaban organizando en los montes, para hacerles difícil la vida a los invasores piamonteses.

A medida que hablaba de explosivos, su rostro se iba iluminando y ese perfil suyo aplastado y esos ojos hoscos se volvían casi bellos. Hasta que un día llevó a Simonini a su santabárbara y, una vez que emergieron de la exploración de la cripta, le mostraba en la palma de la mano unos gránulos negruzcos.

—Ea, reverendísimo padre —decía—, no hay nada más bello que la pólvora de buena calidad. Mirad el color, gris pizarra, los gránulos que no se deshacen con la presión de los dedos. Si vos tuvierais una hoja de papel, os la pondría encima, le prendería fuego, y ardería sin tocar la hoja. Una vez la hacían con setenta y cinco partes de salitre, doce y medio de carbón y doce y medio de azufre; luego se ha pasado a lo que llaman dosificación a la inglesa, que serían quince partes de carbón y diez de azufre, y así es como se pierden las guerras, porque las granadas no estallan. Hoy, nosotros los del oficio (pero por desgracia o por gracia de Dios somos pocos), en lugar de salitre le ponemos nitrato de Chile, que es otro mundo.

—¿Es mejor?

—Es lo mejor. Mirad, padre, cada día inventan un explosivo nuevo, y funciona peor que el anterior. Había un oficial del rey (digo del legítimo) que se ufanaba de ser un gran sabiondo y me aconsejaba la novísima invención, la piroglicerina. No sabía que funciona sólo por percusión, con lo que es difícil detonarla porque deberías estar ahí, dándole con un martillo y el primero en volar serías tú. Hacedme caso, si lo que se desea es que alguien salte por los aires de verdad, no queda sino la vieja pólvora. Y eso sí que es un auténtico espectáculo.

Mastro Ninuzzo parecía extasiado, como si no hubiera nada más bello en el mundo. En aquel momento, Simonini no le dio mucha importancia a aquellos devaneos. Pero más tarde, en enero, volvería a tomarlo en consideración.

En efecto, al estudiar algunas formas de apoderarse de las cuentas de la expedición, se dijo: o las cuentas están aquí en Palermo, o en Palermo volverán a estar cuando regrese Nievo del norte. Después, Nievo tendrá que llevarlas a Turín por mar. Por lo tanto, es inútil pisarle los talones día y noche, puesto que no podré llegar a la caja fuerte secreta, y si llegara, no la abriría. Y si llego y la abro, se produciría un escándalo, Nievo denunciaría la desaparición de los registros, y podrían ser acusados mis poderdantes turineses. Y el tema tampoco podría pasar en silencio, aun pudiendo sorprender a Nievo con los registros en la mano y plantándole yo un puñal en la espalda. Un cadáver como el de Nievo siempre sería embarazoso. Hay que conseguir que los registros se esfumen, eso dijeron en Turín. Pero con ellos debería esfumarse también Nievo, de modo que, ante su desaparición (que debería resultar accidental y natural), la desaparición de los registros pasase en segundo plano. Así pues, ¿incendiar o hacer que salte por los aires el palacio de la intendencia? Demasiado vistoso. No queda sino una solución, hacer que Nievo, los registros y todo lo que está con él desaparezcan mientras se desplaza por mar de Palermo a Turín. En una tragedia del mar en la que se hunden cincuenta o sesenta personas, nadie pensará que todo esté dirigido a la eliminación de cuatro cartapacios.

Idea sin duda fantasiosa y osada, pero por lo que parece, Simonini estaba creciendo en edad y sabiduría y ya no era la época de los pequeños juegos con cuatro compañeros de universidad. Había visto la guerra, se había acostumbrado a la muerte, por suerte la ajena, y tenía un vivo interés en no ir a parar a aquellos fuertes de los que le había hablado Negri di Saint Front.

Naturalmente, Simonini hubo de reflexionar mucho sobre este proyecto, entre otras cosas porque no tenía nada más que hacer. De momento, se consultaba con Mastro Ninuzzo, a quien invitaba a suculentos almuerzos.

—Mastro Ninuzzo, os preguntaréis por qué estoy aquí, y os diré que estoy por orden del Santo Padre, con el fin de restaurar el Reino de nuestro soberano de las Dos Sicilias.

—Padre, soy vuestro; decidme qué tengo que hacer.

—Mirad, en una fecha que todavía no conozco, un piróscafo debería zarpar de Palermo en dirección del continente. Este piróscafo llevará, en una caja de caudales, órdenes y proyectos que apuntan a destruir para siempre la autoridad del Santo Padre y a enfangar a nuestro rey. Este vapor tiene que hundirse antes de llegar a Turín, y que no se salven ni hombres ni cosas.

—Nada más fácil, padre. Se usa una invención muy reciente que parece ser que están poniendo a punto los americanos. Un «torpedo a carbón». Una bomba hecha como un pedazo de carbón. Escondes el pedazo entre los montones de mineral destinados al abastecimiento del vapor, y una vez en las calderas, el torpedo, calentado en su punto, causa una explosión.

—No está mal. Pero el trozo de carbón debería echarse a la caldera en el momento justo. Es menester que la nave no explote ni demasiado pronto ni demasiado tarde, ello es, ni poco tiempo después de zarpar, ni poco antes de llegar, porque todos se darían cuenta. Habría de estallar en medio del camino, lejos de ojos indiscretos.

—El asunto se vuelve más difícil. Visto que no se puede comprar a un foguista, porque sería la primera víctima, habría que calcular el momento exacto en que esa cantidad de carbón se introduce en la caldera. Y para decirlo no bastaría ni siquiera la bruja de Benevento.

—¿Y entonces?

—Y entonces, querido padre, la única solución que funciona siempre, sigue siendo, una vez más, un barrilete de pólvora con su buena mecha.

—Pero ¿quién aceptaría encender una mecha a bordo sabiendo que luego quedará implicado en la explosión?

—Nadie, a menos que sea un experto como gracias a Dios, o por desgracia, quedamos pocos todavía. El experto sabe establecer la longitud de la mecha. Antaño las mechas eran canutillos de paja rellenados con polvo negro, o un pábilo sulfurado, o cuerdas embebidas de salitre y alquitranadas. Nunca sabías cuánto tardarían en llegar al punto. Pero, gracias a Dios, desde hace unos treinta años está la mecha de combustión lenta, y modestamente, tengo algunos metros en la cripta.

—¿Y con ella?

—Con ella se puede determinar cuánto se requiere entre el momento en que se prende fuego a la mecha y el momento en que la llama alcanza la pólvora, y se puede establecer el tiempo según la longitud de la mecha. Por lo tanto, si el artificiero supiera que, una vez prendido el fuego a la mecha, puede llegarse a un punto de la nave donde alguien lo espera con un bote ya arriado, de modo que el barco salte por los aires cuando ellos estén a buena distancia, todo sería perfecto, ¡qué digo, sería una obra maestra!

—Mastro Ninuzzo, hay un pero... Poned que esa noche el mar esté en borrasca, y nadie pueda arriar un bote. ¿Un artificiero como vos correría un riesgo semejante?

—Francamente no, padre.

No se le podía pedir a Mastro Ninuzzo que saliera al encuentro de una muerte casi segura. Pero a alguien menos perspicaz quizá sí.

A finales de enero, Nievo volvía de Milán a Nápoles, donde se demoraba unos quince días, quizá para recoger documentos también allá. Después de lo cual recibía la orden de volver a Palermo, recoger todos sus registros (señal de que allí se habían quedado) y llevarlos a Turín.

El encuentro con Simonini fue afectuoso y fraterno. Nievo se abandonó a algunas reflexiones sentimentales sobre su viaje al norte, sobre ese amor imposible que desgraciada, o asombrosamente, se había reavivado en aquella breve visita... Simonini escuchaba con los ojos que parecían humedecerse ante los relatos elegiacos de su amigo, en realidad ansioso por saber con qué medio saldrían los registros hacia Turín.

Por fin Nievo habló. A principios de marzo dejaría Palermo en dirección de Nápoles con el *Ercole*, y desde Nápoles proseguiría hacia Génova. El *Ercole* era un digno vapor de fabricación inglesa, con dos ruedas laterales, unos quince hombres de equipaje, capaz de llevar muchas decenas de pasajeros. Había tenido una larga historia, pero todavía no era una cafetera y cumplía bien su servicio. A partir de aquel momento, Simonini se dedicó a recoger toda la información posible, supo en qué fonda se alojaba el capitán, Michele Mancino, y hablando con los marineros se hizo una idea de la disposición interna del buque.

Entonces, de nuevo compungido y talar, volvió a Bagheria y se apartó con el Bronte.

—Bronte —le contó—, va a salir de Palermo un barco que lleva a Nápoles a Nino Bixio. Ha llegado el momento de que nosotros, los últimos defensores del trono, nos venguemos por lo que le ha hecho a tu país. A ti el honor de participar en su ejecución.

—Decidme qué debo hacer.

—Ésta es una mecha, y su duración ha sido establecida por alguien que sabe más que tú, y que yo. Enróllatela alrededor de la cintura. Un hombre nuestro, el capitán Simonini, oficial de Garibaldi pero secretamente fiel a nuestro rey, hará que carguen a bordo una caja bajo secreto militar, con la recomendación de que en la bodega esté constantemente vigilada por un hombre de confianza, es decir, tú. La caja estará, obviamente, llena de pólvora. Simonini se embarcará contigo y hará que, llegados a una determinada altura, a la vista de Stromboli, se te transmita la orden de desenrollar, disponer y encender la mecha. Al mismo tiempo, habrá mandado arriar un bote en el mar. La longitud y la consistencia de la mecha te permitirán salir de la bodega y llegarte hasta la popa, donde te esperará Simonini. Tendréis todo el tiempo de alejaros del barco antes de que estalle, y el maldito Bixio con él. Ahora bien, tú este Simonini no tendrás ni siquiera que verlo, ni acercarte a él si lo vieras. Cuando llegues a los pies del barco con el carro en el que te llevará Ninuzzo, encontrarás a un marinero que se llama Almalò. Él te llevará a la bodega y allá esperarás tranquilo hasta que Almalò vaya a decirte que debes hacer lo que sabes.

Al Bronte le brillaban los ojos, pero tonto del todo no era:

—¿Y si hay mar gruesa? —preguntó.

—Si desde la bodega notas que el barco baila un poco, no deberás preocuparte, el bote es amplio y robusto, tiene un palo y una vela, y la tierra no estará lejos. Y, además, si el capitán Simonini juzga que las olas son demasiado altas no querrá arriesgar su vida. Tú no recibirías la orden, y a Bixio lo reventaremos otra vez. Pero si recibes la orden, es porque alguien que entiende de mar más que tú, habrá decidido que llegaréis sanos y salvos a Stromboli.

Entusiasmo y plena adhesión del Bronte. Largos conciliábulos con Mastro Ninuzzo para poner a punto la máquina infernal. En el momento oportuno, vestido de manera casi fúnebre, como la gente se imagina que visten los espías y los agentes secretos, Simonini se presentó al capitán Mancino con un salvoconducto lleno de sellos y lacres, del que se desprendía que por orden de su majestad Víctor Manuel II se debía transportar a Nápoles una gran caja con material secretísimo. La caja, para confundirse con otras mercancías y no saltar a la vista, debía ser depositada en la bodega, pero a su lado debía permanecer noche y día un hombre de confianza de Simonini. La recibiría el marinero Almalò, que ya otras veces había desempeñado misiones de confianza para el ejército, y el capitán tenía que desinteresarse del asunto. En Nápoles un oficial de infantería se ocuparía de la caja.

El proyecto, pues, era muy sencillo, y la operación no sería notada por nadie, menos aún por Nievo, que si acaso, estaría interesado en vigilar su propia caja con sus registros.

Se preveía que el *Ercole* zarpara hacia la una del mediodía, y el viaje hacia Nápoles duraría quince o dieciséis horas; habría sido oportuno hacer estallar el barco cuando pasara cerca de la isla de Stromboli, cuyo volcán en perpetua y tranquila erupción emitía llamaradas de fuego en la noche, de forma que la explosión pasara inobservada, también con las primeras luces del alba.

Naturalmente, Simonini había contactado con Almalò hacía tiempo, que le había parecido el más venial de toda la tripulación, lo había comprado generosamente y le había dado las disposiciones esenciales: esperaría al Bronte en el muelle y lo alojaría en la bodega con su caja.

—Para todo lo demás —le dijo—, tú, hacia la tarde, tienes que prestar atención a cuándo aparecen en el horizonte los fuegos del Stromboli, sin importarte cuál es el estado de la mar. Entonces bajas a la bodega, vas a donde ese hombre, y le dices: «El capitán me manda a decirte que es la hora». No te preocupes de lo que diga o haga, pero para que no te entren ganas de curiosear, que te baste con saber que deberá buscar en la caja una botella con un mensaje y echarla por un ojo de buey; alguien estará cerca con un barco y podrá recoger la botella y llevarla a Stromboli. Tú limítate a volver a tu camarote, olvidándote de todo. Vamos, repite lo que tienes que decirle.

—El capitán me manda a decirte que es la hora.

—Bien.

A la hora de la salida, Simonini estaba en el muelle para saludar a Nievo. La despedida fue conmovedora:

—Amigo mío queridísimo —le decía Nievo—, me has acompañado durante tanto tiempo y te he abierto mi alma.

Es posible que no nos volvamos a ver. Una vez entregadas mis cuentas en Turín, regreso a Milán y allá... Veremos. Pensaré en mi libro. Adiós, abrázame, y viva Italia.

—Adiós, Ippolito mío, siempre me acordaré de ti —le decía Simonini que conseguía incluso enjugarse alguna lágrima porque se estaba identificando con el papel.

Nievo mandó que bajaran de su carroza una pesada caja, y la siguió sin quitar el ojo de sus colaboradores que la llevaban a bordo. Poco antes de que se subiera a la escalerilla del vapor, dos amigos suyos, que Simonini no conocía, llegaron para exhortarlo a que no zarpara con el *Ercole*, que juzgaban poco seguro, mientras que la mañana siguiente zarparía el *Elettrico*, que daba mayor seguridad. Simonini tuvo un momento de desconcierto, pero inmediatamente Nievo se encogió de hombros y dijo que cuanto antes llegaran sus documentos a destino, mejor. Poco después, el *Ercole* abandonaba las aguas del puerto.

Decir que Simonini transcurrió las horas siguientes con ánimo risueño, sería dar demasiado crédito a su sangre fría. Es más, transcurrió toda la jornada y la noche a la espera de ese acontecimiento que no vería, ni aunque hubiera subido hasta esa Punta Raisi que se eleva fuera de Palermo. Calculando el tiempo, hacia las nueve de la noche se dijo que quizá todo se había consumado. No estaba seguro de que el Bronte supiera ejecutar sus órdenes al dedillo, pero se imaginaba a su marinero que, avistado el Stromboli, iba a darle la orden, y al otro infeliz, agachado para introducir la

... Calculando el tiempo, hacia las nueve de la noche se dijo que quizá todo se había consumado... *(p. 211)*

mecha en la caja y prenderle fuego, corriendo rápido hacia la popa donde no encontraría a nadie. A lo mejor entendió el engaño, se lanzó como un demente (¿qué era, si no?) hacia la bodega para apagar a tiempo la mecha, pero ya sería demasiado tarde y la explosión lo sorprendería en la vía de regreso.

Simonini se sentía tan satisfecho por la misión cumplida que, retomado el hábito eclesiástico, fue a concederse una cena sustanciosa a la taberna de Bagheria a base de pasta con sardinas y *piscistocco alla ghiotta* (bacalao mojado en agua fría durante dos días y cortado en tiras, una cebolla, un tallo de apio, una zanahoria, un vaso de aceite, pulpa de tomate, aceitunas negras deshuesadas, piñones, pasas y peras, alcaparras desaladas, sal y pimienta).

Luego pensó en Mastro Ninuzzo... No convenía dejar libre a un testigo tan peligroso. Volvió a montar en su mula y se llegó hasta el polvorín. Mastro Ninuzzo estaba en la puerta, fumando su vieja pipa, y lo acogió con una ancha sonrisa:

—¿Pensáis que está hecho, padre?

—Creo que sí, deberías estar orgulloso, Mastro Ninuzzo —había dicho Simonini, y lo abrazó diciendo: «Viva el Rey», como se usaba en esos lugares. Al abrazarlo le clavó en el vientre dos palmos de puñal.

Visto que nadie pasaba nunca por esas partes, quién sabe cuándo encontrarían el cadáver. Si, por un azar sumamente improbable, los gendarmes o quien fuera consiguieran llegar hasta la tasca de Bagheria, se enterarían de que Ninuzzo en los últimos meses había pasado muchas veladas con un eclesiástico glotón. Pero también ese religioso se habría esfumado, porque Simonini iba a zarpar hacia el continente. En cuanto al Bronte, de su desaparición no se preocuparía nadie.

Simonini regresó a Turín hacia mediados de marzo, esperando ver a sus poderdantes para que por fin saldaran sus cuentas. Y Bianco entró una tarde en su despacho, se sentó delante de su escritorio y le dijo:

—Simonini, usted no consigue dar un palo al agua.

—¡Pero, cómo —protestó Simonini—, querían que los registros se esfumaran y les desafío a que los encuentren!

—Ya, claro, pero también se ha esfumado el coronel Nievo, y es más de lo que deseábamos. De ese barco desaparecido, se está hablando demasiado, y no sé si conseguiremos silenciar el asunto. Tendremos que emplearnos a fondo para mantener a Asuntos Reservados fuera de esta historia. Al final lo conseguiremos, pero el único anillo débil de la cadena es usted. Antes o después saldrá algún testigo que recuerde que usted era íntimo de Nievo en Palermo y que, qué casualidad, estaba allá trabajando por orden de Boggio. Boggio, Cavour, gobierno... Dios mío, no oso pensar en los rumores que se seguirían. Por lo tanto, debe usted desaparecer.

—¿Fuerte alpino? —preguntó Simonini.

—Incluso sobre un hombre recluido en un fortín podrían circular voces. No queremos repetir la farsa de la máscara de hierro. Pensamos en una solución menos teatral. Usted echa el cierre aquí en Turín y se eclipsa al extranjero. Va a París. Para los primeros gastos, debería bastar la mitad de la recompensa que habíamos pactado. En el fondo, se ha pasado de la raya, que es lo mismo que hacer un trabajo a medias. Y como no podemos pretender que, llegado a París, pueda sobrevivir mucho tiempo sin meter la pata, le pondremos en seguida en contacto con unos colegas nuestros de allá, que podrán encomendarle algún encargo reservado. Digamos que pasa a sueldo de otra administración.

9

París

2 de abril de 1897, entrada la noche

Desde que llevo este diario no he vuelto a entrar en un restaurante. Esta noche necesitaba animarme y he decidido ir a un lugar en el cual, encontrara a quien encontrara, estaría tan borracho que, aunque yo lo reconociera, él no me reconocería. Es el cabaret del Père Lunette, aquí cerca, en la rue des Anglais, que se llama así por un par de lentes de *pince-nez*, enormes, que coronan la entrada, no se sabe desde hace cuánto tiempo ni por qué.

Más que comer, se puede picotear algún trozo de queso, que los propietarios dan prácticamente por nada, así te entran ganas de beber. En fin, que se bebe y se canta: o mejor dicho, cantan los «artistas» del lugar, Fifi l'Absinthe, Armand le Gueulard, Gaston Trois-Pattes. La primera sala es un pasillo, ocupado a medias en sentido longitudinal por una barra de zinc: detrás están el dueño, la dueña y un niño que duerme entre las blasfemias y las risotadas de los clientes; delante, a lo largo de la pared, hállase una mesa tosca donde pueden apoyarse los clientes que ya se han tomado una copa de algo. En un estante detrás de la barra se presenta la más hermosa colección de mejunjes abrasaentrañas que se pueda encontrar en París. Los clientes verdaderos pasan a la sala del fondo, dos mesas en torno a las cuales se quedan dormidos los borrachos, uno sobre el hombro del otro. Todas las paredes están historiadas por los clientes, y casi siempre se trata de dibujos obscenos.

Esta noche me he sentado al lado de una mujer concentrada en sorberse la enésima copa de ajenjo. Me ha parecido reconocerla, ha sido dibujante para revistas ilustradas y luego, poco a poco, se ha ido abandonando, quizá sabía que estaba tísica y le quedaba poco por vivir; ahora se ofrece a retratar a los clientes a cambio de una copa, pero la mano le tiembla. Si tiene suerte, la tisis no podrá con ella: acabará antes, cayéndose cualquier noche en el Bièvre.

He intercambiado unas palabras con ella (llevo diez días tan hundido en mi madriguera que he podido encontrar alivio incluso en la conversación con una mujer) y por cada copita de ajenjo que le pagaba no podía evitar tomarme otra yo también.

Ello es que escribo con la vista y la cabeza ofuscadas: condiciones ideales para recordar poco y mal.

Sé sólo que a mi llegada a París estaba preocupado, naturalmente (a fin de cuentas me iba al exilio), pero la ciudad me conquistó y decidí que aquí viviría el resto de mi vida.

No sabía hasta cuándo debía hacer que me durara el dinero que tenía, y tomé en alquiler un cuarto en un hotel de la zona del Bièvre. Por suerte, pude permitirme uno para mí solo, porque en esos refugios un solo cuarto suele alojar quince jergones y, a veces, no tiene ventanas. Los muebles eran restos de mudanzas, las sábanas estaban gusanientas, una palangana de zinc servía para las abluciones, un cubo para los orines, no había ni siquiera una silla y no hablemos de jabón o toallas. En la pared, un cartel mandaba dejar la llave en la cerradura, pero por fuera, evidentemente para que la policía no perdiera tiempo cuando hacían sus irrupciones, harto frecuentes, agarraban por los pelos a los clientes, los miraban bien a la luz de una linterna, soltaban a los que no reconocían y tiraban escaleras abajo a los que habían ido a buscar, tras haberles atizado a conciencia por si acaso recalcitraban.

En cuanto a las comidas, di con una taberna en la rue du Petit Point donde se comía por cuatro perras: todas las carnes podridas que los carniceros de las Halles tiraban a la basura —verde, la grasa y negro el resto— se recuperaban al alba, se las limpiaba, se les echaban puñados de sal y pimienta, se las dejaba macerar en vinagre, se las colgaba durante cuarenta y ocho horas al aire sano del fondo del patio, y ya estaban listas para el cliente. Descomposición de vientre asegurada, precio abordable.

Con las costumbres que había adquirido en Turín, y los copiosos almuerzos palermitanos, habría muerto en pocas semanas si, como referiré a continuación, no hubiera cobrado bastante pronto mis primeros emolumentos de las personas a las que me había recomendado el *cavalier* Bianco. Y ya para entonces podía permitirme Noblot, en la rue de la Huchette. Se entraba en una gran sala que daba a un patio antiguo y había que llevarse el pan. A lado de la entrada, la caja, llevada por la dueña y sus tres hijas: anotaban en la cuenta los platos de lujo, el rosbif, el queso, las mermeladas o distribuían una pera cocida con dos nueces. Detrás de la caja quedaban admitidos los que pedían por lo menos medio litro de vino, artesanos, artistas pelados, copistas.

Superando la caja, se llegaba a una cocina donde en una hornilla enorme cocía el *ragout* de carnero, el conejo o el buey, el puré de guisantes o las lentejas. No estaba previsto ningún servicio: había que buscarse el plato, los cubiertos, y ponerse a la cola delante del cocinero. De este modo, entre recíprocos encontronazos, los huéspedes se movían sujetando su plato hasta que conseguían sentarse en la enorme *table d'hôte*. Dos perras de caldo, cuatro perras de buey y diez céntimos de pan que uno se traía de fuera, y por cuarenta céntimos uno había comido. Todo me parecía exquisito y, por otra parte, me había dado cuenta de que iban también personas de buena condición, por el gusto de acanallarse.

Incluso antes de poder entrar en Noblot, la verdad es que nunca me he arrepentido de esas cuatro semanas en el infierno: entablé útiles relaciones personales y me familiaricé con un ambiente en el que sucesivamente habría de nadar cual pez en el agua. Y al escuchar las conversaciones que se mantenían en aquellos callejones, descubrí otras calles, en otros puntos de París, como la rue du Lappe, completamente consagrada a la ferretería, tanto la de artesanos o familias, como la dedicada a operaciones menos confesables, como ganzúas o llaves falsas, e incluso el puñal de hoja retráctil que se lleva escondido en la manga de la chaqueta.

Intentaba estar en mi cuarto lo menos posible y me concedía los únicos placeres reservados al parisino con los bolsillos vacíos: paseaba por los bulevares. Hasta entonces no me había dado cuenta de lo grande que era París con respecto a Turín. Me extasiaba el espectáculo de gente de todas las extracciones sociales, que pasaba por mi lado, pocos para hacer recados, la mayoría para mi-

... Me extasiaba el espectáculo de gente de todas las extracciones sociales, que pasaba por mi lado... (p. 219)

rarse los unos a los otros. Las parisinas respetables vestían con mucho gusto y, si no ellas, sus tocados atraían mi atención. Desgraciadamente, paseaban por aquellas aceras también las parisinas, permítaseme la expresión, irrespetables, mucho más ingeniosas en inventar disfraces que atrajeran la atención de nuestro sexo.

Busconas también ellas, aunque no resultaban tan vulgares como las que luego conocería en las *brasseries à femmes*, reservadas sólo a caballeros de condición, y ello se deducía de la ciencia diabólica que empleaban para seducir a sus víctimas. Más tarde, un informador me explicó que, antaño, en los bulevares, se veían sólo a las *grisettes*, que eran mujeres jóvenes un poco estólidas, no castas, pero desinteresadas, que no le pedían al amante ni ropa ni joyas, entre otras cosas porque solía ser más pobre que ellas. Luego desaparecieron, como la raza de los carlinos. A continuación, apareció la *lorette*, o *biche*, o *cocotte*, no más graciosa y culta que la *grisette* sino, más bien, codiciosa de cachemiras y falbalás. En los tiempos en los que llegué a París, la cortesana había sustituido a la *lorette*: amantes riquísimos, diamantes y carrozas. Era raro que una cortesana paseara por los bulevares. Estas *dames aux camélias* habían elegido como principio moral que no hay que tener ni corazón, ni sensibilidad, ni gratitud, y que hay que saber explotar a los impotentes que pagan sólo para exhibirlas en el palco de la Ópera. Qué sexo más repugnante.

Mientras tanto tomé contacto con Clément Fabre de Lagrange. Los turineses me habían recomendado ir a cierta dependencia de un hotelito de apariencia modesta, en una calle que la prudencia adquirida en mi oficio me impide consignar incluso en un folio que nadie leerá jamás. Creo que Lagrange se ocupaba de la división política de la Direction Générale de Sûreté Publique, pero nunca entendí si en aquella pirámide era la cima o la base. Parecía no tener que referir a nadie más y, si me hubieran torturado, no habría podido decir nada de toda aquella máquina de información política. De hecho, no sabía ni siquiera si Lagrange tenía un despacho en aquel hotelito: a aquella dirección le escribí para anunciarle que tenía para él una carta de recomendación del *cavalier* Bianco, y al cabo de dos días recibí una nota que me convocaba en el atrio de Notre-Dame. Lo reconocería por un clavel rojo en el ojal. Y desde entonces, Lagrange siempre me citó en los lugares más impensables, un cabaret, una iglesia, un jardín, nunca dos veces en el mismo sitio.

Lagrange tenía necesidad, justo esos días, de un determinado documento, yo se lo fabriqué de forma perfecta, él me juzgó favorablemente al instante, y a partir de entonces empecé a trabajar para él como *indicateur*, como se dice de modo informal por estos parajes; y recibía cada mes trescientos francos, más ciento treinta de gastos (con alguna regalía en casos excepcionales, y fabricación de documentos aparte). El Imperio se gasta mucho en sus informadores, sin duda más que el Reino de Cerdeña, y he oído decir que, de un presupuesto de la policía de siete millones de francos al año, dos millones están dedicados a las informaciones políticas. Otra voz afirma, en cambio, que el presupuesto es de catorce millones, con los cuales, sin embargo, deben pagarse las ovaciones organizadas al paso del emperador, las brigadas corsas para vigilar a los mazzinianos, los provocadores y los verdaderos espías.

Con Lagrange realizaba por lo menos cinco mil francos al

año, pero gracias a él me introduje en una clientela privada, de modo que bien pronto pude poner en pie mi despacho actual (esto es, el *brocantage* de cobertura). Calculando que un falso testamento lo podía facturar incluso a mil francos y que las hostias consagradas las vendía a cien, porque no era fácil disponer de ellas en grandes cantidades, con cuatro testamentos y diez hostias al mes, la actividad del despacho me proporcionaba otros cinco mil francos, y con diez mil francos al año, era lo que en París se dice un burgués acomodado. Naturalmente nunca eran entradas seguras, y mi sueño era realizar no diez mil francos de rédito sino de renta, y con el tres por ciento que daban los títulos de Estado (los más seguros) había de acumular un capital de trescientos mil francos. Suma al alcance de una cortesana, por aquel entonces, pero no de un notario, todavía abundantemente desconocido.

A la espera del golpe de suerte, decidí transformarme de espectador en actor de los placeres parisinos. Nunca he abrigado interés por el teatro, por esas horribles tragedias donde declaman en alejandrinos, y los salones de los museos me entristecen. Pero París me ofrecía algo mucho mejor: los restaurantes.

El primero que quise permitirme —aunque carísimo— ya lo había oído celebrar en Turín. Era Le Grand Véfour, bajo los soportales del Palacio Real; parece ser que lo frecuentaba también Víctor Hugo, por la paletilla de carnero con judías blancas. El otro que me sedujo en el acto fue el Café Anglais, en la esquina de la rue Gramont y el boulevard des Italiens. Restaurante que antaño era para cocheros y criados y ahora socorría en sus mesas al *tout Paris*. Descubrí las *pommes Anna*, las *écrevisses bordelaises*, las *mousses de volaille*, las *mauviettes en cerises*, los *petites timbales à la*

Pompadour, el *cimier de chevreuil*, los *fonds d'artichauts à la jardinière*, los sorbetes al vino de Champagne. Sólo con evocar estos nombres siento que la vida merece ser vivida.

Además de los restaurantes, me fascinaban los *passages*. Adoraba el passage Jouffroy, quizá porque acogía tres de los mejores restaurantes de París, el Dîner de Paris, el Dîner du Rocher y el Dîner Jouffroy. Todavía hoy, en especial los sábados, parece que todo París se cita en esa galería de cristal, donde se chocan sin cesar caballeros aburridos y señoras quizá demasiado perfumadas para mi gusto.

Quizá me intrigaba más el passage des Panoramas. Ahí se ve una fauna más popular, burgueses y provincianos que se comen con los ojos antigüedades que nunca podrán permitirse, pero desfilan también jóvenes obreras recién salidas de la fábrica. Si uno ha de mirar de reojo las faldas, mejor las mujeres más arregladas del passage Jouffroy, a los que les guste; pero ello es que, para ver a las obreras, recorren esa galería del principio al fin los *suiveurs*, señores de media edad que disfrazan la dirección de sus miradas con lentes verdes ahumados. Abrigo mis dudas de que esas obreras lo sean de verdad: el hecho de que lleven un vestidito sencillo, una cofia de tul, un delantalito, no significa nada. Habría que observarles las puntas de los dedos, y si estuvieran desprovistas de alfilerazos, rasguños o pequeñas quemaduras, querría decir que las muchachas llevan una vida más acomodada, precisamente gracias a los *suiveurs* que encantan.

En ese passage yo no miro de reojo a las obreras sino a los *suiveurs* (¿y no dijo alguien que el filósofo es aquel que, en el *café*

... En ese passage yo no miro de reojo a las obreras sino a los suiveurs*...* *(p. 224)*

chantant no mira el escenario sino el patio de butacas?). Un día, podrían convertirse en mis clientes, o en mis instrumentos. A algunos los sigo también cuando vuelven a casa, quizá para abrazar a una esposa que ha engordado y a media docena de críos. Tomo nota de la dirección. Nunca se sabe. Podría arruinarlos con una carta anónima. Un día, digo, si fuera necesario.

De los diferentes encargos que Lagrange me encomendó al principio, no consigo recordar casi nada. Antójaseme sólo un nombre, el del abate Boullan, pero debe de tratarse de algo más tardío, incluso poco antes o después de la guerra (consigo reconstruir que en medio ha habido una guerra, con París patas arriba).

El ajenjo está cumpliendo su cometido y si echara mi aliento sobre una vela, del pábilo saldría una gran llamarada.

10

Dalla Piccola perplejo

3 de abril de 1897

Querido capitán Simonini:

Esta mañana me he despertado con la cabeza pesada y un extraño sabor en la boca. ¡Que Dios me perdone, sabía a ajenjo! Os aseguro que todavía no había leído vuestras observaciones de anoche. ¿Cómo podía saber qué habíais bebido si no lo hubiera bebido yo mismo? ¿Y cómo podría un eclesiástico reconocer el sabor de una bebida prohibida y, por lo tanto, desconocida? O quizás no, tengo la cabeza confusa, estoy escribiendo sobre el sabor que he sentido en la boca al despertarme pero lo escribo tras haberos leído, y lo que vos habéis escrito me ha sugestionado. Y, en efecto, si nunca he bebido ajenjo, ¿cómo podría saber que lo que siento en la boca es ajenjo? Es el sabor de otra cosa, que vuestro diario me ha inducido a considerar ajenjo.

Que Jesús me ampare: el hecho cierto es que me he despertado en mi cama, y todo parecía normal, como si no hubiera hecho otra cosa durante todo el mes pasado. Salvo que sabía que tenía que ir a vuestro aposento. Allí, o sea, aquí, he leído las páginas de vuestro diario que todavía ignoraba. He visto vuestra alusión a Boullan, y algo me ha aflorado a la mente, aun de forma vaga y confusa.

Me he repetido en voz alta ese nombre, lo he pronunciado más de una vez, me ha producido un calambre cerebral, como si vuestros doctores Bourru y Burot me hubieran puesto un metal magnético en alguna parte del cuerpo, o un doctor Charcot hubiera movido, qué sé yo, un dedo, una llave, una mano abierta delante de los ojos y me hubiera hecho entrar en un estado de sonambulismo lúcido.

He visto la imagen de un cura que escupía en la boca de una endemoniada.

11

Joly

Del diario del 3 de abril de 1897, entrada la noche

La página del diario de Dalla Piccola se concluye de forma brusca. Quizá haya oído un ruido, una puerta que se abría abajo, y se ha esfumado. Concederéis que el Narrador esté perplejo. Es que el abate Dalla Piccola parece despertarse sólo cuando Simonini necesita una voz de la conciencia que acuse sus distracciones y lo reclame a la realidad de los hechos, pues para todo el resto parece bastante olvidadizo de sí mismo. De ser francos, si estas páginas no refirieran cosas absolutamente verdaderas, parecería que es el arte del Narrador el que dispone estas alternancias de euforia amnésica y de «memoriosa» disforia.

Lagrange, en la primavera de 1865, convocó una mañana a Simonini en un banco del jardín de Luxemburgo, y le enseñó un libro ajado con la tapa amarillenta, que resultaba publicado en octubre de 1864 en Bruselas, sin el nombre de su autor, titulado *Dialogue aux enfers entre Machiavel et*

Montesquieu ou la politique de Machiavel au XIX*e siècle, par un contemporain.*

—Aquí tenéis —dijo—, el libro de un tal Maurice Joly. Ahora sabemos quién es, aunque nos ha costado cierto esfuerzo descubrirlo mientras introducía en Francia ejemplares de este libro impreso en el extranjero, y los distribuía clandestinamente. O mejor dicho, ha sido laborioso pero no difícil, porque muchos de los contrabandistas de propaganda política son agentes nuestros. Deberíais saber que la única forma de controlar una secta subversiva es asumir su mando o, por lo menos, tener en nómina a sus principales jefes. No se descubren los planes de los enemigos del Estado por iluminación divina. Alguien ha dicho, quizá exagerando, que de diez adeptos de una asociación secreta, tres son *mouchards* nuestros, perdonadme la expresión pero el vulgo así los llama, seis son necios llenos de fe y uno es un hombre peligroso. Pero no divaguemos. Ahora este Joly está en la cárcel, en Sainte-Pélagie, y haremos que se quede lo más posible. Pero nos interesa saber de dónde proceden sus informaciones.

—¿Pues de qué habla el libro?

—Os confieso que no lo he leído, son más de quinientas páginas (elección equivocada, puesto que un libelo difamatorio ha de poderse leer en media hora). Un agente nuestro especializado en estos menesteres, un tal Lacroix, nos ha proporcionado un resumen. Os regalo el único otro ejemplar que ha sobrevivido. Veréis cómo en estas páginas se supone que Maquiavelo y Montesquieu hablan en el reino de los muertos, que Maquiavelo es el teórico de una visión cínica del poder y sostiene la legitimidad de una serie de acciones que pretenden reprimir la libertad de prensa y de expresión, asamblea legislativa y todas esas cosas que proclaman siempre los republicanos. Y lo hace de un modo tan detallado, tan referible a nuestros días, que incluso el lector más ingenuo se da cuenta de que el libelo está dirigido a difamar a nuestro emperador, atribuyéndole la intención de neutralizar el poder de la Cámara, de pedirle al pueblo que prorrogue otros diez años el poder del presidente, de transformar la República en Imperio...

—Perdonadme, señor Lagrange, pero estamos hablando con confianza y conocéis mi devoción hacia el gobierno... No puedo no observar, por lo que me contáis, que este Joly alude a cosas que el emperador ha hecho de verdad y no veo por qué preguntarse de dónde ha sacado Joly sus noticias...

—Es que en este libro no se ironiza sólo sobre lo que el gobierno ha hecho sino que se hacen insinuaciones sobre lo que podría tener intención de hacer, como si este Joly viera ciertas cosas no desde fuera sino desde dentro. Mirad, en cada ministerio, en cada palacio de gobierno siempre hay un topo, un *sous-marin*, que deja salir noticias. Normalmente, se lo deja vivir para que se filtren a través suyo noticias falsas que el ministerio tiene interés en difundir, pero a veces puede volverse peligroso. Hay que localizar a quién ha informado o, aún peor, instruido a Joly.

Simonini reflexionaba que todos los gobiernos despóticos siguen la misma lógica y bastaba con leer al verdadero Maquiavelo para entender qué haría Napoleón; esta reflexión lo había llevado a dar forma a una sensación que lo había acompañado durante el resumen de Lagrange: este Joly ponía en boca de su Maquiavelo-Napoleón casi las mismas palabras que él había puesto en boca de los jesuitas en el documento fabricado para los servicios piamonteses. Así pues, era evidente que Joly se había inspirado en la misma fuente en la que se había inspirado Simonini, es decir, la carta del padre Rodin al padre Roothaan en *Los hijos del pueblo* de Sue.

—Por lo tanto —estaba continuando Lagrange—, os trasladaremos a Sainte-Pélagie como expatriado mazziniano sospechoso de mantener relaciones con ambientes republicanos franceses. Allí está detenido un italiano, un tal Gaviali, que ha tenido que ver con el atentado de Orsini. Será natural que intentéis poneros en contacto, vos que sois garibaldino, carbonario y quién sabe qué más. A través de Gaviali conoceréis a Joly. Entre detenidos políticos, aislados en medio de malhechores de todas las razas, claro, claro. Haced que hable, la gente en la cárcel se aburre.

—¿Y cuánto estaré en esa cárcel? —preguntó Simonini, preocupado por el rancho.

—Dependerá de vos. Cuanto antes tengáis noticias, antes saldréis. Se sabrá que el juez instructor os ha absuelto de todas las acusaciones gracias a la habilidad de vuestro abogado.

Simonini todavía no había experimentado la cárcel. No era agradable, por los efluvios de sudor y orina, de aguachirles imposibles de deglutir. Gracias a Dios, Simonini, como otros detenidos de buena posición económica, tenía la posibilidad de recibir cada día una cesta con vituallas comestibles.

Desde el patio, se entraba en una gran sala dominada por una estufa central, con unos bancos a lo largo de la pared. Allí solían consumir sus pitanzas los que recibían la comida de fuera. Estaban los que comían inclinados sobre su cesta, tendiendo las manos para proteger el almuerzo de la vista de los demás; y los que se mostraban generosos tanto con los amigos como con los vecinos casuales. Simonini se dio cuenta de que los más generosos eran, por un lado, los delincuentes habituales, educados en la solidaridad con sus semejantes y, por el otro, los detenidos políticos.

Entre sus años turineses, las vicisitudes sicilianas, y sus primeros tiempos en los más sórdidos callejones parisinos, Simonini había acumulado suficiente experiencia para reconocer al delincuente nato. No compartía las ideas, que empezaban a circular por aquel entonces, de que los criminales deberían de ser todos raquíticos, o jorobados, o con el labio leporino, o la escrófula, o incluso, como dijera el célebre Vidocq, que entendía de criminales (a lo menos porque había sido uno de ellos), todos con las piernas torcidas; desde luego sí que presentaban muchos de los caracteres de las razas de color, como la escasez de pelos, la poca capacidad craneal, la frente achatada, los senos frontales muy desarrollados, el crecimiento desproporcionado de las mandíbulas y de los pómulos, el prognatismo, la oblicuidad de las órbitas, la piel más oscura, el cabello espeso y rizado, las orejas voluminosas, los dientes desiguales y, además, la obtusidad de los afectos, la pasión exagerada por los placeres venéreos y por el vino, la poca sensibilidad al dolor, la falta de sentido moral, la pereza, la impulsividad, la falta de previsión, la gran vanidad, la pasión por el juego, la superstición.

Por no hablar de personajes como el que se colocaba todos los días a su espalda, como piando por un pedazo de comida de la cesta, el rostro surcado en todas las direcciones por cicatrices lívidas y profundas; los labios tumefactos por la acción corrosiva del vitriolo; los cartílagos de la nariz cortados, las fosas nasales sustituidas por dos agujeros informes, los brazos largos, las manos cortas, grandes y peludas incluso en los dedos... Pues bien, Simonini tuvo que revisar sus ideas sobre el delincuente porque ese individuo, que se llamaba Orestes, se demostró un hombre absolutamente manso y, después de que Simonini le ofreciera, al fin, una parte de su comida, le había tomado afecto y le manifestaba una devoción canina.

No tenía un historia complicada: simplemente, había estrangulado a una muchacha a la que no le habían agradado sus ofrecimientos amorosos y estaba a la espera de juicio.

—No sé por qué ha sido tan mala —decía—, en el fondo le había pedido que se casara conmigo. Y ella se rió. Como si fuera un monstruo. Siento muchísimo que se haya ido al otro barrio, ¿pero qué había de hacer a la sazón un hombre que se respetara? Y además, si consigo evitar la guillotina, la colonia penal no está tan mal. Dicen que el rancho es abundante.

Un día, indicando a un fulano, dijo:

—Ése, en cambio, es un hombre malvado. Ha intentado matar al emperador.

De este modo, Simonini identificó a Gaviali y lo abordó.

—Habéis conquistado Sicilia gracias a nuestro sacrificio —le dijo Gaviali. Luego se explicó—: No el mío. No han conseguido probar nada, excepto que mantuve algún contacto con Orsini. Orsini y Pieri han sido guillotinados, Di Rudio está en Cayena, pero yo, si todo me va bien, salgo pronto.

Todos sabían la historia de Orsini. Patriota italiano, fue a Inglaterra para que le prepararan seis bombas destinadas a ser cargadas con fulminado de mercurio. La noche del 14 de enero de 1858, mientras Napoleón III se dirigía al teatro, Orsini y dos compañeros lanzaron tres bombas contra la carroza del emperador; aunque con resultados más bien escasos: hirieron a ciento cincuenta y siete personas, ocho murieron sucesivamente, pero los soberanos quedaron incólumes.

Antes de subir al patíbulo, Orsini le escribió al emperador una carta lacrimógena, invitándolo a que defendiera la unidad de Italia, y muchos decían que esa carta había tenido alguna influencia en las sucesivas decisiones de Napoleón III.

... De este modo, Simonini identificó a Gaviali y lo abordó... (p. 235)

—Al principio, las bombas tenía que haberlas preparado yo —decía Gaviali—, con un grupo de amigos míos que, con toda modestia, somos unos magos para los explosivos. Luego Orsini no se fió. Ya se sabe, los extranjeros siempre son mejores que nosotros y se encaprichó de un inglés, que a su vez se había encaprichado del fulminado de mercurio. El fulminado de mercurio, en Londres, lo puedes comprar en las farmacias, pues lo usan para hacer los daguerrotipos, mientras que aquí, en Francia, sirve para impregnar el papel de los «caramelos chinos», esos que al desenvolverlos, bum, una buena explosión, y venga a reírse todos. El problema es que una bomba con un explosivo detonante tiene poca eficacia si no estalla en contacto con el objetivo. Mientras que una bomba con pólvora negra habría producido grandes fragmentos metálicos, que habrían impactado en el radio de diez metros; una bomba de fulminado, en cambio, se deshace en seguida en pequeños fragmentos y te mata sólo si estás ahí donde cae. Pues entonces, mejor una bala de pistola, que donde llega, llega.

—Siempre se podría volver a intentarlo —aventuró Simonini. Luego añadió—: Conozco personas que estarían interesadas en los servicios de un grupo de buenos artificieros.

El Narrador no sabe por qué Simonini lanzó el anzuelo. ¿Pensaba ya en algo o lanzaba anzuelos por vocación, por vicio, por previsión, porque nunca se sabe? En cualquier caso, Gaviali reaccionó bien.

—Podemos hablarlo —dijo—. Me dices que vas a salir pronto, y lo mismo debería pasarme a mí. Ven a buscarme donde el Père Laurette en la rue de la Huchette. Allí solemos vernos cada tarde con los amigos habituales, y es un lugar donde los gendarmes han renunciado a venir, primero porque deberían meter siempre en la cárcel a todos los clientes, y menudo trabajo sería, y segundo porque es un lugar donde un gendarme entra pero no está muy seguro de salir.

—Buen sitio —contestó riendo Simonini—, iré. Pero dime, he sabido que debería estar aquí un tal Joly, que ha escrito páginas maliciosas sobre el emperador.

—Es un idealista —dijo Gaviali—. Las palabras no matan, pero debe de ser una buena persona. Te lo presento.

Joly iba vestido con ropa todavía limpia; evidentemente, encontraba el modo de afeitarse, y solía salir de la sala de la estufa, donde se arrinconaba solitario, cuando entraban los privilegiados con la cesta de los víveres, para no sufrir a la vista de la suerte ajena. Demostraba más o menos la misma edad que Simonini, tenía los ojos encendidos de los visionarios, aunque velados de tristeza, y se mostraba como un hombre con muchas contradicciones.

—Sentaos conmigo —le dijo Simonini—, y aceptad algo de esta cesta, que para mí es demasiado. He entendido en el acto que no formáis parte de esta chusma.

Joly dio las gracias tácitamente con una sonrisa, aceptó de buen grado un trozo de carne y una rebanada de pan, pero se mantuvo vago. Simonini dijo:

—Por suerte, mi hermana no se ha olvidado de mí. No es rica pero me mantiene bien.

—Dichoso seáis —dijo Joly—, yo no tengo a nadie...

Se había roto el hielo. Hablaron de la epopeya garibaldina, que los franceses habían seguido con pasión. Simonini aludió a algunos problemas, primero con el gobierno piamontés y luego con el francés, y ahí estaba, a la espera de un proceso por conspiración contra el Estado. Joly dijo que ojalá estuviera él en la cárcel por conspiración, estaba por simple gusto del cotilleo.

—Imaginarse como elemento necesario del orden del universo equivale, para nosotros, gentes de buenas lecturas, a la superstición para los analfabetos. No se cambia el mundo con las ideas. Las personas con pocas ideas están menos afectadas por el error, hacen lo que hacen todos y no molestan a nadie, y sobresalen, se enriquecen, alcanzan buenas posiciones: diputados, condecorados, hombres de letras de renombre, académicos, periodistas. ¿Puede uno ser necio cuando cuida tan bien sus intereses? El necio soy yo, que he querido batirme contra los molinos de viento.

A la tercera comida, Joly tardaba todavía en llegar al punto y Simonini lo marcó un poco más de cerca, preguntándole qué libro tan peligroso había podido escribir. Y Joly se explayó sobre su diálogo en los infiernos y, a medida que lo resumía, se iba indignando cada vez más por las vilezas que había denunciado, y las glosaba, y las analizaba aún más de lo que ya había hecho en su libelo.

—¿Entendéis? ¡Lograr realizar el despotismo gracias al

sufragio universal!, ¡el muy miserable ha dado su golpe de estado autoritario apelándose al pueblo buey! Nos está advirtiendo de cómo será la democracia de mañana.

Justo, pensaba Simonini, este Napoleón es un hombre de nuestros tiempos, y ha entendido cómo se puede mantener a freno a un pueblo que unos setenta años antes se excitó con la idea de que se le podía cortar la cabeza a un rey. Lagrange puede creer que Joly ha tenido inspiradores, pero está claro que se ha limitado a analizar los hechos que están a la vista de todos, de suerte que ha anticipado las jugadas del dictador. Más bien, me gustaría entender cuál ha sido verdaderamente su modelo.

De este modo Simonini hizo una velada referencia a Sue y a la carta del padre Rodin, e inmediatamente Joly sonrió, casi sonrojándose, y dijo que sí, que su idea de pintar de ese modo los proyectos nefastos de Napoleón, había nacido de la forma en la que los describiera Sue, salvo que le pareció más útil hacer que la inspiración jesuítica se remontara al maquiavelismo clásico.

—Cando leí aquellas páginas de Sue, me dije que había encontrado la clave para escribir un libro que sacudiría a este país. Qué locura, los libros se requisan, se queman, es como si tú no hubieras hecho nada. Y no reparaba en Sue, que por haber dicho aun menos, fue obligado al exilio.

Simonini se sentía como defraudado de algo que era suyo. Es verdad que también él había copiado su discurso de los jesuitas de Sue, pero nadie lo sabía y se reservaba seguir usando para otras finalidades su esquema de complot.

Y ahí estaba ese Joly, robándoselo, valga la expresión, al hacerlo de dominio público.

Luego se tranquilizó. El libro de Joly había sido secuestrado y él poseía uno de los pocos ejemplares en circulación; Joly se pasaría unos cuantos años en la cárcel, de modo que incluso copiando Simonini integralmente el texto y atribuyendo el complot, qué sé yo, a Cavour, o a la cancillería prusiana, nadie se daría cuenta, ni siquiera Lagrange, que a lo sumo reconocería en el nuevo documento algo creíble. Los servicios secretos de cada país creen sólo en lo que han oído decir en otro lugar, y tacharían de no fidedigna cualquier noticia completamente inédita. Así pues, calma; él se encontraba en la serena situación de saber qué había dicho Joly sin que nadie más lo supiera. Excepto aquel Lacroix que Lagrange había mencionado, el único que había tenido el valor de leerse todo el *Diálogo*. Con eliminar a Lacroix, ya estaba.

De momento, había llegado la hora de salir de Sainte-Pélagie. Saludó a Joly con cordialidad fraternal, éste se conmovió, y añadió:

—Quizá podáis hacerme un favor. Tengo un amigo, un tal Guédon, que quizá no sepa ni siquiera dónde estoy, pero podría mandarme de vez en cuando una cesta con algo humano para comer. Estos caldos infames me dan ardor de estómago y diarrea.

Le había dicho que podía encontrar a este Guédon en una librería de la rue de Beaune, la de mademoiselle Beuque, donde se reunían los fourieristas. Por lo que sabía Simonini, los fourieristas eran un tipo de socialistas que aspiraban a una reforma general del género humano, pero no hablaban de revolución y por ello eran despreciados tanto por los comunistas como por los conservadores. Pero, por lo que resultaba, la librería de mademoiselle Beuque se había convertido en un puerto franco para todos los republicanos que se oponían al imperio, y allí se encontraban tranquilamente porque la policía no pensaba que los fourieristas pudieran hacerle daño a una mosca.

Nada más abandonar la prisión, Simonini se apresuró a pasarle su informe a Lagrange. No tenía ningún interés en cebarse con Joly, en el fondo, ese don Quijote le daba casi pena. Dijo:

—Señor de Lagrange, nuestro individuo es sencillamente un ingenuo que ha confiado en un momento de notoriedad, así de mal le ha ido. He tenido la impresión de que ni siquiera habría pensado en escribir su libelo si no lo hubiera incitado alguien de vuestro ambiente. Y, me duele decirlo, su fuente es, precisamente, ese Lacroix que, según vos, habría leído el libro para resumíroslo y que, con toda probabilidad, lo leyó, por decirlo de alguna manera, antes de que fuera escrito. Puede ser que se haya ocupado él mismo de hacerlo imprimir en Bruselas. Por qué, no me lo preguntéis.

—Por orden de algún servicio extranjero, quizá los prusianos, para crear desorden en Francia. No me sorprende.

—¿Un agente prusiano en una sección como la vuestra? Me parece increíble.

—Stieber, el jefe del espionaje prusiano, ha recibido nueve millones de táleros para cubrir el territorio francés de espías. Corre la voz de que ha invitado a Francia a cinco mil campesinos prusianos y a nueve mil criadas para tener agentes en los cafés, en los restaurantes, en los hoteles y en las familias de la alta burguesía. Falso. Los espías son en su menor parte prusianos, ni siquiera alsacianos, que por lo menos los reconoceríamos por su acento, son buenos franceses que lo hacen por dinero.

—¿Y no conseguís identificar y arrestar a los traidores?

—No nos conviene, de otro modo ellos arrestarían a los nuestros. Los espías no se neutralizan matándolos sino pasándoles noticias falsas. Y para hacerlo nos sirven los que hacen el doble juego. Dicho esto, la noticia que me dais sobre Lacroix me resulta nueva. Santo Dios, en qué mundo vivimos, no se puede uno fiar de nadie... Habrá que librarse inmediatamente de él.

—Pero si lo procesáis, ni él ni Joly admitirán nada.

—Una persona que ha trabajado para nosotros, nunca deberá pisar una sala de justicia y esto, perdonadme si enuncio un principio general, valdría y valdrá también para vos. Lacroix será víctima de un accidente. La viuda recibirá su justa pensión.

Simonini no había hablado de Guédon y de la librería de la rue de Beaune. Se reservaba ver qué partido podría sacar de su frecuentación. Y, además, los pocos días de Sainte-Pélagie lo habían agotado.

Se hizo llevar lo antes posible a Laperouse, en el quai des Grand-Augustins, y no en la planta baja, donde se servían ostras y *entrecôtes* como antaño, sino al primer piso, a uno de esos *cabinets particuliers* donde se pedían *barbue sauce hollandaise*, *casserole de riz à la Toulouse*, *aspics de filets de lapereaux en chaud-froid*, *truffes au champagne*, *pudding d'abricots à la Vénitienne*, *corbeille de fruits frais*, *compotes de pêches et d'ananas*.

Y al diablo los galeotes, idealistas o asesinos, y sus comidas. Las cárceles están hechas, al fin y al cabo, para permitir que los caballeros vayan al restaurante sin correr riesgos.

Aquí las memorias de Simonini, como en casos de este tipo, se alborotan, y su diario contiene pedazos inconexos. El Narrador no puede dejar de hacer tesoro de las intervenciones del abate Dalla Piccola. La pareja trabaja ya a pleno régimen y con pleno acuerdo...

En síntesis, Simonini se daba cuenta de que para cualificarse a los ojos de los servicios imperiales, tenía que darle a Lagrange algo más. ¿Qué es lo que vuelve verdaderamente fidedigno a un informador de la policía? El descubrimiento de un complot. Así pues, tenía que organizar uno para poderlo denunciar.

La idea se la había dado Gaviali. Se había informado en Sainte-Pélagie y supo cuándo saldría, y recordaba dónde podría encontrarlo, rue de la Huchette, en el cabaret del Père Laurette.

Hacia el fondo de la calle, se entraba en una casa cuya entrada era un resquicio: por otra parte, no era más estrecha que la de la rue du Chat qui Pêche, que se abría en la misma rue de la Huchette, tan estrecha que no se entendía por qué la habían abierto, visto que había que entrar de lado. Tras la escalera, se recorrían unos pasillos cuyas piedras rezumaban lágrimas de grasa, y puertas tan bajas que tampoco en este caso se entendía cómo se podía entrar en aquellas habitaciones. En el segundo piso, se abría una puerta un poco más practicable, desde la que se penetraba en un amplio local, quizá obtenido demoliendo por lo menos tres viviendas de antaño, y aquél era el salón o la sala o el cabaret del Père Laurette, que nadie sabía quién era porque había muerto años antes, quizá.

Todo a su alrededor, mesas atestadas de fumadores de pipa y jugadores de sacanete. Muchachas precozmente arrugadas, con la tez pálida como si fueran muñecas para niños pobres, cuyo único propósito era localizar a los clientes que no hubieran acabado su copa e implorar una gota.

La noche que Simonini entró, había agitación: alguien en el barrio había apuñalado a otro y parecía que el olor de la sangre los había puestos nerviosos a todos. En cierto punto, un demente con un trinchador hirió a una de las chicas, tiró por los suelos a la dueña que había intervenido, se puso a pegar desaforadamente a los que intentaban detenerlo y, al final, fue abatido por un camarero que le partió una jarra en la nuca. Después de lo cual, todos volvieron a las ocupaciones a las que se dedicaban antes, como si nada hubiera pasado.

Allí, Simonini encontró a Gaviali, alrededor de una mesa de camaradas que parecían compartir sus ideas regicidas, casi todos desterrados italianos, y casi todos expertos en explosivos, y obsesionados por el tema. Cuando la mesa alcanzó un razonable grado alcohólico, se empezó a disertar sobre los errores de los grandes dinamiteros del pasado: la máquina infernal, con la que Cadoudal había intentado asesinar a Napoleón entonces primer cónsul, era una mezcla de salitre y metralla, que quizá funcionaba en las callejuelas estrechas de la antigua capital pero en los días de hoy sería completamente ineficaz (y, francamente, lo fue también entonces). Fieschi, para asesinar a Luis Felipe, había fabricado una máquina compuesta por dieciocho cañones que disparaban simultáneamente, y mató a dieciocho personas, pero no al rey.

—El problema —decía Gaviali— es la composición del explosivo. Por ejemplo, el clorato de potasio: se había pensado en mezclarlo con azufre y carbón para obtener una pólvora, pero el único resultado fue que el laboratorio que montaron para producirla saltó por los aires. Pensaron en usarlo por lo menos para las cerillas, pero hacía falta mojar en ácido sulfúrico una cabeza compuesta de clorato y azufre. Menuda comodidad. Y ello hasta hace más de treinta años, cuando los alemanes inventaron las cerillas al fósforo, que se inflaman restregándolas.

—Por no hablar —decía otro— del ácido pícrico. Se dieron cuenta de que estallaba al calentarlo en presencia de clorato de potasio y se dio inicio a una serie de pólvoras, una más detonante que la otra. Murieron algunos experimentadores y la idea fue abandonada. Iría mejor con la nitrocelulosa...

—Figurémonos.

—Habría que escuchar a los antiguos alquimistas. Descubrieron que una mezcla de ácido nítrico y aceite de trementina, al cabo de poco tiempo, se inflamaba espontáneamente. Ya hace cien años, descubrieron que si al ácido nítrico se le añade ácido sulfúrico, que absorbe el agua, casi siempre se produce la ignición.

—Yo me tomaría más en serio la xiloidina. Combinas ácido nítrico con almidón o fibras de madera...

—Parece que acabas de leerte la novela de ese Verne, que usa la xiloidina para disparar un vehículo aéreo hacia la luna. Claro que hoy en día se habla más de nitrobenceno y de nitronaftalina. Pero también, si tratas papel y cartón con ácido nítrico, obtienes papel pólvora, parecido a la xiloidina.

—Pero todos ellos son productos inestables. No, no, hoy debemos tomarnos en serio el algodón fulminante, a paridad de peso su fuerza explosiva es seis veces la de la pólvora negra.

—Pero su rendimiento es inconstante.

Y así seguían horas y horas, volviendo siempre a las virtudes de la buena y honesta pólvora negra, y a Simonini le parecía haber vuelto a las conversaciones sicilianas con Ninuzzo.

Tras ofrecer algunas jarras de vino, resultó fácil atizar el odio de aquella cofradía por Napoleón III, que probablemente se opondría a la invasión de Roma por parte de los Saboya, ya inminente. La causa de la unidad de Italia requería la muerte del dictador. Aunque Simonini pensara que, a aquellos beodos, la unidad de Italia les importaba sólo hasta cierto punto, pues lo que más les interesaba era hacer estallar buenas bombas. Eran el tipo de obsesos que él iba buscando.

—El atentado de Orsini —explicaba Simonini— no falló porque Orsini no consiguiera llevarlo a cabo, sino porque las bombas estaban mal hechas. Lo malo es que nosotros, ahora, tenemos a quienes están dispuestos a correr el riesgo de la guillotina con tal de lanzar las bombas en el momento adecuado, pero todavía tenemos ideas imprecisas sobre el tipo de explosivo que se ha de usar, y las conversaciones que he tenido con el amigo Gaviali me han convencido de que vuestro grupo podría sernos útil.

—Pero ¿a quién os referís cuando decís «nosotros»? —preguntó uno de los patriotas.

Simonini dio la impresión de titubear, luego usó todos los parafernales que le habían valido la confianza de los estudiantes turineses: él representaba a la Alta Venta, era uno de los lugartenientes del misterioso Nubius, no habían de preguntarle más porque la estructura de la organización carbonaria estaba congeniada de suerte que cada uno conocía sólo a su inmediato superior. El problema era que no podían producirse en un santiamén nuevas bombas de eficacia indiscutible, sino experimento tras experimento, estudios casi, casi de alquimista, mezclando las sustancias adecuadas, y pruebas al aire libre. Él podía ofrecer un local tranquilo, justo en la rue de la Huchette, y correría con todos los gastos. Cuando las bombas estuvieran preparadas, el grupo no tenía que preocuparse ya por el atentado, aunque en el local deberían guardar con cierto adelanto las octavillas que anunciarían la muerte del emperador y explicarían las finalidades del atentado. Muerto Napoleón, el grupo debía preocuparse de que las octavillas circularan por varios lugares de la ciudad, y depositar algunas en las porterías de los grandes periódicos.

—No deberíais tener interferencias, porque en las altas esferas hay alguien que vería el atentado con buenos ojos. Un hombre nuestro, en la prefectura de policía; se llama Lacroix. Pero no estoy seguro de que sea totalmente de confianza, por lo cual no intentéis entrar en contacto con él, si supiera quiénes sois, sería capaz de denunciaros, sólo para obtener un ascenso. Ya sabéis cómo son estos agentes dobles...

El pacto fue aceptado con entusiasmo, a Gaviali le brillaban los ojos. Simonini les entregó las llaves del local, y una suma consistente para las primeras compras. Algunos días más tarde fue a ver a los conjurados, le pareció que los experimentos estaban adelantados, llevó consigo algunos centenares de octavillas impresas por un tipógrafo complaciente, dejó otra cantidad para los gastos, dijo: «Viva Italia unida. O Roma o muerte», y se fue.

Aquella noche, mientras recorría la rue Saint-Séverin, desierta a aquella hora, tuvo la impresión de oír unos pasos que lo seguían, salvo que en cuanto él se paraba, las pisadas aminoraban. Aceleró su marcha, pero el ruido se fue haciendo cada vez más cercano hasta que quedó claro que alguien, más que seguirle, lo perseguía. Y, en efecto, de golpe, advirtió un jadeo a sus espaldas, luego lo agarraron con violencia y lo arrojaron al impasse de la Salembrière que (aún más estrecho que la rue du Chat qui Pêche) se abría precisamente en ese punto; como si su perseguidor conociera bien esos lugares y hubiera elegido el momento y el rincón adecuados. Y aplastado contra la pared, Simonini vio sólo el brillo de una hoja de navaja que casi le tocaba la cara. En la oscuridad, no conseguía ver la cara de su asaltante, si bien no tuvo dudas al oír aquella voz que, con acento siciliano, le silbaba:

—¡Seis años tardé en encontrar vuestro rastro, mi buen padre, pero lo conseguí!

Era la voz de Mastro Ninuzzo, que Simonini estaba convencido de haber dejado, en el polvorín de Bagheria, con dos palmos de puñal en el vientre.

—Vivo estoy, porque un alma piadosa pasó por aquel paraje después de vos, y me socorrió. Tres meses estuve entre la vida y la muerte y en la barriga tengo una cicatriz que va de una cadera a la otra... Pero nada más levantarme del lecho empecé mis pesquisas. Quién había visto a un religioso así y así... En fin, que alguien en Palermo lo había visto hablar en el café con el notario Musumeci y había tenido la impresión de que se parecía mucho a un garibaldino piamontés amigo del coronel Nievo... Me enteré de que ese Nievo había desaparecido en el mar como si su nave se hubiera esfumado, y bien sabía yo cómo y por qué se había esfumado, y por obra de quién. De Nievo era fácil remontarse al ejército piamontés y de ahí a Turín; en aquella ciudad tan fría pasé un año interrogando a la gente. Finalmente, supe que ese garibaldino se llamaba Simonini, tenía una notaría pero la había cedido, dejándose escapar con el comprador que se iba a París. Siempre sin una perra, y no me preguntéis cómo lo conseguí, me vine a París, sólo que no sabía que la ciudad era tan grande. Tuve que merodear mucho para encontrar vuestras huellas. Y sobreviví frecuentando callejas como éstas y plantándole una navaja en el cuello a algún señor bien vestido que se había equivocado de calle. Uno al día, con eso he ido tirando. Y siempre por estas partes merodeaba. Imaginábame que uno como vos, más que las casas de rango, frecuentaría los *tapifrancos*, como los llaman por aquí... Deberíais haberos dejado crecer una hermosa barba negra si no queríais ser reconocido fácilmente...

A partir de ese momento, Simonini adoptó su aspecto de burgués barbudo, pero en aquella ocasión tuvo que admitir que había hecho bien poco para hacer perder su rastro.

—En fin —estaba acabando Ninuzzo—, no os tengo que contar toda mi historia, me basta con rajaros los intestinos con el mismo corte que me hicisteis a mí; eso sí, trabajando

... alrededor de una mesa de camaradas que parecían compartir sus ideas regicidas, casi todos desterrados italianos, y casi todos expertos en explosivos... (p. 246)

más a conciencia. Aquí, de noche no pasa nadie, como en el polvorín de Bagheria.

Se acababa de levantar la luna y ahora Simonini veía la nariz roma de Ninuzzo y los ojos que le brillaban de maldad.

—Ninuzzo —tuvo la presencia de espíritu de decir—, no sabéis que si hice lo que hice es porque obedecía órdenes; órdenes que procedían de muy arriba, y de una autoridad tan sagrada que hube de actuar sin tener en cuenta mis sentimientos personales. Y siempre para obedecer a esas órdenes estoy aquí, para preparar otras empresas en sostén del trono y del altar.

Simonini jadeaba, al hablar, pero veía que insensiblemente la punta de la navaja se alejaba de su rostro.

—Vos habéis dedicado vuestra vida a vuestro rey —siguió diciendo—, y tenéis que entender que hay misiones... santas, válgame la expresión..., para las cuales está incluso justificado cometer un acto que de otro modo sería nefando. ¿Comprendéis?

Mastro Ninuzzo todavía no entendía pero mostraba que ya la venganza no era su única meta.

—Sufrí demasiado el hambre en estos años, y veros muerto no me sacia. Estoy cansado de vivir en la oscuridad. Desde que encontré vuestro rastro, os he visto ir a los restaurantes de los señores. Digamos que os dejo la vida a cambio de una cantidad al mes, que me permita comer y dormir como vos, o aún mejor.

—Mastro Ninuzzo, yo os prometo algo más que una pequeña cantidad al mes. Estoy preparando un atentado contra el emperador francés, y recordad que si vuestro rey ha perdido el trono, ha sido porque Napoleón ayudó bajo cuerda a Garibaldi. Vos que tanto sabéis de pólvoras, deberíais conocer al puñado de valientes que se ha reunido en la rue de la Huchette para preparar la que verdaderamente habrá de llamarse una máquina infernal. Si os unierais a ellos, no sólo podríais participar en una acción que pasará a la historia, y dar prueba de vuestra extraordinaria habilidad de artificiero sino que (teniendo presente que este atentado está alentado por personalidades de altísimo rango) recibiríais vuestra parte de una recompensa que os haría rico para toda la vida.

Sólo con oír hablar de pólvoras, a Ninuzzo se le había pasado esa rabia que abrigara desde aquella noche en Bagheria, y Simonini se dio cuenta de que lo tenía en su puño cuando dijo:

—¿Qué habría de hacer entonces?

—Es sencillo, dentro de dos días, hacia las seis, vais a esta dirección y llamáis; entraréis en un almacén: diréis que os manda Lacroix. Los amigos ya estarán avisados. Para que os reconozcan, deberéis llevar un clavel en el ojal de esta chaqueta. Hacia las siete llegaré yo también, con el dinero.

—Ahí estaré —respondió Ninuzzo—, pero si se trata de un truco, sabed que sé dónde vivís.

La mañana siguiente Simonini volvía donde Gaviali y lo avisaba de que el tiempo apremiaba. Que estuvieran todos reunidos para las seis de la tarde del día siguiente. Antes llegaría un artificiero siciliano mandado por él mismo, para controlar el estado de los artefactos, poco después llegaría él, y luego el señor Lacroix mismo, para dar todas las garantías del caso.

Luego fue donde Lagrange y le comunicó que tenía conocimiento de un complot para asesinar al emperador. Sabía que los conjurados se reunirían a las seis del día siguiente en la rue de la Huchette, para entregarles los explosivos a sus mandantes.

—Mas atención —dijo—. Una vez me confiasteis que de diez miembros de una asociación secreta, tres son espías nuestros, seis son imbéciles y uno es un hombre peligroso. Pues bien, allí sólo encontraréis un espía, esto es, yo; ocho son imbéciles, y el hombre verdaderamente peligroso llevará un clavel en el ojal. Y como es peligroso también para mí, quisiera que sucediera un pequeño pandemonio y que el tipo no fuera arrestado sino que muriera allí mismo. Creedme, es una forma de que el asunto haga menos ruido. Si ese hombre llegara a hablar, incluso con uno solo de los vuestros, sería terrible.

—Os doy crédito, Simonini —dijo el señor de Lagrange—. El hombre será eliminado.

Ninuzzo llegó a la seis a la rue de la Huchette con su buen clavel. Gaviali y los demás le enseñaron con orgullo sus dispositivos, Simonini llegó media hora después anunciando la llegada de Lacroix; a las seis y cuarenta y cinco, la fuerza pública hizo irrupción. Simonini, gritando a la traición, sacó una pistola apuntándola hacia los gendarmes pero disparó el tiro al aire, los gendarmes respondieron e hirieron a Ninuzzo en el pecho, pero como las cosas hay que hacerlas limpias, mataron también a otro conjurado. Ninuzzo todavía se revolcaba por los suelos profiriendo sicilianísimas blasfemias y Simonini, siempre fingiendo que disparaba a los gendarmes, le dio el tiro de gracia.

Los hombres de Lagrange habían sorprendido a Gaviali y a los demás con las manos en la masa, es decir, con los primeros ejemplares de las bombas medio construidas y un paquete de octavillas que explicaban por qué las estaban construyendo. En el curso de apremiantes interrogatorios, Gaviali y compañeros sacaron el nombre del misterioso Lacroix que (consideraban) que los había traicionado. Un motivo más para que Lagrange decidiera hacerlo desaparecer. En las actas de la policía, resultó que Lacroix había participado en el arresto de los conjurados y se quedó seco de un tiro disparado por aquellos miserables. Mención de elogio a la memoria.

En cuanto a los conjurados, no pareció útil someterlos a un proceso demasiado público. En aquellos años, explicaba Lagrange a Simonini, no paraban de circular rumores de atentados al emperador, y se suponía que muchas de aquellas voces no eran leyendas nacidas espontáneamente sino que las difundían arteramente agentes republicanos para empujar a los exaltados a la emulación. Es inútil difundir la idea de que atentar a la vida de Napoleón III se ha convertido en una moda. Por eso, los conjurados fueron enviados a Cayena, donde morirían de fiebres palúdicas.

Salvarle la vida al emperador produce sus dividendos. Si el trabajo sobre Joly le había valido sus buenos diez mil francos, el descubrimiento del complot le rentó treinta mil. Calculando que el alquiler del local y la adquisición del material para fabricar las bombas le habían costado cinco mil francos, le quedaban treinta y cinco mil francos netos, más de un décimo de ese capital de trescientos mil al que aspiraba.

Satisfecho por la suerte de Ninuzzo, Simonini lo sentía un poco por Gaviali, que al fin y al cabo era un buen diablo, y se había fiado de él. Pero el que quiere hacer de conjurado tiene que asumir todos los riesgos, y no fiarse de nadie.

Una pena por ese Lacroix, que en el fondo no le había hecho nada malo. Claro que su viuda tendría una buena pensión.

12

Una noche en Praga

4 de abril de 1897

No me quedaba sino abordar a ese Guédon de quien me había hablado Joly. La librería de la rue de Beaune la dirigía una vieja arrugada, vestida siempre con una inmensa falda de lana negra y una cofia que parecía la de Caperucita Roja que, afortunadamente, le tapaba una mitad de la cara.

Allí encontré al instante a Guédon, un escéptico que miraba con ironía al mundo que lo rodeaba. Me gustan los descreídos. Guédon reaccionó favorablemente al llamado de Joly: le mandaría comida y también un poco de dinero. Luego ironizó sobre el amigo por el que se estaba gastando los cuartos. ¿Para qué escribir un libro y arriesgarse a ir a la cárcel, cuando los que leían los libros eran ya republicanos por naturaleza y los que sostenían al dictador eran campesinos analfabetos admitidos al sufragio universal por la gracia de Dios?

¿Los fourieristas? Buena gente, pero ¿cómo tomarse en serio a un profeta que anunciaba que en un mundo regenerado las naranjas crecerían en Varsovia, los océanos serían de limonada, los hombres tendrían un rabo, y el incesto y la homosexualidad serían reconocidos como los impulsos más naturales del ser humano?

—Y entonces por qué los frecuentáis —le pregunté.

—Pues porque —me contestó— siguen siendo las únicas personas honestas que se oponen a la dictadura del infame Bonaparte. Mirad a esa bella dama —dijo—. Es Julieta Lamessine, una de las mujeres más influyentes del salón de la condesa de Agoult, y con el dinero del marido está intentando organizar su propio salón en la rue de Rivoli. Es fascinante, inteligente, es escritora de notable talento, ser invitados a su casa contará algo.

Guédon me indicó también a otro personaje, alto, apuesto, cautivador:

—Ése es Toussenel, el célebre autor de *L'Esprit des bêtes*. Socialista, republicano indómito, y enamorado perdido de Julieta, que no se digna lanzarle ni una mirada. Pero, aquí dentro, es la mente más lúcida.

Toussenel me hablaba del capitalismo, que estaba envenenando a la sociedad moderna.

—¿Y quiénes son los capitalistas? Los judíos, los soberanos de nuestro tiempo. La revolución del siglo pasado le cortó la cabeza a Capeto, la de nuestro siglo tendrá que cortársela a Moisés. Escribiré un libro sobre el argumento. ¿Quiénes son los judíos? Pues todos los que le chupan la sangre a los desvalidos, al pueblo. Son los protestantes, los masones. Y, naturalmente, los judíos.

—Pero los protestantes no son judíos —aventuré yo.

—Quien dice judío, dice protestante, como los metodistas ingleses, los pietistas alemanes, los suizos y los holandeses que aprenden a leer la voluntad de Dios en el mismo libro que los judíos, la Biblia: una historia de incestos y matanzas, de guerras salvajes, donde se triunfa sólo a través de la traición y el fraude, donde los reyes mandan asesinar a los maridos para gozar de sus mujeres, donde mujeres que se dicen santas entran en el tálamo de los generales enemigos para cortarles la cabeza. Cromwell le cortó la cabeza a su rey citando la Biblia; Malthus, que les ha negado a los hijos de los pobres el derecho a la vida, estaba empapado de Biblia. Es una raza que se pasa el tiempo recordando su esclavitud, y siempre dispuesta a someterse al culto del becerro de oro a pesar de las señales de cólera divina. La batalla contra los judíos debería ser el fin principal de todo socialista digno de este nombre. No hablo de los comunistas, ello es que su fundador es judío, ahora el problema es denunciar el complot del dinero. ¿Por qué en un restaurante de París una manzana vale cien veces más que en Normandía? Hay pueblos depredadores que viven de la carne ajena, pueblos de mercaderes, como antaño los fenicios y los cartagineses y hoy los ingleses y los judíos.

—¿Así que, para vos, inglés y judío es lo mismo?

—Casi. Debería leer lo que escribió en su novela *Coningsby* un importante político inglés, Disraeli, un judío sefardí convertido al cristianismo. Tuvo la cara dura de escribir que los judíos se aprestan a dominar el mundo.

El día siguiente me trajo un libro de ese Disraeli, donde había subrayado trozos enteros: «¿Habéis visto jamás en Europa producirse un magno movimiento espiritual en el que no participen los judíos en alto grado?… ¡Los primeros jesuitas eran judíos! La misteriosa política rusa, que inquieta a toda la Europa occidental, ¿quién la dirige? ¡Los judíos! ¿Quién se ha apoderado del monopolio casi completo de todas las cátedras de enseñanza en Alemania?».

—Fijaos que Disraeli no es un *mouchard* que denuncia a su pueblo. Al contrario, pretende exaltar sus virtudes. Escribe sin vergüenza que el ministro de Hacienda de Rusia, el conde de Cancrin, es el hijo de un judío de Lituania, como hijo de un converso aragonés es el ministro español Mendizábal. En París, un mariscal del Imperio es hijo de un judío francés, Soult, y judío era Masséna, que en hebreo era Manasseh... Y por otro lado, la revolución que se está urdiendo en Alemania, ¿bajo qué auspicios se desarrolla? Bajo los auspicios del judío, véanse a ese Karl Marx y a sus comunistas.

No estaba seguro de que Toussenel tuviera razón, pero sus filípicas, que me decían lo que se pensaba en los círculos más revolucionarios, me sugerían algunas ideas... Parecíame dudoso poder vender documentos contra los jesuitas. Quizá a los masones, pero todavía no tenía contactos con ese mundo. Documentos antimasónicos quizá interesaran a los jesuitas, claro que aún no me sentía en condiciones de poderlos fabricar. ¿Contra Napoleón? Desde luego no para vendérselos al gobierno y, por lo que respecta a los republicanos, que sin duda podían ser un buen mercado potencial, después de Sue y Joly, quedaba bien poco que decir. ¿Contra los republicanos? También ahí parecía que el gobierno tenía todo lo que necesitaba y, de haberle propuesto a Lagrange informaciones sobre los fourieristas, se habría echado a reír porque quién sabe cuántos de sus informadores frecuentaban ya la librería de la rue de Beaune.

¿Quién quedaba? Los judíos, rediós. En el fondo, había pensado que obsesionaran sólo a mi abuelo, pero tras haber escuchado a Toussenel, me daba cuenta de que un mercado antijudío se abría no sólo por el lado de todos los posibles nietos del abate Barruel (que no eran pocos), sino también del lado de los revolucionarios, de los republicanos, de los socialistas. Los judíos eran enemigos del altar, pero lo eran también de las plebes, a las que chupaban la sangre y, según los gobiernos, también del trono. Había que trabajar sobre los judíos.

Me daba cuenta de que la tarea no era fácil: quizá algún ambiente eclesiástico aún podía quedar sorprendido por un reciclaje del material de Barruel, con los judíos en plan cómplices de los masones y de los templarios para hacer estallar la Revolución francesa, pero a un socialista como Toussenel, eso no le interesaría lo más mínimo y era necesario decir algo más preciso sobre la relación entre judíos, acumulación de capital, complot británico.

Empezaba a deplorar no haber querido encontrarme nunca en mi vida con un judío. Descubría amplias lagunas sobre el objeto de mi repugnancia, que iba impregnándose de resentimiento, cada vez más.

Me estaba devanando los sesos con estos pensamientos cuando, precisamente, Lagrange me abrió un resquicio. Ya he dicho que Lagrange fijaba siempre sus citas en los lugares más improbables, y aquella vez fue en el Père Lachaise. En el fondo, tenía razón: nos tomaban por parientes en busca de los restos del amado difunto, o por románticos visitadores del pasado: y a la sazón, vagábamos compungidos en torno a la tumba de Eloísa y Abelardo, meta de artistas, filósofos y almas enamoradas, fantasmas entre los fantasmas.

—Así pues, Simonini, deseo que os encontréis con el coronel Dimitri, el único nombre con el que se lo conoce en nuestro ambiente. Trabaja para el Tercer Departamento de la cancillería imperial rusa. Naturalmente, si vais a San Petersburgo y preguntáis por este tercer departamento, todos caerán de las nubes, porque oficialmente no existe. Se trata de agentes encargados de vigilar sobre la formación de grupos revolucionarios, y allí su problema es mucho más serio que en nuestro país. Tienen que guardarse de los herederos de los decabristas, de los anarquistas, y ahora también de los malhumores de los denominados campesinos emancipados. El zar Alejandro abolió hace unos años los siervos de la gleba, conque en estos momentos unos veinte millones de campesinos liberados han de pagar a sus antiguos señores el usufructo de tierras que no les bastan para vivir, muchos de ellos invaden las ciudades buscando trabajo…

—¿Y qué se espera de mí este coronel Dimitri?

—Está recopilando documentos, cómo decirlo…, comprometedores, sobre el problema judío. Los judíos de Rusia son mucho más numerosos que los nuestros y en las aldeas representan una amenaza para los campesinos rusos, porque saben leer, escribir y, sobre todo, sacar cuentas. Por no hablar de las ciudades, donde se supone que muchos de ellos se afilian a sectas subversivas. Mis colegas rusos tienen un doble problema: por un lado, guardarse de los judíos, allá donde representen un peligro real; y, por el otro, orientar hacia ellos el descontento de las masas campesinas. Pero será Dimitri quien os lo explique todo. A nosotros el tema no nos concierne. Nuestro gobierno está en buenas relaciones con los grupos financieros judío-franceses y no tiene ningún interés en suscitar malhumores en esos ambientes. Nosotros sólo queremos hacerles un favor a los rusos. En nuestro oficio nos ayudamos, por lo que os prestamos graciosamente al coronel Dimitri, Simonini, pues oficialmente nada tenéis que ver con nosotros. Se me olvidaba, antes de que llegue Dimitri, os aconsejaría que os informarais bien sobre la Alliance Israélite Universelle, que fue fundada hace unos seis años aquí en París. Se trata de médicos, periodistas, juristas, hombres de negocios... La crema de la sociedad judía parisina. Todos de orientación, diríamos, liberal, y sin duda más republicana que bonapartista. Aparentemente, la sociedad se propone ayudar a los perseguidos de toda religión y país en nombre de los derechos del hombre. Hasta prueba contraria, se trata de ciudadanos integérrimos, pero es difícil infiltrar a nuestros informadores entre ellos porque los judíos se conocen y reconocen entre ellos, se huelen el trasero como los perros. Yo, por mi parte, os pondría en contacto con alguien que ha conseguido obtener la confianza de los socios de la Alliance. Se trata de un tal Jacobo Brafmann, un judío convertido a la fe ortodoxa, y ahora profesor de hebreo en el seminario teológico de Minsk. Se quedará en París una breve temporada, por encargo precisamente del coronel Dimitri y de su Tercer Departamento, y le ha sido fácil introducirse en la Alliance Israélite porque algunos lo conocían como un correligionario. Os podrá decir algo de esa asociación.

—Perdonadme, señor Lagrange. Pero si este Brafmann es un informador del coronel Dimitri, todo lo que me diga ya lo conocerá Dimitri, y no tendrá sentido que yo vaya a contárselo otra vez.

—No seáis ingenuo, Simonini. Tiene sentido, tiene sentido.

Si vais a contarle a Dimitri las mismas noticias que él ya ha sabido de Brafmann, quedaréis como uno que tiene noticias seguras, que confirman las que él ya tiene.

Brafmann. Por los cuentos del abuelo, esperaba encontrarme con un individuo con el perfil de buitre, los labios carnosos, el inferior muy sobresaliente, como sucede con los negros, los ojos hundidos y normalmente anegadizos, la hendidura de los párpados menos abierta que en las otras razas, cabellos ondulados o rizados, orejas de soplillo... En cambio, me encontraba ante un señor de aspecto monacal, con una hermosa barba entrecana, cejas tupidas e hirsutas, con una especie de mechones mefistofélicos en los extremos, como ya se los había visto a los rusos o a los polacos.

Se ve que la conversión transforma también las facciones del semblante, además de las del alma.

El hombre tenía una singular propensión por la buena cocina, aunque demostraba la voracidad del provinciano que quiere probarlo todo y no sabe componer un menú como Dios manda. Almorzamos en el Rocher de Cancale en la rue de Montorgueil, donde tiempo atrás se iba a saborear las mejores ostras de París. Lo habían cerrado unos veinte años antes y luego lo volvió a abrir un nuevo propietario, ya no era el de antaño, pero las ostras lo seguían siendo, y para un judío ruso bastaba. Brafmann se limitó a paladear sólo alguna docena de *belons*, para pedir luego una *bisque d'écrevisses*.

—Para sobrevivir cuarenta siglos, un pueblo tan vital tenía que constituir un gobierno único en cada país al que iba a vivir, un Estado en el Estado, que ha conservado siempre y por doquier,

... me encontraba ante un señor de aspecto monacal, con una hermosa barba entrecana, cejas tupidas e hirsutas, con una especie de mechones mefistofélicos en los extremos, como ya se los había visto a los rusos o a los polacos... (p. 265)

incluso en los períodos de sus dispersiones milenarias. Pues bien, yo he encontrado los documentos que atestiguan este Estado, y esta ley, el Kahal.

—¿Y qué es?

—La institución se remonta a los tiempos de Moisés, y tras la diáspora no ha vuelto a funcionar a la luz del sol sino que ha quedado confinada en la sombra de las sinagogas. Yo he encontrado los documentos de un Kahal, el de Minsk, desde 1794 a 1830. Todo escrito. Cualquier mínimo acto: registrado.

Desenrollaba unos papiros cubiertos por signos que Simonini no entendía.

—Todas las comunidades judías están gobernadas por un Kahal y sometidas a un tribunal autónomo, el Bet-Din. Éstos son los documentos de un Kahal, pero es evidente que son iguales a los de cualquier otro Kahal. En ellos se dice cómo los que pertenecen a una comunidad deben obedecer sólo a su tribunal interno y no al del Estado que los acoge, cómo se deben regular las fiestas, cómo se deben matar los animales para su cocina especial, vendiendo a los cristianos las partes impuras y corrompidas, cómo un judío puede adquirir del Kahal a un cristiano para explotarlo a través del préstamo con usura hasta que se haya apoderado de todas sus propiedades, y cómo ningún otro judío tiene derechos sobre ese mismo cristiano… La falta de piedad hacia las clases inferiores, la explotación del pobre por parte del rico, según el Kahal, no es un delito sino una virtud cuando la practica un hijo de Israel, algunos dicen que, especialmente en Rusia, los judíos son pobres: es verdad, muchísimos judíos son víctima de un gobierno oculto dirigido por los judíos ricos. Yo no me bato contra los judíos, yo, que he nacido judío, sino contra la «idea judaica» que quiere suplantar al cristianismo... Yo amo a los judíos, ese Jesús que asesinaron es testigo...

Brafmann retomó el aliento, pidiendo un *aspic de filets mignons de perdreaux*. Pero casi en seguida volvió a sus papeles, que manejaba con los ojos que le brillaban:

—Y es todo auténtico, ¿veis? Lo prueba la antigüedad del papel, la uniformidad de la escritura del notario que ha redactado los documentos, las firmas que son iguales incluso en fechas distintas.

Ahora bien, Brafmann, que ya había traducido los documentos en francés y alemán, había sabido de Lagrange que yo era capaz de fabricar documentos auténticos, y me pedía que le produjera una versión francesa, que pareciera remontarse a las mismas épocas de los textos originales. Era importante tener esos documentos también en otras lenguas para demostrarles a los servicios rusos que el modelo del Kahal se tomaba en serio en los distintos países europeos, y en especial era muy apreciado por la Alliance Israélite parisina.

Pregunté cómo era posible, a partir de esos documentos producidos por una comunidad perdida en Europa oriental, sacar la prueba de la existencia de un Kahal mundial. Brafmann me contestó que no me preocupara, aquello había de servir sólo como justificante, pruebas de que lo que él iba diciendo no era fruto de su invención; y para todo lo demás, su libro resultaría bastante convincente en denunciar al verdadero Kahal, el gran pulpo que tendía sus tentáculos sobre el mundo civil.

Sus facciones se endurecían y casi adquiría ese aspecto aquilino que debería denunciar al judío que a pesar de todo aún seguía siendo.

—Los sentimientos fundamentales que animan el espíritu talmúdico son una ambición desmesurada de dominar el mundo, una avidez insaciable de poseer todas las riquezas de los no judíos, el rencor hacia los cristianos y hacia Jesucristo. Mientras Israel no se convierta a Jesús, todos los países cristianos que acogen a este pueblo siempre serán considerados por éste como un mar abierto donde todo judío puede pescar libremente, como dice el Talmud.

Agotado por su vehemencia acusatoria, Brafmann pidió unos *escalopes de poularde au velouté*, pero el plato no resultaba de su gusto y lo hizo cambiar por unos *filets de poularde piqués aux truffes*. Luego sacó de su chaleco un reloj de plata y dijo:

—Pobres de nosotros, se ha hecho tarde. La cocina francesa es sublime pero el servicio es lento. Tengo un compromiso urgente y debo irme. Ya me diréis, capitán Simonini, si os resulta fácil encontrar el tipo de papel y las tintas adecuadas.

Brafmann probó apenas, para concluir, un soufflé de vainilla. Y me esperaba que un judío, aun converso, me hiciera pagar la cuenta a mí. Al contrario, con gesto caballeroso, Brafmann quiso pagar el tentempié, como lo definía con indiferencia. Probablemente, los servicios rusos le permitían reembolsos principescos.

Volví a casa bastante perplejo. Un documento producido hace cincuenta años en Minsk y con mandamientos tan específicos como a quién invitar o no a una fiesta, no demuestra en absoluto que esas reglas gobiernen también la acción de los grandes banqueros de París o Berlín. Y por último: ¡nunca, nunca y nunca hay que trabajar con documentos auténticos, o auténticos a medias! Si existen en algún lugar, alguien siempre podrá ir a buscarlos y probar que algo se ha transcrito de forma inexacta... El documento, para convencer, debe ser construido *ex novo*, y posiblemente no se debe mostrar el original sino más bien hablar de él de oídas, que no sea posible remontarse a ninguna fuente existente, como pasó con los reyes magos, que de ellos habló sólo Mateo en dos versículos, y no dijo ni cómo se llamaban, ni cuántos eran, ni que fueran reyes, y todo lo demás son voces tradicionales. Y aun así, la gente cree que son tan verdaderos como José y María y sé que en algún lugar veneran sus cuerpos. Es preciso que las revelaciones sean extraordinarias, perturbadoras, novelescas. Sólo así se vuelven creíbles y suscitan indignación. ¿Qué más le da a un vinatero de Champagne que los judíos impongan a sus semejantes que festejen así o asá las bodas de la hija? ¿Es ésta una prueba de que quieren meterle la mano en el bolsillo?

Entonces me di cuenta de que el documento probador ya lo tenía, es decir, tenía el marco convincente —mejor que el *Faust* de Gounod por el que los parisinos estaban enloqueciendo desde hacía unos años—, sólo había de encontrar los contenidos adecuados. Obviamente, estaba pensando en el encuentro de los masones en el monte del Trueno, en el proyecto de José Bálsamo, y en la noche de los jesuitas en el cementerio de Praga.

¿De dónde debía partir el proyecto judío para la conquista del mundo? Pues de la posesión del oro, como me había sugerido Toussenel. Conquista del mundo, para poner en estado de alerta a monarcas y gobiernos; posesión del oro, para satisfacer a socialistas, anarquistas y revolucionarios; destrucción de los sanos principios del mundo cristiano, para inquietar a Papa, obispos y clérigos. E introducir un poco de ese cinismo bonapartista del que tan bien había hablado Joly, y de esa hipocresía jesuítica que tanto Joly como yo habíamos aprendido de Sue.

Volví a la biblioteca, pero esta vez en París, donde podía hallarse mucho más que en Turín, y encontré otras imágenes del cementerio de Praga. Existía desde la Edad Media, y en el transcurso de los siglos, como no podía expandirse fuera del perímetro permitido, superpuso sus tumbas —cubrirían quizá cien mil cadáveres—, y las lápidas se aglomeraban casi la una contra la otra, oscurecidas por las copas de los saúcos, sin ningún retrato que las suavizara porque los judíos tienen terror de las imágenes. Quizá los grabadores habían quedado fascinados por el lugar y habían exagerado al crear semejante setal de piedras, cual arbustos de un páramo plegados por todos los vientos; ese espacio parecía la boca abierta de una bruja desdentada. Pero gracias a algunos grabados más imaginativos que lo retrataban bajo una luz lunar, quedome claro de inmediato el partido que podría sacarle a esa atmósfera de sábado, si entre las que parecían losas de un suelo que se hubieran levantado en todas las direcciones a causa de un movimiento telúrico, hubiera colocado, curvados, embozados y encapuchados, con sus barbas grisáceas y caprinas, a unos rabinos que confabulaban, inclinados también ellos como las lápidas en las que se apoyaban, para formar en la noche una selva de fantasmas encogidos. Y en el centro estaba la tumba del rabino Löw, que en el siglo XVII creó el Golem, criatura monstruosa destinada a vengar a todos los judíos.

Mejor que Dumas, y mejor que los jesuitas.

Naturalmente, todo lo que se referiría en mi documento debería quedar como el testimonio oral de un testigo de aquella noche espantosa, un testigo obligado a mantener el incógnito, so pena de muerte. Debería haber conseguido introducirse de noche en el cementerio, antes de la ceremonia anunciada, disfrazado de rabino, escondiéndose al lado del montón de piedras que fuera la tumba del rabino Löw. A las doce en punto de la noche —como si, de lejos, el campanario de una iglesia cristiana llamara a formar, blasfemo, a los judíos—, llegarían doce individuos envueltos en capas oscuras y una voz, casi surgiendo del fondo de una tumba, los saludaría como a los doce Rosche-Bathe-Abboth, jefes de las doce estirpes de Israel, y cada uno de ellos respondería: «Te saludamos, o hijo de Judas».

He ahí la escena. Como sucediera en el monte del Trueno, la voz de quien los había convocado pregunta: «Han pasado cien años desde nuestro último encuentro. ¿De dónde venís y a quién representáis?», y a turno las voces contestan: rabí Judas de Ámsterdam, rabí Benjamín de Toledo, rabí Leví de Worms, rabí Manasse de Buda-Pest, rabí Gad de Cracovia, rabí Simeón de Roma, rabí Sebulón de Lisboa, rabí Rubén de París, rabí Dan de Constantinopla, rabí Asser de Londres, rabí Isascher de Berlín, rabí Naphtali de Praga. Entonces la voz, o sea, el decimotercero de los congregados, hace que cada uno le diga las riquezas de sus comunidades, y calcula las riquezas de los Rothschild y de los demás banqueros judíos triunfantes por el mundo, se llega así al resultado de seiscientos francos por cabeza para los tres millones y quinientos mil judíos que viven en Europa, esto es, más de dos mil millones de francos. Todavía no bastan, comenta la decimotercera voz, para destruir a doscientos sesenta y cinco millones de cristianos, aunque son suficientes para empezar.

Todavía tenía que pensar en lo que dirían, pero ya había esbozado la conclusión. La decimotercera voz evocaba el espíritu del rabino Löw, una luz azulada se levantaba de su sepulcro, volviéndose cada vez más violenta y cegadora, cada uno de los doce congregados lanzaba una piedra hacia el túmulo y la luz iba apagándose gradualmente. Los doce casi habían desaparecido en direcciones distintas, engullidos (como suele decirse) por las tinieblas, y el cementerio volvía a su espectral y anémica melancolía.

Así pues, Dumas, Sue, Joly, Toussenel. Me faltaba, además del magisterio del padre Barruel, mi guía espiritual en toda aquella reconstrucción, el punto de vista de un católico fervoroso. Precisamente esos días, Lagrange, al incitarme a agilizar mis relaciones con la Alliance Israélite, me habló de Gougenot des Mousseaux. Sabía algo de él, era un periodista católico y legitimista, que hasta entonces se había ocupado de magia, prácticas demoníacas, sociedades secretas y masonería.

—Nos consta que está a punto de acabar un libro —decía Lagrange— sobre los judíos y la judaización de los pueblos cristianos, no sé si me explico. A vos podría resultaros cómodo encontraros con él para recoger material suficiente para satisfacer a nuestros amigos rusos. A nosotros nos iría bien tener noticias más precisas sobre lo que está preparando, porque no quisiéramos que las buenas relaciones entre nuestro gobierno, la Iglesia y el ambiente de las finanzas judías se enturbiaran. Podréis abordarlo calificándoos cual estudioso de temas judíos que admira sus obras.

Hay quien puede introduciros, un tal abate Dalla Piccola que ya nos ha hecho bastantes favores.

—Pero yo no sé el hebreo —dije.

—¿Y quién os ha dicho que Gougenot lo sabe? Para odiar a alguien no es necesario hablar como él.

Ahora (¡de golpe!) recuerdo aquel primer encuentro mío con el abate Dalla Piccola. Lo veo como si lo tuviera delante. Y al verlo, entiendo que no es mi doble o sosias como se quiera llamarlo, porque aparenta por lo menos sesenta años, está casi jorobado, es bizco y tiene los dientes salidos hacia fuera. El abate Quasimodo, me dije, al verlo entonces. Además tenía acento alemán. De aquel primer encuentro no recuerdo sino que Dalla Piccola me susurró que sería necesario mantener en observación no sólo a los judíos sino también a los masones, porque al fin y al cabo se trataba siempre del mismo contubernio. Yo abrigaba la opinión de que no había que abrir más de un frente a la vez, y desvié el discurso, aunque por ciertas alusiones del abate entendí que a los jesuitas les interesaban noticias sobre los conventículos masónicos, pues la Iglesia estaba preparando una violentísima ofensiva contra la lepra masónica.

—En cualquier caso —dijo Dalla Piccola—, el día en que toméis contacto con esos ambientes, comunicádmelo. Yo soy hermano en una logia parisina y tengo buenas relaciones en el ambiente.

—¿Vos, un abate? —dijo Simonini, y Dalla Piccola sonrió:

—Si supierais cuántos abates son masones…

De momento, obtuve un coloquio con el señor Gougenot des Mousseaux. Era un anciano de unos setenta años, ya débil de espíritu, convencido de las pocas ideas que tenía, e interesado exclusivamente en probar la existencia del demonio y de magos, brujos, espiritistas, mesmeristas, judíos, curas idólatras e incluso «electricistas» que sostenían la existencia de una suerte de principio vital.

Hablaba a raudales, y empezó por los orígenes. Escuchaba resignado las ideas del viejo sobre Moisés, los fariseos, el Gran Sanedrín, el Talmud; afortunadamente, gracias a un excelente coñac que, entre tanto, Gougenot me había ofrecido, dejando distraídamente la botella en una mesita delante de él, lo pude soportar

Me revelaba que el porcentaje de las mujeres de mala vida era más alta entre los judíos que entre los cristianos (¿acaso no lo sabíamos por los Evangelios, me preguntaba yo, donde Jesús no se mueve sin toparse exclusivamente con pecadoras?), luego pasaba a mostrar cómo en la moral talmúdica no existía el prójimo, ni se hacía mención alguna a los deberes que tendríamos hacia el mismo, lo que explica, y a su manera justifica, lo despiadados que son los judíos en arruinar familias, deshonrar a jovencitas, poner de patas en la calle a viudas y ancianos tras haberles chupado la sangre con usura. Como en el caso de las prostitutas, también el número de malhechores era más elevado entre los judíos que entre los cristianos:

—¿Pues lo sabéis que de doce casos de robo juzgados por el tribunal de Leipzig, once eran debidos a judíos? —exclamaba Gougenot, y añadía con una sonrisa maliciosa—: Y, en efecto, en el Calvario había dos ladrones por un solo justo. Y en general, los crímenes cometidos por los judíos se cuentan entre los más perversos, como la estafa, la falsedad, la usura, la quiebra fraudulenta, el contrabando, la falsificación monetaria, la concusión, la estafa comercial, y no me hagáis decir más.

Tras casi una hora de detalles sobre la usura, por fin llegaba la parte más picante, sobre el infanticidio, antropofagia y, por último, casi para oponer a estas tenebrosas prácticas una conducta lúcida y visible a la luz del sol, ahí estaban los achaques públicos de las finanzas judías, y la debilidad de los gobernantes franceses para contrastarlos y castigarlos.

Lo más interesante, pero de muy poco uso, llegaba cuando Mousseaux recordaba, casi como si fuera también él judío, la superioridad intelectual de los judíos con respecto a los cristianos, apoyándose precisamente en esas declaraciones de Disraeli que ya le escuchara a Toussenel —donde se ve que los socialistas fourieristas y los católicos monárquicos por lo menos estaban unidos por las mismas opiniones con respecto al judaísmo—. Gougenot parecía oponerse a la vulgata del judío raquítico y enfermizo: es verdad que, al no haber educado nunca el cuerpo ni haber practicado artes militares (piénsese, en cambio, en el valor que los griegos daban a las competiciones físicas), los judíos eran frágiles y débiles de constitución, pero eran más longevos, de una fecundidad inconcebible —efecto entre otras cosas de su incontenible apetito sexual— e inmunes a muchas enfermedades que afectaban al resto de la humanidad, y eso, como invasores del mundo, los hacía más peligrosos.

—Explicadme por qué —me decía Gougenot— los judíos casi nunca se han visto afectados por las epidemias de cólera, aun viviendo en las zonas más malsanas e insalubres de las ciudades. Con respecto a la peste de 1346, un historiador de la época afirmó que, por razones misteriosas, los judíos no se infectaron en ningún país; Frascator nos dice que sólo los judíos se salvaron de la epidemia de tifus de 1505; Daguer nos demuestra que los judíos fueron los únicos supervivientes de la epidemia disentérica de Nimega en 1736; Wawruch ha probado que la lombriz solitaria no se manifiesta en la población judía en Alemania. ¿Qué os parece? ¿Cómo es posible, si se trata del pueblo más sucio del mundo y se casan sólo entre consanguíneos? Esto va contra las leyes de la naturaleza. ¿Será ese régimen alimentario que llevan, cuyas reglas nos resultan oscuras?, ¿será la circuncisión? ¿Qué secreto los hace más fuertes que nosotros incluso cuando parecen más débiles? Un enemigo tan pérfido y poderoso hay que destruirlo con cualquier medio, digo yo. Os daréis cuenta de que en los tiempos de su entrada en la tierra prometida, eran sólo seiscientos mil hombres, y contando cuatro personas por adulto varón, se obtiene una población de dos millones y medio. Ahora bien, ya en tiempos de Salomón eran un millón trescientos mil combatientes, por lo tanto, cinco millones de almas, y estamos ya en el doble. ¿Y hoy? Es difícil calcular su número, desparramados como están por todos los continentes, pero los cálculos más prudentes hablan de diez millones. Crecen, crecen...

Parecía agotado por el resentimiento, tanto que me apresuré a ofrecerle una copita de su coñac. Se rehízo, de modo que cuando llegó al mesianismo y a la cábala (dispuesto, por lo tanto, a resumir también todos sus libros de magia y satanismo), yo había en-

... Parecía agotado por el resentimiento, tanto que me apresuré a ofrecerle una copita de su coñac... (p. 277)

trado ya en un feliz aturdimiento y conseguí levantarme de milagro, dar las gracias, y despedirme.

Demasiada gracia, me decía; si tuviera que suministrar todas estas noticias en un documento destinado a gente como Lagrange, existía el riesgo de que los servicios secretos me metieran a mí en una mazmorra, incluso en el castillo de If, como se debe a un devoto de Dumas. Quizá me tomé demasiado a la ligera el libro de Mousseaux, porque ahora que escribo, recuerdo que *Le juif, le judaïsme et la judaïsation des peuples chrétiens* salió en 1869, casi seiscientas páginas con cuerpo de letra harto pequeña, recibió la bendición de Pío IX y obtuvo un gran éxito de público. Mas precisamente esa sensación que tenía, de que por todas partes se publicaban ya muchos libelos y librarracos antijudíos, me aconsejaba ser selectivo.

En mi cementerio de Praga, los rabinos tenían que decir algo que se pudiera comprender con facilidad, que hiciera presa en el pueblo, y que, de alguna manera, resultara nuevo, no como el infanticidio ritual, pues se llevaba hablando siglos y la gente creía en él como en las brujas, bastaba con no permitir que los niños se pasearan por los guetos.

A la sazón, volví a redactar mi informe sobre los nefastos de aquella fatídica noche. El primero en hablar fue la decimotercera voz:

—Nuestros padres han transmitido a los elegidos de Israel el deber de reunirse una vez cada siglo alrededor de la tumba del santo rabino Simeón Benjehuda. Hace dieciocho siglos que la potencia que le fue prometida a Abraham nos fue arrebatada por la cruz. Pisoteado, humillado por sus enemigos, bajo amenaza incesante de muerte, el pueblo de Israel ha resistido: si se ha dispersado por toda la tierra, quiere decir que la tierra debe pertenecerle. A nosotros nos pertenece, desde los tiempos de Arón, el becerro de oro.

—Sí —dijo entonces el rabí Isascher—, cuando seamos los únicos amos de todo el oro de la tierra, la verdadera fuerza pasará a nuestras manos.

—Es la décima vez —retomó la decimotercera voz—, tras miles de años de atroz e incesante lucha contra nuestros enemigos, que en este cementerio se reúnen alrededor de la tumba de nuestro rabino Simeón Benjehuda, los elegidos de cada generación del pueblo de Israel. Pero en ninguno de los siglos anteriores consiguieron concentrar nuestros antepasados tanto oro en nuestras manos y, por consiguiente, tanta fuerza. En París, en Londres, en Viena, en Berlín, en Ámsterdam, en Hamburgo, en Roma, en Nápoles, y donde viva un Rothschild, los israelitas son los dueños de la situación financiera... Habla tú, rabino Rubén, que conoces la situación de París.

—Todos los emperadores, reyes y príncipes reinantes —decía ahora Rubén—, están llenos de deudas contraídas con nosotros para el sostenimiento de grandes ejércitos permanentes, y para apuntalar sus tronos que se tambalean. Por consiguiente, tenemos que facilitar cada vez más empréstitos, a fin de ser los reguladores de todos los valores y tomar en prenda, para asegurar los capitales que nosotros proporcionamos a los países, la explotación de sus ferrocarriles, sus minas, sus bosques, sus grandes fábricas y manufacturas, y otros inmuebles, así como la administración de los correos.

—No olvidemos la agricultura, que será siempre la gran riqueza de todo país —intervino Simeón de Roma—. La gran propiedad latifundista sigue siendo aparentemente intocable, pero si conseguimos empujar a los gobiernos a fraccionar estas grandes propiedades, será más fácil adquirirlas.

Luego el rabino Judas de Ámsterdam dijo:

—Pero muchos de nuestros hermanos en Israel se convierten y aceptan el bautismo cristiano…

—¡Qué importa! —contestó la decimotercera voz—. Los bautizados nos pueden servir a la perfección. A pesar del bautismo de su cuerpo, su espíritu y su alma siguen siendo fieles a Israel. De aquí a un siglo ya no serán los hijos de Israel los que quieran hacerse cristianos, sino que muchos cristianos se alistarán en nuestra santa fe. Y entonces, Israel los rechazará con desprecio.

—Pero ante todo —dijo el rabí Leví—, consideremos que la Iglesia cristiana es nuestro enemigo más peligroso. Hay que difundir entre los cristianos las ideas del librepensamiento, del escepticismo, hay que envilecer a los ministros de esta religión.

—Difundamos la idea del progreso que tiene como consecuencia la igualdad de todas las religiones —intervino el rabí Manasse—, luchemos por suprimir, en los programas escolares, las clases de religión cristiana. Los israelitas, con la habilidad y el estudio, obtendrán sin dificultades las cátedras y las plazas de profesor en las escuelas cristianas. Con ello, la educación religiosa quedará relegada a la familia y, como a la mayor parte de las familias les falta el tiempo para vigilar esta rama de la enseñanza, el espíritu religioso paulatinamente se irá debilitando.

Era el turno del rabí Dan de Constantinopla:

—Y, sobre todo, comercio y especulación no deben salir nunca de las manos israelitas. Hay que acaparar el comercio del alcohol, de la mantequilla, del pan y del vino, puesto que, con esto, nos convertiremos en dueños absolutos de toda la agricultura, y en general de toda la economía rural.

Y Naphtali de Praga dijo:

—Apuntemos a la magistratura y la carrera de abogado. ¿Por qué los israelitas no han de convertirse en ministros de Instrucción, cuando con tanta frecuencia han tenido la cartera de Hacienda?

Por último habló el rabí Benjamín de Toledo:

—Nosotros no debemos ser ajenos a ninguna profesión que cuente en la sociedad: filosofía, medicina, derecho, música, economía política, en una palabra, todas las ramas de la ciencia, del arte, de la literatura, son un ancho campo en el que debemos dar amplia prueba, y poner de relieve nuestro genio. ¡La medicina, ante todo! Un médico se introduce en los más íntimos secretos de la familia, y tiene en sus manos la vida y la salud de los cristianos. Y tenemos que favorecer las uniones matrimoniales entre israelitas y cristianos; la introducción de una mínima cantidad de sangre impura en nuestra estirpe, elegida por Dios, no podrá corromperla, mientras que nuestros hijos y nuestras hijas se agenciarán parentescos con las familias cristianas que tengan algún ascendiente y poder.

—Concluyamos esta reunión nuestra —dijo la decimotercera voz—. Si el oro es la primera potencia de este mundo, la segunda es la prensa. Es necesario que los nuestros se encarguen de la dirección de todos los periódicos diarios de cada país. Una vez seamos dueños absolutos de la prensa, podremos cambiar las opiniones públicas sobre el honor, sobre la virtud, sobre la rectitud de conciencia, y ganar el primer asalto contra la institución familiar. Simulemos el celo por las cuestiones sociales que están a la orden del día, hay que controlar al proletariado, introducir a nuestros agitadores en los movimientos sociales y hacer que podamos sublevarlo cuando queramos, empujar al obrero a las barricadas, a las revoluciones; y cada una de estas catástrofes nos acercará a nuestro único fin: reinar sobre la tierra, como fue prometido a nuestro primer padre Abraham. Entonces nuestra potencia se acrecentará, como un árbol gigantesco, cuyos ramos llevarán los frutos que se llaman riqueza, goce, felicidad, poder, en compensación por esa odiosa condición que, durante largos años, ha sido la única fortuna del pueblo de Israel.

Así acababa, si bien recuerdo, el informe del cementerio de Praga.

Al final de mi reconstrucción me siento agotado; quizá porque he acompañado estas horas de jadeante escritura con algunas libaciones que habían de darme fuerza física y excitación espiritual. Con todo, desde ayer he perdido el apetito y comer me produce náuseas. Me despierto y vomito. Quizá esté trabajando demasiado. O quizá me atenace la garganta un odio que me devora. A distancia de tiempo, volviendo a las páginas que escribí sobre el cementerio de Praga, entiendo cómo, a partir de aquella experiencia, de aquella reconstrucción tan convincente de la conspiración judía, la repugnancia que, en los tiempos de mi infancia y de mis años juveniles, fue sólo (¿cómo diría yo?) ideal, cerebral, meras preguntas de ese catecismo que el abuelo me había ido instilando, se encarnó, en carne y sangre, y únicamente a partir del momento en que conseguí revivir aquella noche de sábado, mi rencor, mi saña por la perfidia judaica pasaron de ser una idea abstracta a ser una pasión irrefrenable y profunda. ¡Ay, de verdad, era menester haber estado aquella noche en el cementerio de Praga, santo Dios, o por lo menos, haber leído mi testimonio de aquel acontecimiento, para entender por qué no podemos seguir soportando que esa raza maldita envenene nuestras vidas!

Sólo tras leer y releer aquel documento, comprendí plenamente que la mía era una misión. Tenía que conseguir a toda costa venderle a alguien mi informe, y sólo si hubieran pagado su peso en oro, creerían en él y colaborarían en hacerlo creíble...

Por esta noche es mejor que deje de escribir. El odio (o tan sólo su recuerdo) perturba la mente. Me tiemblan las manos. Tengo que irme a dormir, dormir, dormir.

13

Dalla Piccola dice que no es Dalla Piccola

5 de abril de 1897

Esta mañana me he despertado en mi lecho, y me he vestido, con el poco maquillaje que comporta mi personalidad. Luego he venido a leer vuestro diario, donde decís haber conocido a un abate Dalla Piccola y lo describís como seguramente más anciano que yo y jorobado, por añadidura. He ido a mirarme en el espejo que está en vuestra alcoba —en la mía no hay, como le corresponde a un religioso— y por mucho que no quiera demorarme en elogios, no he podido dejar de observar que tengo facciones regulares, no soy en absoluto bizco y no tengo los dientes hacia fuera. Y tengo un bonito acento francés, con alguna inflexión italiana, si acaso.

Claro que entonces, ¿quién es el abate que tratasteis con mi nombre? ¿Y quién soy yo, a estas alturas?

14

Biarritz

5 de abril de 1897, entrada la mañana

Me he despertado tarde y he encontrado en mi diario vuestra breve nota. Sois mañanero. Dios mío, señor abate; si leéis estos renglones uno de estos días (o de estas noches): ¿quién sois vos en verdad? Porque precisamente ahora me acuerdo que os maté, ¡aún antes de la guerra! ¿Cómo puedo hablarle a una sombra?

¿Os he matado? ¿Por qué, ahora, estoy seguro? Intentemos reconstruir. Pero de momento habría de comer. Es curioso, ayer no conseguía pensar en la comida sin disgusto, ahora quisiera devorar todo lo que encuentro. Si pudiera salir de casa libremente, tendría que ir a ver a un médico.

Tras acabar mi informe sobre la reunión en el cementerio de Praga, estaba preparado para encontrarme con el coronel Dimitri. Recordando la buena acogida que le dispensara Brafmann a la cocina francesa, lo invité también a él al Rocher de Cancale, pero Dimitri no parecía interesado en la comida y picoteaba apenas lo que había pedido. Tenía los ojos ligeramente oblicuos con dos pupilas pequeñas y punzantes, que me hacían pensar en los ojos de una garduña, aunque no había ni he visto jamás una garduña (odio las garduñas como odio a los judíos). Dimitri tenía, así me pareció, la singular virtud de hacer que el propio interlocutor se sintiera violento.

Leyó mi informe con atención y dijo:

—Muy interesante. ¿Cuánto?

Era un placer tratar con personas de ese tipo, y solté una cifra quizá exorbitante, cincuenta mil francos, explicando lo que me habían costado mis informadores.

—Demasiado caro —dijo Dimitri—. O mejor dicho, demasiado caro para mí. Intentemos dividir los gastos. Estamos en buenas relaciones con los servicios prusianos, y también ellos tienen un problema con los judíos. Yo os pago veinticinco mil francos, en oro, y os autorizo a pasar una copia de este documento a los prusianos, que os darán la otra mitad. Me encargo yo de informarlos. Naturalmente, querrán el documento original, como el que me estáis dando a mí, pero por lo que me ha explicado el amigo Lagrange, vos tenéis la virtud de multiplicar los originales. La persona que tomará contacto con vos se llama Stieber.

No dijo nada más. Rechazó amablemente un coñac, hizo una reverencia formal, más de alemán que de ruso, doblando de golpe la cabeza casi en ángulo recto con el cuerpo erguido, y se fue. La cuenta la pagué yo.

Solicité un encuentro con Lagrange, que ya me había hablado de ese Stieber, el gran jefe del espionaje prusiano. Estaba especializado

... Solicité un encuentro con Lagrange... (p. 287)

en la recopilación de informaciones allende la frontera, pero también sabía infiltrarse en sectas o movimientos contrarios a la tranquilidad del Estado. Una decena de años antes, había sido fundamental para recoger datos sobre ese Marx que estaba preocupando tanto a los alemanes como a los ingleses. Parece ser que él o un agente suyo, Krause, que trabajaba con el falso nombre de Fleury, consiguió introducirse en la casa londinense de Marx, simulando ser un médico y se apoderó de una lista con todos los nombres de los que se adherían a la liga de los comunistas. Buen trabajo, que permitió arrestar a muchos individuos peligrosos, concluyó Lagrange. Precaución inútil, observé yo: si los comunistas se dejaban embaucar de ese modo, debían de ser unos insensatos sin criterio y muy lejos no llegarían. Pero Lagrange dijo que nunca se sabe. Mejor prevenir, y castigar, antes de que se cometan los crímenes.

—Un buen agente de los servicios de información está perdido cuando ha de intervenir en algo que ya ha sucedido. Nuestro oficio estriba en provocarlo. Estamos gastando nuestros buenos dineros para organizar tumultos en los bulevares. No se precisa mucho: se toman unas pocas docenas de ex galeotes con algunos policías de paisano, se saquean tres restaurantes y dos burdeles cantando la Marsellesa, se incendian dos quioscos y, cuando llegan los nuestros de uniforme, los arrestan a todos tras una aparente refriega.

—¿Y para qué sirve?

—Para tener en vilo a los buenos burgueses y convencer a todos de que hay que emplear las maneras fuertes. Si tuviéramos que reprimir tumultos reales, organizados quién sabe por quién, no nos las apañaríamos tan fácilmente. Pero volvamos a Stieber. Desde que se ha convertido en el jefe de la policía secreta prusiana, ha ido por las aldeas de Europa oriental vestido como un saltimbanqui, tomando nota de todo, creando una red de informadores a lo largo del camino que un día el ejército prusiano habrá de recorrer desde Berlín a Praga. Y ha empezado a organizar un servicio análogo con Francia, en vista de una guerra que un día u otro será inevitable.

—¿No sería mejor, pues, que no frecuentara a este individuo?

—No. Hay que vigilarlo. Por lo tanto, mejor que los que trabajen para él sean agentes nuestros. Por otra parte, vos debéis informarlo de una historia que concierne a los judíos, y que a nosotros no nos interesa. Así pues, colaborando con él, no perjudicaréis a nuestro gobierno.

Una semana después, me llegó una nota firmada por ese Stieber. Me pedía si no sería una gran incomodidad para mí ir a Munich, con objeto de encontrarme con un hombre de su confianza, un tal Goedsche, a quien entregar el informe. Claro que era incómodo, pero me interesaba demasiado la otra mitad de mi remuneración.

Le pregunté a Lagrange si conocía a ese Goedsche. Me dijo que había sido un empleado de correos que, en efecto, trabajaba como agente provocador para la policía secreta prusiana. Tras los tumultos de 1848, para acusar al dirigente de los democráticos, produjo cartas falsas en las que resultaba que éste quería asesinar al rey. Por lo visto había jueces en Berlín porque alguien demostró que las cartas eran falsas, Goedsche fue arrollado por el escándalo y tuvo que dejar su empleo en correos. Además, el asunto rebajó su credibilidad también en los servicios secretos, donde te perdonan si falsificas documentos, pero no si dejas que te cojan públicamente con las manos en la masa. El hombre se recicló escribiendo noveluchas históricas, que firmaba como sir John Retcliffe y seguía colaborando con el *Kreuzzeitung*, un periódico de propaganda antijudaica. Y los servicios lo seguían usando pero sólo para la difusión de noticias, verdaderas o falsas, sobre el mundo judío.

Era el hombre que me convenía, me estaba diciendo, pero Lagrange me explicaba que, quizá, si recurrían a él para este tema, era sólo porque mi documento no les importaba mucho a los prusianos, y habían encargado a un personaje de medio pelo que le echara una ojeada, por si acaso, para luego liquidarme.

—No es verdad, a los alemanes les interesa mi informe —reaccioné—. Tanto es así que me han prometido una cantidad considerable.

—¿Quién os la ha prometido? —preguntó Lagrange. Y como contesté que había sido Dimitri, sonrió:

—Son rusos, Simonini, y con eso lo he dicho todo. ¿Qué le cuesta a un ruso prometeros algo en nombre de los alemanes? Pero os aconsejo que vayáis igualmente a Munich; también a nosotros nos interesa saber qué están haciendo. Y no olvidéis que Goedsche es un truhán embustero. De otro modo, no se dedicaría a este oficio.

Eso no era muy amable tampoco por lo que a mí respecta pero, quizá, en la categoría de los miserables, Lagrange incluía también a los altos grados y, por consiguiente, a sí mismo. Claro que si me pagan bien, no soy quisquilloso.

Creo que ya he escrito en este diario mío la impresión que me produjo aquella gran cervecería de Munich donde los bávaros se agolpaban en largas *tables d'hôte*, codo con codo, abochornándose con salchichas pringosas y sorbiendo jarras del tamaño de una tinaja, hombres y mujeres, la mujeres más chocarreras, ruidosas y vulgares que los hombres. Decididamente, una raza inferior, y me costó lo mío quedarme esos dos únicos días en tierras teutonas tras el viaje, de por sí agotador.

Goedsche me citó en la cervecería de marras, y tuve que admitir que mi espía alemán parecía nacido para escarbar en aquellos ambientes: su ropa de una elegancia desconsiderada no escondía el aspecto zorruno de uno que vivía de engaños.

En un mal francés me preguntó sobre mis fuentes, me mantuve vago, intenté cambiar de tema, aludiendo a mi pasado garibaldino; se sorprendió gratamente porque, decía, estaba escribiendo una novela sobre los acontecimientos italianos de 1860. Estaba casi acabada, se llamaría *Biarritz*, y tendría muchos volúmenes pero no todo se desarrollaba en Italia, la acción se desplazaba a Siberia, a Varsovia, a Biarritz, precisamente, etcétera, etcétera. Hablaba de su novela de buen grado y con cierto complacimiento, juzgando que estaba a punto de acabar la Capilla Sixtina de la novela histórica. Yo no entendía el nexo entre los diferentes acontecimientos de los que se ocupaba, pero parecía que el núcleo de la historia era la amenaza permanente de las tres fuerzas maléficas que arteramente dominan el mundo, esto es, los masones, los católicos —en especial los jesuitas— y los judíos, que se estaban infiltrando también entre los dos primeros para minar desde sus cimientos la pureza de la raza protestante teutónica.

Se explayaba sobre las tramas italianas de los masones mazzinianos, luego la historia seguía en Varsovia, donde los masones conspiraban contra Rusia, junto a los nihilistas, raza condenada, al igual que todas esas razas que en todas las épocas los pueblos eslavos producen, unos y otros en su gran mayoría judíos: era importante su sistema de reclutamiento, que recordaba el de los Iluminados de Baviera y el de los carbonarios de la Alta Venta: cada miembro reclutaba a otros nueve que no debían conocerse entre sí. A continuación se volvía a Italia siguiendo el avance de las tropas piamontesas hacia las Dos Sicilias, en un gatuperio de heridas, traiciones, violaciones de nobles damas, viajes rocambolescos, legitimistas irlandesas valientes como la que más y todas ellas manejando capa y espada, mensajes secretos escondidos bajo las colas de los caballos, un príncipe Caracciolo cobarde y carbonario que violaba a una muchacha (irlandesa y legitimista), descubrimientos de anillos reveladores de oro oxidado verde con áspides entrelazados y un coral rojo en el centro, un intento de secuestro del hijo de Napoleón III, el drama de Castelfidardo donde se derramó la sangre de las tropas alemanas devotas al pontífice, y ahí arremetía contra la *welsche Feigheit*. Goedsche lo había dicho en alemán quizá para no ofenderme, pero yo algo de alemán sí que había estudiado y entendí que se trataba de la típica cobardía de las razas latinas. A esas alturas, la historia se estaba volviendo cada vez más confusa, y todavía no habíamos llegado al final del primer volumen.

A medida que me iba contando, a Goedsche se le animaban los ojos vagamente porcinos, escupía gotas de saliva, se reía por lo bajo de algunos expedientes que consideraba excelentes, y parecía desear saber chismes de primera mano sobre Cialdini, Lamarmora y los demás generales piamonteses, y naturalmente sobre el ambiente garibaldino. Ahora bien, dado que en su ambiente las informaciones se pagan, no consideré oportuno darle de forma gratuita noticias interesantes sobre los acontecimientos italianos. Y además, las que tenía, era mejor callármelas.

Me estaba diciendo que ese hombre seguía el camino equivocado: no puedes crear nunca un peligro con mil caras, el peligro tiene que tener sólo una; si no, la gente se distrae. Si quieres denunciar a los judíos, habla de los judíos, pero deja en paz a los irlandeses, a los príncipes napolitanos, a los generales piamonteses, a los patriotas polacos y a los nihilistas rusos. Demasiada carne en el asador. ¿Cómo se puede ser tan dispersivo? Sobre todo, teniendo en cuenta que, más allá de su novela, la idea fija de Goedsche parecían ser única y exclusivamente los judíos, y mejor para mí, porque sobre los judíos venía yo a ofrecerle un documento muy valioso.

En efecto, me dijo que estaba escribiendo esa novela no por dinero u otras esperanzas de gloria terrena, sino para liberar la estirpe alemana de la insidia judaica.

—Hay que volver a las palabras de Lutero, cuando decía que los judíos son malos, ponzoñosos y diabólicos hasta la médula, durante siglos fueron nuestra plaga y pestilencia, y lo seguían siendo en su época. Eran, según sus palabras, pérfidas sierpes, venenosas, ásperas, vengativas, asesinas; eran hijos del demonio, que pican y perjudican en secreto, no pudiéndolo hacer abiertamente. Ante ellos, la única terapia posible era una *scharfe Barmherzigkeit*. Goedsche no conseguía traducirlo, yo entendía que había de significar una «áspera misericordia» si bien Lutero quería hablar de una ausencia de misericordia. Había que prenderles fuego a las sinagogas y lo que no quería quemarse, debía ser recubierto de tierra para que nadie pudiera volver a ver jamás una piedra; destruir sus casas y echarlos al establo como los gitanos; quitarles todos esos textos talmúdicos en los que se enseñaban sólo mentiras, maldiciones y blasfemias; impedirles el ejercicio de la usura; confiscar todo lo que poseían en oro, en dinero y joyas, y poner en manos de sus jóvenes varones hacha y azada, y de las hembras rueca y huso porque, comentaba Goedsche riéndose, *Arbeit macht frei*, sólo el trabajo vuelve libres. La solución final, para Lutero, había de ser echarles de Alemania, como perros rabiosos.

»A Lutero nunca se lo ha escuchado —concluyó Goedsche—, por lo menos hasta ahora. Es que, aunque a los pueblos no europeos se los consideraba feos desde la antigüedad (fijaos que, al negro, todavía hoy en día se lo considera con toda justicia un animal), todavía no se ha definido un criterio seguro para reconocer a las razas superiores. Hoy sabemos que el grado más desarrollado de la humanidad se produce con la raza blanca, y que el modelo más evolucionando de raza blanca es la raza germánica. Pero la presencia de judíos es una perpetua amenaza de cruces raciales. Mirad una estatua griega, qué pureza de facciones, qué elegancia de porte, y no es una casualidad que esa belleza se identificara con la virtud, el que era bello también era valiente, como les sucede a los grandes héroes de nuestros mitos teutónicos. Ahora imaginaos a esos Apolos alterados por cataduras semitas, con la tez bronceada, los ojos hundidos, la nariz ganchuda, el cuerpo encogido. Para Homero, éstas eran las características de Tersites, la personificación misma de la cobardía. La leyenda cristiana, embebida de espíritus aún judaicos (en el fondo, la empezó Pablo, un judío asiático, hoy diríamos un turco), nos ha convencido de que todas las razas descienden de Adán. No, no, al separarse de la bestia original, los hombres tomaron caminos distintos. Tenemos que volver a ese punto donde los caminos se dividieron y, en consecuencia, a los verdaderos orígenes nacionales de nuestro pueblo. ¡Dejémonos de los desvaríos de las *lumières* francesas con su cosmopolitismo y su *égalité* y hermandad universal! Éste es el espíritu de los nuevos tiempos. Lo que se ya se llama en Europa Resurgimiento de un pueblo es la llamada a la pureza de la raza originaria. Sólo que el término, y el fin, valen sólo para la raza germánica, y da risa que en Italia el regreso a la belleza de antaño esté representada por ese Garibaldi vuestro con sus piernas torcidas, por ese rey con sus piernas cortas y ese enano de Cavour. Es que también los romanos eran de raza semita.

—¿Los romanos?

—¿No habéis leído a Virgilio? Procedían de un troyano, esto es, de un asiático, y esta emigración semita destruyó el espíritu de los antiguos pueblos itálicos; mirad lo que les pasó a los celtas. Romanizados, se volvieron franceses y, por lo tanto, latinos también ellos. Sólo los germanos consiguieron mantenerse puros e incontaminados y debilitar la potencia de Roma. Pero al final, la superioridad de la raza aria y la inferioridad de la judaica, y fatídicamente de la latina, se ve también en la excelencia de las distintas artes. Ni en Italia ni en Francia han crecido un Bach, un Mozart, un Beethoven, un Wagner.

Goedsche no parecía precisamente el tipo de héroe ario que celebraba; es más, para decir verdad (claro que ¿por qué hay que decir siempre la verdad?) tenía las trazas de un judío tragón y sensual. Pero al fin y al cabo había que creerle, puesto que en él creían los servicios que habían de pagarme los restantes veinticinco mil francos.

Aun así, no conseguí evitar una pequeña malignidad. Le pregunté si él se sentía un buen representante de la raza superior y apolínea. Me miró torvamente y me dijo que la pertenencia a una raza no es sólo un hecho físico sino, ante todo, espiritual. Un judío seguiría siendo judío aunque por accidente de naturaleza, tal como nacen niños con seis dedos y mujeres capaces de multiplicar, naciera con el pelo rubio y los ojos azules. Y un ario es ario si vive el espíritu de su pueblo, aunque tenga el cabello negro.

Pero mi pregunta atajó su vehemencia. Se recompuso, se secó el sudor de la frente con un gran pañuelo a cuadros rojos, y me pidió el documento por el que nos habíamos encontrado. Se lo pasé, y después de todos sus discursos, pensé que haría sus delicias. Si su gobierno quería liquidar a los judíos según el mandamiento de Lutero, mi historia del cementerio de Praga parecía hecha adrede para alertar a toda Prusia sobre la naturaleza del complot judaico. En cambio, leyó lentamente, entre un sorbo de cerveza y otro, frunciendo varias veces el ceño, estrechando los ojos hasta casi parecer un mongólico, y concluyó diciendo:

—No sé si estas noticias pueden interesar de verdad. Dicen lo que siempre hemos sabido sobre las tramas judías. Es verdad, lo dicen bien y, de haber sido inventadas, estarían bien inventadas.

—¡Por favor, herr Goedsche, no estoy aquí para venderos material inventado!

—No lo sospecho, de seguro, pero yo también tengo deberes hacia los que me pagan. Todavía hay que probar la autenticidad del documento. Tengo que someter estas páginas a Herr Stieber y a sus dependencias. Dejádmelas y, si queréis, volved a París; tendréis una respuesta dentro de unas semanas.

—Pero el coronel Dimitri me dijo que el asunto estaba concluido...

—No está concluido. Todavía no. Os lo he dicho, dejadme el documento.

—Seré franco con vos, herr Goedsche. El documento que vos tenéis en las manos es un documento original, original, ¿entendéis? Sin duda su valor reside en las noticias que proporciona aunque más aún en el hecho de que estas noticias aparecen en un informe original, redactado en Praga tras la reunión de la que se habla. No puedo dejar que este documento circule lejos de mis manos, por lo menos, no antes de que se me abone la recompensa pactada.

—Sois excesivamente receloso. Pues bien, pedid una o dos cervezas más y dadme una hora de tiempo para que copie este texto. Habéis dicho vos mismo que las noticias que contiene valen lo que valen, y si quisiera engañaros, me bastaría conservarlas en la memoria, pues os aseguro que recuerdo lo que he leído casi palabra por palabra. Pero quiero someter el texto a herr Stieber. Así que dejadme que copie. El original ha entrado aquí con vos y con vos saldrá de este local.

No tenía forma de objetar. Humillé mi paladar con algunas de esas desagradables salchichas teutónicas, bebí mucha cerveza, y debo decir que la cerveza alemana a veces puede ser mejor que la francesa. Esperé a que Goedsche lo copiara por entero.

Nos dejamos con frialdad. Goedsche dio a entender que teníamos que dividir la cuenta, es más, calculó que me había tomado algunas cervezas más que él, me prometió noticias de ahí a algunas semanas y me dejó espumeante de rabia por ese largo viaje hecho en vacío, a mi cargo, y sin haber visto un tálero de la recompensa ya pactada con Dimitri.

Qué estúpido, me dije, Dimitri ya sabía que Stieber no pagaría nunca y simplemente se aseguró mi texto a mitad de precio. Lagrange tenía razón, no tenía que fiarme de un ruso. Quizá había pedido demasiado y debiera estar satisfecho de haber cobrado la mitad.

Estaba convencido de que los alemanes no volverían a ponerse en contacto, y en efecto, pasaron algunos meses sin recibir noticia alguna. Lagrange, a quien había confiado mis aflicciones, sonrió con indulgencia:

—Son los contratiempos de nuestro oficio; no nos relacionamos con santos.

El asunto no me hacía ninguna gracia. Mi historia del cementerio de Praga estaba demasiado bien construida para acabar desperdiciada en tierras siberianas. Podría vendérsela a los jesuitas. En el fondo, las primeras verdaderas acusaciones contra los judíos y las primeras alusiones a su complot universal procedían de un jesuita como Barruel, y la carta de mi abuelo debía de haber atraído la atención de otras personalidades de la orden.

El único vínculo con los jesuitas podía ser el abate Dalla Piccola. Lagrange me había puesto en contacto con él y a Lagrange me dirigí, quien me dijo que le haría saber que lo buscaba. Y, en efecto, poco después, Dalla Piccola vino a mi tienda. Le presenté, como se dice en el mundo del comercio, mi género y me pareció interesado.

—Naturalmente —me dijo—, debo examinar vuestro documento y luego mencionárselo a alguien de la Compañía, porque no es gente que compre a ciegas. Espero que os fiéis de mí y me lo dejéis algunos días. No saldrá de mis manos.

Siendo él un digno eclesiástico, me fié.

Una semana después, Dalla Piccola se volvió a presentar en mi tienda. Lo acomodé en mi despacho, intenté ofrecerle algo de beber, pero no tenía un aspecto amigable.

—Simonini —me dijo—, vos sin duda me habéis tomado por un necio e ibais a hacerme pasar por un falsificador ante los padres de la Compañía de Jesús, echando a perder una red de buenas relaciones que he entretejido en el curso de los años.

—Señor abate, no sé de qué habláis…

—Dejad de tomarme el pelo. Me habéis dado este documento, que se pretendía secreto —y arrojó encima de la mesa mi informe sobre el cementerio de Praga—, yo iba a pedir un precio astronómico, y de pronto, los jesuitas, mirándome como a un papanatas, me informan amablemente de que este documento mío tan reservado ya había aparecido como materia de invención en esa *Biarritz*, la novela de un tal John Retcliffe. Igualito, igualito, palabra por palabra —y arrojó también un libro encima de la mesa—. Evidentemente, sabéis alemán, y habéis leído la novela que acaba de salir. Habéis encontrado la historia de esa reunión nocturna en el cementerio de Praga, os ha gustado, y no habéis resistido a la tentación de vender una ficción como realidad. Y con la desvergüenza de los falsificadores, habéis confiado en el hecho de que a este lado del Rhin nadie lee el alemán…

—Escuchadme, creo entender…

—Hay poco que entender. Habría podido tirar estos papela-

... Simonini —me dijo—, vos sin duda me habéis tomado por un necio... (p. 300)

jos a la basura y mandaros al diablo, pero soy puntilloso y vengativo. Os advierto que haré saber a vuestros amigos de los servicios de qué pasta estáis hecho y hasta qué punto pueden fiarse de vuestras informaciones. ¿Por qué vengo a decíroslo por adelantado? No por lealtad (porque a un individuo de vuestra calaña no se le debe ninguna) sino para que, si los servicios decidieran que os merecéis una puñalada por la espalda, sepáis de dónde viene la sugerencia. Es inútil asesinar a alguien por venganza si el asesinado no sabe quién lo asesina, ¿no os parece?

Todo estaba claro, ese bellaco de Goedsche (y Lagrange me había dicho que publicaba folletines con el pseudónimo de Retcliffe) nunca había entregado mi documento a Stieber: se había dado cuenta de que el argumento le caía al pelo a la novela que estaba acabando de escribir y satisfacía todos sus furores antijudaicos, y se había apoderado de una historia verdadera (o, por lo menos, debería haberla creído verdadera) para convertirla en una pieza de narrativa, la suya. Lagrange ya me había prevenido que el bellaco se había distinguido en la falsificación de documentos y haber caído tan ingenuamente en la trampa de un falsificador me hacía enloquecer de rabia.

Pero a la rabia se añadía el miedo. Cuando Dalla Piccola hablaba de puñaladas en la espalda, quizá usara metáforas, pero Lagrange había sido claro: en el universo de los servicios, cuando alguien resulta un estorbo, se lo hace desaparecer. Imaginémonos, un colaborador cuya credibilidad queda públicamente en entredicho, porque vende inmundicia novelesca como informaciones reservadas; y además, uno que ha expuesto a los servicios de la Compañía de

Jesús al ridículo, ¿quién quiere tenerlo por el medio? Un navajazo, y ahí lo tenemos flotando en el Sena.

Eso me estaba prometiendo el abate Dalla Piccola, y de nada servía que yo le explicara la verdad; no había razones por las que habría de creerme, visto que él no sabía que yo le había dado el documento a Goedsche antes de que el infame acabara de escribir su libro, y sabía que, en cambio, yo se lo había dado a él (digo a Dalla Piccola) *después* de la publicación del libro de Goedsche.

Estaba en un callejón sin salida.

A menos que impidiera que Dalla Piccola hablara.

He actuado casi instintivamente. Encima del escritorio tengo un candelabro de hierro forjado, muy pesado, lo he agarrado y he empujado a Dalla Piccola contra la pared. Éste ha abierto mucho los ojos y ha dicho en un soplo:

—No querréis matarme…

—Sí, lo siento —le he contestado.

Y lo sentía de verdad, pero hay que hacer de la necesidad virtud. He asestado el golpe. El abate ha caído en el acto, sangrando por sus dientes sobresalientes. He mirado ese cadáver y no me he sentido culpable en lo más mínimo. Se lo había buscado.

Se trataba sólo de hacer desaparecer ese despojo inoportuno.

Cuando compré la tienda y los cuartos en el piso superior, el propietario me enseñó una trampilla que se abría en el suelo de la bodega.

—Encontraréis algunos escalones —dijo—, y al principio no tendréis el valor de bajarlos porque os sentiréis mareado hasta el desmayo por el gran hedor. Pero a veces será necesario. Sois extranjero y quizá no sepáis toda la historia. Antaño las suciedades se las tiraba a la calle, hicieron incluso una ley que obligaba a gritar «¡Agua va!» antes de tirar las propias necesidades por la ventana, pero era demasiado trabajo, se vaciaba el orinal y peor para el que estaba pasando. Luego se abrieron en las calles unos canales al aire libre y, por fin, estos conductos fueron cubiertos, y nacieron las cloacas. Ahora el barón de Haussmann ha construido, por fin, un buen sistema de alcantarillado en París, pero sirve sobre todo para hacer que las aguas fluyan; los excrementos van por su cuenta (cuando el conducto bajo vuestra silla no se obstruye) hacia un foso que se vacía por la noche y se lleva a los grandes vertederos. En estos momentos, están discutiendo si no será preciso adoptar el sistema de *tout-à-l'égout*, es decir, si en las grandes cloacas no han de confluir sólo las aguas de desagüe sino también todas las demás inmundicias. Precisamente por eso, desde hace diez años, un decreto impone a los propietarios que unan su casa a las cloacas con una galería que mida por lo menos metro con treinta de ancho. Como la que encontraréis aquí abajo, salvo que es más estrecha y no es todo lo alta que impondría la ley, figurémonos. Ésas son cosas que se hacen en los grandes bulevares, no en un impasse que no le importa nada a nadie. Y nadie vendrá nunca a controlar si de verdad bajáis a llevar vuestros residuos allá donde deberíais. Cuando se apodere de vos el desánimo ante la idea de tener que despachurrar toda esa porquería, tiraréis vuestras inmundicias por estos escalones, confiando en que en los días de lluvia llegue un poco de agua hasta aquí y se las lleve. Por otra parte, este acceso a las cloacas de París podría tener sus ventajas. Vivimos en épocas en las que cada diez o veinte años hay una revolución en París o un tumulto, y una vía de escape subterránea nunca está de más. Como todo parisino, habréis leído esa novela recién salida, *Los miserables*, donde el protagonista huye a lo largo de las cloacas llevando a hombros a un amigo herido, así que entendéis lo que quiero decir.

La historia de Hugo, como buen lector de folletines, la conocía bien. No quería repetir la experiencia, desde luego, entre otras cosas porque no me explico cómo su personaje consiguió recorrer tanto camino ahí abajo. Puede ser que, en otras zonas de París, los canales subterráneos sean bastante altos y espaciosos, pero el que corría bajo el impasse Maubert debía de remontarse a siglos anteriores. Ya conseguir bajar el cadáver de Dalla Piccola del piso superior a la tienda y luego a la bodega no fue fácil; por suerte el enanucho estaba bastante encorvado y delgado, por lo que resultaba bastante manejable. Empero, para bajarlo por los escalones de debajo de la trampilla tuve que hacer que rodara. Luego bajé yo también y, manteniéndome inclinado, lo arrastré unos cuantos metros, para que no se pudriera justo debajo de mi casa. Con una mano lo arrastraba por el tobillo y con la otra mantenía el candil elevado; por desgracia, no tenía una tercera mano para taparme la nariz.

Era la primera vez que tenía que hacer desaparecer el cuerpo de alguien que hubiera matado, porque con Nievo y Ninuzzo el asunto se resolvió sin que tuviera que preocuparme (aunque en el caso de Ninuzzo habría debido hacerlo, por lo menos la primera vez, la de Sicilia). Ahora me daba cuenta de que el aspecto más irritante de un homicidio era la ocultación del cadáver, y ha de ser por eso por lo que los curas desaconsejan matar, excepto naturalmente en la guerra, donde los cuerpos se dejan a los buitres.

He arrastrado a mi difunto abate una decena de metros, y tirar de un clérigo entre los excrementos no sólo míos sino de quién sabe antes que yo, no es algo agradable, aún más si hay que contárselo a la propia víctima. Dios mío, ¿qué estoy escribiendo? Por fin, tras haber pisoteado mucho estiércol, llegué a divisar a lo lejos un filo de luz, señal de que al final del impasse debía de haber un sumidero que daba a la calle.

Si, al principio, pensé en arrastrar el cadáver hasta un colector mayor para encomendarlo a la misericordia de aguas más abundantes, después me dije que estas aguas quién sabe adónde llevarían el cuerpo, quizá hasta el Sena, y alguien aún podría identificar al amado difunto. Justa reflexión, porque ahora, mientras escribo, he sabido que hace poco, en el espacio de seis meses, se han encontrado, en los grandes vertederos ubicados más allá de Clichy, cuatro mil perros, cinco terneros, veinte carneros, siete cabras y siete cerdos, ochenta pollos, sesenta y nueve gatos, novecientos cincuenta conejos, un mono y un boa. La estadística no habla de abates, pero habría podido contribuir a hacerla aún más extraordinaria. Dejando a mi difunto allí, había buenas esperanzas de que no se moviera. Entre la pared y el canal verdadero —que seguramente era mucho más antiguo que el barón de Haussmann— había una acera bastante estrecha, y allí deposité el cadáver. Calculaba que con aquellos miasmas y aquella humedad se descompondría bastante pronto, y después quedaría sólo un esqueleto no identificable. Y además, considerando la naturaleza del impasse, confiaba en que no se mereciera manutención alguna y que, por consiguiente, nadie llegara nunca hasta allí. Y aunque encontraran unos restos humanos, habría que demostrar su procedencia: cualquiera, bajando por la boca de alcantarilla, habría podido conducirlos a donde estaban.

Volví a mi despacho y abrí la novela de Goedsche donde Dalla Piccola había colocado un marcalibros. Mi alemán se había oxidado pero conseguía entender los hechos, aunque no los matices. Estaba claro, era mi discurso del rabino de Praga, salvo que Goedsche (que poseía cierto sentido teatral) daba una descripción un poco más rica del cementerio nocturno, hacía que llegara antes un banquero, un tal Rosenberg en compañía de un rabino polaco con el sombrero en la coronilla y los ricitos en las sienes, y para entrar había que susurrarle al guardián una palabra cabalística de siete sílabas.

Luego se presentaba el que en la versión original era mi informador, introducido por un tal Lasali que le prometía hacerle asistir a un encuentro que se producía cada cien años. Los dos se disfrazaban con barbas postizas y sombreros de ala ancha, y la historia seguía más o menos como la había contado yo, incluido mi final, con la luz azulada que se levantaba de la tumba y los perfiles de los rabinos que se alejaban engullidos por la noche.

El calavera había aprovechado mi sucinto informe para evocar escenas melodramáticas. Estaba dispuesto a todo con tal de reunir algunos táleros. Si es que ya no hay religión.

Exactamente lo que quieren los judíos.

Ahora me voy a dormir, me he desviado de mis costumbres de gastrónomo comedido y no he bebido vino, sino descomedidas cantidades de Calvados (y con descomedimiento me da vueltas la cabeza; sospecho que me estoy volviendo repetitivo). Pero como parece ser que sólo hundiéndome en un sueño sin sueños me despierto como abate Dalla Piccola, quisiera ver ahora cómo podría despertarme en el pellejo de un difunto de cuya desaparición, no me caben dudas, he sido tanto causa como testigo.

15

Dalla Piccola redivivo

6 de abril de 1897, al alba

Capitán Simonini:

No sé si ha sido durante vuestro sueño (comedido o descomedido como lo queramos definir) cuando me he despertado y he podido leer vuestras páginas. A las primeras luces del alba. Después de haberos leído me he dicho que, quizás, y por alguna misteriosa razón, mentíais (y tampoco vuestra vida, que tan sinceramente habéis expuesto, impide creer que vos, a veces, mintáis). Si hay alguien que debería saber con certeza que no me habéis matado, soy yo. Con ganas de controlar, me he despojado de mis vestiduras talares y casi desnudo he bajado a la bodega, he abierto la trampilla; sin embargo, al borde de ese conducto mefítico que tan bien describís, me he sentido aturdido por el hedor. Me he preguntado qué quería verificar: ¿si todavía reposaban allí los pocos huesos de un cadáver que vos afirmáis haber abandonado hace más de veinticinco años? ¿Y habría debido bajar en medio de semejante podredumbre para decidir que los huesos no son míos? Pues, permitidme que os lo diga, ya lo sé. Y, por consiguiente, os creo, habéis matado a un abate Dalla Piccola.

¿Quién soy yo entonces? No el Dalla Piccola que habéis matado (que, además, no se me parecía), pero ¿cómo es que existen dos abates Dalla Piccola?

La verdad es que quizás esté loco. No me atrevo a salir de casa. Con todo, tendré que salir para comprar algo, puesto que mi hábito me impide frecuentar tabernas. No tengo una buena cocina como vos, aunque, hablando en plata, no soy menos glotón.

Me embarga un deseo irreprimible de matarme, pero sé que se trata de una tentación diabólica.

Y además, ¿por qué matarme si vos ya me habéis matado? Sería una pérdida de tiempo.

7 de abril

Amable abate:

Basta ya.

No recuerdo qué hice ayer y esta mañana he encontrado vuestro apunte. Dejad de atormentaros. ¿Tampoco vos recordáis? Pues entonces haced como yo, miraos fijamente el ombligo y luego empezad a escribir, dejad que vuestra mano piense por vosotros. ¿Por qué soy yo el que debo recordarlo todo, y vos sólo las pocas cosas que yo quisiera olvidar?

A mí, en este momento, me asaltan otras memorias. Acababa de matar a Dalla Piccola cuando recibí una nota de Lagrange, que esta vez quería verme en la place Fürstenberg, y a medianoche, cuando el lugar es bastante espectral. Tenía, como dicen las personas timoratas, la conciencia sucia, porque acababa de matar a un hombre, y temía (irrazonablemente) que Lagrange ya lo supiera. En cambio, era obvio, quería hablarme de otras cosas.

—Capitán Simonini —me dijo—, necesitamos que vigiléis a un tipo curioso, a un clérigo..., cómo decirlo..., satanista.

—¿Dónde lo encuentro, en el infierno?

—Menos bromas. Se trata de cierto abate Boullan, que hace unos años conoció a una tal Adela Chevalier, una seglar del convento de Saint-Thomas-de-Villeneuve en Soissons. Circulaban sobre ellas voces místicas, se habría curado de la ceguera y habría realizado predicciones, empezaban a abarrotarse fieles en el convento, sus superioras estaban apuradas, el obispo la alejó de Soissons y, no se sabe cómo, nuestra Adela elige a Boullan como padre espiritual, señal de que Dios los crea y ellos se juntan. Entonces deciden fundar una asociación para la acción reparadora, esto es, para dedicar a Nuestro Señor no sólo oraciones sino varias formas de expiación física, para compensarlo de las ofensas que le hacen los pecadores.

—Nada malo, me parece.

—Pues bien, empiezan a predicar que para liberarse del pecado hay que pecar, que la humanidad ha sido degradada por el doble adulterio de Adán con Lilith y de Eva con Samael (no me preguntéis quiénes son estas personas porque a mí el cura sólo me ha hablado de Adán y Eva) y que, en fin, hay que hacer cosas que no tenemos muy claras: parece ser que el abate, la señorita en cuestión y muchas de sus fieles se dedican a encuentros, cómo decirlo, un poco desordenados, en los que abusan el uno del otro. Y añádanse las vociferaciones por las que el buen abate habría hecho desaparecer discretamente el fruto de sus amores ilegítimos con Adela. Cosas, diréis, que no nos interesan a nosotros sino a la prefectura de policía, si no fuera porque, en el montón, entraron ya hace tiempo señoras de buena familia, esposas de altos funcionarios, incluso de un ministro, y Boullan les sacó a las pías damas raudales de dinero. A la sazón el tema se convirtió en un asunto de Estado, y tuvimos que ocuparnos nosotros de él. Los dos fueron denunciados y condenados a tres años de cárcel por fraude y ultraje al pudor, y salieron a finales del año 64. Después de lo cual, a este abate lo perdimos de vista y pensábamos que había sentado cabeza. En estos últimos tiempos, absuelto definitivamente por el Santo Oficio tras numerosos actos de arrepentimiento, ha regresado a París y ha vuelto a sostener sus tesis de la reparación de los pecados ajenos mediante el cultivo de los propios, y si todos empezaran a pensar de este modo, el asunto dejaría de ser religioso y se volvería político, vos me entendéis. Por otra parte, también la Iglesia ha empezado a preocuparse y hace poco el arzobispo de París ha alejado a Boullan de los oficios eclesiásticos; yo diría que ya era hora. Por toda respuesta, Boullan se ha puesto en contacto con otro santón en olor de herejía, un tal Vintras. Aquí tenéis, en este pequeño dossier, todo lo que hay que saber, o por lo menos, lo que sabemos de él. A usted le toca controlarlo e informarnos de qué está urdiendo.

—No soy una pía mujer en busca de un confesor que abuse de ella, ¿cómo puedo abordarlo?

—Qué sé yo, pues vestíos de sacerdote. Al parecer habéis sido capaz incluso de disfrazaros de general garibaldino, o algo por el estilo.

De esto acabo de acordarme. Pero no tiene que ver con vos, querido abate.

16

Boullan

8 de abril

Capitán Simonini:

Esta noche, tras haber leído vuestra nota irritada, he decidido imitar vuestro ejemplo y ponerme a escribir, aun sin clavar la mirada en mi ombligo, de forma casi automática, dejando que mi cuerpo, por obra de mi mano, decidiera recordar lo que mi alma ha olvidado. Ese doctor Froïde vuestro no era un necio.

Boullan... Vuelvo a verme mientras paseo con él delante de una ermita, en la periferia de París. ¿O era en Sèvres? Recuerdo que me está diciendo:

—Reparar los pecados que se cometen contra Nuestro Señor significa hacerse cargo de ellos. Pecar, y lo más intensamente posible, puede ser un peso místico, pues hay que agotar la carga de iniquidades que el demonio pretende de la humanidad, y liberar de ellas a nuestros hermanos más débiles, incapaces de exorcizar las fuerzas malignas que los han hecho esclavos. ¿Habéis visto alguna vez ese *papier tue-mouches* que acaban de inventar en Alemania? Lo usan los pasteleros: empapan un lazo con melaza y lo cuelgan encima de sus tartas, en el escaparate. Las moscas, atraídas por la melaza, quedan capturadas en la cinta por esa substancia viscosa, y mueren de inedia, o se ahogan cuando se arroja la cinta hormigueante de insectos a un canal. Pues bien, el fiel reparador ha de ser como ese papel mosquicida: atraer hacia sí mismo todas las ignominias para ser, después, el crisol purificador.

Lo veo en una iglesia donde, delante del altar, debe «purificar» a una pecadora devota, ya poseída, que se retuerce por los suelos profiriendo repugnantes blasfemias y nombres de demonios:

—Abigor, Abracas, Adramelech, Haborym, Melchom, Stolas, Zaebos...

Boullan viste paramentos sacros de color morado con una sobrepelliz roja, se inclina encima de ella y pronuncia lo que parece la fórmula de un exorcismo, pero (si he oído bien) al revés:

—*Crux sacra non sit mihi lux, sed draco sit mihi dux, veni Satanas, veni!*

Luego se inclina sobre la penitente y le escupe tres veces en la boca, se levanta el hábito, orina en un cáliz de misa y se lo ofrece a la desventurada. Ahora saca de un recipiente (¡con las manos!) una sustancia de evidente origen fecal y, desnudado el pecho de la endemoniada, se la extiende por el seno.

La mujer se agita en el suelo, jadeando, emite gemidos que se van apagando poco a poco, hasta que cae en un sueño casi hipnótico.

Boullan va a la sacristía, donde se lava rápidamente las manos. Luego sale conmigo al atrio, suspirando como quien ha cumplido un duro deber.

—*Consummatum est* —dice.

... Vos sabéis que en algunas logias se acostumbra a apuñalar la hostia para sellar un juramento... (p. 316)

Recuerdo haberle dicho que iba a verle por encargo de una persona que quería mantener el anonimato y que habría de practicar un rito para el que se necesitaban partículas consagradas.

Boullan se rió:

—¿Una misa negra? Pues si participa en ella un sacerdote, es él quien santifica directamente las hostias, y la consagración sería válida aunque la Iglesia lo hubiera excomulgado.

Yo aclaré:

—No creo que la persona de la que hablo quiera que un sacerdote oficie una misa negra. Vos sabéis que en algunas logias se acostumbra a apuñalar la hostia para sellar un juramento.

—Entiendo. He oído hablar de un fulano que tiene una tienducha de *bric-à-brac* por las inmediaciones de la place Maubert, se ocupaba también del comercio de hostias. Podríais probar con él.

¿Nos conoceríamos en aquella ocasión?

17

Los días de la Comuna

9 de abril de 1897

Maté a Dalla Piccola en septiembre de 1869. En octubre, una nota de Lagrange me convocaba, esta vez, a un *quai* a lo largo del Sena.

Ahí están las bromas que gasta la memoria. Quizá esté olvidando hechos de capital importancia pero me acuerdo de la emoción que experimenté aquella noche cuando, cerca del Pont Royal, me quedé parado, herido por un repentino resplandor. Estaba ante las obras de la nueva sede del *Journal Officiel de l'Empire Français* que por la noche, para acelerar las obras, estaba alumbrado por la corriente eléctrica. En medio de una selva de vigas y andamiajes, una fuente luminosísima concentraba sus rayos sobre un grupo de albañiles. Nada puede verter en palabras el efecto mágico de aquella claridad sideral, que resplandecía en las tinieblas que la rodeaban.

La luz eléctrica... En aquellos años, los necios se sentían encandilados por el futuro. Se había abierto un canal en Egipto que unía el Mediterráneo con el mar Rojo, por lo que ya no hacía falta dar la vuelta a África para ir a Asia (y así saldrían perjudicadas muchas honestas compañías de navegación); se había inaugurado una exposición universal en la que las arquitecturas dejaban intuir que lo hecho por Haussmann para arruinar París era sólo el principio; los americanos estaban acabando un ferrocarril que atravesaría todo su continente de oriente a occidente, y dado que acababan de darles la libertad a los esclavos negros, pues ahí tendrían a toda esa gentuza invadiendo toda la nación, convirtiéndola en una ciénaga de híbridos, peor que los judíos. En la guerra americana entre el Norte y el Sur, habían aparecido una naves submarinas, donde los marineros ya no morían ahogados, sino asfixiados bajo el agua; los buenos cigarros de nuestros padres iban a ser sustituidos por unos cartuchos tísicos que se quemaban en un minuto, quitándole todo gozo al fumador; nuestros soldados, desde hacía tiempo, comían carne podrida conservada en cajas de metal. En América, decían haber inventado una especie de cabina cerrada herméticamente que subía a las personas a los pisos altos de un edificio por obra de algún que otro pistón de agua. Y ya se sabía de pistones que se habían roto un sábado por la noche y de gente que quedó atrapada durante dos noches en esa caja, sin aire, por no hablar de agua y comida, de suerte que el lunes los encontraron muertos.

Todos se complacían porque la vida se estaba volviendo más fácil, se estaban estudiando máquinas para hablarse desde lejos, otras para escribir mecánicamente sin la pluma. ¿Seguiría habiendo un día originales que falsificar?

La gente se quedaba embelesada ante los escaparates de los perfumeros donde se celebraban los milagros del principio tonificante para la piel al extracto de leche de lechuga, del regenerador para el cabello a la quina, de la crema Pompadour al agua de plátano, de la leche de cacao, de los polvos de arroz a las violetas de Parma, inventos todos ellos para que las mujeres más lascivas se volvieran más atractivas, pero ahora ya a disposición de las modistillas, dispuestas a convertirse en unas mantenidas, porque en muchas sastrerías se estaba introduciendo una máquina que cosía en su lugar.

La única invención interesante de los tiempos nuevos había sido un artilugio de porcelana para defecar estando sentados.

Ahora bien, ni siquiera yo me daba cuenta de que aquella aparente excitación estaba marcando el fin del Imperio. En la exposición universal, Alfred Krupp mostró un cañón con dimensiones nunca vistas, cincuenta toneladas, una carga de pólvora de cien libras por proyectil. El emperador quedó tan fascinado que le concedió la Legión de Honor, pero cuando Krupp le mandó la tabla de precios de sus armas, que estaba dispuesto a vender a todos los estados europeos, los altos mandos franceses, que tenían sus armadores preferidos, convencieron al emperador de que declinara la oferta. En cambio, evidentemente, el rey de Prusia lo adquirió.

Napoleón ya no razonaba como antes: los cálculos renales le impedían comer y dormir, por no hablar de montar a caballo; creía en los conservadores y en su mujer, convencidos de que el ejército francés seguía siendo el mejor del mundo, mientras que contaba (eso lo supimos después) a lo sumo con cien mil hombres contra cuatrocientos mil prusianos; y Stieber ya había enviado a Berlín informes sobre los *chassepots* que los franceses consideraban el último grito en cuanto a fusiles, y que, sin embargo, se estaban convirtiendo en artilugios de museo. Además, se complacía Stieber, los franceses no habían conseguido poner en pie un servicio de informaciones igual al suyo.

Pero vayamos a los hechos. En el punto acordado me encontré con Lagrange.

—Capitán Simonini —me dijo saltándose las ceremonias—, ¿qué sabéis del abate Dalla Piccola?

—Nada. ¿Por qué?

—Ha desaparecido, y justo mientras estaba haciendo un pequeño trabajo para nosotros. Por lo que sé, la última persona que lo ha visto sois vos: me dijisteis que queríais hablarle y os lo mandé. ¿Y luego?

—Y luego le entregué el informe que ya les había dado a los rusos, para que lo mostrara a ciertos ambientes eclesiásticos.

—Simonini, hace un mes recibí una nota del abate, que decía más o menos: debo veros lo antes posible, tengo que contaros algo interesante sobre vuestro Simonini. Por el tono de su mensaje lo que quería decirme sobre vos no debía de ser muy elogioso. Entonces, ¿qué ha pasado entre vos y el abate?

—No sé qué quería deciros. Quizá consideraba un abuso por mi parte proponerle un documento que (él creía) que yo había producido para vos. Evidentemente, no estaba al corriente de nuestros acuerdos. A mí no me ha dicho nada. Yo no lo he vuelto a ver y es más, me estaba preguntando qué fin había tenido mi propuesta.

Lagrange me clavó la mirada por un instante y luego dijo:

—Volveremos a hablar. —Y se fue.

Había poco que volver a hablar. Lagrange a partir de ese momento estaría pegado a mis talones y, si de verdad sospechara algo más preciso, el famoso navajazo por la espalda me llegaría igualmente, aunque le hubiera cerrado la boca al abate.

Adopté algunas precauciones. Recurrí a un armero de la rue de Lappe, pidiéndole un bastón estoque. Tenía uno, pero de pésima hechura. Entonces me acordé de haber mirado el escaparate de un vendedor de bastones precisamente en mi amado passage Jouffroy, y allí encontré un portento, con una empuñadura de marfil con forma de serpiente y la caña de ébano, extraordinariamente elegante, y robusto. La empuñadura no es especialmente adecuada para apoyarse si por un azar a uno le duele una pierna porque, aunque ligeramente inclinada, es más vertical que horizontal; pero funciona a las mil maravillas si se trata de asir el bastón como una espada.

El bastón estoque es un arma prodigiosa también si te encaras con alguien que tenga una pistola: finges que te asustas, te echas hacia atrás y apuntas el bastón, mejor con la mano temblorosa. El otro se echa a reír, lo agarra para quitártelo y, al hacerlo, te ayuda a desenvainar el arma, puntiaguda y muy afilada; mientras el otro se queda pasmado sin entender qué se le ha quedado en la mano, tú vibras rápidamente el acero; casi sin esfuerzo le haces un tajo que va desde la sien a la barbilla, al través, mejor aún cortándole la aleta de la nariz, y aunque no le saques un ojo, la sangre que brotará de la frente le ofuscará la vista. Lo que cuenta es la sorpresa: a esas alturas, el adversario está despachado.

Si es un adversario de poca monta, pon un ladronzuelo, guardas tu bastón y te vas, dejándolo desfigurado para toda la vida. En cambio, si es un adversario más peligroso, después del primer mandoble, casi siguiendo la dinámica de tu brazo, vuelves atrás en sentido horizontal, y le cortas limpiamente la garganta, de modo que no habrá de preocuparse por la cicatriz.

Y no hablemos del aspecto digno y honesto que adoptas al pasear con un bastón como éste; cuesta mucho pero vale lo que cuesta, y en algunos casos no hay que mirar el gasto.

Una noche, al volver a casa, me encontré a Lagrange delante de la tienda.

Agité ligeramente mi bastón pero luego pensé que los servicios no le encargarían a un personaje como él que liquidara a un personaje como yo, y me dispuse a escucharlo.

—Hermoso objeto —dijo.

—¿El qué?

—El bastón animado. Con un pomo de tal hechura no puede sino ser un estoque. ¿Teméis a alguien?

—Decidme vos si debería, señor Lagrange.

—Nos teméis, lo sé, porque sabéis que os habéis vuelto sospechoso. Ahora permitidme que sea breve. Es inminente una guerra franco-prusiana, y el amigo Stieber ha llenado París de agentes suyos.

—¿Los conocéis?

—No a todos, y aquí entráis en juego vos. Puesto que ofrecisteis a Stieber vuestro informe sobre los judíos, él os considera una persona, cómo decir, comprable... Bien, ha llegado aquí a París un hombre suyo, ese Goedsche que, según parece, ya habéis encontrado. Creemos que os buscará. Os convertiréis en el espía de los prusianos en París.

—¿Contra mi país?

—No seáis hipócrita, ni siquiera es vuestro país. Y, si la cosa os turba, lo haréis precisamente por Francia. Transmitiréis a los prusianos informaciones falsas, que os daremos nosotros.

—No me parece difícil...

—Al contrario, es muy peligroso. Si sois descubiertos en París, nosotros tendremos que fingir que no os conocemos. Por lo tanto, seréis fusilado. Si los prusianos descubren que hacéis el doble juego, os matarán, si bien de una forma menos legal. Así pues, en este asunto, tenéis, digamos, cincuenta probabilidades sobre cien de dejaros el pellejo.

—¿Y si no acepto?

—Tendréis noventa y nueve.

—¿Por qué no cien?

—Por el bastón animado. Pero no confiéis demasiado en él.

—Sabía que tenía amigos sinceros en los servicios. Os doy las gracias por vuestras atenciones. Está bien. He decidido, libremente, que acepto, y por amor a la Patria.

—Sois un héroe, capitán Simonini. Quedad a la espera de órdenes.

Una semana después, Goedsche se presentaba en mi tienda, más sudoroso que de costumbre. Resistir a la tentación de estrangularlo fue harto duro, pero resistí.

—Sabéis que os considero un plagiario y un falsificador —le dije.

—No más que vos —sonrió sebosamente el alemán—. ¿Creéis que no he llegado a descubrir que vuestra historia del cementerio de Praga se inspira en el texto de ese Joly que acabó en la cárcel?

Habría llegado yo sólo sin vos, vos únicamente me habéis acortado el recorrido.

—¿Os dais cuenta, herr Goedsche, que actuando como un extranjero en territorio francés bastaría que mencionara vuestro nombre a quien yo sé y vuestra vida no valdría un céntimo?

—¿Os dais cuenta de que el mismo precio vale la vuestra si, una vez arrestado, yo mentara vuestro nombre? Así pues, paz, estoy intentado vender ese capítulo de mi libro como acontecimiento verdadero a unos compradores seguros. Iremos a medias, visto que a partir de ahora tendremos que trabajar juntos.

Pocos días antes de que empezara la guerra, Goedsche me llevó al tejado de una casa que se abría ante el atrio de Notre-Dame, donde un viejecito tenía muchos palomares.

—Éste es un buen lugar para que vuelen las palomas, porque cerca de la catedral hay centenares de ellas y nadie les presta atención. Cada vez que tengáis informaciones útiles escribid un mensaje, y el viejo mandará un animal. Igualmente, cada mañana pasad por aquí para saber si han llegado instrucciones para vos. Sencillo, ¿no?

—Pues ¿qué noticias os interesan?

—No sabemos todavía qué nos interesa saber de París. Por ahora controlamos las zonas del frente. Pero antes o después, si ganamos, nos interesará París. Y por ello querremos noticias sobre movimientos de tropas, presencia o ausencia de la familia imperial, humores de los ciudadanos, en fin, todo y nada, es asunto vuestro demostraros agudo. Podrían servirnos mapas; y me preguntaréis cómo se logra colgar un mapa del cuello de una paloma. Venid conmigo al piso de abajo.

En el piso de abajo, había otro individuo y un laboratorio fotográfico, con una salita con una pared pintada de blanco y uno de esos proyectores que en las ferias llaman linternas mágicas, y que hacen aparecer imágenes en las paredes o en unas grandes sábanas.

—Este señor coge vuestro mensaje, del tamaño que sea y con la cantidad de páginas que tenga, y lo reduce en una minúscula placa, que se expide con la paloma. Allá donde llega el mensaje, se amplía la imagen proyectándola en una pared. Y lo mismo sucederá aquí, si recibís mensajes demasiado largos. Pero, en fin, aquí el aire ya no es bueno para un prusiano, yo dejo París esta noche. Nos comunicaremos a través de esquelas en las alas de las palomas, como dos enamorados.

La idea me provocaba repugnancia, pero a eso me había comprometido, maldición, y sólo porque había matado a un abate. ¿Y entonces, todos esos generales, que matan a miles de hombres?

Así llegamos a la guerra. Lagrange me pasaba de vez en cuando alguna noticia que era menester hacer llegar al enemigo aunque, como dijera Goedsche, a los prusianos no les interesaba mucho París, y por el momento estaban interesados en saber cuántos hombres tenía Francia en Alsacia, en Saint-Privat, en Beaumont, en Sedan.

Hasta los días del asedio, en París se seguía viviendo alegremente. En septiembre se decidió el cierre de todas las salas de espectáculos, tanto para acompañar en el drama de los soldados en el frente como para poder mandar a ese mismo frente a los bomberos de servicio, pero al cabo de poco más de un mes, la Comé-

... Allá donde llega el mensaje, se amplía la imagen proyectándola en una pared... (p. 325)

die-Française obtuvo el permiso de dar representaciones para sostener a las familias de los caídos, aun en condiciones de economía, sin calefacción y con velas en lugar de luces de gas; luego volvieron a empezar algunas funciones en el Ambigu, en el Porte Saint-Martin, en el Châtelet y en el Athénée.

Los días difíciles empezaron en septiembre con la tragedia de Sedan. Con Napoleón prisionero del enemigo, el Imperio se derrumbaba, Francia entera entraba en un estado de agitación casi (todavía casi) revolucionaria. Se proclamaba la República, pero en las mismas filas republicanas, por lo que yo llegaba a entender, se agitaban dos almas: una quería sacar de la derrota la ocasión para una revolución social, la otra estaba dispuesta a firmar la paz con los prusianos con tal de no ceder a esas reformas que —se decía— desembocarían en una forma de comunismo puro y simple.

A mediados de septiembre, los prusianos habían llegado a las puertas de París, habían ocupado los fuertes que habrían debido defenderla y bombardeaban la ciudad. Seguirían cinco meses de asedio durísimo durante los cuales el hambre se convertiría en el gran enemigo.

De las intrigas políticas, de los desfiles que recorrían la ciudad en varios puntos, entendía poco y aún menos me importaba, pues consideraba que en momentos como aquéllos era mejor no callejear demasiado. Ahora bien, la comida, eso era asunto mío, y me mantenía informado diariamente con los tenderos de mi barrio para entender qué nos esperaba. Al recorrer los jardines públicos como el de Luxemburgo, al principio parecía que la ciudad vivía en medio del ganado, pues se habían concentrado ovinos y bovinos dentro del perímetro urbano. Sin embargo, ya en octubre decían que no quedaban más de veinticinco mil bueyes y cien mil carneros, que no era nada para alimentar a una metrópolis.

Y en efecto, poco a poco, en ciertas casas fue menester freír los peces rojos, la hipofagia estaba exterminando a todos los caballos no defendidos por el ejército, una fanega de patatas costaba treinta francos y el pastelero Boissier vendía a veinticinco una caja de lentejas. De conejos, no se veía ya la sombra y las carnicerías no se recataban en exponer, primero, hermosos gatos bien alimentados y, más tarde, perros. Se mataron todos los animales exóticos del Jardin des Plantes, y la Nochebuena, para quienes tenían dinero que gastar, en Voisin se ofreció un menú suntuoso a base de consomé de elefante, camello asado a la inglesa, estofado de canguro, costillas de oso a la *sauce poivrade*, tarrina de antílope a la trufa y gato con acompañamiento de ratoncitos de leche (porque ya no sólo desaparecían los gorriones de los tejados sino también los ratones y ratas de las cloacas).

Pase por el camello, que no estaba mal, pero las ratas no. Incluso en tiempos de asedio se encontraban matuteros o acaparadores, y puedo recordar una cena memorable (carísima) no en uno de los grandes restaurantes, sino en una *gargotte* casi en los suburbios donde pude saborear, con algunos privilegiados (no todos de la mejor sociedad parisina, puesto que en esas situaciones las diferencias de casta casi se olvidan), un faisán y un paté de oca fresquísimos.

En enero se firmaba un armisticio con los alemanes, a los cuales en marzo les fue concedida una ocupación simbólica de la capital. Y debo decir que fue bastante humillante también para mí verlos desfilar con sus cascos de pincho por los Champs-Élysées. Luego se emplazaron en el noreste de la ciudad, dejando al gobierno francés el control de la zona sudoccidental, es decir, los fuertes de Ivry, Montrouge, Vanves, Issy y, entre otros, del dotadísimo fuerte del Mont-Valérien desde el cual (lo habían probado los prusianos) se podía bombardear fácilmente la parte oeste de la capital.

Los prusianos abandonaban París, el gobierno francés presidido por Thiers tomaba posesión, pero la Guardia Nacional, ya difícilmente controlable, había secuestrado y escondido en Montmartre los cañones adquiridos con una suscripción pública. Thiers mandaba al general Lecomte a reconquistarlos, y éste, al principio, mandaba disparar contra la Guardia Nacional y contra la multitud, mas, al final, sus soldados se unían a los revoltosos y Lecomte era capturado por sus mismos hombres. Entre tanto, alguien había reconocido no sé dónde a otro general, Thomas, que no había dejado un buen recuerdo de sí mismo en las represiones de 1848. No sólo eso, iba de paisano, quizá porque estaba escapando por su cuenta, pero todos se pusieron a decir que estaba espiando a los comuneros. Lo llevaron allá donde ya aguardaba Lecomte y ambos fueron fusilados.

Thiers se retiraba con todo el gobierno a Versalles y, a finales de marzo, en París se proclamaba la Comuna. Ahora era el gobierno francés (de Versalles) el que sitiaba y bombardeaba París desde el fuerte del Mont-Valérien, mientras los prusianos dejaban que lo hiciera, es más, se mostraban bastante indulgentes con los que cruzaban sus líneas, de modo que París, en su segundo asedio, tenía más comida que durante el primero: sus propios compatriotas le hacían pasar hambre mientras que sus enemigos, indirectamente, lo abastecían. Y alguien, comparando a los alemanes con los gubernativos de Thiers, empezaba a murmurar que, al fin y al cabo, esos comedores de chucrut eran buenos cristianos.

Mientras se anunciaba la retirada del gobierno francés a Versalles, recibía una nota de Goedsche que me informaba de que a los prusianos ya no les interesaba lo que sucedía en París por lo que el palomar y el laboratorio fotográfico serían desmantelados. Ese mismo día, me visitaba Lagrange, que tenía trazas de haber adivinado lo que me escribía Goedsche.

—Querido Simonini —me dijo—, deberíais hacer para nosotros lo que estabais haciendo para los prusianos, tenernos informados. Ya he mandado arrestar a esos dos miserables que colaboraban con vos. Las palomas han vuelto donde estaban acostumbradas a ir, pero el material del laboratorio nos sirve a nosotros. Nosotros, para informaciones militares rápidas, teníamos una línea de comunicación entre el fuerte de Issy y una buhardilla, siempre por los alrededores de Notre-Dame. Desde allí nos mandaréis vuestras informaciones.

—¿«Nos mandaréis» a quién? Erais, si me permitís, un hombre de la policía imperial, deberíais haber desaparecido con vuestro emperador. Me parece, en cambio, que ahora habláis como emisario del gobierno de Thiers…

—Capitán Simonini, yo pertenezco a los que permanecen cuando los gobiernos pasan. Yo ahora sigo a mi gobierno a Versalles, porque si me quedo aquí, podría acabar como Lecomte y Thomas. Estos enajenados tienen el fusilamiento fácil. Pero les pagaremos con la misma moneda. Cuando queramos saber algo preciso, recibiréis órdenes más detalladas.

Algo preciso... Fácil de decir, dado que en cada punto de la ciudad sucedían cosas distintas: desfilaban pelotones de la Guardia Nacional, con flores en el cañón de sus fusiles y bandera roja, por los mismos barrios donde burgueses acomodados esperaban atrancados en sus casas el regreso del gobierno legítimo; entre los elegidos de la Comuna no se conseguía saber, ni por los periódicos, ni por los susurros en el mercado, quién estaba de qué parte; había obreros, médicos, periodistas, republicanos moderados y socialistas enfadados, incluso auténticos jacobinos, que soñaban con el regreso no a la Comuna del 89 sino a la terrible del 93. Con todo, el ambiente general en las calles era de gran alegría. Si los hombres no hubieran llevado uniforme, se podría haber pensado en una gran fiesta popular. Los soldados jugaban a lo que en Turín llamábamos *sussi* y aquí le dicen *au bouchon*, los oficiales paseaban pavoneándose ante las jovencitas.

Me he acordado esta mañana de que, entre mis viejas cosas, debería tener una caja con recortes de periódicos de la época, que ahora me sirven para reconstruir lo que mi memoria no puede hacer sola. Había recopilado periódicos de todas las tendencias, *Le Rappel, Le Réveil du Peuple, La Marsellaise, Le Bonnet Rouge, Paris Libre, Le Moniteur du Peuple*, y otros más. Quién los leería, no lo sé, quizá sólo los que los escribían. Yo los compraba todos, para ver si contenían hechos u opiniones que pudieran interesar a Lagrange.

Lo confusa que era la situación, alcancé a entenderlo un día, al encontrarme, entre la muchedumbre de una manifestación igual de confusa, con Maurice Joly. Le costó reconocerme por la barba, y luego al recordarme como carbonario o algo parecido consideró que estaba de parte de la Comuna. Había sido para él un compañero de desventuras amable y generoso, me cogió por el brazo, me llevó a su casa (un piso muy modesto en el quai Voltaire) y se confió conmigo delante de una copita de Grand Marnier.

—Simonini —me dijo—, después de Sedan he participado en las primeras insurrecciones republicanas, me he manifestado por la continuación de la guerra, pero luego he entendido que esos exacerbados quieren demasiado. La Comuna de la Revolución ha salvado a Francia de la invasión, pero algunos milagros no se repiten dos veces en la historia. La revolución no se proclama por decreto, nace de las entrañas del pueblo. El país sufre una gangrena moral desde hace veinte años, no se lo hace renacer en dos días. Francia es capaz sólo de castrar a sus hijos mejores. He sufrido dos años de cárcel por haberme opuesto a Bonaparte y, cuando salgo de la cárcel, no encuentro un editor que publique mis nuevos libros. Vos diréis: todavía existía el Imperio. Pues a la caída del Imperio, este gobierno me ha procesado por haber tomado parte en una invasión pacífica del Hôtel de Ville a finales de octubre. Está bien, me han absuelto porque no era posible imputarme violencia alguna, pero es así como se recompensa a los que se han batido contra el Imperio y contra el infame armisticio. Ahora parece que todo París se exalta por esta utopía comunera, pero no sabéis cuántos están intentando salir de la ciudad para no prestar servicio militar. Dicen que proclamarán un reclutamiento obligatorio para todos los que tienen entre dieciocho y cuarenta años, pero

… A mediados de septiembre, los prusianos habían llegado a las puertas de París, habían ocupado los fuertes que habrían debido defenderla y bombardeaban la ciudad… (p. 327)

mirad cuántos jovencitos descarados circulan por la calles, y por los barrios en los que no osa entrar ni la Guardia Nacional. No son muchos los que quieren inmolarse por la revolución. Qué tristeza.

Joly me pareció un idealista incurable que nunca se conforma con cómo están las cosas, aunque la verdad, debo decir que no había una que le saliera bien. De todos modos, me preocupé por sus alusiones al reclutamiento obligatorio y me encanecí como Dios manda barba y pelo. Ahora parecía un posado caballero de sesenta años.

Contrariamente a Joly, encontraba, entre plazas y mercados, a gente que mostraba conformidad con muchas nuevas leyes, como la extinción de los alquileres aumentados por los propietarios durante el asedio, y la devolución a los trabajadores de todos los instrumentos de trabajo empeñados en el Monte de Piedad en ese mismo período, la pensión a las mujeres e hijos de los soldados de la Guardia Nacional fallecidos en servicio, la remisión de los vencimientos de las letras. Todos ellos gestos hermosos que empobrecían las cajas comunes y traían cuenta a la canalla.

La cual canalla, entre tanto (bastaba con escuchar las conversaciones en la place Maubert y en las cervecerías del barrio), mientras aplaudía la abolición de la guillotina (es natural) se rebelaba contra la ley que abolía la prostitución, que dejaba en la miseria a muchos trabajadores del barrio. Todas las putas de París, por consiguiente, emigraron a Versalles, y la verdad es que no sé dónde irían a calmar sus ardores los buenos soldados de la Guardia Nacional.

Para enemistarse a los burgueses, ahí estaban las leyes anticlericales, como la separación de la Iglesia y del Estado y la incautación de los bienes eclesiásticos, por no hablar de todo lo que se vociferaba sobre el arresto de curas y frailes.

A mediados de abril, una vanguardia del ejército de Versalles penetró en las zonas noroccidentales, hacia Neuilly, fusilando a todos los federados que capturaba. Desde el Mont-Valérien se disparaban cañonazos al Arco de Triunfo. Pocos días después, fui testigo del episodio más increíble de ese asedio: el desfile de los masones. No veía a los masones como comuneros, pero ahí estaban desfilando con sus estandartes y sus delantales para pedirle al gobierno de Versalles que concediera una tregua para evacuar a los heridos de los distritos bombardeados. Llegaron hasta el Arco de Triunfo, donde para la coyuntura no caían cañonazos porque, se entiende, la mayor parte de sus cofrades estaba fuera de la ciudad con los legitimistas, y un lobo a otro no se muerden. Aunque los masones de Versalles se habían aplicado para obtener la tregua de un día, el acuerdo acababa ahí, y los masones de París se estaban poniendo del lado de la Comuna.

Si recuerdo poco de lo que, en los días de la Comuna, sucedía en la superficie, es porque estaba recorriendo París bajo tierra. Un mensaje de Lagrange me había indicado qué deseaban saber los altos mandos militares. Uno se imagina que París está perforada subterráneamente por su sistema de cloacas, y es de esto de lo que suelen hablar los novelistas, pues bien, por debajo de la red de cloacas de la ciudad, hasta sus baluartes y más allá, hay una maraña de canteras de cal y yeso, y antiguas catacumbas. De algunas se sabe mucho, de otras, bastante poco. Los militares estaban al corriente de las galerías que unen los fuertes del cordón externo con el centro de la ciudad, y a la llegada de los prusianos se apresuraron a bloquear muchas entradas para impedirle al enemigo malas sorpresas, pero los prusianos ni siquiera pensaron en entrar, aun cuando hubiera sido posible, en ese laberinto de túneles por temor a no conseguir salir y perderse en un territorio minado.

En realidad, pocos sabían de canteras y catacumbas; en su mayor parte, eran gente del hampa, que se servían de esos laberintos para pasar de contrabando mercancías sin respetar los límites aduaneros, o para huir de las redadas de la policía. Mi tarea era interrogar al mayor número posible de canallas para orientarme en esos conductos.

Me acuerdo que, al acusar recibo de la orden, no pude contenerme y transmití: «¿Pero el ejército no tiene los mapas detallados?». Y Lagrange me contestó: «No hagáis preguntas idiotas. Al principio de la guerra, nuestro estado mayor estaba tan seguro de ganar que distribuyó sólo mapas de Alemania y no de Francia».

En las épocas en las que la buena comida y el buen vino escaseaba, era fácil volver a tomar contacto con antiguas relaciones en algún *tapis franc*, llevarlos a alguna taberna más digna donde les hacía encontrar un pollastre y vino de primera calidad. Y no sólo hablaban, sino que me llevan a dar fascinantes paseos subterráneos. Se trata sólo de tener buenas lámparas y, para acordarse cuándo girar a izquierda o derecha, anotarse una serie de señales de todo tipo que se encuentran a lo largo de los recorridos, como la silueta de una guillotina, una placa antigua, el esbozo con carboncillo de un diablillo, un nombre, quizá escrito por alguien que no volvió a salir de aquel lugar. Y no hay que asustarse al recorrer los osarios porque, si se sigue la secuencia adecuada de calaveras, se llega a una escalerilla por la que se sube a la bodega de algún local condescendiente, y desde allí se puede volver a ver las estrellas.

Algunos de aquellos lugares, en los años siguientes, se podrían visitar, pero otros, hasta entonces, los conocían sólo mis informadores.

Brevemente: entre finales de marzo y finales de mayo, había adquirido cierta competencia, y mandaba a Lagrange trazados, para indicarle algunos recorridos posibles. Luego me di cuenta de que mis mensajes servían para bien poco, porque los gubernamentales estaban entrando ya en París sin usar el subsuelo. Versalles disponía de cinco cuerpos del ejército, con soldados preparados y bien adoctrinados, y con una sola idea en la cabeza, como pronto se entendería: no se hacen prisioneros, cada federado capturado es un hombre muerto. Se dispuso incluso, y vería ejecutar la orden con mis propios ojos, que cada vez que un grupo de prisioneros superara los diez hombres, el pelotón de ejecución había de ser sustituido por una ametralladora. Y a los soldados de uniforme agregaron *brassardiers*, galeotes o algo por el estilo, dotados de un brazalete tricolor, aún más brutales que las tropas regulares.

El domingo 21 de mayo, a las dos de la tarde, ocho mil personas asistían jubilosas al concierto ofrecido en el jardín de las Tullerías en beneficio de las viudas y de los huérfanos, y nadie sabía aún que el número de los pobrecillos por beneficiar de allí a poco aumentaría espantosamente. En efecto (se supo después), mientras el concierto seguía, a las cuatro y media, los gubernamentales entraban en París por la puerta de Saint-Cloud, ocupaban Auteuil y

Passy, y fusilaban a todos los guardias nacionales capturados. Se dijo, luego, que a las siete de la tarde por lo menos veinte mil versalleses estaban ya dentro de la ciudad, pero los vértices de la Comuna quién sabe qué hacían. Señal de que para hacer la revolución hay que tener una buena educación militar, pero si la tienes, no haces la revolución y estás del lado del poder, por lo cual no veo la razón (digo una razón razonable) para hacer una revolución.

La mañana del lunes, los hombres de Versalles colocaban sus cañones en el Arco de Triunfo y alguien dio a los comuneros la orden de abandonar una defensa coordinada, levantar barricadas y atrincherarse cada uno en su propio barrio. Si es verdad, la estupidez de los mandos federados tuvo modo de brillar una vez más.

Surgían barricadas por doquier, a ellas colaboraba una población aparentemente entusiasta, también en los barrios hostiles a la Comuna, como el de la Ópera o el del faubourg Saint-Germain, donde los guardias nacionales desanidaban de su casa a señoras elegantísimas y las incitaban a amontonar en la calle sus muebles de mayor valor. Se colocaba una cuerda a través de la calle para indicar la línea de la futura barricada y cada uno iba a depositar la piedra de un pavés destrozado o un saco de arena; desde las ventanas se tiraban sillas, arcones, bancos, colchones, a veces con el permiso de los habitantes, a veces con los habitantes en lágrimas, acurrucados en el último cuarto de un piso ya vacío.

Un oficial me indicó a los suyos que estaban trabajando y me dijo:

—¡Echad una mano también vos, ciudadano, vamos a morir también por vuestra libertad!

Fingí que me industriaba, hice un amago de ir a recoger un taburete caído en el fondo de la calle y doblé la esquina.

Es que a los parisinos, desde hace por lo menos un siglo, les gusta hacer barricadas, y que luego se derrumben con el primer cañonazo, es algo que parece no contar mucho: las barricadas se hacen para sentirse héroes, aunque quisiera ver cuántos de los que las están construyendo se quedan hasta el momento justo. Harán como yo, y se quedarán a defenderlas sólo los más estúpidos, que serán fusilados ahí mismo.

Sólo se podría haber entendido cómo procedían las cosas en París mirando desde un globo aerostático. Algunas voces decían que había sido ocupada la École Militaire donde se guardaban los cañones de la Guardia Nacional, otras que se combatía en la place Clichy, otras más que los alemanes estaban concediendo a los gubernamentales el paso por el norte. El martes se conquistaba Montmartre, y cuarenta hombres, tres mujeres y cuatro niños fueron conducidos allá donde los comuneros habían fusilado a Lecomte y Thomas, los pusieron de rodillas y los fusilaron a su vez.

El miércoles vi muchos edificios públicos en llamas, como las Tullerías, algunos decían que los habían quemado los comuneros para detener el avance de los gubernamentales y, es más, que había unas jacobinas endemoniadas, las *petroleuses*, que se paseaban con unos cubos llenos de petróleo para prender los incendios; otros juraban que eran los óbices de los gubernamentales y, por último, había quien le echaba la culpa a los viejos bonapartistas que aprovechaban la ocasión para destruir archivos comprometedores; y a primera vista me dije que si yo hubiera estado en el pellejo de Lagrange lo habría hecho, luego pensé que un buen agente de los servicios esconde las informaciones y no las destruye nunca, porque siempre pueden serle útiles para chantajear a alguien.

Por un escrúpulo extremo, pero con gran temor de encontrarme en el medio de un choque, fui por última vez al palomar, donde encontré un mensaje de Lagrange. Me decía que ya no era necesario comunicar por medio de paloma, y me daba una dirección en las cercanías del Louvre, que ya había sido ocupado, y una palabra de orden para cruzar los puestos de bloque gubernamentales.

Justo en ese momento me enteraba de que los gubernamentales habían llegado a Montparnasse y me acordaba de que en Montparnasse me habían hecho visitar la bodega de un vinatero a través de la cual se entraba en un túnel subterráneo que a lo largo de la rue d'Assas llegaba hasta la rue du Cherche Midi y desembocaba en el sótano de un almacén abandonado en un palacio del carrefour de la Croix-Rouge, cruce que seguía estando muy controlado por los comuneros. Visto que hasta entonces mis búsquedas subterráneas no habían servido para nada y debía demostrar que me ganaba mis retribuciones, fui a ver a Lagrange.

No fue difícil llegar desde la Île-de-la-Cité a las cercanías del Louvre, pero detrás de Saint-Germain l'Auxerrois vi una escena que, lo confieso, me impresionó un poco. Pasan un hombre y una mujer con un niño, y no tienen trazas, desde luego, de huir de una barricada expugnada, cuando un pelotón de *brassardiers* borrachos, que evidentemente están celebrando la conquista del Louvre, intenta arrancar al hombre de los brazos de la mujer, ésta se agarra al marido llorando, los *brassardiers* los empujan a los tres contra el muro y los acribillan a balazos.

Intenté pasar sólo a través de las filas de los regulares, a los cuales podía darles mi palabra de orden, y fui conducido a una habitación donde algunas personas estaban clavando unos clavitos de colores en un gran mapa de la ciudad. No vi a Lagrange y pregunté por él. Se dio la vuelta un señor de mediana edad con la cara excesivamente normal (quiero decir que, si intentara describirlo, no encontraría ningún rasgo sobresaliente para caracterizarlo), el cual, sin tenderme la mano, me saludó con educación.

—El capitán Simonini, imagino. Yo me llamo Hébuterne. De ahora en adelante cualquier cosa que hayáis hecho con el señor de Lagrange lo haréis conmigo. Sabéis, también los servicios de Estado tienen que renovarse, sobre todo al final de una guerra. El señor de Lagrange merecía una honrosa jubilación, quizá ahora esté pescando *à la ligne* en algún lugar, lejos de esta desagradable confusión.

No era el momento de hacer preguntas. Le conté lo del túnel entre la rue d'Assas y la Croix-Rouge, y Hébuterne dijo que era muy útil hacer una operación en la Croix-Rouge, porque le había llegado noticia de que los comuneros estaban concentrando muchas tropas a la espera de los gubernamentales que habían de llegar por el sur. Por lo tanto, me mandó que fuera a donde el vinatero, cuya dirección le había dado, a esperar a un pelotón de *brassardiers*. Estaba pensando en ir sin darme prisa desde el Sena a Montparnasse para darle tiempo al emisario de Hébuterne de llegar antes que yo cuando, todavía en la orilla derecha, vi en la ace-

... Se dio la vuelta un señor de mediana edad con la cara excesivamente normal [...].
—El capitán Simonini, imagino. Yo me llamo Hébuterne... (p. 341)

ra, bien alineados, los cadáveres de unos veinte fusilados. Debían de ser muertos recientes, y parecían de distinta extracción social, y edad. Había un joven con los estigmas del proletariado, la boca apenas abierta, junto con un burgués maduro, con el pelo rizado y un par de bigotitos bien cuidados, las manos cruzadas encima de una redingote un poco arrugada; junto a un tipo con la cara de artista, había otro con las facciones casi irreconocibles, con un agujero negro en lugar del ojo izquierdo, y una toalla anudada alrededor de la cabeza, como si algún piadoso, o algún despiadado amante del orden, hubiera querido mantener unida esa cabeza destrozada por quién sabe cuántas balas. Y había una mujer, que a lo mejor había sido bella.

Estaban allá, bajo el sol de mayo, y a su alrededor revoloteaban las primeras moscas de la temporada, atraídas por ese festín. Tenían trazas de haber sido capturados casi por azar y fusilados sólo para dar el ejemplo, y habían sido alineados en la acera para liberar la calle donde en ese momento estaba pasando una escuadra de gubernamentales que arrastraba un cañón. Lo que me llamó la atención de aquellos rostros era, me siento incómodo al escribirlo, la *indiferencia*: parecían aceptar durmiendo la suerte que los había acomunado.

Llegado al final de la fila noté las facciones del último ajusticiado, que estaba un poco separado de los demás, como si hubiera sido añadido más tarde a la brigada. El rostro estaba recubierto en parte por sangre seca, pero reconocí perfectamente a Lagrange. Los servicios habían empezado a renovarse.

No tengo el ánimo sensible de una mujerzuela, y he sido capaz incluso de arrastrar el cadáver de un abate por las cloacas, pero aquella visión me turbó. No por piedad, sino porque me hacía pensar en que podría sucederme también a mí. Bastaba que de allí a Montparnasse me encontrara con alguien que me reconociera como hombre de Lagrange, y lo bueno es que podría ser tanto un versallés como un comunero: ambos habrían tenido razones para desconfiar de mí, y desconfiar, en esos momentos, quería decir fusilar.

Calculando que allá donde había edificios todavía en llamas, era difícil que siguiera habiendo comuneros y que los gubernamentales todavía no estaban vigilando la zona, me aventuré a cruzar el Sena para recorrer toda la rue du Bac y llegar por la superficie hasta el carrefour de la Croix-Rouge. Desde allí podía entrar rápidamente en el almacén abandonado y realizar bajo tierra el resto del recorrido.

Temía que en la Croix-Rouge el sistema de defensa me impidiera llegar a mi edifico, pero no era así. Grupos de armados aguardaban en el umbral de algunas casas, a la espera de órdenes, circulaban de boca en boca noticias contradictorias, no se sabía de dónde llegarían los gubernamentales, alguien hacía y deshacía cansinamente pequeñas barricadas cambiando de embocadura de calle según las voces que circulaban. Estaba llegando un contingente de guardias nacionales más consistente, y muchos de los habitantes de las casas de ese barrio burgués intentaban convencer a los armados de que no intentaran heroísmos inútiles, se decía que los hombres de Versalles, al fin y al cabo, eran compatriotas, y republicanos por añadidura, y que Thiers había prometido la amnistía para todos los comuneros que se rindieran…

Encontré la puerta de mi edificio entornada, entré y la cerré bien, bien a mis espaldas, bajé al almacén y luego más abajo, a la cantera, y llegué hasta Montparnasse orientándome perfectamente. Allí encontré a unos treinta *brassardiers* que me siguieron por el camino de regreso, desde el almacén los hombres subieron a algunas viviendas de los pisos superiores, dispuestos a coaccionar a los habitantes, pero encontraron personas bien vestidas que los acogieron con alivio y les mostraban las ventanas desde las que se dominaba mejor el cruce. A donde llegaba, en ese momento, desde la rue du Dragon, un oficial a caballo llevando una orden de alerta. Con toda evidencia, la orden era prevenir un ataque desde la rue de Sèvres o desde la rue du Cherche-Midi, y en la esquina de las dos calles los comuneros estaban levantando ahora el pavés para preparar una nueva barricada.

Mientras los *brassardiers* se situaban en las distintas ventanas de los pisos ocupados, no creí oportuno permanecer en un lugar en que antes o después llegaría alguna bala de los comuneros y volví a bajar cuando todavía había un gran trasiego. Sabiendo cuál sería la trayectoria de los disparos desde las ventanas del edificio, aposteme en la esquina de la rue du Vieux Colombier, para zafarme en caso de peligro.

La mayor parte de los comuneros, para trabajar, había amontonado las armas, y por eso los tiros de fusil que empezaron a llegar de las ventanas los cogieron por sorpresa. Luego se rehicieron, aunque todavía no entendían de dónde llegaban los disparos, y se dedicaron a disparar a la altura de un hombre hacia las embocaduras de la rue de Grenelle y la rue du Four, tanto que tuve que retroceder temiendo que los disparos embocaran también la rue du Vieux Colombier. Luego alguien se dio cuenta de que los enemigos disparaban desde arriba y empezó un intercambio de tiros entre el cruce y las ventanas de las casas, sólo que los gubernamentales veían bien a quién disparaban y tiraban al montón, mientras que los comuneros todavía no entendían cuáles eran las ventanas a las que había que apuntar. En breve, fue una matanza fácil, mientras desde el cruce se gritaba a la traición. Y es que siempre pasa lo mismo, cuando fracasas en algo, buscas siempre alguien a quien acusar de tu incapacidad. Pero qué traición, me decía, es que no sabéis cómo se combate, pues anda que hacer la revolución…

Por fin, alguien localizó la casa ocupada por los gubernamentales y los supervivientes intentaron desfondar la puerta. Me imagino que los *brassardiers* a esas alturas habrían bajado ya a los subterráneos y los comuneros encontrarían la casa vacía, pero decidí no quedarme allí a esperar los acontecimientos. Como supe más tarde, los gubernamentales estaban llegando de verdad desde la rue du Cherche-Midi, y muy numerosos, de modo que los últimos defensores de la Croix-Rouge serían desarticulados.

Llegué a mi impasse por callejuelas secundarias evitando las direcciones desde las que oía estallidos de fusiles. A lo largo de las paredes veía pasquines recién pegados donde el Comité de Salud Pública exhortaba a los ciudadanos a la última defensa («Aux barricades! L'ennemi est dans nos murs. Pas d'hésitations!»).

En una *brasserie* de la place Maubert me dieron las últimas noticias: setecientos comuneros habían sido fusilados en la rue Saint-Jacques; el polvorín del Luxemburgo había saltado por los aires; en venganza, los comuneros sacaron de la cárcel de la Roquette a algunos rehenes, entre ellos al arzobispo de París, y los mandaron al paredón. Fusilar al arzobispo marcaba un punto de no retorno. Para que las cosas volvieran a la normalidad era necesario que el baño de sangre fuera completo.

Mientras me contaban estos acontecimientos, entraron algunas mujeres recibidas con gritos de júbilo por los demás clientes. ¡Eran *les femmes* que volvían a su *brasserie*! Los gubernamentales habían traído de vuelta con ellos desde Versalles a las putas proscritas por la Comuna y empezaban a dejar que circularan de nuevo por la ciudad, en señal de que todo estaba volviendo a la normalidad.

No podía quedarme en medio de aquella gentuza. Estaban malogrando lo único bueno que había hecho la Comuna.

La Comuna se apagó los días siguientes, con un último cuerpo a cuerpo al arma blanca en el cementerio del Père-Lachaise. Ciento cuarenta y siete supervivientes, se decía, fueron capturados y ajusticiados en el lugar.

Así aprendieron a no meter las narices en asuntos que no les concernían.

18

Protocolos

De los diarios del 10 y del 11 de abril de 1897

Con el final de la guerra, Simonini retomó su trabajo normal. Por suerte, con todos los muertos que había habido, los problemas de sucesión estaban a la orden del día, muchísimos caídos aún jóvenes en las barricadas, o delante de ellas, todavía no habían pensado en hacer testamento, y Simonini estaba abrumado de trabajos, y onusto de prebendas. Qué hermosa la paz, si antes había habido un lavacro sacrificial.

Su diario pasa por alto, pues, esa rutina notarial de los años siguientes y alude sólo al deseo, que en aquella época nunca lo abandonó, de retomar los contactos para vender el documento sobre el cementerio de Praga. No sabía qué estaría haciendo Goedsche mientras tanto, pero tenía que anticiparlo. Entre otras cosas porque, curiosamente, durante casi todo el período de la Comuna, los judíos parecían haber desaparecido. ¿Como inveterados conspiradores movían secretamente los hilos de la Comuna o, al contrario, como acaparadores de capitales se escondían en Versalles para preparar la posguerra? Puesto que estaban detrás de los masones, los masones de París habían tomado partido por la Comuna y los comuneros habían fusilado a un arzobispo, los judíos debían de tener algo que ver. Mataban niños, imaginémonos arzobispos.

Mientras Simonini reflexionaba de este modo, un día de 1876 oyó que llamaban abajo y en la puerta se presentaba un señor anciano con vestiduras talares. Simonini, primero pensó que era el habitual abate satanista que venía a comerciar con hostias consagradas; luego, mirándolo mejor, bajo aquella masa de cabellos ya canos pero siempre bien ondulados, reconoció tras casi treinta años al padre Bergamaschi.

Para el jesuita fue un poco más difícil sincerarse de que tenía delante al Simonino que había conocido adolescente, más que nada a causa de la barba (que tras la paz se había vuelto de nuevo negra, ligeramente entrecana, como convenía a un hombre de cuarenta años). Luego sus ojos se iluminaron y dijo sonriendo:

—Pues sí, sí, eres Simonino; ¿conque éste eres tú, muchacho mío? ¿Por qué me dejas en la puerta?

Sonreía y no osaríamos decir que tenía la sonrisa del tigre pero sí, por lo menos, la de un gato. Simonini lo hizo subir y le preguntó:

—¿Cómo ha conseguido encontrarme?

—Ea, muchacho mío —dijo Bergamaschi—, ¿acaso no sabes que los jesuitas sabemos más que el diablo? Aunque los piamonteses nos echaran de Turín, seguía manteniendo buenos contactos con muchos ambientes de la ciudad por lo que supe, primero, que trabajabas donde un notario y falsificabas testamentos, y pase, pero no pasa que entregaras a los servicios piamonteses un informe en el que aparecía yo como consejero de Napoleón III tramando contra Francia y el Reino de Cerdeña en el cementerio de Praga. Buena invención, no digo yo que no, pero luego me di cuenta de que lo habías copiado todo de ese comecuras de Sue. Te estuve buscando, pero se me dijo que estabas en Sicilia con Garibaldi y que posteriormente habías dejado Italia. El general Negri di Saint Front, a pesar de todo, está en relaciones amistosas con la Compañía y me indicó París, donde mis hermanos tenían buenas entradas en los servicios secretos imperiales. Así supe de tus contactos con los rusos y que ese informe tuyo sobre nosotros en el cementerio de Praga se había convertido en un informe sobre los judíos. Y al mismo tiempo supe que habías espiado a un tal Joly, pude conseguir un ejemplar reservado de su libro, que había quedado en la oficina de un tal Lacroix, muerto heroicamente en un choque contra dinamiteros carbonarios, y pude ver que, aunque Joly había copiado de Sue, tú habías copiado de Joly. Por último, los hermanos alemanes me señalaron que un tal Goedsche hablaba de una ceremonia, siempre en el cementerio de Praga, donde los judíos decían más o menos lo que tú habías escrito en el informe entregado a los rusos. Sólo que yo sabía que la primera versión, donde salíamos nosotros los jesuitas, era tuya, y escrita muchos años antes que la novelucha de Goedsche.

—¡Por fin alguien me hace justicia!

—Déjame acabar. A continuación, entre la guerra, el asedio y luego los días de la Comuna, París se convirtió en un lugar insalubre para un hombre con sotana como yo. Me he decidido a volver a buscarte porque hace algunos años la misma historia de los judíos en el cementerio de Praga salió en un folleto publicado en San Petersburgo. Se presentaba como un trozo de una novela que, aun así, se basaba en hechos reales, por lo tanto, su origen era Goedsche. Ahora, justo este año, el mismo texto más o menos ha salido en un opúsculo en Moscú. En fin, que allá arriba o allá lejos, como se quiera verlo, se está organizando un asunto de Estado en torno a los judíos que se van convirtiendo en una amenaza. Y son una amenaza también para nosotros, porque a través de esta Alliance Israélite se esconden detrás de los masones, y Su Santidad está decidido a desatar una campaña campal contra todos los enemigos de la Iglesia. Y aquí, Simonino mío, nos resultas útil tú, que debes hacerte perdonar la broma que me jugaste con los piamonteses. Después de haberla difamado tanto, le debes algo a la Compañía.

Diablos, estos jesuitas eran mejores que Hébuterne, Lagrange y Saint Front, sabían siempre todo de todos, no necesitaban servicios secretos porque eran un servicio secreto ellos mismos; tenían hermanos en todas las partes del mundo y seguían lo que se decía en todas las lenguas nacidas del derrumbamiento de la Torre de Babel.

Tras la caída de la Comuna, todos en Francia, incluidos los anticlericales, se habían vuelto la mar de religiosos. Se hablaba incluso de erigir un santuario en Montmartre, como expiación pública de aquella tragedia de los sin Dios. Así pues, en un clima de restauración, tanto valía trabajar como un buen restaurador.

—De acuerdo, padre —dijo Simonini—, dígame qué quiere de mí.

—Sigamos en tu línea. Primero, visto que el discurso del rabino se lo está vendiendo por su cuenta precisamente ese Goedsche, por un lado, habrá que hacer una versión más rica y asombrosa, y, por el otro, habrá que poner a Goedsche en condiciones de no seguir difundiendo su versión.

—¿Y cómo consigo yo controlar a ese falsificador?

—Diré a mis hermanos alemanes que lo vigilen y, eventualmente, que lo neutralicen. Por lo que sabemos de su vida, es un individuo chantajeable desde muchos puntos de vista. Tú ahora tienes que trabajar para sacar otro documento a partir del discurso del rabino, más articulado, y con más referencias a los temas políticos del momento. Vuélvete a mirar el libelo de Joly. Hay que hacer resaltar, cómo decirlo, el maquiavelismo judío, y los planes que tienen para la corrupción de los Estados.

Bergamaschi añadió que, para hacer más creíble el discurso del rabino, valdría la pena retomar lo que contaba el abate Barruel y sobre todo la carta que le había enviado mi abuelo. ¿Quizá Simonini seguía conservando la copia, que

... Bergamaschi añadió que, para hacer más creíble el discurso del rabino, valdría la pena retomar lo que contaba el abate Barruel y sobre todo la carta que le había enviado mi abuelo... *(p. 352)*

podía pasar perfectamente por el original enviado a Barruel?

La copia, Simonini la encontró en el fondo de un armario, en su cofrecito de antaño, y acordó con el padre Bergamaschi una recompensa por una antigüedad tan valiosa. Los jesuitas eran avaros, pero estaba obligado a colaborar. Y así fue como en junio de 1878 salía un número del *Contemporain* que publicaba los recuerdos del padre Grivel, que había sido confidente de Barruel, muchas noticias que Simonini conocía de otras fuentes y la carta del abuelo.

—El cementerio de Praga seguirá más tarde —dijo el padre Bergamaschi—. Ciertas noticias explosivas, si las das de golpe, a la gente se le olvidan. En cambio, hay que ir destilándolas, y cada nueva noticia volverá a encender el recuerdo de las anteriores.

Al escribir, Simonini manifiesta abierta satisfacción por esta repesca de la carta del abuelo y, con un sobresalto de virtud, parece convencerse de que al hacer lo que hizo, en el fondo, estaba ejecutando un preciso legado.

Se puso con ahínco a enriquecer el discurso del rabino. Al releer a Joly, vio que ese polemista, evidentemente menos esclavo de Sue de lo que pensara en una primera lectura, había atribuido a su Maquiavelo-Napoleón otras infamias que parecían pensadas adrede para los judíos.

Al recopilar ese material, Simonini se daba cuenta de que era demasiado rico y demasiado amplio: un buen discurso del rabino que hubiera de impresionar a los católicos debía contener muchas alusiones al proyecto de pervertir las costumbres, y a lo mejor había que tomar de Gougenot des Mousseaux la idea de la superioridad física de los judíos, o de Brafmann la reglas para explotar a los cristianos a través de la usura. En cambio, los republicanos se verían turbados por las alusiones a una prensa cada vez más controlada, mientras que emprendedores y pequeños ahorradores, siempre desconfiados de los bancos (que ya la opinión pública consideraba patrimonio exclusivo de los judíos), sentirían que los judíos les revolvían sus dedos en la llaga con las alusiones a los planes económicos del judaísmo internacional.

De ese modo, poco a poco, se le fue abriendo camino en la mente una idea que, él no lo sabía, era muy hebrea y cabalística. No tenía que preparar una escena única en el cementerio de Praga y un discurso único del rabino, sino distintos discursos, uno para el cura, el otro para el socialista, uno para los rusos, el otro para los franceses. Y no tenía que prefabricar todos los discursos: tenía que producir hojas separadas que, mezcladas de modo distinto, darían origen a uno o a otro discurso. Así él podría vender, a diferentes compradores, y según las necesidades de cada cual, el discurso apropiado. En fin, como buen notario, era como si protocolizara diferentes declaraciones, testimonios o confesiones para los abogados que habrían de defender pleitos cada vez distintos —tanto es así, que empezó a designar esos apuntes suyos como los Protocolos—, y se cuidaba mucho de enseñárselo todo al padre Bergamaschi, porque para él filtraba sólo los textos de carácter más marcadamente religioso.

Simonini concluye el resumen de su labor de aquellos años con una anotación curiosa: con gran alivio, hacia finales de 1878, se enteró de que había desaparecido Goedsche, probablemente sofocado por esa cerveza que lo iba hinchando cada día más, así como el pobre Joly, que —desesperado como siempre— se había descerrajado una bala en la cabeza. Descanse su alma paz, no era una mala persona.

Quizá para recordar al querido finado, el diarista empinó demasiado el codo. Mientras escribe, su escritura se enmaraña, y la página se corta. Señal de que se había quedado dormido.

Al día siguiente, despertándose casi de noche, Simonini encuentra en su diario una intervención del abate Dalla Piccola, que esa mañana había penetrado en su despacho, había leído lo que su álter ego había escrito y se apresuraba a precisar, en plan moralista.

¿Precisar qué? Que las dos muertes de Goedsche y de Joly no deberían de haber sorprendido a nuestro capitán, el cual, si no estaba claro que intentaba olvidar solapadamente, sí que estaba claro que no conseguía recordar bien.

Después de publicarse la carta del abuelo en el *Contemporain*, Simonini recibió una carta de Goedsche, en un francés gramaticalmente dudoso pero bastante explícito. «Querido capitán —le decía la carta—, me figuro que el material publicado en el *Contemporain* es el aperitivo de otras cosas que os proponéis publicar, y bien sabemos que parte de la propiedad de ese documento es mía, tanto que podría probar (con *Biarritz* en la mano) que soy el autor del documento completo y que vos no podéis ni tan siquiera probar que colaborasteis en poner las comas. Por lo tanto, ante todo, os impongo que sobreseáis y acordéis conmigo un encuentro, sería mejor en presencia de un notario (no de vuestra calaña), para definir la propiedad del informe sobre el cementerio de Praga. Si no lo hacéis, daré pública noticia de vuestra impostura. Inmediatamente después, iré a informar a un tal señor Joly, que todavía ignora que vos habéis expoliado una creación literaria de su propiedad. Si no habéis olvidado que Joly es abogado de profesión, comprenderéis cómo también ello os procurará serias contrariedades.»

Alarmado, Simonini se puso inmediatamente en contacto con el padre Bergamaschi, el cual dijo:

—Tú ocúpate de Joly que nosotros nos ocuparemos de Goedsche.

Mientras seguía titubeando, no sabiendo cómo ocuparse de Joly, Simonini recibía una nota del padre Bergamaschi el cual le comunicaba que el pobre herr Goedsche había expirado serenamente en su cama, y lo exhortaba a rezar por la paz de su alma, aunque fuera un condenado protestante.

Ahora Simonini entendía qué quería decir ocuparse de Joly. No le gustaba hacer ciertas cosas y, al fin y al cabo, era él el que estaba en deuda con Joly, aunque, desde luego, no podía comprometer el éxito de su plan con Bergamaschi por algún escrúpulo moral y, como acabamos de ver, Simonini pretendía hacer un uso intensivo del texto de Joly, sin verse molestado por las quejosas protestas de su autor.

Así pues, una vez más, fue a la rue de Lappe y compró una pistola, bastante pequeña para poder guardarla en casa, con una potencia mínima pero, como contrapartida, poco ruidosa. Recordaba la dirección de Joly, y había notado que el piso, aun siendo pequeño, tenía buenas alfombras y tapices en las paredes, excelentes para amortiguar muchos ruidos. En cualquier caso, era mejor actuar por la mañana, cuando desde abajo llegaba el ruido de las carrozas y de los ómnibus que provenían del Pont Royal y la rue du Bac, o corrían arriba y abajo por la ribera del Sena.

Llamó a la puerta del abogado que lo acogió con sorpresa, e inmediatamente le ofreció un café. Joly se explayó sobre sus últimas desventuras. Para la mayor parte de las personas que leían los periódicos, mendaces como siempre (se entiende lectores y redactores), él, Joly, que había rechazado la violencia y las fantasías revolucionarias, seguía siendo un comunero. Le pareció justo oponerse a las ambiciones políticas de ese Grévy que había propuesto su candidatura a la presidencia de la República, y lo acusó con unos pasquines impresos y pegados con su dinero. Entonces lo acusaron, a él, de ser un bonapartista que tramaba contra la República; Gambetta habló con desprecio de «plumas veniales con antecedentes penales en el armario»; Edmond About lo trató de falsificador. En fin, mitad de la prensa francesa se le echó encima, y sólo el *Figaro* publicó su manifiesto, mientras todos los demás rechazaron sus cartas de defensa.

Bien pensado, Joly ganó su batalla porque Grévy renunció a su candidatura, pero era de los que nunca están contentos y quieren que la justicia se haga hasta el fondo. Después de haber retado en duelo a dos de sus acusadores, se querelló contra diez periódicos por delitos de difamación e injurias públicas así como infracción del deber de información.

—He asumido yo mismo mi defensa y os aseguro, Simonini, que he denunciado todos los escándalos que la prensa ha callado, más aquellos de los que se había hablado. ¿Y sabéis qué les he dicho a todos esos golfantes (e incluyo también a los jueces)? ¡Señores, yo no he tenido miedo del Imperio, que os hacía callar cuando tenía el poder, y ahora me río de vosotros, que lo imitáis en sus peores aspectos! Y cuando intentaban quitarme la palabra, dije: Señores, el Imperio me procesó por incitación al odio, desprecio del gobierno y ofensas al emperador, pero los jueces de César me dejaron hablar. ¡Ahora yo les pido a los jueces de la República que me concedan la misma libertad de la que gozaba bajo el Imperio!

—¿Y cómo ha acabado?

—He ganado, todos los periódicos menos dos han sido condenados.

—Y entonces, ¿qué os sigue afligiendo?

—Todo. El hecho de que el abogado de la parte contraria, aun habiendo elogiado mi obra, haya dicho que yo había arruinado mi porvenir por intemperancia pasional, y que un fracaso implacable seguía mis pasos en castigo de mi orgullo. Que, tras haber atacado a fulanito y menganito, no me había convertido ni en diputado ni en ministro. Que, a lo mejor, habría tenido más suerte como literato que como político. Lo cual tampoco es verdad, porque lo que he escrito ha sido olvidado, y tras haber ganado todas mis causas, todos los salones que cuentan me han repudiado. He ganado muchas batallas pero aun así soy un fracasado. Llega un momento en que algo se rompe en tu interior, y ya no tienes ni energía ni voluntad. Dicen que hay que vivir, pero vivir es un problema que a la larga lleva al suicidio.

Simonini pensaba que lo que iba a hacer era sacrosanto. Le evitaría a aquel desventurado un gesto extremo y al fin y al cabo humillante, su último fracaso. Iba a hacer una obra pía. Y se desembarazaría de un testigo peligroso.

Le rogó que hojeara rápidamente un documento sobre el que quería recabar su opinión. Le puso entre manos un mazo muy voluminoso: se trataba de periódicos viejos, pero habría necesitado muchos segundos antes de entender de qué se trataba, y Joly se sentó en un sillón, recogiendo todas aquellas hojas que se le estaban escapando de las manos.

Tranquilamente, mientras Joly, imposibilitado, empezaba a leer, Simonini pasó por detrás, apoyó el cañón de la pistola en su cabeza y disparó.

Joly se desplomó, con un ligero hilo de sangre que le caía de un agujero en la sien, y los brazos colgantes. No fue difícil ponerle la pistola en la mano. Por suerte, esto sucedía seis o siete años antes de que descubrieran unos polvitos milagrosos que permitían observar en un arma las huellas inconfundibles de los dedos que la habían tocado. En la

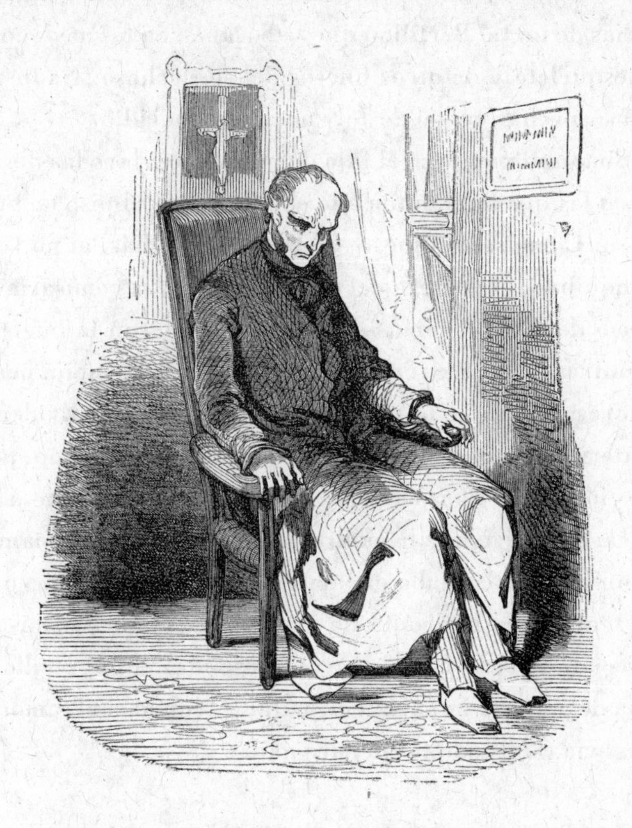

... Llega un momento en que algo se rompe en tu interior, y ya no tienes ni energía ni voluntad. Dicen que hay que vivir, pero vivir es un problema que a la larga lleva al suicidio... (p. 360)

época en que ajustó sus cuentas con Joly, todavía valían las teorías de un tal Bertillon que se basaban en las mediciones del esqueleto y de otros huesos del sospechoso. Nadie podría sospechar que el de Joly no era un suicidio.

Simonini recuperó el fajo de periódicos, lavó las dos tazas en las que habían tomado el café y dejó el piso en buen orden. Como sabría luego, al cabo de dos días, al no ver a su inquilino, el portero del edificio llamó a la comisaría del barrio de Saint-Thomas-d'Aquin. Derribaron la puerta y encontraron el cadáver. Por una breve noticia en un periódico resultaba que la pistola estaba en el suelo. Evidentemente Simonini no se la había puesto bien en la mano, pero daba lo mismo. Para colmo de suerte, encima de la mesa había cartas dirigidas a la madre, a la hermana, al hermano... En ninguna se hablaba explícitamente de suicidio, pero todas tenían una impronta de profundo y noble pesimismo. Parecían escritas adrede. Y quién sabe si el pobrecillo no tenía de veras la intención de matarse, con lo cual Simonini se habría esforzado tanto para nada.

No era la primera vez que Dalla Piccola revelaba a su coinquilino cosas que a lo mejor sólo había conocido en confesión, y que el inquilino no quería recordar. Simonini se enojó un tanto y, al pie del diario de Dalla Piccola, escribió unas pocas frases irritadas.

La verdad es que el documento que vuestro Narrador está espiando está lleno de sorpresas y, a lo mejor, valdría la pena sacar una novela, un día.

19

Osmán Bey

11 de abril de 1897, por la tarde

Querido abate, estoy haciendo esforzados esfuerzos para reconstruir mi pasado y vos me interrumpís sin cesar como un ayo pedante que me señala a cada paso mis errores de ortografía… Me distraéis. Y me turbáis. Pues bien, habré matado a Joly: era para realizar un fin que justificaba los pequeños medios que me veía obligado a usar. Tomad ejemplo de la sagacidad política y de la sangre fría del padre Bergamaschi y controlad vuestra morbosa petulancia…

Ahora que ya no me chantajeaban ni Joly ni Goedsche, podía trabajar en mis nuevos Protocolos Praguenses (por lo menos así los denominaba yo). Y tenía que idear algo nuevo porque mi antigua escena en el cementerio de Praga se había convertido ya en un lugar común casi novelesco. Algunos años después de la carta de mi abuelo, el *Contemporain* publicaba el discurso del rabino como relación verdadera hecha por un diplomático inglés, un tal sir John Readcliff. Como el pseudónimo usado por Goedsche para firmar su novela había sido sir John Retcliffe, estaba claro de dónde procedía el texto. Luego dejé de calcular las veces que la escena del cementerio era retomada por autores distintos: mientras escribo, me parece recordar que hace poco un tal Bournand ha publicado *Les juifs nos contemporains*, donde vuelve a aparecer el discurso del rabino, salvo que John Readclif se ha convertido en el nombre del rabino mismo. Dios mío, ¿cómo se puede vivir en un mundo de falsificadores?

Buscaba, por lo tanto, nuevas noticias para protocolizarlas, y desde luego no desdeñaba sacarlas de obras impresas, siempre pensando que —salvo el desafortunado caso del abate Dalla Piccola— mis clientes potenciales no me parecían gente que pasara sus vidas en la biblioteca.

El padre Bergamaschi me dijo un día:

—Acaba de salir un libro en ruso sobre el Talmud y los judíos, de un cierto Lutostansky. Intentaré conseguirlo y hacer que lo traduzcan mis hermanos. Ahora, más bien, hay otra persona que debes abordar. ¿Has oído hablar alguna vez de Osmán Bey?

—¿Un turco?

—Quizá sea serbio, pero escribe en alemán. Un librillo suyo sobre la conquista del mundo por parte de los judíos ya se ha traducido a varias lenguas, pero creo que necesita más noticias, porque vive de las campañas antijudías. Se dice que la policía política rusa le ha dado cuatrocientos rublos para venir a París y estudiar a fondo la Alliance Israélite Universelle, y tú habías tenido algunas noticias al respecto gracias a tu amigo Brafmann, si bien recuerdo.

—Muy poco, la verdad.

—Pues entonces, inventa, tú le das algo a este Bey y él te dará algo a ti.

—¿Cómo lo encuentro?

—Te encontrará él.

Ya casi no trabajaba para Hébuterne, pero de vez en cuando me mantenía en contacto con él. Nos encontramos delante de la portada de Notre-Dame y le pedí noticias sobre Osmán Bey. Parece ser que lo conocían las policías de medio mundo.

—Quizá sea de origen judío, como Brafmann y otros enemigos enfadados con su raza. Tiene una historia larga, se ha hecho llamar Millinger o Millingen, y luego Kibridli-Zade, y hace poco tiempo se hacía pasar por albanés. Ha sido expulsado de muchos países por asuntos que no están claros, en general fraudes; en otros, ha pasado algunos meses en la cárcel. Se ha dedicado a los judíos porque ha visto que el tema le garantizaba cierto margen de ganancias. En Milán, en no sé qué ocasión, se retractó públicamente de todo lo que estaba difundiendo sobre los judíos, luego hizo imprimir en Suiza nuevos libelos antijudíos y se fue a venderlos puerta a puerta a Egipto. El verdadero éxito lo ha alcanzado en Rusia, donde al principio había escrito algunos relatos sobre los homicidios de los niños cristianos. Ahora se ha dedicado a la Alliance Israélite, y por eso queremos mantenerlo alejado de Francia. Os he dicho varias veces que no queremos abrir una polémica con esa gente, no nos conviene, por lo menos de momento.

—Pues está viniendo a París, o ha llegado ya.

—Veo que estáis más informado que yo. Bueno, si gustaréis de vigilarlo, os lo agradeceremos, como de costumbre.

Así pues, tenía dos buenas razones para encontrarme con ese Osmán Bey, por un lado, para venderle lo que podía sobre los judíos; por el otro, para mantener a Hébuterne al corriente de sus movimientos. Y al cabo de una semana Osmán Bey se anunció dejando una esquelita bajo la puerta de mi tienda en la que me daba la dirección de una pensión en el Marais.

Me imaginaba que sería un glotón, y quería invitarlo al Grand Véfour, para que saboreara un *fricassée de poulet Marengo* y *les mayonnaises de volaille*. Hubo intercambio de recados, luego rechazó todas las invitaciones y me citó para aquella noche en la esquina de la place Maubert con la rue Maître Albert. Vería acercarse un *fiacre* y habría de acercarme, presentándome.

Cuando el vehículo se detuvo en la esquina de la plaza, asomó el rostro de alguien que no quisiera encontrar por la noche en una de las calles de mi barrio: pelo largo y despeinado, nariz adunca, ojo rapaz, tez térrea, delgadez de contorsionista y un tic enervante en el ojo izquierdo.

—Buenas noches, capitán Simonini —me dijo al punto, añadiendo—: En París hasta las paredes tienen oídos, como se suele decir. Por lo tanto, la única forma de hablar tranquilos es pasear por la ciudad. El cochero desde ahí no puede oírnos y, aunque pudiera, está sordo como una tapia.

Y así tuvo lugar nuestra primera conversación mientras caía la noche sobre la ciudad, y una lluvia ligera goteaba a través de la capa de niebla que lentamente avanzaba hasta cubrir el empedrado de las calles. Parecía que el cochero hubiera recibido la orden de ir a meterse en los barrios más desiertos y en las calles menos iluminadas. Habríamos podido hablar tranquilamente también en el boulevard des Capucines, pero evidentemente a Osmán Bey le gustaba la puesta en escena.

—París parece desierto. Mirad a los transeúntes —me decía Osmán Bey con una sonrisa que le iluminaba el rostro como una vela puede iluminar una calavera (ese hombre con la cara devastada tenía dientes bellísimos)—. Se mueven como espectros. Quizá a las primeras luces del día se apresuren a volver a sus sepulcros.

Me había cargado:

—Aprecio el estilo, me recuerda al mejor Ponson du Terrail, pero quizá podríamos hablar de cosas más concretas. Por ejemplo, ¿qué me decís de un tal Hipólito Lutostanski?

—Es un estafador y un espía. Era un cura católico, y lo redujeron a seglar porque hizo cosas, válgame la expresión, poco limpias con los chiquillos; y esto sí que es una pésima recomendación porque, santo Dios, ya se sabe que el hombre es débil, pero si eres un sacerdote tienes el deber de mantener cierto decoro. Como toda respuesta se ha convertido en monje ortodoxo… Conozco ya bastante a la Santa Rusia para afirmar que en esos monasterios, tan alejados del mundo, ancianos y novicios se vinculan con un recíproco afecto… ¿cómo decirlo?… fraterno. Ahora que no soy un intrigante y no me intereso por asuntos ajenos. Lo único que sé es que vuestro Lutostanski ha recibido una montaña de dinero del gobierno ruso para contar historias sobre los sacrificios humanos de los judíos, la consabida historia del asesinato ritual de los niños cristianos. Como si él a los niños los tratara mejor. En fin, corren voces de que se ha acercado a ciertos ambientes judíos diciendo que por determinada suma, renegaría de todo lo que había publicado. Imaginaos si los judíos aflojan el dinero. No, no es un personaje creíble.

Luego añadió:

—Ah, se me olvidaba. Es sifilítico.

Siempre me han dicho que los grandes narradores se describen siempre en sus personajes.

Luego Osmán Bey escuchó con paciencia lo que intentaba contarle, sonrió con comprensión ante mi descripción pintoresca del cementerio de Praga, y me interrumpió:

—Capitán Simonini, esto sí que parece literatura, tanto como la que vos me imputabais a mí. Yo busco sólo pruebas concretas de las relaciones entre la Alliance Israélite y la masonería y, si es posible no remover el pasado sino prever el futuro, de las relaciones entre judíos franceses y prusianos. La Alliance es una potencia que está echando su red de oro alrededor del mundo para poseerlo todo y a todos, y es esto lo que hay que probar y denunciar. Fuerzas como las de la Alliance existen desde hace siglos, incluso antes del Imperio romano. Por eso funcionan, tienen tres milenios de vida. Pensad en cómo han dominado Francia a través de un judío como Thiers.

—¿Thiers era judío?

—¿Y quién no lo es? Están a nuestro alrededor, a nuestras espaldas, controlan nuestros ahorros, dirigen nuestros ejércitos, influyen en la Iglesia y en los gobiernos. He corrompido a un empleado de la Alliance (los franceses son todos unos corruptos) y he conseguido copias de las cartas enviadas por los distintos comités judíos de los países que limitan con Rusia. Los comités se extienden por toda la frontera y, mientras la policía vigila las grandes carreteras, sus estafetas recorren los campos, los pantanos, las vías de agua. Una sola telaraña. He comunicado este complot al zar y he salvado a la Santa Rusia. Yo solo. Yo amo la paz, quisiera un mundo dominado por la apacibilidad en el que nadie comprendiera ya el significado de la palabra «violencia». Si desaparecieran todos los judíos del mundo, que con sus finanzas sostienen a los mercaderes de cañones, saldríamos al encuentro de cien años de felicidad.

—¿Y entonces?

—Entonces algún día habrá que intentar la única solución razonable, la solución final: el exterminio de todos los judíos. ¿También los niños? También los niños. Sí, ya lo sé, puede parecer una idea de Herodes, pero cuando tenemos que tratar con la mala simiente no basta con cortar la planta, hay que extirparla de raíz. Si no quieres mosquitos, matas sus larvas. Apuntar a la Alliance Israélite no puede ser sino un momento de paso. Tampoco la Alliance podrá ser destruida sino con la eliminación completa de la raza.

Al final de aquella carrera por un París desierto, Osmán Bey me hizo una propuesta.

—Capitán, lo que me habéis ofrecido es muy poco. No podéis pretender que os dé noticias interesantes sobre la Alliance, de la que dentro de poco sabré todo. Pero os propongo un pacto: yo puedo vigilar a los judíos de la Alliance, pero no a los masones. Puesto que vengo de Rusia, mística y ortodoxa, y sin particulares relaciones en el ambiente económico e intelectual de esta ciudad, no puedo introducirme entre los masones. Ésos aceptan a gente como vos, con el reloj en el bolsillo del chaleco. No debería resultaros difícil insinuaros en ese ambiente. Me dicen que alardeáis de la participación en una empresa de Garibaldi, masón como el que más. Entonces: vos me habláis de masones y yo os hablo de la Alliance.

—¿Acuerdo verbal y nada más?

—Entre caballeros no hay necesidad de poner las cosas por escrito.

20

¿Rusos?

12 de abril de 1897, nueve de la mañana

Querido abate:

Somos definitivamente dos personas distintas. Tengo la prueba.

Esta mañana —serían las ocho— me he despertado (y en mi cama) y, todavía en camisa de dormir, he ido al despacho y he divisado una figura negra que intentaba escabullirse hacia abajo. Me ha bastado un vistazo para descubrir al instante que alguien había desordenado mis papeles, he agarrado el bastón estoque, que afortunadamente se encontraba al alcance, y he bajado a la tienda. He divisado una sombra oscura de cuervo de mal agüero que salía a la calle, la he seguido y —sea por pura mala suerte, sea porque el visitante inoportuno había preparado bien su fuga— ello es que me he tropezado con un taburete que no debería haber estado ahí.

Con el bastón desenvainado me he arrojado, cojeando, hacia el impasse: ay, ni a derecha ni a izquierda se veía a nadie. Mi visitante había escapado. Pero erais vos, podría jurarlo. Tanto es verdad que he vuelto a vuestro aposento y vuestro lecho estaba vacío.

12 de abril, a mediodía

Capitán Simonini:

Respondo a vuestro mensaje tras acabar de despertarme (en mi cama). Os lo juro, yo no podía estar en vuestra casa esta mañana porque dormía. Ahora bien, recién levantado, y habrán sido las once, me ha aterrorizado la imagen de un hombre, ciertamente vos, que huía por el pasillo de los disfraces. Todavía en camisa de dormir os he seguido hasta vuestro aposento, os he visto bajar como un fantasma a vuestra inmunda tienducha y franquear la puerta. He tropezado yo también con un taburete y, cuando he salido al impasse Maubert, se había perdido toda huella. Pero erais vos, podría jurarlo, decidme si he adivinado, por amor de Dios...

12 de abril, sobremesa

Querido abate:

¿Qué me pasa? Evidentemente estoy mal, es como si de vez en cuando me desmayara y luego recobrara los sentidos, y a la sazón encuentro mi diario alterado por una intervención vuestra. ¿Somos la misma persona? Reflexionad un momento, en nombre del sentido común, y ya no de la razón lógica: si nuestros dos encuentros se hubieran producido ambos a la misma hora, sería creíble pensar que por una parte estaba yo y por la otra estabais vos. Pero nosotros dos hemos tenido nuestra experiencia a horas distintas. Desde luego, si yo entro en casa y veo huir a alguien, tengo la certidumbre de que ese alguien no soy yo; pero que el otro seáis vos se basa en la convicción, muy poco fundada, de que esta mañana en esta casa estuviéramos sólo nosotros dos.

Si estábamos sólo nosotros dos, nace una paradoja. Vos habrías ido a hurgar entre mis cosas a las ocho de la mañana y yo os habría seguido. Luego habría ido yo a hurgar entre las vuestras a las once y vos me habríais seguido. Pero entonces, ¿por qué cada uno de nosotros recuerda la hora y el momento en el que alguien se ha introducido en su casa y no la hora y el momento en el que él se ha introducido en la casa del otro?

Naturalmente, podríamos haberlo olvidado, o querido olvidar o lo habremos callado por alguna razón. Aun así, por ejemplo, yo sé con meridiana claridad que no he callado nada. Y por otra parte, la idea de que dos personas distintas hayan tenido contemporánea y simétricamente el deseo de callar algo al otro, voto a Dios, me parece la mar de novelesco, y ni siquiera Montépin podría haber quimerizado semejante trama.

Más verosímil resulta la hipótesis de que las personas en juego eran tres. Un misterioso monsieur Mystère se introduce en mi casa a primeras horas de la mañana, y yo he creído que erais vos. A las once, el mismo Mystère se introduce en vuestra casa, y vos creéis que soy yo. ¿Os parece tan increíble con todos los espías que andan por ahí?

Pero eso no nos confirma que somos dos personas distintas. La misma persona como Simonini puede recordar la visita de Mystère a las ocho, luego desmemoriar y, como Dalla Piccola, recordar la visita de Mystère a las once.

Por lo tanto, toda la historia no resuelve en absoluto el problema de nuestra identidad. Sencillamente, nos complica la vida a ambos (o a ese mismo nosotros que ambos somos) poniendo por medio a un tercero que puede colarse en nuestra casa como Pedro por su casa.

¿Y si, en cambio, fuéramos cuatro? Mystère1 se introduce a las ocho en mi casa y Mystère2 se introduce a las once en la vuestra. ¿Qué relación hay entre Mystère1 y Mystère2?

Y, por último, ¿estáis segurísimo de que quien ha seguido a vuestro Mystère erais vos y no yo? Confesad que ésta es una buena pregunta.

En cualquier caso os aviso. Todavía tengo el bastón animado. Apenas divise otra figura en mi casa, sin ponerme a mirar quién es, descargo un mandoble. Será difícil que sea yo, y que me mate. Podría matar a Mystère (1 ó 2). Pero también podría mataros a vos. Así pues, alerta.

12 de abril, tarde

Vuestras palabras, leídas como al despertarme de un largo sopor, me han turbado. Y como en sueños me ha aflorado a la mente la imagen del doctor Bataille en Auteuil (¿pero quién era?) mientras, bastante achispado, me daba un pequeña pistola diciéndome: «Tengo miedo, hemos ido demasiado lejos, los masones nos quieren ver muertos, mejor ir armados». Me asusté, más por la pistola que por la amenaza, porque sabía (¿por qué?) que con los masones podía tratar. Y el día siguiente metí el arma en un cajón, aquí en el piso de la rue Maître Albert.

Esta tarde me habéis asustado, y he vuelto a abrir ese cajón. He tenido una impresión extraña, como si repitiera el gesto por segunda vez, pero luego me he sacudido esa visión de encima. Basta de ensueños. Hacia las seis me he adentrado cautamente por el pasillo de los disfraces y me he dirigido hacia vuestra casa. He visto una figura oscura que se me acercaba, un hombre se aproximaba encorvado, llevando sólo una pequeña vela; podríais haber sido vos, Dios mío, pero he perdido la cabeza; he disparado y el tipo ha caído a mis pies sin moverse ya.

Estaba muerto, un solo tiro, en el corazón. Yo disparaba por vez primera, y espero la última, en mi vida. Qué horror.

He rebuscado en sus bolsillos: tenía sólo unas cartas escritas en ruso. Y luego, mirándole la cara, era evidente que tenía pómulos altos y ojos ligeramente oblicuos de calmuco, por no hablar de los cabellos de un rubio casi blanco. Era sin duda un eslavo. ¿Qué querría de mí?

No podía permitirme conservar ese cadáver en casa; lo he llevado abajo a vuestra bodega, he abierto el túnel que lleva a la cloaca, esta vez he reunido el valor de bajar, con mucho esfuerzo lo he arrastrado por la escalerilla y, aun a riesgo de sofocar entre los miasmas, lo he llevado donde creía iba a encontrar sólo el esqueleto del otro Dalla Piccola. En cambio, he tenido dos sorpresas. La primera, que los vapores y el moho subterráneo, por algún milagro de la química, ciencia reina de nuestros tiempos, han contribuido a conservar durante décadas los que habían de ser mis restos mortales. Un esqueleto, sí, pero con algún jirón de una sustancia parecida al cuero, por lo que conservaba una forma todavía humana, aunque momificada. La segunda es que junto al presunto Dalla Piccola he encontrado otros dos cuerpos, uno de un hombre con vestiduras talares, el otro de una mujer semidesnuda, am-

... Estaba muerto, un solo tiro, en el corazón... (p. 374)

bos en vías de descomposición, en los cuales me ha parecido reconocer a alguien que me resultaba muy familiar. ¿De quién serán esos dos cadáveres que han desatado una tempestad en mi corazón e inenarrables visiones en la mente? No lo sé, no quiero saberlo. Nuestras dos historias son mucho más complicadas que esto.

Ahora no vengáis a contarme que a vos os ha pasado algo semejante. No soportaría este juego de coincidencias entrecruzadas.

12 de abril, noche

Querido abate, yo no voy por esos mundos matando a la gente. Por lo menos, no sin un motivo. He bajado a controlar en la cloaca, donde no bajaba desde hacía años. Rediós, los cadáveres son ciertamente cuatro. Uno lo puse yo, hace siglos; otro lo habéis puesto vos precisamente esta tarde, pero ¿los otros dos?

¿Quién frecuenta mi cloaca y la siembra de despojos?

¿Los rusos? ¿Qué quieren los rusos de mí, de vos, de nosotros?

Oh, quelle histoire!

21

Taxil

Del diario del 13 de abril de 1897

Simonini se devanaba los sesos para entender quién habría entrado en su casa —y en la de Dalla Piccola—. Empezaba a recordar que desde principios de los años ochenta dio en frecuentar el salón de Juliette Adam (la había conocido en la librería de la rue de Beaune como madame Lamessine), que en ese salón había conocido a Yuliana Dimitrievna Glinka y que a través de ésta había entrado en contacto con Rachkovski. Estaba seguro de que, si alguien se había introducido en su casa (o en la de Dalla Piccola), lo había hecho por encargo de uno de esos dos, y empezaba a recordarlos como rivales en una misma jauría. Ahora bien, habían pasado unos quince años desde entonces, densos de vicisitudes. ¿Desde cuándo le seguían la pista los rusos?

O ¿no habrían sido los masones? Debía de haber hecho algo para irritarlos, quizá buscaban en su casa documentos comprometedores que él poseía. En aquellos años, intentaba ponerse en contacto con el ambiente masónico, tanto para satisfacer a Osmán Bey como por causa del padre Bergamaschi, que lo atosigaba porque en Roma estaban a punto de desatar un ataque frontal contra la masonería (y contra los judíos que la inspiraban) para el que necesitaban material fresco; tenían tan poco que la *Civiltà Cattolica*, la revista de los jesuitas, se vio obligada a volver a publicar la carta de Simonini abuelo a Barruel, aun habiendo sido publicada tres años antes en el *Contemporain*.

Nuestro notario reconstruía: se preguntaba, en aquella época, si de veras sería conveniente para él entrar en una logia. Estaría sometido a algún tipo de obediencia, debería participar en reuniones, no podría rechazar favores a los cofrades. Todo ello disminuiría su libertad de acción. Y además, no se podía excluir que una logia, para aceptarlo, hiciera averiguaciones sobre su vida actual y sobre su pasado, cosa que no debía permitir. Quizá era más conveniente chantajear a algún masón y usarlo como informador. Un notario que había redactado tantos testamentos falsos, y para fortunas de cierta entidad, tenía que haberse topado con algún dignatario masónico.

Y ni siquiera era necesario poner por obra chantajes explícitos. Simonini, desde hacía algunos años, había decidido que pasar de *mouchard* a espía internacional le había rentado bastante, no cabía duda, pero no lo suficiente para sus ambiciones. Hacer de espía lo obligaba a una existencia casi clandestina, mientras que con la edad sentía cada vez más la necesidad de una vida social rica y honorable. De ese modo, identificó su verdadera vocación: no consistía en ser un espía sino en hacer creer públicamente que era un espía, y un espía que trabajaba en mesas distintas, de modo que jamás se supiera para quien estaba recogiendo informaciones, y cuántas informaciones tenía.

Ser tomado por un espía era muy rentable porque todos intentaban sacarle secretos que consideraban inestimables, y estaban dispuestos a gastar mucho para arrancarle alguna confidencia. Pero como no querían descubrirse, tomaban como pretexto su actividad de notario, compensándola sin pestañear apenas él presentaba una nota exorbitante. Lo interesante era que no sólo pagaban demasiado por un servicio notarial de ninguna relevancia sino que tampoco recogían información alguna. Sencillamente, pensaban haberlo comprado y aguardaban con paciencia alguna noticia.

El Narrador considera que Simonini estaba adelantado con respecto a los tiempos nuevos: en el fondo, con la difusión de la prensa libre y de los nuevos sistemas de información, desde el telégrafo a la radio ya inminente, las noticias reservadas se volvían cada vez más escasas, y ello habría podido provocar la crisis de la profesión del agente secreto. Mejor no poseer ningún secreto y hacer creer que uno lo poseía. Era como vivir de rentas o disfrutar de las entradas de una patente: tú te rascas la barriga, los demás se jactan de haber recibido de ti revelaciones perturbadoras, tu fama cobra vigor, y el dinero te llega sin mover un dedo.

¿Con quién entrar en contacto que, sin estar chantajeado directamente, pudiera temerlo? El primer nombre que se le ocurrió era el de Taxil. Recordaba haberlo conocido cuando le había fabricado determinadas cartas (¿de quién?, ¿a quién?) y él le había hablado con cierta afectación de su adhesión a la logia *Le Temple des amis de l'honneur français*. ¿Era Taxil el hombre adecuado? No quería dar pasos falsos y fue a pedirle informaciones a Hébuterne. Su nueva referencia, a diferencia de Lagrange, nunca cambiaba el lugar de sus citas: se veían siempre en el fondo de la nave central de Notre-Dame.

Simonini le preguntó qué sabían los servicios de Taxil. Hébuterne se echó a reír:

—Solemos ser nosotros los que os pedimos informaciones a vos, no al contrario. Esta vez, en cambio, os saldré al encuentro. El nombre me dice algo, pero no es un asunto de los servicios, sino tema de gendarmes. Os haré saber algo dentro de algunos días.

La relación llegó antes del fin de semana y era interesante. Se decía que Marie Joseph Gabriel Antoine Jogand-Pagès, llamado Léo Taxil, nació en Marsella en 1854, había ido a un colegio de los jesuitas y, como obvia consecuencia, hacia los dieciocho años había empezado a colaborar con periódicos anticlericales. En Marsella, frecuentaba mujeres de malas costumbres, entre las cuales una prostituta condenada a doce años de trabajos forzados por haber matado a su casera, y otra posteriormente arrestada por tentativa de homicidio de su amante. Quizá la policía le imputaba con cierta mezquindad relaciones ocasionales, y era extraño porque resultaba también que Taxil había trabajado para la justicia aportando informaciones sobre los ambientes republicanos que frecuentaba. Es posible que incluso los policías se avergonzaran de él porque una vez había sido denunciado por la publicidad de unos supuestos Caramelos del Serrallo que eran, en efecto, píldoras afrodisíacas. Todavía en Marsella en 1873, había mandado una serie de cartas a los periódicos locales, todas ellas con firmas falsas de pescadores, avisando de que el golfo estaba infestado de tiburones, y se creó una alarma notable. Más tarde, condenado por artículos contrarios a la religión, huyó a Ginebra. Ahí puso en circulación noticias sobre la existencia de restos de una ciudad romana en el fondo del Léman, atrayendo a enjambres de turistas. Expulsado de Suiza por difusión de noticias falsas y tendenciosas, se establecía primero en Montpellier y luego en París, donde fundaba una Librairie Anticléricale en la rue des Écoles. Lo acababan de aceptar en una logia masónica y al cabo de poco lo expulsaban por indignidad. Ahora parecía que la actividad anticlerical ya no le rendía como antaño y estaba abrumado por las deudas.

Simonini empezaba a recordarlo todo sobre Taxil. Había producido una serie de libros que además de anticlericales eran netamente antirreligiosos, como una *Vida de Jesús* narrada a través de viñetas muy poco respetuosas (por ejemplo, sobre las relaciones entre María y la paloma del Espíritu Santo). También había escrito una novela en plan tenebroso, *El hijo del jesuita*, que era la prueba de que su autor era

... *una* Vida de Jesús *narrada a través de viñetas muy poco respetuosas (por ejemplo, sobre las relaciones entre María y la paloma del Espíritu Santo)... (p. 381)*

un truhán: en efecto, en la primera página incluía una dedicatoria a Giuseppe Garibaldi («Que yo amo como un padre»), y hasta ahí nada que opinar, si no fuera porque la portada anunciaba una «Introducción» del mismísimo Garibaldi. Se titulaba «Pensamientos anticlericales», se trataba de una invectiva furibunda («Cuando un cura se me planta delante, y más si es un jesuita, la quintaesencia del cura, toda la inmundicia de su naturaleza me hiere al punto que me entran escalofríos y me provoca la náusea») donde jamás se mencionaba la obra que aparentemente introducía, por lo que estaba claro que Taxil había tomado el texto garibaldino quién sabe de dónde y lo había presentado como si hubiera sido escrito para su libro.

Con un personaje de semejante calaña, Simonini no quiso comprometerse. Decidió presentarse como el notario Fournier, y se puso una hermosa peluca, con un color incierto, tendente al castaño, bien peinada, con la raya a un lado. Añadió dos patillas del mismo color que le dibujaran un rostro afilado, que había palidecido con una crema adecuada. En el espejo intentó estamparse en la cara una sonrisa ligeramente alelada que enseñara dos incisivos de oro (una pequeña obra maestra odontológica que le permitía cubrir sus dientes naturales). Esa pequeña prótesis, entre otras cosas, le deformaba la pronunciación y, por lo tanto, le alteraba la voz.

Envió a su hombre de la rue des Écoles un *petit bleu* por correo pneumático, invitándolo para el día siguiente al Café Riche. Era una buena forma de presentarse, porque en aquel local habían pasado no pocos personajes ilustres y, ante el lenguado o la becada a la Riche, un *parvenu* propenso a la jactancia no resistiría.

Léo Taxil tenía una cara regordeta con la piel grasa, adornada por unos bigotazos imponentes, exhibía un frente amplia y una calva espaciosa cuyo sudor secaba sin parar, una elegancia un poco demasiado acentuada, hablaba en voz alta y con insoportable acento marsellés.

No entendía las razones por las que este notario Fournier quería hablarle, pero empezaba a hacerse la ilusión de que se trataba de un observador curioso de la naturaleza humana, como muchos de esos que, por aquel entonces, los novelistas definían «filósofos», interesado en sus polémicas anticlericales y en sus singulares experiencias. Y por consiguiente, se excitaba evocando con la boca llena sus bravatas juveniles:

—Cuando difundí la historia de los tiburones en Marsella, todos los establecimientos de baños de mar, desde los Catalanes hasta la Playa del Prado, quedaron desiertos durante muchas semanas, el alcalde dijo que los tiburones habían venido sin duda de Córcega siguiendo a un buque que había tenido que arrojar al agua algún cargamento averiado de carnes ahumadas, la Comisión Municipal pidió que se enviara una compañía armada de *chassepots* para una expedición a bordo de un remolcador, ¡y llegaron efectivamente cien, al mando del general Espivent! ¿Y la historia del lago de Ginebra? ¡Acudieron corresponsales desde todos los rincones de Europa! Se pusieron a decir que la ciudad sumergida había sido construida en la época de los *Comentarios de Julio César*, cuando el lago era tan estrecho que el Ródano lo atravesaba sin confundir en él sus aguas. Los barqueros locales hicieron su agosto conduciendo a turistas en medio del lago, y vertían aceite en el agua para ver mejor... ¡Un célebre arqueólogo polaco mandó a su patria un artículo en el que decía haber distinguido los restos de una plaza pública con los pedazos de una estatua ecuestre! La característica principal de la gente es que está dispuesta a creérselo todo. Por otra parte, ¿cómo habría podido resistir la Iglesia casi dos mil años sin la credulidad universal?

Simonini le pidió informaciones sobre *Le Temple des amis de l'honneur français*.

—¿Es difícil entrar en una logia? —le preguntó.

—Basta tener una buena condición económica y estar dispuesto a pagar las cuotas, que son elevadas. Y demostrarse dócil a las disposiciones sobre la protección recíproca entre hermanos. Y en cuanto a la moralidad, se habla muchísimo de ella, pero, sin ir más lejos del año pasado, el orador del Gran Colegio de los Ritos todavía era propietario de un burdel en la Chaussée d'Antin, y uno de los Treinta y Tres más influyentes de París es un espía, o mejor dicho, el jefe de un gabinete de espías, que lo mismo da, un tal Hébuterne.

—¿Y cómo consigue uno que lo admitan?

—¡Hay ritos! ¡Si vos supierais! No sé si creen de veras en ese Gran Artífice del Universo del que hablan siempre pero sus liturgias se las toman en serio. ¡Si supierais lo que he tenido que hacer para que me admitieran como aprendiz!

Aquí Taxil empezó una serie de relatos que ponían los pelos de punta.

Simonini no estaba seguro de que Taxil, inveterado inventor de embustes, no le estuviera contando patrañas. Le preguntó si no le parecía que había revelado cosas que un adepto debía mantener rigurosamente reservadas, y si no había descrito de forma harto grotesca el ritual. Taxil contestó con desenfado:

—Ah, sabéis, ya no tengo deber alguno. Esos imbéciles me han expulsado.

Parece ser que tenía entre manos un nuevo periódico de Montpellier, *Le Midi Républicain*, que en su primer número había publicado cartas de ánimo y solidaridad de varias personas importantes, entre las cuales Victor Hugo y Louis Blanc. De golpe, todos aquellos pretendidos firmantes, enviaron cartas a otros periódicos de inspiración masónica negando haber dado nunca ese apoyo y quejándose con desdén del uso que se había hecho de su nombre. Siguieron numerosos procesos en la logia, donde la defensa de Taxil consistió en: uno, presentar los originales de aquellas cartas; dos, atribuir la conducta de Hugo al marasmo senil del ilustre anciano, con lo que consiguió comprometer inmediatamente su primer argumento con un insulto inaceptable a una gloria de la patria y de la francmasonería.

Ah, recordaba ya Simonini el momento en el que había fabricado, como Simonini, las dos cartas de Hugo y Blanc.

Evidentemente, Taxil se había olvidado del episodio, estaba tan acostumbrado a mentir, incluso a sí mismo, que estaba hablando de aquellas cartas con los ojos iluminados por la buena fe, como si hubieran sido verdaderas. Y si recordaba vagamente a un notario Simonini, no lo relacionó con el notario Fournier.

Lo que importaba era que Taxil profesaba un odio profundo hacia sus ex compañeros de logia.

Simonini entendió en el acto que, estimulando la vena narrativa de Taxil, recogería material picante para Osmán Bey. Pero floreció en su férvida mente otra idea, al principio sólo una impresión, el germen de una intuición, luego casi un plan acabado en todos sus detalles.

Después del primer encuentro, en el curso del cual Taxil se reveló un buen comedor, el falso notario lo invitó al Père Lathuile, un restaurantito popular en la barrera de Clichy, donde se comía un famoso *poulet sauté* y los aún más renombrados callos a la moda de Caen —por no hablar de la bodega— y entre un chascar de labios y otro le preguntó si, a cambio de una remuneración digna, escribiría para algún editor sus memorias de ex masón. Al oír hablar de remuneración, Taxil se mostró muy favorable a la idea. Simonini le dio una nueva cita, y fue inmediatamente a ver al padre Bergamaschi.

—Escúcheme, padre —le dijo—. Aquí tenemos a un anticlerical encallecido a quien los libros anticlericales no le rentan ya como antes. Tenemos, además, a un conocedor del mundo masónico que le tiene ojeriza a este mundo. Bastaría con que Taxil se convirtiera al catolicismo, se retractara de todas sus obras antirreligiosas, y empezara a denunciar todos los secretos del mundo masónico, y los jesuitas tendrían a su servicio a un propagandista implacable.

—Una persona no se convierte de un momento a otro, sólo porque se lo digas tú.

—Yo creo que con Taxil es sólo cuestión de dinero. Y basta con estimular su gusto por la propagación de noticias falsas, para que cambie inesperadamente de casaca; eso es, hacerle entrever un espacio en primera plana. ¿Cómo se llamaba ese griego que con tal de acabar en boca de todos incendió el templo de Diana en Éfeso?

—Eróstrato. Claro, claro —dijo Bergamaschi pensativo. Y añadió—: Y además, las vías del Señor son infinitas...

—¿Cuánto podemos darle para un conversión evidente?

—Digamos que las conversiones sinceras habrían de ser gratuitas pero, *ad majorem Dei gloriam*, no tenemos que ser esquilmosos. No le ofrezcas más de cincuenta mil francos. Dirá que es poco, pero hazle notar que por un lado, él se gana el alma, que no tiene precio, y por el otro, si escribe libelos antimasónicos gozará de nuestro sistema de difusión, lo que querrá decir centenares de millares de ejemplares.

Simonini no estaba seguro de que el negocio llegara a buen fin, de modo que se cubrió las espaldas yendo a donde Hébuterne y contándole que había una conjura jesuita para convencer a Taxil de que se volviera antimasón.

—Ojalá fuera verdad —había dicho Hébuterne—; una vez más, mis opiniones coinciden con las de los jesuitas. Mirad, Simonini, yo os hablo como dignatario, y no de los últimos, del Gran Oriente, la única y verdadera masonería, laica, republicana y, aunque anticlerical, no antirreligiosa, porque reconoce un Gran Artífice del Universo, que luego cada uno es libre de reconocerlo como el Dios cristiano o como una fuerza cósmica impersonal. La presencia en nuestro ambiente de ese embaucador de Taxil nos sigue poniendo en apuros, aunque haya sido expulsado. Además, no nos disgustaría que un apóstata empezara a decir cosas tan horribles sobre la masonería que nadie pudiera creérselas. Estamos esperando una ofensiva vaticana, y me imagino que el Papa no se comportará como un caballero. El mundo masónico está contaminado por confesiones distintas, y un autor como Ragon ya hace muchos años enumeraba 75 masonerías distintas, 52 ritos, 34 órdenes de las cuales 26 andróginas y 1400 grados rituales. Y podría hablaros de la masonería templaria y escocesa, del rito de Heredom, del rito de Swedenborg, del rito de Memphis y Misraim, que fue instituido por ese golfante y embustero de Cagliostro, y luego de los superiores incógnitos de Weishaupt, de los satanistas, de los luciferianos o paladistas, como se quiera llamarlos; también yo pierdo la cabeza. Son sobre todo los varios ritos satánicos los que nos hacen una pésima publicidad, y han contribuido a ello cofrades respetables, a veces por puros motivos estéticos, sin saber el daño que nos ocasionan. Proudhon habrá sido masón por poco, lo malo es que hace cuarenta años escribió una oración a Lucifer: «Ven, Satán, ven tú, el calumniado por curas y reyes, deja que te abrace y te estreche contra mi pecho»; ese italiano, Rapisardi, escribió *Lucifer*, que no era sino el consabido mito de Prometeo; el tal Rapisardi ni siquiera era masón, pero un masón como Garibaldi lo puso por las nubes, y ya lo tenemos como evangelio: los masones adoran a Lucifer. Pío IX nunca ha dejado de ver al diablo detrás de cada paso de la masonería, y hace tiempo, ese otro poeta italiano, Carducci, un poco republicano y un poco monárquico, un gran pico de oro y desgraciadamente un gran masón, escribió un himno a Satanás, atribuyéndole incluso la invención del ferrocarril. Luego, ese Carducci dijo que Satanás era una metáfora, pero de nuevo les ha parecido a todos que la diversión principal de los masones es el culto de Satanás. En fin, en nuestros ambientes no nos disgustaría que una persona que ya está descalificada desde hace tiempo, notoriamente expulsado de la masonería, teatralmente chaquetero, empezara una serie de libelos con violentas difamaciones contra nosotros. Sería una forma de desmochar los argumentos del Vaticano, asociándolo a un pornógrafo. Acusad a un hombre de homicidio y podríais ser creído, acusadlo de comerse a niños para almorzar y cenar, como Gilles de Rais, y nadie os tomará en serio. Reducid la antimasonería al nivel del folletín y la habréis reducido a tema de *colportage*. Pues sí, necesitamos personas que nos entierren en el fango.

Donde se ve que Hébuterne era una mente superior, superior en astucia incluso a su predecesor Lagrange. En ese momento, Hébuterne no sabía decirme cuánto podría invertir el Gran Oriente en esa empresa, pero tras algunos días se puso en contacto:

—Cien mil francos. Pero que se trate de verdadera basura.

Simonini disponía así de ciento cincuenta mil francos para adquirir basura. Si le ofrecía a Taxil, con la promesa de la tirada, setenta y cinco mil francos, éste aceptaría en el acto vistas las estrecheces en las que se hallaba. Y setenta y cinco mil francos serían para Simonini. Una comisión del cincuenta por ciento no estaba mal.

¿En nombre de quién iría a hacerle la proposición a Taxil? ¿En nombre del Vaticano? El notario Fournier no tenía el aspecto de un plenipotenciario del pontífice. A lo sumo, podía anunciarle la visita de alguien como el padre Bergamaschi, en el fondo los curas están hechos adrede para que alguien se convierta y les confiese su turbio pasado.

Claro que, a propósito de pasado turbio, ¿podía fiarse Simonini del padre Bergamaschi? No había que dejar a Taxil en manos de los jesuitas. Se había visto a escritores ateos, que vendían cien ejemplares por libro, que, cayendo a los pies del altar y relatando su experiencia de convertidos, habían pasado a dos o tres mil ejemplares. En el fondo, sacando cuentas, los anticlericales se contaban entre los republicanos de las ciudades, pero los sanfedistas que soñaban con un buen tiempo pasado, rey y cura, poblaban la provincia y, aun excluyendo a los que no sabían leer (pero habría leído el cura por ellos), eran legión, como los diablos. Si dejaba fuera al padre Bergamaschi, se le podía proponer a Taxil una colaboración para sus nuevos libelos, haciéndole suscribir una escritura privada según la cual a quien colaboraba con él, le tocaría el diez o el veinte por ciento de sus obras futuras.

En 1884, Taxil había dado el último mazazo a los sentimientos de los buenos católicos al publicar *Los amores de Pío IX*, infamando a un Papa ya fallecido. Ese mismo año, el reinante pontífice León XIII publicó la encíclica *Humanum genus*, que era una «condena del relativismo filosófico y moral de la masonería». Y al igual que, con la encíclica *Quod apostolici muneris*, el mismo pontífice «fulminara» los monstruosos errores de socialistas y comunistas, ahora se trataba de apuntar directamente a las sociedades masónicas en su conjunto de doctrinas, y revelar los secretos que volvían súcubos y proclives a cualquier delito a sus adeptos porque «esto de fingir y querer esconderse, de sujetar a los hombres como a esclavos con fortísimo lazo y sin causa bastante conocida, de valerse para toda maldad de hombres sujetos al capricho de otro, de armar a los asesinos procurándoles la impunidad de sus crímenes, es una monstruosidad que la misma naturaleza rechaza». Por no hablar, obviamente, del naturalismo y relativismo de sus doctrinas, que convertían a la humana razón en el único juez de todas las cosas. Y que se vieran los resultados de semejantes pretensiones: el pontífice despojado de su poder temporal, el proyecto de aniquilar a la Iglesia, el haber hecho del matrimonio un mero contrato civil, el haber sustraído a los eclesiásticos la educación de la juventud encomendándosela a los maestros laicos, y enseñar que «los hombres todos tienen iguales derechos y son de igual condición en todo; que todos son libres por naturaleza; que ninguno tiene derecho para mandar a otro, y el pretender que los hombres obedezcan a cualquier autoridad que no venga de ellos mismos es propiamente hacerles violencia». De modo que para los masones «la fuente de todos los derechos y obligaciones civiles está o en el pueblo o en el gobierno de la nación, organizado, por supuesto, según los nuevos principios» por lo que el Estado no puede no ser ateo.

Era obvio que «quitado el temor de Dios y el respeto a las leyes divinas, menospreciada la autoridad de los Príncipes, consentida y legitimada la manía de las revoluciones, sueltas con la mayor licencia las pasiones populares, sin otro freno que el castigo, ha de seguirse necesariamente el trastorno y la ruina de todas las cosas que es lo que a conciencia maquinan y expresamente proclaman unidas las masas de comunistas y socialistas, a cuyos designios no podrá decirse ajena la secta de los masones».

Había que hacer «estallar» cuanto antes la conversión de Taxil.

Llegado a este punto, el diario de Simonini parece embarrancarse. Como si el nuestro no recordara ya cómo y quién había convertido a Taxil. Como si su memoria estuviera dando un salto y le permitiese recordar sólo que Taxil a la vuelta de pocos años se había convertido en el heraldo católico de la antimasonería. Tras haber anunciado *urbi et orbi* su regreso entre los brazos de la Iglesia, el marsellés publicaba primero *Los hermanos tres puntos* (los tres puntos eran los del trigésimo tercer grado masónico) y *Los misterios de la francmasonería* (con dramáticas ilustraciones de evocaciones satánicas y ritos horripilantes) e inmediatamente después *Las hermanas masonas*, en el que se hablaba de logias femeninas (hasta entonces desconocidas); y el año siguiente *La francmasonería descubierta y explicada*, y luego aún *La Francia masónica*.

Ya en estos primeros libros, bastaba la descripción de una iniciación para hacer que el lector sintiera escalofríos. Taxil había sido convocado a las ocho de la noche en la casa masónica, acogido por un Hermano Sirviente. A las ocho y media lo encerraban en la Cámara de las Reflexiones, un cuchitril con las paredes pintadas de negro, de las que se destacaban esqueletos completos, cráneos colocados encima de dos canillas, salpicado de inscripciones del tipo «¡Márchate si sólo una vana curiosidad te ha conducido aquí!». De pronto, la llama del mechero de gas bajaba bruscamente, una falsa pared se deslizaba por unas ranuras disimuladas en la pared, y el profano divisaba un subterráneo aclarado por lámparas sepulcrales. Una cabeza humana, recién cor-

... el marsellés publicaba primero Los hermanos tres puntos *(los tres puntos eran los del trigésimo tercer grado masónico) y* Los misterios de la francmasonería *(con dramáticas ilustraciones de evocaciones satánicas y ritos horripilantes)... (p. 394)*

tada, estaba colocada encima de un madero sobre lienzos ensangrentados y, mientras Taxil se echaba hacia atrás horrorizado, una voz que parecía salir de la pared le gritaba:

—¡Tiembla, Profano! ¡Aquí tienes la cabeza de un Hermano perjuro que divulgó nuestros secretos!...

Naturalmente, observaba Taxil, se trataba de un truco, y la cabeza tenía que ser la de un compinche que estaba escondido en la cavidad del madero; las lámparas estaban dotadas de estopas empapadas de alcohol alcanforado que arde con una gruesa sal gris de cocina, esa mezcla que los prestidigitadores de ferias llaman «ensalada infernal» que, cuando se inflama, produce una luz verdosa, dándole a la cabeza del falso decapitado un color cadavérico. Y a propósito de otras iniciaciones, había sabido de paredes hechas con un cristal empañado en el cual, en el momento en que la llama del gas casi se extinguía, una linterna mágica hacía aparecer espectros que se agitaban y hombres enmascarados que rodeaban a un individuo encadenado y lo cosían a puñaladas. Esto para decir con qué medios indignos la logia intentaba someter a los aspirantes de naturaleza impresionable.

Después de ello, un tal Hermano Terrible preparaba al profano, le quitaba el sombrero, la chaqueta y el calzado derecho, le subía hasta encima de la rodilla el pantalón derecho, le descubría el brazo y el pecho del lado del corazón, le vendaba los ojos, le hacía girar sobre sí mismo y, tras haberle hecho subir y bajar un dédalo de escaleras, lo llevaba a la Cámara de los Pasos Perdidos. Se abría una puerta, mientras un Hermano Experto, mediante un instrumento formado por gruesos muelles rechinantes, simulaba el ruido de enormes cerrojos. El postulante era introducido en una sala donde el Experto apoyaba contra su pecho desnudo la punta de la espada y el Venerable preguntaba: «Profano, ¿qué sentís en vuestro pecho? ¿Qué tenéis ante los ojos?». El aspirante tenía que responder: «Cubre mis ojos una tupida venda y siento en mi seno la punta de un arma». Y el Venerable: «Caballero, este acero incesantemente levantado para castigar el perjurio, es símbolo del remordimiento que desgarraría vuestro pecho en el caso de que, por desgracia vuestra, fueseis traidor a la Sociedad a la que deseáis pertenecer; y la venda que cubre vuestros ojos es el símbolo de la ceguera en que cae el hombre dominado por las pasiones y sumido en la ignorancia y en la superstición».

Luego alguien se apoderaba del aspirante, le hacía dar más giros sobre sí mismo y, cuando éste empezaba a experimentar sensación de vértigo, lo empujaba ante un gran marco, cruzado por multitud de tiras de papel fuerte, parecido a esos aros a través de los cuales saltan los caballos en los circos. A la orden de introducirlo en la caverna, el pobrecillo era empujado con todas las fuerzas contra el marco, los papeles se rompían y el aspirante caía en un colchón extendido al otro lado.

Por no hablar de la «escalera sin fin», que era en realidad una noria, y el que la subía vendado encontraba siempre un nuevo escalón por subir, pero la escalera giraba siempre hacia abajo y, por lo tanto, el vendado estaba siem-

... A la orden de introducirlo en la caverna, el pobrecillo era empujado con todas las fuerzas contra el marco, los papeles se rompían y el aspirante caía en un colchón extendido al otro lado... *(p. 397)*

pre a la misma altura. Como esas ruedas para las ardillas, observaba no Taxil sino Simonini, divertido.

En fin, se fingía incluso someter al aprendiz a la extracción de la sangre y a marcarlo con hierro candente. Para la sangre, un Hermano Cirujano agarraba su brazo, lo pinchaba muy fuerte con la punta de un mondadientes, y otro Hermano dejaba caer un ligero hilillo de agua tibia en el brazo del postulante, para hacerle creer que era su sangre la que se vertía. Para la prueba del hierro al rojo vivo, uno de los Expertos frotaba con un lienzo seco una parte del cuerpo y le colocaba un trozo de hielo, o la parte caliente de una vela recién apagada, o el pie de una copita de licor calentada con la llama de un papel. Por último, el Venerable ponía al aspirante al corriente de los signos secretos y de las palabras convenidas con los que los hermanos se reconocen entre ellos.

Ahora, de estas obras de Taxil, Simonini se acordaba como lector, no como inspirador. No obstante se acordaba de que, con cada nueva obra de Taxil, antes de que se publicara, él (que por lo tanto la conocía con antelación) iba a contarle su contenido a Osmán Bey, como si se tratara de revelaciones extraordinarias. Es verdad que la vez siguiente, Osmán Bey le hacía notar que todo lo que él le había relatado la vez anterior había salido luego en un libro de Taxil, pero Simonini no tenía dificultades en contestarle que sí, Taxil era un informador suyo, y no era culpa suya si tras haberle revelado los secretos masónicos, intentaba obtener provecho económico haciendo públicas esas experiencias. Y al decirlo, Simonini miraba a Osmán Bey de forma elocuente. Pero Osmán contestaba que el dinero gastado para convencer a un charlatán de callar, era dinero perdido. ¿Por qué debería callarse Taxil precisamente los secretos que acababa de revelar? Y, justamente desconfiado, Osmán no le daba en cambio a Simonini ninguna revelación sobre lo que iba sabiendo de la Alliance Israélite.

Con lo que Simonini dejó de informarlo. Pero el problema, se decía Simonini mientras escribía es: ¿por qué recuerdo que le daba a Osmán Bey noticias recibidas de Taxil pero no recuerdo nada de mis contactos con Taxil?

Buena pregunta. Si hubiera recordado todo no habría estado ahí, escribiendo lo que estaba reconstruyendo. *Quelle histoire!*

Con ese sabio comentario, Simonini se acostó, despertándose la que creía ser la mañana siguiente, todo sudado como tras una noche de pesadillas y trastornos gástricos. Pero al ir a sentarse a su escritorio, se dio cuenta de que no se había despertado el día siguiente sino dos días después. Mientras él dormía, no una, sino dos noches agitadas, el inevitable abate Dalla Piccola, no contento con diseminar cadáveres en su cloaca personal, había intervenido para contar vicisitudes que evidentemente él no conocía.

22

El diablo en el siglo XIX

14 de abril de 1897

Querido capitán Simonini:

De nuevo: allá donde vos tenéis ideas confusas, a mí se me despiertan recuerdos más vivaces.

Veamos, me parece que yo me encuentro primero con el señor Hébuterne y luego con el padre Bergamaschi. Voy en vuestro nombre, para recibir dinero que deberé (o debería) darle a León Taxil. Luego, esta vez en nombre del notario Fournier, voy a ver a León Taxil.

—Señor —le digo—, no quiero escudarme en mi hábito para invitaros a reconocer a ese Cristo Jesús del que os estáis haciendo mofa, y me resulta indiferente que os vayáis al infierno. No estoy aquí para prometeros la vida eterna, estoy aquí para deciros que una serie de publicaciones que denuncien los crímenes de la masonería encontrarían un público de bienpensantes que no dudo en definir harto amplio. Quizás no imagináis lo que puede rentarle a un libro el apoyo de todos los conventos, de todas las parroquias, de todos los arzobispados no digo de Francia sino, con el paso del tiempo, del mundo entero. Para probaros que no estoy aquí para convertiros sino para haceros ganar dinero, os diré al punto cuáles son mis módicas pretensiones. Bastará con que firméis un documento que me asegura a mí (o mejor, a la pía congregación que represento) el veinte por ciento de vuestros derechos futuros, y yo os pondré en contacto con quienes saben incluso más que vos de misterios masónicos.

Me imagino, capitán Simonini, que habíamos acordado que el famoso veinte por ciento de los derechos de Taxil había que dividirlo entre nosotros dos. A fondo perdido, le hice otra oferta:

—Hay también setenta y cinco mil francos para vos, no preguntéis de quién proceden, quizás mi hábito podrá sugeriros algo. Setenta y cinco mil francos que son vuestros, aun antes de empezar, en blanco, con tal de que mañana deis público anuncio de vuestra conversión. De estos setenta y cinco mil francos, digo setenta y cinco mil, no tendréis que pagar ningún porcentaje, porque tenéis que véroslas con personas, quienes me mandan y yo, para las cuales el dinero es estiércol del diablo. Contad: son setenta y cinco mil.

Tengo la escena delante de mis ojos, como si mirara un daguerrotipo.

Tuve la pronta sensación de que a Taxil no le impresionaban tanto los setenta y cinco mil francos y la promesa de derechos futuros (aunque todo ese dinero encima de la mesa le había hecho brillar los ojos), como la idea de dar un vuelco y de convertirse, él, el anticlerical encallecido, en un ferviente católico. Saboreaba el asombro de los demás, y las noticias que escribirían sobre él en las gacetas. Mucho mejor que inventarse una ciudad romana en el fondo del Léman.

Reía con gusto, y ya hacía proyectos sobre los libros futuros, incluidas las ideas para las ilustraciones.

—Oh —decía—, ya me veo todo un tratado, más novelesco que

una novela, sobre los misterios de la masonería. Un Bafomet alado en la cubierta, y una cabeza cortada, para recordar los ritos satánicos de los templarios... Voto a Dios (perdonad la expresión, señor abate), será la noticia del día. En resumidas cuentas, a pesar de lo que decían esos librejos míos, ser católico, y creyente, y estar en buenas relaciones con los curas, es algo muy digno, también para mi familia y para los vecinos de casa, que a menudo me miran como si hubiera crucificado yo a Nuestro Señor Jesucristo. Pero ¿quién decís que podría ayudarme?

—Os presentaré a un oráculo, una criatura que en estado de hipnosis cuenta cosas increíbles sobre los ritos paládicos.

* * *

El oráculo debía de ser Diana Vaughan. Era como si lo supiera todo de ella. Me acuerdo de que una mañana fui a Vincennes, como si conociera desde siempre la dirección de la clínica del doctor Du Maurier. La clínica es una casa de medianas dimensiones, con un jardín pequeño pero gracioso, donde se sientan algunos pacientes con aire en apariencia tranquilo, disfrutando del sol e ignorándose apáticamente el uno al otro.

Me he presentado al doctor Du Maurier, recordándole que vos le habíais hablado de mí. He citado de modo vago una asociación de damas piadosas que se dedica a jovencitas mentalmente trastornadas y me ha parecido que se sentía aliviado de un peso.

—Debo preveniros —ha dicho— que hoy Diana está en la fase que he definido como normal. El capitán Simonini os habrá contado el caso, en esta fase tenemos a la Diana perversa, para entendernos, la que se considera adepta de una misteriosa secta masónica. Para no alarmarla os presentaré como un hermano masón…, espero que a un eclesiástico no le moleste…

Me introdujo en un cuarto amueblado simplemente con un armario y una cama donde, en un sillón forrado con tela blanca, había una mujer de delicadas facciones regulares, con suaves cabellos de un rubio cobrizo reunidos en la coronilla, una mirada altanera y la boca pequeña y bien dibujada. Los labios se fruncieron en seguida en una mueca de ludibrio:

—¿El doctor Du Maurier quiere arrojarme entre los maternales brazos de la Iglesia? —preguntó.

—No, Diana —le dijo Du Maurier—, a pesar del hábito, el abate es un hermano.

—¿De qué obediencia? —preguntó en seguida Diana.

Me defendí con cierta habilidad:

—No me está permitido decirlo —susurré cauto— y quizás vos sabéis por qué…

La reacción fue apropiada:

—Entiendo —dijo Diana—. Os manda el Gran Maestre de Charleston. Me alegra de que podáis transmitirle mi versión de los hechos. La reunión era en la rue Croix Nivert, en la logia Les Coeurs Unis Indivisibles, vos sin duda la conoceréis. Había de ser iniciada como Maestra Templaria, y me presentaba con toda la humildad posible para adorar al único dios bueno, Lucifer, y abominar del dios malo, Adonai, el dios padre de los católicos. Me acerqué llena de ardor, creedme, al altar del Bafomet donde me esperaba Sofía Safo, que se puso a interrogarme sobre los dogmas paládicos, y siempre con humildad respondí: ¿cuál es el deber de una Maestra Templaria? Execrar a Jesús, maldecir a Adonai, venerar a Lucifer. ¿No lo habría deseado así el Gran Maestre? —Y, al preguntar, Diana me agarró las manos.

—Cierto, así es —respondí cauto.

—Y yo pronuncié la oración ritual, ¡ven ven, oh gran Lucifer, oh gran calumniado por curas y reyes! Y temblaba de emoción cuando toda la asamblea, cada uno levantando su puñal, gritaba: «¡Nekam Adonai, Nekam!». Pero entonces, mientras subía al altar, Sofía Safo me presentó una patena, de esas que sólo había visto en las tiendas de objetos religiosos y, mientras yo me preguntaba qué hacía en aquel lugar ese horrible instrumento del culto romano, la Gran Maestra me explicó que, así como Jesús había traicionado al verdadero dios, había suscrito en el Tabor un pacto nefario con Adonai y había subvertido el orden de las cosas transformando el pan en su propio cuerpo, era nuestro deber apuñalar esa hostia blasfema con la que los curas renovaban cada día la traición de Jesús. Decidme, señor, ¿quiere el Gran Maestre que este gesto forme parte de una iniciación?

—No me toca a mí pronunciarme. Quizás sea mejor que me digáis vos qué hicisteis.

—Me negué, obviamente. Apuñalar la hostia significa creer que es de verdad el cuerpo de Cristo, mientras que un paladista debe negarse a creer en esa mentira. ¡Apuñalar la hostia es un rito católico para católicos creyentes!

—Creo que tenéis razón —dije—. Me haré embajador de vuestra justificación ante el Gran Maestre.

—Gracias, hermano —dijo Diana, y me besó las manos. Luego, casi con negligencia, desabotonó la parte superior de su camisola, mostrando un hombro blanquísimo y mirando con aire invitante. Pero de golpe, se derrumbó en el sillón, como presa de movimientos convulsivos. El doctor Du Maurier llamó a una enfermera, y juntos transportaron a la jovencita a la cama. El doctor dijo:

—Normalmente, cuando tiene una crisis de este tipo pasa de una condición a la otra. Todavía no ha perdido el conocimiento, hay sólo una contractura de la mandíbula y de la lengua. Es suficiente una ligera compresión ovárica...

Al cabo de un poco, la mandíbula inferior se bajó, desviando hacia la izquierda, la boca se quedó atravesada, abierta de modo que se veía la lengua en el fondo, curvada en semicírculo, con la punta invisible, como si la enferma fuera a tragársela. Luego la lengua se relajó, se alargó bruscamente, un trozo asomó de la boca, entrando y saliendo a gran velocidad, como de la boca de una serpiente. Por último lengua y mandíbula volvieron a su estado natural, y la enferma pronunció algunas palabras:

—La lengua... me está desollando el paladar... Tengo una araña en la oreja...

Tras un breve descanso, la enferma mostró una nueva contractura de la mandíbula y de la lengua, calmada de nuevo con una compresión ovárica, y poco después, la respiración se volvió penosa, de la boca salían pocas frases entrecortadas, la mirada se había vuelto fija, las pupilas se habían dirigido hacia arriba, todo el cuerpo se había puesto rígido; los brazos se contrajeron ejecutando un movimiento de circunducción, las muñecas se tocaban por la parte dorsal, las extremidades inferiores se extendían...

—Pie equino varo —comentó Du Maurier—. Es la fase epileptoide. Normal. Veréis que seguirá la fase clównica...

La cara se congestionó progresivamente, la boca se abría y se cerraba rítmicamente y salía una baba blanca en forma de grandes burbujas. Ahora la enferma emitía gritos y gemidos como «¡Uh!, ¡uh!», los músculos de la cara eran presa de espasmos, los párpados se abrían y se cerraban alternativamente; como si la enferma fuera una acróbata, su cuerpo se curvaba como un arco y no se apoyaba sino en la nuca y en los pies.

Durante algunos segundos se asistió al horrible espectáculo circense de una marioneta desarticulada que parecía haber perdido su peso, luego la enferma volvió a caer en la cama y empezó a adoptar actitudes que Du Maurier definía «pasionales», primero casi de amenaza, como si quisiera rechazar a un agresor, luego casi como un pilluela, como si le guiñara el ojo a alguien. Al punto adoptó el aspecto lúbrico de una furcia que invita al cliente con movimientos obscenos de la lengua, luego se colocó en pose de súplica amorosa, la mirada húmeda, los brazos tendidos y las manos juntas, los labios extendidos como para invocar un beso, por último giró los ojos tan arriba que mostraba sólo el blanco de la córnea, y estalló en un deliquio erótico:

—Oh, mi buen señor —decía con voz rota—; oh, serpiente amadísima, sagrado áspid... Soy tu Cleopatra..., aquí en mi pecho..., te amamantaré..., oh, amor mío penétrame toda...

—Diana ve una serpiente sagrada que la penetra; otras ven al Sagrado Corazón que las posee. Ver una imagen fálica o una imagen masculina dominante y ver a quien la violó en su infancia —me decía Du Maurier—, a veces, para una histérica es lo mismo. Quizás hayáis visto, reproducida en grabados, la santa Teresa de Bernini: no la distinguiríais de esta desventurada. Una mística es una histérica que ha encontrado a su confesor antes que a su médico.

Mientras tanto, Diana había adoptado la posición de una crucificada y había entrado en una nueva fase, en la que empezaba a proferir

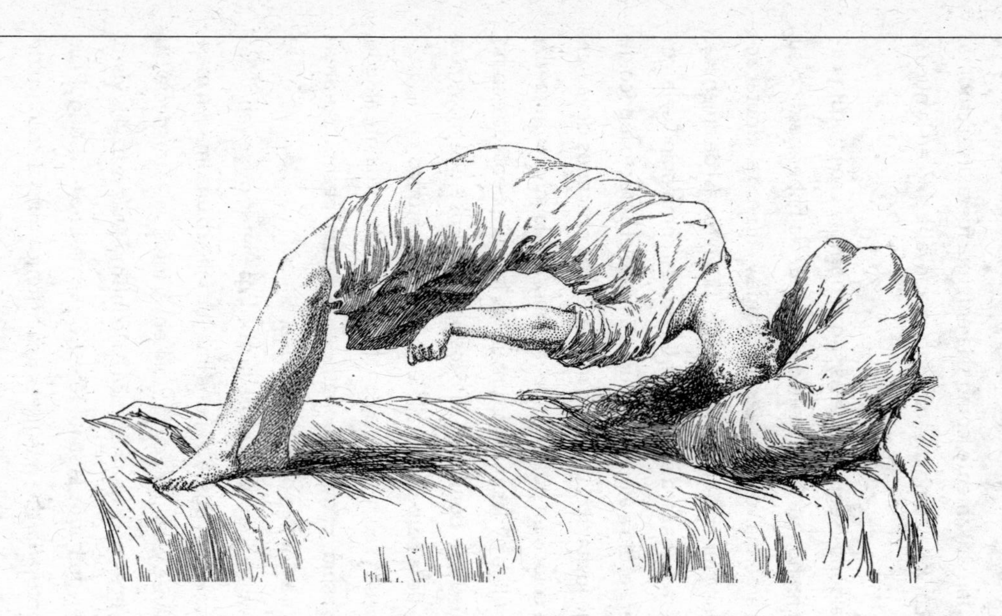

... como si la enferma fuera una acróbata, su cuerpo se curvaba como un arco y no se apoyaba sino en la nuca y en los pies... (p. 407)

oscuras amenazas contra alguien y a anunciar espantosas revelaciones, mientras se revolcaba violentamente en la cama.

—Dejémosla descansar —dijo Du Maurier—, cuando se despierte habrá entrado en la fase segunda, y se afligirá por las cosas horribles que recordará haberos contado. Deberíais decir a vuestras piadosas damas que no se asusten si se producen crisis de este tipo. Bastaría sujetarla y meterle un pañuelo en la boca para que no se muerda la lengua, pero no estará mal hacerle ingerir algunas gotas del líquido que os daré.

Luego añadió:

—La verdad es que a esta criatura hay que tenerla segregada. Y yo no puedo seguir teniéndola aquí, esto no es una cárcel sino un sanatorio, la gente circula, y es útil, terapéuticamente indispensable, que hablen entre ellos, y tengan la impresión de que viven una vida normal y serena. Mis huéspedes no están locos, son sólo personas con los nervios destrozados. Las crisis de Diana pueden impresionar a las demás pacientes, y las confidencias que tiende a hacer en su fase «malvada», sean verdaderas o falsas, turban a todos. Espero que vuestras damas de piedad tengan la posibilidad de aislarla.

La impresión que saqué de aquel encuentro era que el doctor quería liberarse de Diana, pedía que se la mantuviera prácticamente prisionera, y temía que tuviera contactos con los demás. No sólo, también temía en exceso que alguien se tomara en serio lo que contaba, por lo que se guardaba las espaldas, aclarando en seguida que se trataba del delirio de una demente.

* * *

Unos días antes había alquilado la casa de Auteuil. Nada especial, pero bastante acogedora. Se entraba en el típico saloncito de una familia burguesa, un sofá color caoba forrado con un viejo terciopelo de Utrecht, cortinas de damasco rojo, una péndola de columnillas sobre la chimenea con dos jarrones de flores bajo una campana de cristal a ambos lados, una repisa apoyada contra un espejo y un suelo de baldosas bien lustroso. Al lado se abría una alcoba, que destiné a Diana: las paredes estaban tapizadas con un tejido gris perla tornasolado y el suelo estaba cubierto por una gruesa alfombra con grandes florones rojos; las cortinas de la cama y de las ventanas eran de la misma tela, surcada por anchas rayas violeta, que rompían su monotonía. Encima de la cama colgaba una cromolitografía que representaba a dos pastorcillos enamorados y en un anaquel había una péndola de marquetería con piedrecillas artificiales, a cuyos lados dos amorcillos regordetes sostenían un ramo de lirios dispuestos en forma de candelabro.

En el piso superior, había otros dos cuartos de dormir. Uno lo reservé a una vieja medio sorda, y proclive a empinar el codo, que tenía el mérito de no ser de esas partes y de estar dispuesta a todo con tal de ganar algo. No consigo recordar quién me la había recomendado, pero me pareció ideal para cuidar de Diana cuando no hubiera nadie más en la casa, y saberla calmar, de sufrir uno de sus ataques.

Entre otras cosas, mientras escribo me doy cuenta de que la vieja no debería tener noticias mías desde hace un mes. Quizás le dejé bastante dinero para sobrevivir, pero ¿hasta cuándo? Debería correr a Auteuil, pero me doy cuenta de que no recuerdo la dirección: Auteuil, ¿dónde? ¿Puedo recorrer toda la zona llamando a todas las puertas para preguntar si ahí vive una histérica paladista de doble personalidad?

* * *

En abril, Taxil anunció públicamente su conversión, y ya en noviembre apareció su primer libro con revelaciones candentes sobre la masonería, *Les frères trois-points*. En la misma época, lo llevé a ver a Diana. No le oculté su doble condición, y tuve que explicarle que no nos resultaba útil en su condición de jovencita timorata, sino en la de paladista impenitente.

En los últimos meses había estudiado a fondo a la muchacha, y había controlado sus cambios de condición, sedándolos con el líquido del doctor Du Maurier. Entendí que era exasperante esperar las crisis, imprevisibles, y había que encontrar una forma de hacer que Diana cambiara de condición a la orden: en el fondo, parece que es lo que hace el doctor Charcot con su histéricas.

No tenía el poder magnético de Charcot y fui a buscar en la biblioteca algunos tratados más tradicionales, como *De la cause du sommeil lucide* del viejo (y auténtico) abate Faria. Inspirándome en ese libro y en alguna lectura más, decidí estrechar con mis rodillas las de la joven, tomarle los pulgares entre dos dedos y mirarla fijamente a los ojos; luego, tras por lo menos cinco minutos, retirar las manos, colocarlas en sus hombros y llevarlas a lo largo de los brazos hasta las extremidades de los dedos cinco o seis veces, posárselas entonces en la cabeza, bajárselas delante del rostro a una distancia de cinco o seis centímetros hasta la cavidad del estómago, bajo las costillas y, por último, hacerlas descender a lo largo del cuerpo hasta las rodillas o incluso hasta la punta de los pies.

Desde el punto de vista del pudor, para la Diana «buena» esto era demasiado invasivo, y al principio amagaba con chillar como si (Dios me perdone) atentara contra su virginidad, pero el efecto era tan seguro que se calmaba casi de golpe, se adormecía algunos minutos y se despertaba en la condición primera. Más fácil resultaba hacerla volver a su condición segunda porque la Diana «malvada» demostraba experimentar placer con esos tocamientos, aunque intentara dilatar mi manipulación, acompañándola con maliciosos movimientos del cuerpo y gemidos sofocados; por suerte, de ahí a poco no conseguía sustraerse al efecto hipnótico, y se adormecía; si no, habría tenido problemas, tanto en prolongar ese contacto, que me turbaba, como en mantener a freno su repugnante lujuria.

* * *

Creo que cualquier individuo de sexo masculino podía considerar a Diana un ser de singular belleza, por lo menos por lo que alcanzo a juzgar yo, a quien el hábito y la vocación han mantenido alejado de las miserias del sexo; y Taxil era, con evidencia, hombre de apetitos vivaces.

El doctor Du Maurier, al cederme a su paciente, me entregó también un baúl lleno de vestidos bastante elegantes que Diana tenía consigo cuando la ingresaron, señal de que su familia de origen había de ser acomodada. Y con evidente coquetería, el día en que le dije que recibiría la vista de Taxil, se arregló con esmero. A pesar de lo ausente que estaba —en ambas condiciones—, le prestaba mucha atención a esos pequeños detalles femeninos.

Taxil quedó prendado de inmediato («Hermosa hembra», me susurró chasqueando los labios) y más tarde, cuando intentaba imitarme en mis procedimientos hipnóticos, tendía a prolongar sus manoseos incluso cuando la paciente estaba ya claramente dormida, de suerte que había de intervenir yo con unos tímidos «Me parece que ya es suficiente».

Tengo la sospecha de que si lo hubiera dejado sólo con Diana cuando estaba en su condición primaria, se habría permitido otras licencias, y ella se las habría concedido. Por lo cual me las arreglaba para que nuestros coloquios con la joven se produjeran siempre entre tres. Mejor dicho, a veces entre cuatro. Porque para estimular las memorias y las energías de la Diana satanista y luciférica (y su humores luciferinos) consideré conveniente ponerla en contacto también con el abate Boullan.

* * *

Boullan. Desde que el arzobispo de París lo incapacitara, el abate se había ido a Lyón para unirse a la comunidad del Carmelo, fundada por Vintras, un visionario que celebraba con una gran casulla blanca en la que campeaba una cruz roja invertida y se tocaba con una diadema rematada por un símbolo fálico indio. Cuando Vintras rezaba, levitaba en el aire, provocando el éxtasis entre sus seguidores. En el curso de sus liturgias, las hostias rezumaban sangre, pero varias voces hablaban de prácticas homosexuales, de ordenaciones de sacerdotisas del amor, de redención a través del libre juego de los sentidos, en fin, cosas todas ellas que a Boullan sin duda se le daban bien. Tanto que a la muerte de Vintras se proclamó su sucesor.

Venía a París por lo menos una vez al mes. No le pareció verdad poder estudiar a una criatura como Diana desde el punto de vista demonológico (para exorcizarla de la mejor forma, decía él, pero ya sabía yo cómo hacía sus exorcismos). Tenía más de sesenta años pero seguía siendo un hombre vigoroso, con una mirada que no puedo evitar definir como magnética.

Boullan escuchaba lo que contaba Diana —y Taxil tomaba religiosamente nota— pero parecía perseguir otros fines, y a veces susurraba en los oídos de la joven incitaciones o consejos de los que no captábamos nada. Aun así, nos resultaba útil, porque entre los misterios de la masonería que había que revelar, estaba sin duda el apuñalamiento de hostias consagradas y las distintas formas de misa negra, y en este campo Boullan era una autoridad. Taxil tomaba apuntes sobre los varios ritos demoníacos y a medida que iban saliendo sus libelos, se explayaba cada vez más sobre estas liturgias, que sus masones practicaban cada dos por tres.

* * *

Tras haber publicado algunos libros uno detrás del otro, lo poco que Taxil sabía de la masonería se estaba agotando. Ideas frescas se las daba sólo la Diana «malvada» que afloraba bajo hipnosis y, con los ojos muy abiertos, contaba escenas a las que quizás había asistido, o de las que había oído hablar en Norteamérica, o que sencillamente imaginaba. Eran historias que nos mantenían en vilo, y debo decir que, aun siendo un hombre de experiencia (imagino), estaba escandalizado. Por ejemplo, un día se puso a hablar de la iniciación de su enemiga, Sofía Walder, o Sofía Safo como se quisiera llamar, y no entendíamos si se daba cuenta del sabor incestuoso de toda la escena, ello es que no la narraba en tono de desaprobación sino con la excitación de quien, privilegiada, la había vivido.

... Cuando Vintras rezaba, levitaba en el aire, provocando el éxtasis entre sus seguidores... (p. 413)

—Fue su padre —decía lentamente Diana— quien la durmió y le pasó un hierro candente sobre los labios… Tenía que estar seguro de que el cuerpo estaría aislado de todo asalto que procediera de fuera. Ella llevaba una joya en el cuello, una serpiente enroscada… Pues bien, el padre se la quita, abre una cesta, extrae una serpiente viva, la apoya en su vientre… Es extraordinariamente bella, parece danzar mientras serpentea, sube hacia el cuello de Sofía, se enrolla para ocupar el lugar de la joya… Ahora sube hacia su cara, tiende su lengua, que vibra, hacia sus labios y silbando la besa. Qué… espléndidamente… viscoso es… Ahora Sofía se despierta, tiene la boca espumosa, se levanta y se queda de pie, rígida como una estatua, el padre le desabrocha el corsé, ¡deja al desnudo sus senos! Y ahora con una varita finge escribirle en el pecho una pregunta, y las letras se graban rojas en su carne, y la serpiente que parecía haberse dormido, se despierta silbando y mueve la cola para trazar, siempre en la carne desnuda de Sofía, la respuesta.

—¿Cómo sabes tú todas estas cosas, Diana? —le pregunté.

—Las sé desde que estaba en Norteamérica… Mi padre me inició en el paladismo. Luego vine a París, quizás quiso alejarme… En París encontré a Sofía Safo. Siempre ha sido mi enemiga. Cuando no quise hacer lo que ella quería, me entregó al doctor Du Maurier. Diciéndole que estaba loca.

* * *

Voy a ver al doctor Du Maurier para averiguar la procedencia de Diana:

—Debéis entenderme, doctor, mi hermandad no puede ayudar a esta joven si no sabemos de dónde viene, quiénes son sus padres.

Du Maurier me mira como si fuera una pared:

—No sé nada, os lo he dicho. Me fue encomendada por una pariente, que falleció. ¿La dirección de la pariente? Os parecerá extraño, pero ya no lo tengo. Hace un año hubo un incendio en mi consulta y se perdieron muchos documentos. No sé nada de su pasado.

—Pero ¿venía de América?

—Quizás, pero habla francés sin acento alguno. Decidles a vuestras piadosas hermanas que no se planteen demasiados problemas porque es imposible que la joven pueda volver del estado en que se encuentra y entrar de nuevo en el mundo. Y que la traten con dulzura, que le dejen acabar así sus días. Porque os digo que a un estado tan avanzado de histeria no se sobrevive mucho. Un día u otro tendrá una violenta inflamación del útero y la ciencia médica no podrá hacer nada.

Estoy convencido de que miente, quizás también él es un paladista (dejémonos de Gran Oriente) y ha aceptado emparedar viva a una enemiga de la secta. Esto son fantasías mías. Seguir hablando con Du Maurier es perder el tiempo.

Interrogo a Diana, tanto en la condición primera como en la segunda. Parece no recordar nada. Lleva al cuello una cadenilla de oro con un medallón colgado: se ve la imagen de una mujer que se le parece muchísimo. Me he dado cuenta de que el medallón se puede abrir y le he pedido que me muestre lo que hay en su interior, pero se ha negado con énfasis, miedo y salvaje determinación:

—Me lo dio mi madre —repite únicamente.

* * *

Habrán pasado unos cuatro años desde que Taxil empezara su campaña antimasónica. La reacción del mundo católico ha ido más allá de nuestras expectativas: en 1887, Taxil es convocado por el cardenal Rampolla a audiencia privada del papa León XIII. Una legitimación oficial de su batalla, y el principio de un gran éxito editorial. Y económico.

Remóntase a este período una esquela que recibo, muy descarnada, pero elocuente: «Abate reverendísimo, me parece que el asunto va más allá de nuestras intenciones: ¿queréis remediar de alguna manera? Hébuterne».

No se puede volver atrás. No lo digo por los derechos de autor que siguen afluyendo de forma excitante, sino por el conjunto de presiones y de alianzas que se han creado con el mundo católico. Taxil es ahora el héroe del antisatanismo, y no quiere renunciar a ese estandarte.

Entre tanto, me llegan también sucintos apuntes del padre Bergamaschi: «Va todo bien, me parece. ¿Y los judíos?».

Ya, el padre Bergamaschi me había recomendado que le arrebatara a Taxil revelaciones picantes no sólo sobre la masonería sino también sobre los judíos. En cambio, tanto Diana como Taxil callaban al respecto. Para Diana la cosa no me sorprendía, quizás en las Américas de las que venía había menos judíos que entre nosotros, y el problema le parecía ajeno. Pero la masonería estaba poblada de judíos, y se lo recordaba a Taxil.

—¿Y qué sé yo? —respondía él—. Nunca me he topado con masones judíos, o no sabía que lo fueran. Nunca he visto a un rabino en una logia.

—No irán vestidos de rabinos. Sé por un padre jesuita muy informado que monseñor Meurin, no un cura cualquiera, sino un arzobispo, probará en un libro que saldrá dentro de poco que todos los ritos masónicos tienen orígenes cabalísticos, que es la cábala judía la que lleva a los masones a la demonolatría...

—Pues dejemos que hable de ellos monseñor Meurin, nosotros ya tenemos bastante carne en el asador.

Esta reticencia de Taxil me ha intrigado durante mucho tiempo (¿no será que es judío? Me he preguntado) hasta que he descubierto que en el curso de sus varias hazañas periodísticas y editoriales ha incurrido en muchos procesos tanto por calumnias como por obscenidades, y ha tenido que pagar multas bastante elevadas. Por lo tanto, está fuertemente endeudado con algunos usureros judíos, y tampoco ha podido desobligarse todavía (entre otras cosas, porque se gasta alegremente los no pocos ingresos de su nueva actividad antimasónica). Y por ello teme que esos judíos, que por ahora están tranquilos, al sentirse atacados, lo manden a la cárcel por deudas.

Ahora bien, ¿era sólo cuestión de dinero? Taxil era un truhán, pero era capaz de algún sentimiento y, por ejemplo, estaba muy unido a la familia. Por alguna razón, sentía cierta compasión hacia los judíos, víctimas de muchas persecuciones. Decía que los papas habían protegido a los judíos del gueto, si bien como ciudadanos de segunda categoría.

En aquellos años se le subió el éxito a la cabeza: se creía ya el heraldo del pensamiento católico legitimista y antimasónico y decidió dedicarse a la política. No conseguía seguirlo en aquellas maquinaciones suyas: se presentó como candidato a algún consejo municipal de París y entró en competencia, y en polémica, con un periodista importante como Drumont, comprometido en una violenta campaña antijudía y antimasónica. Muy escuchado por la gente de Iglesia, Drumont empezó a insinuar que Taxil era un intrigante, e «insinuar» quizás sea un término demasiado débil.

Taxil, en el 89 había escrito un libelo contra Drumont y, no sabiendo cómo atacarlo (siendo ambos antimasones), había hablado de su judeofobia como forma de enajenación mental. Y se había abandonado a alguna que otra recriminación contra los pogromos rusos.

Drumont era un polemista de solera y respondió con otro libelo, donde ironizaba sobre ese señor que se elevaba a campeón de la Iglesia, recibiendo abrazos y parabienes de obispos y cardenales, mientras que, apenas unos años antes, había escrito sobre el Papa, los curas y frailes, por no hablar de Jesús y de la Virgen María, todo tipo de chabacanerías e inmundicias. Y había cosas peores.

Varias veces se dio el caso de hablar con Taxil en su casa, allá donde antaño en la planta baja tenía su sede la Librería Anticlerical, y a menudo nos molestaba su esposa que venía a susurrarle algo en los oídos a su marido. Como entendería yo más tarde, por esa dirección todavía seguían pasando numerosos e impenitentes anticlericales para buscar las obras anticatólicas del ya catoliquísimo Taxil, al cual le habían sobrado demasiados ejemplares de almacén para poderlos destruir con el corazón ligero y, por ello, con mucha prudencia, mandando siempre a su esposa y no apareciendo nunca, seguía explotando esa excelente veta. Claro que yo no me había hecho ilusiones sobre la sinceridad de su conversión: el único principio filosófico en el que se inspiraba era que el dinero *non olet*.

Lo malo es que también Drumont se había dado cuenta y, por consiguiente, atacaba al marsellés no sólo como vinculado de alguna forma a los judíos sino también como anticlerical impenitente. Bastante para suscitar crueles dudas entre nuestros lectores más timoratos.

Era preciso contraatacar.

—Taxil —le dije—, no quiero saber por qué no queréis comprometeros personalmente contra los judíos, ¿no podríamos poner en escena a alguien que se ocupe del tema?

—Con tal de que yo no tenga que ver directamente —respondió Taxil. Y añadió—: En efecto, mis revelaciones ya no bastan, y ni siquiera las patrañas que cuenta nuestra Diana. Hemos creado un público que quiere más, quizás ya no me lean para conocer las tramas de los enemigos de la Cruz sino por pura pasión narrativa, como sucede con esas novelas de intrigas en las que el lector se siente proclive a decantarse por el criminal.

* * *

Y así fue como nació el doctor Bataille.

Taxil había descubierto, o reencontrado, a un antiguo amigo, un médico de la Marina que había viajado mucho por los países exóticos, metiendo aquí y allá la nariz en los templos de todo tipo de cenáculos religiosos, pero que, sobre todo, tenía una cultura infinita en el campo de las novelas de aventuras, como por ejemplo, los libros de Boussenard o las relaciones fantasiosas de Jacolliot, tipo *Le Spiritisme dans le monde* o *Voyage aux pays mystérieux*. Estaba totalmente de acuerdo con la idea de ir a buscar nuevos argumentos en el universo de la ficción (y por vuestros diarios he sabido que vos no habéis hecho otra cosa al inspiraros en Dumas o en Sue): la gente devora peripecias de tierra y de mar o historias criminales por mero deleite, luego se olvida con facilidad de lo que ha aprendido y, cuando se le cuenta como verdadero algo que ha leído en una novela, nota sólo vagamente que ya había oído algo al respecto, con lo que encuentra confirmación de sus creencias.

El hombre que Taxil reencontró era el doctor Charles Hacks: se había doctorado sobre el parto cesáreo, había publicado algo sobre la marina mercantil pero todavía no había aprovechado su talento narrativo. Parecía presa de etilismo agudo y estaba francamente sin un franco. Por lo que entendí de sus discursos iba a publicar una obra fundamental contra las religiones y el cristianismo como «histeria de la cruz», pero ante las proposiciones de Taxil estaba dispuesto a escribir un millar de páginas contra los adoradores del diablo, para gloria y defensa de la Iglesia.

Recuerdo que en 1892 empezamos una obra *monstre* titulada *Le diable au* XIXe *siècle*, un conjunto de 240 fascículos que se seguirían durante unos treinta meses, en cuya cubierta se veía a un gran Lucifer que se reía sardónico, con alas de murciélago y cola de dragón, y un subtítulo que rezaba: «Los misterios del espiritismo, la francmasonería luciférica, revelaciones completas sobre el paladismo, la teurgia y la goetia y todo el satanismo moderno, el magnetismo oculto, los médiums luciféricos, la cábala de fin de siglo, la magia de la Rosa-Cruz, las posesiones en estado latente, los precursores del Anticristo». Todo ello atribuido a un misterioso doctor Bataille.

Como programamos, la obra no contenía nada que no hubiera sido escrito ya. Taxil o Bataille saquearon toda la literatura precedente, y construyeron un batiburrillo de cultos subterráneos, apariciones diabólicas, rituales horripilantes, regreso de liturgias templarias con el habitual Bafomet, y cosas de tal calado. También las ilustraciones estaban copiadas de otros libros de ciencias ocultas, los cuales ya se habían copiado entre ellos. Las únicas imágenes inéditas: los retratos de los grandes maestros masónicos, que tenían un poco la función de esos carteles que en las praderas norteamericanas indican

... una obra monstre *titulada* Le diable au XIXe siècle *[...] en cuya cubierta se veía a un gran Lucifer que se reía sardónico, con alas de murciélago y cola de dragón... (p. 422)*

a esos forajidos que hay que encontrar y entregar a la justicia vivos o muertos.

* * *

Se trabajaba de modo frenético, Hacks-Bataille, tras abundante ajenjo, relataba a Taxil sus invenciones y Taxil las transcribía, embelleciéndolas, o Bataille se ocupaba de los detalles que concernían a la ciencia médica o al arte de los venenos, y la descripción de las ciudades y de los ritos exóticos que había visto de verdad, mientras Taxil entretejía los últimos delirios de Diana.

Bataille empezaba, por ejemplo, a evocar la roca de Gibraltar como un cuerpo esponjoso atravesado por túneles, cavidades, grutas subterráneas donde se celebraban los ritos de todas las sectas de lo más sacrílegas, o los embustes masónicos de las sectas de la India, o las apariciones de Asmodeo, y Taxil empezaba a trazar el perfil de Sofía Safo. Al haber leído el *Dictionnaire infernal* de Collin de Plancy, sugería que Sofía había de revelar que las legiones infernales eran seis mil seiscientas sesenta y seis, cada legión estaba formada por seis mil seiscientos sesenta y seis demonios. Aun borracho, Bataille conseguía echar las cuentas y concluía que entre diablos y diablesas se llegaba a la cifra de cuarenta y cuatro millones, cuatrocientos treinta y cinco mil quinientos cincuenta y seis demonios. Nosotros controlábamos, decíamos asombrados que tenía razón, él golpeaba la mesa con la mano y gritaba: «¡Veis, pues, que no estoy borracho!». Y se premiaba hasta que rodaba debajo de la mesa.

Fue apasionante imaginar el laboratorio de toxicología masónica de Nápoles, donde se preparaban los venenos con los que castigar a los enemigos de las logias. La obra maestra de Bataille fue lo que sin ningún motivo químico llamaba el *maná*: se encierra un sapo en un jarro lleno de víboras y áspides, se los alimenta sólo con setas venenosas, se añade digital y cicuta, luego se deja morir de hambre a los animales y se rocían los cadáveres con espuma de vidrio pulverizado y euforbia, se introduce todo en un alambique, para absorber su humedad a fuego lento y, por último, se separa la ceniza de los cadáveres de los polvos incombustibles, para obtener así no uno sino dos venenos, uno líquido y el otro en polvo, idénticos en sus efectos letales.

—Ya estoy viendo a cuántos obispos llevarán estas páginas al éxtasis —se reía sardónico Taxil, rascándose la ingle, como hacía en los momentos de gran satisfacción. Y hablaba con conocimiento de causa, porque, con cada nuevo fascículo del *Diable*, llegábale la carta de algún prelado dándole las gracias por sus valientes revelaciones, que estaban abriendo los ojos a tantos fieles.

A veces se recurría a Diana. Sólo ella podía inventar la *Arcula Mystica* del Gran Maestre de Charleston, un pequeño cofre del que existían en el mundo sólo siete ejemplares: al levantar la tapa se veía un megáfono de plata, como el pabellón de un cuerno de caza pero más pequeño; a la izquierda, un cable de hilos de plata fijado por una extremidad al aparato y por la otra a un adminículo que se introducía en la oreja para oír la voz de las personas que hablaban desde uno de los otros seis ejemplares. A la derecha, un sapo de bermellón emitía pequeñas llamas a través de su garganta abierta, como para asegurar que la comunicación había sido activada, y siete pequeñas estatuillas de oro representaban tanto a las siete virtudes cardenales de la escala paládica, como a los siete máximos directores masónicos. De este modo, el Gran Maestre, al apretar el pedestal de una estatuilla, alertaba al miembro correspondiente de Berlín o de Nápoles; si el correspondiente no se encontraba en ese momento delante del Arcula, advertía un viento caliente en el rostro, y susurraba, por ejemplo: «Estaré listo dentro de una hora», y, en la mesa del Gran Maestre, el sapo decía en voz alta: «Dentro de una hora».

Al principio nos preguntamos si la historia no resultaría un poco grotesca, entre otras cosas porque ya hacía muchos años que un tal Meucci había patentado su telectrófono o teléfono como se dice ahora. La verdad es que aquellos enseres seguían siendo cosas de ricos, nuestros lectores no tenían por qué conocerlos, y una invención extraordinaria como el Arcula demostraba una indudable inspiración diabólica.

A veces nos veíamos en casa de Taxil, otras en Auteuil; algunas veces nos aventuramos a trabajar en el cuchitril de Bataille, pero el hedor de conjunto que reinaba (alcohol de mala calidad, ropa jamás lavada y comida sobrante de semanas) nos aconsejaron evitar aquellas sesiones.

* * *

Uno de los problemas que nos habíamos planteado era cómo caracterizar al general Pike, el Gran Maestre de la Masonería Universal que desde Charleston dirigía los destinos del mundo. Pero no hay nada más inédito que lo que ya se ha publicado.

Nada más empezar las publicaciones de *Le Diable* salía el esperado volumen de monseñor Meurin, arzobispo de Port-Louis (¿dónde demonios estaba?), *La Franc-Maçonnerie Synagogue de Satan*, y el doctor Bataille, que mascaba el inglés, había encontrado durante sus viajes

The Secret Societies, un libro publicado en Chicago en 1873, por el general John Phelps, enemigo declarado de las logias masónicas. No teníamos sino que repetir lo que decían estos libros para dibujar mejor la imagen de este Gran Viejo, gran sacerdote del paladismo mundial, quizás fundador del Ku Klux Klan y participante en la conjura que llevó al asesinato de Lincoln. Decidimos que el Gran Maestre del Supremo Consejo de Charleston debería adornarse con los títulos de Hermano General, Soberano Comendador, Maestro Experto de La Gran Logia Simbólica, Maestro Secreto, Maestro Perfecto, Secretario Íntimo, Preboste y Juez, Maestro Elegido de los Nueve, Ilustre Elegido de los Quince, Sublime Caballero Elegido, Jefe de las Doce Tribus, Gran Maestro Arquitecto, Gran Elegido Escocés de la Bóveda Sagrada, Perfecto y Sublime Masón, Caballero de Oriente o de la Espada, Príncipe de Jerusalén, Caballero de Oriente y de Occidente, Soberano Príncipe Rosa-Cruz, Gran Pontífice de la Jerusalén Celeste, Gran Patriarca, Venerable Gran Maestro *ad vitam* de Todas las Logias Simbólicas, Caballero Prusiano Noaquita, Gran Maestro de la Llave, Príncipe del Líbano y del Tabernáculo, Caballero de la Serpiente de Bronce, Soberano Comendador del Templo, Caballero del Sol, Príncipe Adepto, Gran Escocés de San Andrés de Escocia, Gran Elegido Caballero Kadosch, Perfecto Iniciado, Gran Inspector Inquisidor Comendador, Sublime Príncipe del Real Secreto, Treinta y Tres, Poderosísimo y Potentísimo Soberano Comendador General, Gran Maestro Conservador del Sagrado Paladio, Soberano Pontífice de la Francmasonería Universal.

Y citábamos una carta suya donde se condenaban los excesos de algunos hermanos de Italia y de España que, «movidos por un odio legítimo hacia el Dios de los curas», glorificaban a su adversario bajo el nombre de Satán, ser inventado por la impostura sacerdotal cuyo nombre jamás habría de ser pronunciado en una logia. De este modo, se condenaban las prácticas de una logia genovesa que había ostentado en una manifestación pública una bandera con el rótulo «¡Gloria a Satán!», pero luego se descubría que la condena era contra el satanismo (superstición cristiana) mientras la religión masónica debía ser mantenida en la pureza de la doctrina luciferiana. Habían sido los curas, con su fe en el diablo, los que habían creado a Satán y a los satanistas, brujas, brujos, hechiceros y magia negra, mientras que los luciferianos eran adeptos de una magia luminosa, como la de los templarios, sus antiguos maestros. La magia negra era la de los seguidores de Adonai, el Dios malvado adorado por los cristianos, que ha transformado la hipocresía en santidad, el vicio en virtud, la mentira en verdad, la fe en lo absurdo en ciencia teológica, y cuyos actos en todo su conjunto testimonian la crueldad, la perfidia, el odio por el hombre, la barbarie, el rechazo de la ciencia. Lucifer es, al contrario, el Dios bueno que se opone a Adonai, como la luz se opone a la sombra.

Boullan intentaba explicarnos las diferencias entre los distintos cultos de lo que para nosotros era sencillamente el demonio:

—Para algunos, Lucifer es el ángel caído que ya se ha arrepentido y podría convertirse en el futuro Mesías. Hay sectas exclusivamente de mujeres que consideran a Lucifer un ser femenino, y positivo, opuesto al Dios masculino y malvado. Otros lo ven como el Satán maldito por Dios, pero consideran que Cristo no hizo lo suficiente por la humanidad y, por lo tanto, se dedican a la adoración del enemigo de Dios (y éstos son los verdaderos satanistas, los que celebran las misas negras y esas otras cosas). Hay adoradores de Satán que persiguen sólo su gusto por las prácticas de brujería, el *envoutement*, el sortilegio, y otros que hacen del satanismo una auténtica religión. Entre ellos hay personas que parecen organizadores de cenáculos culturales, como José Péladan, o peor aún, Estanislao de Guaita, que cultiva el arte del envenenamiento. Y luego están los paladistas. Un rito para pocos iniciados, del que formaba parte también un carbonario como Mazzini; y se dice que la conquista de Sicilia por parte de Garibaldi fue obra de los paladistas, enemigos de Dios y de la monarquía.

Le pregunté por qué acusaba de satanismo y de magia negra a adversarios como Guaita y Péladan, mientras me resultaba, por los chismes parisinos, que ellos le acusaban de satanismo precisamente a él.

—Ea —me dijo—, en este universo de las ciencias ocultas los límites entre Bien y Mal son sutilísimos, y lo que para unos es Bien para otros es Mal. A veces, también en las historias antiguas, la diferencia entre un hada y una bruja estriba sólo en su edad y belleza.

—¿Y cómo actúan estos sortilegios?

—Se dice que el Gran Maestre de Charleston entró en contraste con un tal Gorgas, de Baltimore, jefe de un rito escocés disidente. Entonces consiguió apoderarse, corrompiendo a su lavandera, de un pañuelo que le pertenecía. Lo puso a macerar en agua salada y, cada vez que añadía sal, murmuraba: «Sagrapim melanchtebo rostromouk elias phitg». Luego puso a secar la tela sobre un fuego alimentado con ramas de magnolia, y durante tres semanas, cada sábado, pronunciaba una invocación a Moloch, manteniendo los brazos extendidos y el pañuelo desplegado en sus manos abiertas, como si le ofreciera una dádiva al demonio. El tercer sábado, entrada la tarde, quemó el pañuelo en una llama de alcohol, colocó la ceniza en un plato de bronce, la dejó reposar toda la noche y la mañana siguiente amasó la ceniza con cera y modeló una muñeca, un monigote. Estas creaciones diabólicas se llaman *dagydes*. Puso la *dagyde* bajo un globo de cristal alimentado por una bomba neumática con la cual creó, en el globo, el vacío absoluto. A esas alturas su adversario empezó a notar una serie de dolores atroces cuyo origen no conseguía entender.

—¿Y murió?

—Ésas son sutilezas, quizás no se quería llegar a tanto. Lo que cuenta es que con la magia se puede obrar a distancia, y es lo que Guaita y compañía están haciendo conmigo.

No quiso decirme nada más, pero Diana, que lo escuchaba, lo seguía con miradas de adoración.

* * *

En el momento oportuno, cediendo a mis presiones, Bataille le dedicó un buen capítulo a la presencia de los judíos en las sectas masónicas, remontándose hasta los ocultistas del siglo XVIII, denunciando la existencia de quinientos mil masones judíos federados de forma clandestina junto a las logias oficiales, de suerte que sus logias no llevaban un nombre sino sólo una cifra.

Fuimos tempestivos. Paréceme que, justo en aquellos años, algún periódico había empezado a usar una buena expresión, «antisemitismo». Nos introducíamos en un filón «oficial», la espontánea desconfianza antijudía se convertía en doctrina, como el cristianismo o el idealismo.

En aquellas sesiones estaba presente también Diana que, cuando mencionamos las logias judías, pronunció más de una vez: «Melquisedec, Melquisedec». ¿Qué recordaba? Siguió:

—Durante el consejo patriarcal, el distintivo de los judíos masones…, una cadena de plata en el cuello que lleva una placa de oro…, representa a las tablas de la ley…, la ley de Moisés…

La idea era buena, y ahí teníamos a nuestra judería reunida en el templo de Melquisedec, intercambiándose señales de reconocimiento, contraseñas, saludos y juramentos que tenían que ser de matriz bastante judía, como *Grazzin Gaizim*, *Javan Abbadon*, *Bamachec Bamearach*, *Adonai Bego Galchol*. Naturalmente, en la logia no se hacía otra cosa que amenazar a la Santa Romana Iglesia y al Adonai de siempre.

De este modo, Taxil (cubierto por Bataille), de un lado, satisfacía a sus poderdantes eclesiásticos y, por el otro, no irritaba a sus acreedores judíos. Aunque ya podría haberles pagado: en el fondo, al cabo de los primeros cinco años, Taxil había ingresado trescientos mil francos de derechos (netos), de los cuales sesenta mil habían sido para mí.

* * *

Hacia 1894, creo, los periódicos no hacían sino hablar del caso de un capitán del ejército, un tal Dreyfus, que había vendido informaciones militares a la embajada prusiana. Ni que lo hubiera hecho adrede, el muy felón era judío. Drumont se arrojó inmediatamente sobre el caso Dreyfus, y yo juzgaba que también los fascículos de *Le Diable* habían de contribuir con revelaciones extraordinarias. Ahora bien, Taxil decía que en las historias de espionaje militar siempre era mejor no inmiscuirse.

Sólo después entendí lo que él había intuido: hablar de la contribución judía a la masonería era una cosa, pero poner por en medio a Dreyfus significaba insinuar (o revelar) que Dreyfus además de judío era masón, y habría sido una jugada poco prudente, dado que (prosperando la masonería de forma especial en el ejército) con toda probabilidad eran masones muchos de los altos oficiales que lo estaban procesando.

* * *

Por otra parte, no nos faltaban vetas por explotar y, desde el punto de vista del público que nos habíamos construido, nuestras cartas eran mejores que las de Drumont.

Casi un año después de la aparición de *Le Diable*, Taxil nos dijo:

—A fin de cuentas, lo que aparece en *Le Diable* es obra del doctor Bataille, ¿por qué deberíamos prestarle fe? Necesitamos una paladista convertida que revele los misterios más ocultos de la secta. Y además, ¿se ha visto jamás una buena novela sin una mujer? Hemos pintado a Sofía Safo con los colores más negros, no podría suscitar la simpatía de los lectores católicos, aunque se convirtiera. Necesitamos a alguien que resulte amable en el acto, aunque todavía sea satanista, como si tuviera el rostro iluminado por la conversión inminente, una paladista ingenua seducida por la secta de los francmasones, que poco a poco se va liberando de ese yugo y vuelve entre los brazos de la religión de sus antepasados.

—Diana —dije entonces—. Diana es casi la imagen viva de lo que puede ser una pecadora convertida, dado que es la una o la otra casi a la carta.

Así que en el fascículo 89 de *Le Diable* entraba en escena Diana.

A Diana la introdujo Bataille; empero, para hacer más creíble su aparición, acto seguido Diana le escribió una carta diciéndose poco contenta de la forma en la que se la había presentado, e incluso criticaba su imagen, publicada según el estilo de los fascículos de *Le Diable*. Debo decir que el retrato era más bien masculino y al momento ofrecimos una imagen más femenina de Diana, sosteniendo que la había hecho un dibujante que había ido a verla a su hotel parisino.

Diana se estrenaba con la revista *Le Palladium régéneré et libre*, que se presentaba como expresión de paladistas secesionistas, los cuales tenían el valor de describir el culto de Lucifer en todos sus pormenores, y las expresiones blasfemas usadas en el transcurso de esos ritos. El horror por el paladismo aún profesado era tan evidente que un tal canónigo Mustel, en su *Revue Catholique*, hablaba de la disidencia paladista de Diana como de la antecámara de una conversión. Diana se manifestaba enviándole a Mustel dos billetes de cien francos para sus pobres. Mustel invitaba a sus lectores a rezar por la conversión de Diana.

Juro que a Mustel ni lo inventamos ni lo pagamos nosotros, pero parecía seguir un guión que hubiéramos escrito. Y junto a su revista, también tomaba partido *La Semaine Religieuse*, inspirada por monseñor Fava, obispo de Grenoble.

En junio del 95, creo, Diana se convertía y en seis meses publicaba, siempre en fascículos, *Mémoires d'une ex-palladiste*. Los que se habían abonado a los fascículos del *Palladium Régéneré* (que, naturalmente, cesaba las publicaciones) podían pasar su abono a las *Mémoires* o pedir el reembolso del dinero. Tengo la impresión de que, salvo algunos fanáticos, los lectores aceptaron el cambio de chaqueta. En el fondo, la Diana convertida contaba historias igual de fantasiosas que la Diana pecadora, y era esto lo que necesitaba el público: en definitiva, era la idea fundamental de Taxil, no hay diferencia entre contar los amores serviles de Pío IX o los ritos homosexuales de algún satanista masón. La gente quiere historias prohibidas, y basta.

E historias prohibidas prometía Diana: «Escribiré para dar a conocer todo, todo lo que ha sucedido en los Triángulos y todo lo que he logrado impedir en la medida de mis fuerzas, lo que siempre he despreciado y lo que creía ser bueno. El público juzgará...».

... ofrecimos una imagen más femenina de Diana... (p. 432)

Bravo Diana. Habíamos creado un mito. Ella no lo sabía, vivía en la enajenación a cuenta de las drogas que le suministrábamos para mantenerla tranquila, y obedecía sólo a nuestras (Dios mío, no, a sus) caricias.

* * *

Revivo momentos de gran excitación. En la angélica Diana convertida se prendían ardores y amores de clérigos y obispos, madres de familia, pecadores arrepentidos. El *Pèlerin* contaba que una tal Louise, gravemente enferma, había sido admitida a la peregrinación a Lourdes bajo los auspicios de Diana y se curó milagrosamente. *La Croix*, el mayor cotidiano católico, escribía: «Acabamos de leer las pruebas de imprenta del primer capítulo de las *Memorias de una ex paladista* cuya publicación va a iniciar miss Vaughan, y todavía nos sentimos embargados por una emoción indecible. Qué admirable es la gracia de Dios en las almas que a ella se entregan...». Un monseñor Lazzareschi, delegado de la Santa Sede en el Comité Central de la Unión Antimasónica, hizo celebrar un triduo de acción de gracias por la conversión de Diana en la iglesia del Sagrado Corazón en Roma, y un himno a Juana de Arco, atribuido a Diana (pero se trataba del aria de una obra musical compuesta por un amigo de Taxil para no sé qué sultán o califa musulmán) fue ejecutado en las fiestas antimasónicas del Comité Romano y cantado también en algunas basílicas.

También aquí, como si la cosa la hubiéramos inventado nosotros, intervino a favor de Diana una mística carmelita de Lisieux en olor de santidad a pesar de su joven edad. Esta madre Teresita del Niño Jesús y de la Santa Faz, habiendo recibido una copia de las memorias de Diana convertida, se conmovió tanto por nuestra criatura que la introdujo como personaje en una obrilla teatral escrita para sus hermanas, *El triunfo de la humildad*, donde entraba en escena incluso Juana de Arco. Y vestida de Juana de Arco le envió una foto a Diana.

Mientras las memorias de Diana se traducían a más lenguas, el cardenal vicario Parocchi se congratulaba con ella por esa conversión que definía como «uno de los más magníficos triunfos de la Gracia»; monseñor Vincenzo Sardi, secretario apostólico, escribía que la Providencia había permitido a Diana formar parte de esa secta infame precisamente para que pudiera luego aplastarla mejor y la *Civiltà Cattolica* afirmaba que miss Diana Vaughan, «llamada de la profundidad de las tinieblas a la luz de Dios, vuélvese hacia la Iglesia para servirla con sus preciosas publicaciones que no tienen igual por su utilidad y exactitud».

* * *

Veía a Boullan cada vez más a menudo en Auteuil. ¿Cuáles eran sus relaciones con Diana? Alguna vez, al volver inopinadamente a Auteuil, habíalos sorprendido abrazados, con Diana mirando hacia el techo con aire estático. Quizás había entrado en la condición segunda, acababa de confesarse, y disfrutaba de su purificación. Más sospechosas me parecían las relaciones de esa mujer con Taxil. Siempre por volver inesperadamente, la sorprendí en el sofá, medio desvestida, abrazando a un Taxil con el rostro cianótico. Perfecto, me dije, alguien tendrá que satisfacer los apetitos carnales de la Diana «malvada», y no quisiera ser yo. Ya causa impresión tener relaciones carnales con una mujer, imaginémonos con una loca.

Cuando me encuentro con la Diana «buena», ella apoya virginal su cabeza en mi hombro y llorando me implora que la absuelva. La tibieza de esa cabeza en mi mejilla, y ese aliento que sabe a penitencia, me provocan ciertos estremecimientos, por lo que prontamente me aparto, invitando a Diana a que se arrodille ante alguna imagen sagrada e invoque el perdón.

* * *

En los círculos paládicos (¿existían de veras? Muchas cartas anónimas parecían probarlo, entre otras cosas porque no hay como hablar de algo para lograr que exista), se proferían oscuras amenazas hacia la traidora Diana. Y, entre tanto, sucedió algo que se me escapa. Antójaseme decir: la muerte del abate Boullan. Empero, lo recuerdo nebulosamente junto a Diana en los años más recientes.

Le he pedido demasiado a mi memoria. Es fuerza que repose.

23

Doce años bien empleados

De los diarios del 15 y del 16 de abril de 1897

Llegados a este punto, no sólo las páginas del diario de Dalla Piccola se entrecruzan, yo diría casi furiosamente, con las de Simonini —a veces hablan ambos del mismo acontecimiento aunque desde puntos de vista contrastantes—, sino que las mismas páginas de Simonini se vuelven convulsas, como si le resultara fatigoso recordar juntos hechos, personajes y ambientes diferentes con los que había estado en contacto en ese transcurso de años. El arco de tiempo que Simonini reconstruye (a menudo confundiendo las fechas y colocando antes lo que según toda verosimilitud tendría que haber sucedido después) debería ir desde la pretendida conversión de Taxil, hasta el 96 o 97. Por lo menos una docena de años, en una serie de rápidas anotaciones, algunas casi taquigráficas, como si temiera dejarse escapar lo que, de repente, se le ofrece a su mente, alternadas con reseñas más relajadas de conversaciones, reflexiones, descripciones dramáticas.

Por lo cual el Narrador, viéndose desprovisto de esa equilibrada *vis narrandi* de la que parecen carecer también los diaristas, se limitará a separar los recuerdos en diferentes capitulitos, como si los hechos se hubieran sucedido uno tras otro, o el uno separado del otro, mientras que, con toda probabilidad, sucedían todos al mismo tiempo. Digamos que Simonini salía de una conversación con Rachkovski para encontrarse esa misma tarde con Gaviali. En fin, que a falta de pan buenas son tortas, como suele decirse.

El salón Adam

Simonini recuerda que, después de haber empujado a Taxil a la vía de la conversión (y por qué se lo quitaría Dalla Piccola, valga la expresión, de las manos, no lo sabe), decidió no afiliarse a la masonería y frecuentar ambientes más o menos republicanos donde, se imaginaba, encontraría masones a porrillo. Gracias a los buenos oficios de quienes conociera en la librería de la rue de Beaune, y en especial de Toussenel, fue admitido a frecuentar el salón de aquella Juliette Lamessine, convertida ya en señora de Adam, y mujer, por lo tanto, de un diputado de la izquierda republicana, fundador del Crédit Foncier y, posteriormente, senador vitalicio. Eso quería decir que dinero, alta política y cultura adornaban aquella casa, primero en el boulevard Poissonnière y, luego, en el boulevard Malsherbes: no sólo la anfitriona misma era autora de cierto renombre (había publicado incluso una vida de Garibaldi), sino que acudían hombres de Estado como Gambetta, Thiers o Clemenceau, escritores como Prudhomme, Flaubert, Maupassant, Turguéniev. Y Simonini se había cruzado, poco antes de su muerte, con Victor Hugo, ya transformado en monumento de sí mismo, envarado por la edad, la paternidad de la patria y las secuelas de una congestión cerebral.

Simonini no estaba acostumbrado a frecuentar esos ambientes. Debe de ser precisamente en esos años cuando conoció al doctor Froïde en Magny (como recordaba en el diario del 25 de marzo) y sonrió cuando el médico le contó que, para ir a cenar a casa de Charcot, tuvo que comprarse un frac y una bonita corbata negra. Ahora Simonini tuvo que comprarse también él su frac y su corbata, no sólo, sino también una barba nueva, en el mejor (y más discreto) fabricante de pelucas de París. Sin embargo, aunque los estudios juveniles no lo habían dejado desprovisto de cierta cultura, y en los años parisinos no hubiera descuidado algunas lecturas, no se encontraba a gusto en lo vivo de una conversación brillante, informada, a veces profunda, cuyos protagonistas se mostraban siempre *à la page*. Se mantenía, pues, en silencio, escuchaba todo con atención y se limitaba a aludir de vez en cuando a algunos remotos hechos de armas de la expedición de Sicilia, pues Garibaldi en Francia seguía vendiéndose bien, si se me permite la expresión.

Estaba trastornado. Se había preparado para escuchar discursos no sólo republicanos, que era lo de menos para la época, sino decididamente revolucionarios y, en cambio, Juliette Adam amaba rodearse de personajes rusos claramente vinculados con el ambiente zarista, era anglófoba, como su amigo Toussenel, y publicaba en su *Nouvelle Revue* a un personaje como Léon Daudet, considerado con razón un reaccionario, tanto como su padre Alphonse era considerado un sincero democrático; pero hay que decir, en alabanza de madame Adam, que ambos eran admitidos en su salón.

Tampoco le resultaba claro de dónde procedía la polémica antijudía que solía animar las conversaciones del salón. ¿Del odio socialista hacia el capitalismo hebraico, cuyo representante ilustre era Toussenel?, ¿o del antisemitismo místico que hacía circular Yuliana Glinka, vinculadísima al ambiente ocultista ruso mezclado con recuerdos de los ritos del candomblé brasileño en los que fuera iniciada de niña, cuando el padre servía allá lejos como diplomático, e íntima (se susurraba) de la gran pitonisa del ocultismo parisino de aquel entonces, madame Blavatsky?

La desconfianza de Juliette Adam hacia el mundo judío no era larvada, y Simonini asistió a una velada en la que se dio pública lectura de algunos pasajes del escritor ruso Dostoievski, deudores con toda evidencia de lo que revelara aquel Brafmann, que Simonini había conocido, sobre el gran Kahal.

—Dostoievski nos dice que al haber perdido tantas veces su territorio y su independencia política, sus leyes e incluso su fe, al haber sobrevivido siempre, y cada vez más unidos que antes, esos judíos tan vitales, tan extraordinariamente fuertes y enérgicos, no habrían podido resistir sin un estado superior a los estados existentes, un *status in statu*, que ellos han conservado siempre, en todos los lugares e incluso en las épocas de sus más terribles persecuciones, aislándose y enajenándose de los pueblos con los que vivían, sin mezclarse con ellos, y ateniéndose a un principio fundamental: «Aun cuando estés disperso por la faz de la tierra, no importa, ten fe en que todo lo que se te ha prometido se realizará, y mientras tanto, vive, desprecia, únete, saca tus frutos, y espera, espera...».

—Este Dostoievski es un gran maestro de retórica —comentaba Toussenel—. Mirad cómo empieza profesando comprensión, simpatía, osaría decir respeto por los judíos: «¿Acaso soy yo también un enemigo de los hebreos? ¿Es posible que sea un enemigo de esta infeliz raza? Al contrario, digo y escribo precisamente que todo lo que el sentido de la humanidad y la justicia requieren, todo lo que es exigencia de la humanidad y de la ley cristiana, todo ello debe hacerse con los hebreos...». Buena premisa. Pues bien, luego demuestra que esta raza infeliz pretende destruir el mundo cristiano. Excelente jugada. No es nueva, porque quizá vos no hayáis leído el manifiesto de los comunistas de Marx. Empieza con un golpe de escena formidable: «Un fantasma recorre Europa», y luego nos ofrece una historia a vuelo de águila sobre las luchas sociales desde la Roma antigua hasta hoy, y las páginas dedicadas a la burguesía como clase «revolucionaria» quitan el hipo. Marx nos muestra esta fuerza imparable que recorre todo el planeta, como si fuera el soplo creador de Dios al principio del Génesis. Y al final de este elogio (que, os lo juro, es verdaderamente admirable), entran en escena las potencias subterráneas que el triunfo burgués ha evocado: el capitalismo hace florecer de sus entrañas a sus mismos sepultureros, los proletarios. Los cuales proclamaban sin ambages: ahora nosotros queremos destruiros y apropiarnos de todo lo que era vuestro. Maravilloso. Y lo mismo hace Dostoievski con los judíos, justifica el complot que rige su supervivencia en la historia, y con ello los denuncia como el enemigo que hay que eliminar. Dostoievski es un verdadero socialista.

—No es un socialista —intervenía Yuliana Glinka sonriendo—. Es un visionario, y por eso dice la verdad. Ved cómo previene también la objeción aparentemente más razonable, a saber, que aunque en el curso de los siglos ha habido un estado en el estado, han sido las persecuciones las que lo han generado, y se disolvería si el judío estuviera igualado en sus derechos con las poblaciones autóctonas. ¡Error, nos advierte Dostoievski! Aunque los judíos consiguieran los derechos de los demás ciudadanos, no abandonarían jamás la idea proterva de la llegada de un Mesías que doblegue a todos los pueblos con su espada. Por eso los judíos prefieren una sola actividad, el comercio con el oro y las joyas; así, cuando llegue el Mesías, no se sentirán vinculados a la tierra que los ha alojado, y podrán tomar consigo, cómodamente, todos sus haberes, ese día en que (como de forma poética dice Dostoievski) brille el rayo de la aurora y el pueblo elegido lleve el címbalo, y el tímpano, y la zampoña, y la plata, y todo lo sagrado a la antigua Casa.

—En Francia hemos sido demasiado indulgentes con ellos —concluía Toussenel—, y ahora dominan en las Bolsas y son los dueños del crédito. Por eso el socialismo no puede no ser antisemita... No se debe al azar el triunfo de los judíos en Francia justo cuando triunfaban los nuevos principios del capitalismo, que llegaban de allende el canal de la Manga.

—Vos simplificáis demasiado el asunto, señor Toussenel —decía Glinka—. En Rusia, entre los que están envenenados por las ideas revolucionarias de ese Marx que estabais alabando, hay muchos judíos. Están en todos los sitios.

Y se daba la vuelta hacia las ventanas del salón, como si Ellos la esperaran con sus puñales en la esquina de la calle. Y Simonini pensaba, embargado por un retorno de sus terrores infantiles, en Mardoqueo que, de noche, subía las escaleras.

Trabajar para la Ojrana

Simonini encontró inmediatamente en Yuliana Glinka a una posible cliente. Empezó a sentarse a su lado, cortejándola discretamente (con cierto esfuerzo). Simonini no era un buen juez en tema de encantos femeninos, pero aun así se daba cuenta de que ésta exhibía un morrito de garduña y ojos de-

1re Année. — N° 25 | Paris et Départements, le Numéro : 10 Centimes. | Samedi 30 Décembre 1893

LA LIBRE PAROLE

ILLUSTRÉE

La France aux Français!

RÉDACTION
14 Boulevard Montmartre

Directeur : EDOUARD DRUMONT

ADMINISTRATION
14, boulevard Montmartre

... y ahora dominan en las Bolsas y son los dueños del crédito. Por eso el socialismo no puede no ser antisemita... *(p. 444)*

masiado cercanos a la raíz de la nariz, mientras que Juliette Adam, aunque ya no era la que había conocido veinte años antes, seguía siendo una dama de buen porte y atractiva majestad.

Claro que el nuestro no se exponía demasiado con Yuliana Glinka, más bien, escuchaba sus fantasías, fingiendo interesarse por lo que la señora fantaseaba acerca de la visión, que había tenido en Wurzburg, de un gurú himalayo que la había iniciado a no sé qué revelación. Por lo tanto, era un sujeto a quien ofrecer material antijudío adaptado a sus inclinaciones esotéricas. Tanto más porque se rumoreaba que Yuliana Glinka era nieta del general Orzheievski, una figura de cierto relieve de la policía secreta rusa, y que a través de él había sido alistada en la Ojrana, el servicio secreto imperial, por lo que estaba vinculada (no se entendía si como empleada, colaboradora o contendiente directa) con el nuevo responsable de todas las investigaciones en el extranjero, Piotr Rachkovski. *Le Radical*, un periódico de izquierdas, avanzó la sospecha de que Glinka obtenía sus sustentos de la denuncia sistemática de los terroristas rusos en exilio, lo cual quería decir que no sólo frecuentaba el salón Adam sino también otros ambientes que a Simonini se le escapaban.

Había que acomodar a los gustos de Glinka la escena del cementerio de Praga, eliminando los detalles sobre los proyectos económicos e insistiendo en los aspectos más o menos mesiánicos de los discursos rabínicos.

Pescando un poco entre Gougenot y otra literatura de la

época, Simonini hizo fantasear a los rabinos sobre el regreso del Soberano elegido por Dios como Rey de Israel, destinado a barrer todas las iniquidades de los gentiles. Introdujo, pues, en la historia del cementerio al menos dos páginas de fantasmagorías mesiánicas del tipo «Con toda la potencia y el terror de Satán, el Reino del Rey triunfador de Israel se acerca a nuestro mundo no regenerado; el Rey nacido de la Sangre de Sión, el Anticristo, se acerca al trono de la potencia universal». Ahora bien, considerando que en el ambiente zarista infundía temor todo pensamiento republicano, añadió que sólo un sistema republicano con voto popular permitiría a los israelitas la posibilidad de introducir, comprando las mayorías, leyes útiles a sus fines. Sólo esos necios de los gentiles, decían los rabinos en el cementerio, piensan que bajo la república hay mayor libertad que bajo una autocracia, cuando, por el contrario, en una autocracia gobiernan los sabios mientras que en el régimen liberal gobierna la plebe, fácilmente instigada por los agentes hebreos. Cómo podía convivir la República con un Rey del mundo no parecía preocupante: el caso de Napoleón III ahí estaba para demostrar que las repúblicas pueden crear emperadores.

Ahora bien, recordando los relatos del abuelo, Simonini tuvo la idea de enriquecer los discursos de los rabinos con una larga síntesis de cómo había funcionado y había de funcionar el gobierno oculto del mundo. Es curioso que Glinka no se diera cuenta de que los argumentos, al fin y al cabo, eran los mismos de Dostoievski; o quizá se había dado cuenta, y precisamente por eso exultaba con que un texto antiquísimo confirmara a Dostoievski, demostrándose, por consiguiente, auténtico.

Así pues, en el cementerio de Praga se revelaba que los cabalistas judíos habían sido los inspiradores de las cruzadas para devolver a Jerusalén la dignidad de centro del mundo, gracias también (y aquí Simonini sabía que podía pescar en un repertorio muy rico) a los inevitables templarios. Y era una pena que luego los árabes devolvieran los cruzados al mar, y los templarios acabaran lo mal que habían acabado, de otro modo el plan habría tenido éxito con algunos siglos de adelanto.

En esta perspectiva, recordaban los rabinos de Praga cómo el Humanismo, la Revolución francesa y la guerra de Independencia norteamericana habían contribuido a minar los principios del cristianismo y el respeto hacia los soberanos, preparando la conquista judaica del mundo. Naturalmente, para realizar este plan, los judíos habían tenido que construirse una fachada respetable, es decir, la francmasonería.

Simonini recicló hábilmente al viejo Barruel, que Glinka y sus jefes rusos evidentemente no conocían, y en efecto, el general Orzheievski, a quien Yuliana envió el informe, creyó oportuno dividirlo en dos textos: uno más breve correspondía más o menos a la escena original en el cementerio de Praga, y lo hizo publicar en algunas revistas de allá, olvidando (o arguyendo que el público se había olvidado, o, incluso, ignorando) que un discurso del rabino, sacado del libro de Goedsche, ya había circulado más de diez años antes en San Petersburgo. En los años siguientes, pues, ese primer discurso del rabino apareció en el *Antisemiten-Katechismus* de Theodor Fritsch; el otro se publicó como panfleto con el título *Tayna Yevreystva* («Los secretos de los judíos»), dignificado por un prefacio de Orzheievski mismo, en el que se decía que por primera vez se demostraban, gracias a ese texto que por fin salía a la luz, las relaciones profundas entre la masonería y el hebraísmo, ambos heraldos del nihilismo (acusación que en aquellos tiempos en Rusia resultaba gravísima).

Obviamente, Orzheievski había hecho llegar a Simonini una justa recompensa y Yuliana Glinka llegó al punto (temido y temible) de ofrecerle su cuerpo como galardón de aquella admirable empresa: horror al cual Simonini escapó dejando entender, entre articulados temblores de manos y muchos y virginales suspiros, que su suerte no era distinta de la de ese Octave de Malivert del cual chismorreaban todos los lectores de Stendhal desde hacía décadas.

A partir de ese momento, Yuliana Glinka se desinteresó de Simonini, y él de ella. Pero un día, entrando en el Café de la Paix para un sencillo *déjeuner à la fourchette* (chuletas y riñones a la plancha), Simonini se cruzó con ella en una mesa: estaba sentada con un burgués corpulento y con un aspecto bastante vulgar, con el que discutía en un estado de evidente tensión. Se detuvo para saludar, y Glinka no pudo evitar presentarlo al tal señor Rachkovski, quien lo miró con mucho interés.

Simonini no entendió los motivos de aquella atención en ese momento, sino tiempo después, cuando oyó llamar a la puerta de la tienda y se presentó Rachkovski en persona. Con amplia sonrisa y fehaciente desenvoltura cruzó la tienda y, localizada la escalera para la planta superior, entró en el despacho y se sentó cómodamente en una butaquita junto al escritorio.

—Por favor —dijo—, hablemos de negocios.

Rubio como un ruso, aunque encanecido como un hombre que ya había superado los treinta, Rachkovski tenía los labios carnosos y sensuales, nariz prominente, cejas de diablo eslavo, sonrisa cordialmente ferina y tonos melifluos. Más parecido a una onza que a un león, anotaba Simonini. Y se preguntaba si era menos preocupante ser convocado de noche a la orilla del Sena por Osmán Bey, o por Rachkovski, de primera mañana, a su despacho de la embajada rusa de la rue de Grenelle. Se decantó por Osmán Bey.

—Así pues, capitán Simonini —empezó Rachkovski—, quizá vos no sepáis bien qué es eso que en occidente impropiamente denomináis Ojrana, y los emigrados rusos despectivamente llaman Ojranka.

—He oído rumores al respecto.

—Nada de rumores, todo a la luz del sol. Se trata de la *Ojránnoyie Otdeléniye*, que significa Departamento de Seguridad, servicios de información reservados que dependen del Ministerio del Interior. Nació tras el atentado al zar Alejandro II, en 1881, para proteger a la familia imperial. Pero poco a poco ha tenido que ocuparse de la amenaza del terrorismo nihilista, y ha tenido que establecer distintos departamentos de vigilancia también en el extranjero, donde prosperan exiliados y emigrados. Y por eso me encuentro aquí, en el interés de mi país. A la luz del sol. Los que se esconden son terroristas. ¿Entendido?

—Entendido. ¿Y yo?

—Vayamos por orden. Vos no debéis temer desahogaros conmigo, si por casualidad tuvierais noticias de grupos terroristas. He sabido que en vuestros tiempos señalasteis a los servicios franceses a peligrosos antibonapartistas, y se pueden denunciar sólo a los amigos o, por lo menos, a personas que se frecuentan. No soy un santo. También yo en mis tiempos tuve contactos con los terroristas rusos, es agua pasada, pero por eso he hecho carrera en los servicios antiterroristas, donde funcionan de forma eficiente sólo los que han empezado desde abajo trabajándose a los grupos subversivos. Para servir con competencia a la ley, hay que haberla quebrantado. Aquí en Francia habéis tenido el ejemplo de vuestro Vidocq, que se convirtió en jefe de la policía sólo tras haber pasado una temporada en el penal. Hay que desconfiar de los policías demasiado, cómo diría yo, limpios. Son unos pisaverdes. Pero volvamos a nosotros. Últimamente nos hemos dado cuenta de que entre los terroristas militan algunos intelectuales judíos. Por orden de algunas personas de la corte del zar, intento demostrar que los que minan el temple moral del pueblo ruso y amenazan nuestra misma supervivencia son los judíos. Oiréis decir que se me considera un protegido del ministro Witte, que tiene fama de liberal, y que por lo que atañe a estos argumentos no me haría caso. Pero no hay que servir al propio amo actual, como habréis de aprender, sino prepararse para el sucesivo. En fin, no quiero perder tiempo. He visto lo que le habéis dado a la señora Glinka, y he decidido que es en gran parte basura. Es natural, habéis elegido como cobertura el oficio de baratillero, o lo que es lo mismo, uno que vende artículos usados más caros que los nuevos. Pero hace años, en el *Contemporain* sacasteis unos documentos candentes que habíais recibido de vuestro abuelo, y me sorprendería que no tuvierais más. Se dice por ahí que sabéis mucho sobre muchas cosas. —Y ahí Simonini estaba cobrando los beneficios de su proyecto, de querer aparentar más que ser un espía—. Por lo tanto, quisiera material fidedigno. Sé distinguir el grano de la paja. Pago. Ahora bien, si el material no es bueno, me irrito. ¿Claro?

— ¿Pues qué queréis en concreto?

—Si lo supiera, no os pagaría. Tengo a mi servicio a personas que saben construir bien un documento, pero les tengo que dar contenidos. Y no puedo contarle al buen súbdito ruso que los judíos esperan al Mesías, un asunto que no le importa ni al mujik ni al terrateniente. Si esperan al Mesías, eso hay que explicárselo con referencia a sus bolsillos.

—¿Por qué tenéis como objetivo en especial a los judíos?

—Porque en Rusia hay judíos. Si estuviera en Turquía mi objetivo serían los armenios.

—Así pues, queréis la destrucción de los judíos, como, quizá lo conozcáis, Osmán Bey.

—Osmán Bey es un fanático y, además, es judío también él. Mejor mantenerse alejados. Yo no quiero destruir a los judíos, osaría decir que los judíos son mis mejores aliados. A mí me interesa la estabilidad moral del pueblo ruso y no deseo (y no lo desean las personas que pretendo complacer) que este pueblo dirija sus insatisfacciones hacia el zar. Así pues, necesita un enemigo. Es inútil ir a buscarle un enemigo, qué sé yo, entre los mongoles o los tártaros, como hicieron los autócratas de antaño. El enemigo para ser reconocible y temible debe estar en casa, o en el umbral de casa. De ahí los judíos. La divina providencia nos los ha dado, usémoslos, por Dios, y oremos para que siempre haya un judío que temer y odiar. Es necesario un enemigo para darle al pueblo una esperanza. Alguien ha dicho que el patriotismo es el último refugio de los canallas: los que no tienen principios morales se suelen envolver en una bandera, y los bastardos se remiten siempre a la pureza de su raza. La identidad nacional es el último recurso para los desheredados. Ahora bien, el sentimiento de la identidad se funda en el odio, en el odio hacia los que no son idénticos. Hay que cultivar el odio como pasión civil. El enemigo es el amigo de los pueblos. Hace falta alguien a quien odiar para sentirse justificados en la propia miseria. Siempre. El odio es la verdadera pasión primordial. Es el amor el que es una situación anómala. Por eso mataron a Cristo: hablaba *contra natura*. No se ama a nadie toda la vida, de esta esperanza imposible nacen el adulterio, el matricidio, la traición del amigo... En cambio, se puede odiar a alguien toda la vida. Con tal de que lo tengamos a mano, para alimentar nuestro odio. El odio calienta el corazón.

Drumont

Simonini quedó preocupado por ese coloquio. Rachkovski tenía trazas de hablar en serio, si él no le daba material inédito, se «irritaría». Ahora, no es que él hubiera agotado sus fuentes, es más, había recopilado numerosos folios para sus protocolos múltiples, pero tenía la sensación de que se requería algo más, no sólo esos temas de Anticristos que iban bien para personajes como Yuliana Glinka, sino algo que pudiera recaer más sobre la actualidad. En fin, que no quería malbaratar su cementerio de Praga Actualizado, sino alzar su precio. Y, por lo tanto, esperaba.

Se había confiado con el padre Bergamaschi, quien lo atosigaba para tener material antimasónico.

—Mira este libro —le dijo el jesuita—. Es *La France juive* de Édouard Drumont. Centenares de páginas. Ahí tienes a uno que evidentemente sabe más que tú.

Simonini hojeó apenas el volumen:

—¡Pero si es lo mismo que escribió el viejo Gougenot, hace más de quince años!

—¿Y con eso? Este libro se ha vendido como rosquillas, se ve que sus lectores no conocían a Gougenot. ¿Y tú quieres que tu cliente ruso ya haya leído a Drumont? ¿No eres tú el maestro del reciclaje? Pues ve a olfatear qué se dice o qué se hace en ese ambiente.

Fue fácil ponerse en contacto con Drumont. En el salón Adam, Simonini entró en las gracias de Alphonse Daudet, que lo invitó a las veladas que se celebraban, cuando no estaba de turno el salón Adam, en su casa de Champrosay donde, acogidos con gracia por Julia Daudet, acudían personajes como los Goncourt, Pierre Loti, Émile Zola, Frédéric Mistral y, precisamente, Drumont, que empezaba a volverse famoso tras la publicación de *La France juive*. En los años siguientes Simonini se dedicó a frecuentarlo, primero en la Ligue Antisémitique que había fundado, luego en la redacción de su periódico, *La Libre Parole*.

Drumont tenía una cabellera leonina y una gran barba negra, la nariz curvada y los ojos encendidos, tanto que se lo habría podido definir (de seguir la iconografía corriente) como un profeta hebreo; y en efecto, su antijudaísmo tenía algo profético, mesiánico, como si el omnipotente le hubiera dado el encargo específico de destruir al pueblo elegido. Simonini estaba fascinado por el rencor antijudío de Drumont. Odiaba a los judíos, cómo decirlo, por amor, por elección, por devoción (por un impulso que sustituía al impulso sexual). Drumont no era un antisemita filosófico y político como Toussenel, ni teológico como Gougenot, era antisemita erótico.

Bastaba oírle hablar, en las largas y ociosas reuniones de redacción.

1re Année. — N° 23 | Paris et Départements, le Numéro : 10 Centimes. | Samedi 16 Décembre 1893

LA LIBRE PAROLE

ILLUSTRÉE

La France aux Français!

RÉDACTION
14 Boulevard Montmartre

Directeur : EDOUARD DRUMONT

ADMINISTRATION
14, boulevard Montmartre

SI NOUS LES LAISSONS FAIRE ....

... se dedicó a frecuentarlo, primero en la Ligue Antisémitique que había fundado, luego en la redacción de su periódico, La Libre Parole*... (p. 455)*

—He escrito de buena gana el prefacio a ese libro del abate Desportes, sobre el misterio de la sangre entre los judíos. Y no se trata sólo de prácticas medievales. Todavía hoy las divinas baronesas judías que reciben en sus salones ponen sangre de niños cristianos en las pastitas que ofrecen a sus invitados.

Y seguía:

—El semita es mercantil, ávido, intrigante, sutil, astuto, mientras nosotros los arios somos entusiastas, heroicos, caballerescos, desinteresados, francos, confiados hasta la ingenuidad. El semita es terrestre, no ve nada más allá de la vida presente, ¿habéis encontrado jamás en la Biblia alusiones al más allá? El ario siempre está arrobado por la pasión de la trascendencia, es hijo del ideal. El dios cristiano está en los cielos, el hebreo a veces aparece en una montaña, otras en una zarza, nunca más arriba. El semita es negociante, el ario es agricultor, poeta, monje y, sobre todo, soldado, porque desafía a la muerte. El semita no tiene capacidad creativa, ¿habéis visto nunca músicos, pintores, poetas judíos?, ¿habéis visto nunca un judío que haya llevado a cabo descubrimientos científicos? El ario es inventor, el semita explota sus invenciones.

Recitaba lo que había escrito Wagner: «No podemos imaginar sobre la escena a un personaje antiguo o moderno, ya sea un héroe, ya un enamorado, representado por un judío, sin sentir involuntariamente todo lo impropio, que llega hasta el ridículo, de semejante idea. Lo que nos repugna particularmente es la expresión física del acento judío.

Nuestro oído se ve afectado de manera extraña y desagradable por el sonido agudo, chillón, seseante y arrastrado de la pronunciación judía. Es natural que la aridez natural de la naturaleza judía alcance su apogeo en el canto, considerado como el medio de expresión más vivaz y más incuestionablemente verdadero de la sensibilidad individual. Al judío se le podría reconocer capacidad artística para cualquier arte menos para el canto, que parece que le ha sido negada por la propia naturaleza.

—Pero entonces —se preguntó alguien—, ¿cómo se explica que hayan invadido el teatro musical? Rossini, Meyerbeer, Mendelssohn, o Giuditta Pasta, todos judíos...

—Quizá porque no es verdad que la música es un arte superior —sugería otro—. ¿No decía ese filósofo alemán que es inferior a la pintura y a la literatura, porque molesta también a quien no quiere escucharla? Si alguien toca a tu lado una melodía que no amas, estás obligado a escucharla, como si alguien se sacara del bolsillo un pañuelo perfumado con una esencia que te disgusta. La literatura, ahora en crisis, es una gloria aria. La música, en cambio, arte sensitivo para panolis y enfermos, triunfa. Después del cocodrilo, el judío es el más melómano de todos los animales, todos los judíos son músicos. Pianistas, violinistas, violonchelistas, son todos judíos.

—Sí, pero son meros ejecutores, parásitos de los grandes compositores —rebatía Drumont—. Habéis citado a Meyerbeer y Mendelssohn, músicos de segunda categoría; Delibes y Offenbach no son judíos.

Nació una gran discusión sobre si los judíos eran ajenos a la música o si la música era el arte judío por excelencia, pero las opiniones eran discordantes.

Cuando ya se estaba proyectando la Torre Eiffel, por no hablar de cuando se terminó, en la liga antisemita el furor alcanzó cimas inauditas: era la obra de un judío alemán, la respuesta judía al Sacré-Coeur. Decía De Biez, quizá el antisemita más batallador del grupo; éste hacía partir la demostración de la inferioridad judía del hecho de que escribían al contrario de la gente normal:

—La forma misma de ese artefacto babilonés demuestra que su cerebro no está hecho como el nuestro...

Se pasaba entonces a hablar del alcoholismo, plaga francesa de la época. Se decía que en aquellos años en París se consumían ¡141.000 hectolitros de alcohol!

—El alcohol —decía alguien— lo difunden los judíos y la masonería, que han perfeccionado su veneno tradicional, el agua tofana. Ahora producen un tóxico que parece agua y que contiene opio y cantárida. Produce languidez o idiotismo, y luego lleva a la muerte. Se pone en las bebidas alcohólicas, e induce al suicidio.

—¿Y la pornografía? Toussenel (a veces también los socialistas pueden decir la verdad) ha escrito que el cerdo es el emblema del judío que no se avergüenza de revolcarse en la bajeza y la ignominia. Por otra parte, el Talmud dice que es un buen presagio soñar con excrementos. Todas las publicaciones obscenas están editadas por judíos. Id a la rue du Croissant, ese mercado de periódicos pornográficos. Hay

... El alcohol —decía alguien— lo difunden los judíos y la masonería, que han perfeccionado su veneno tradicional, el agua tofana... (p. 459)

una tienducha (de judíos) una detrás de otra, escenas de depravación, monjes que copulan con muchachitas, curas que azotan a mujeres desnudas, cubiertas únicamente por sus cabellos, escenas priápicas, crápulas de frailes borrachos. La gente pasa y se ríe, ¡incluso familias con niños! Es el triunfo, perdonadme la palabra, del Ano. Canónigos sodomitas, nalgas de religiosas que se dejan flagelar por curas soeces...

Otro tema habitual era el nomadismo judío.

—El judío es nómada, pero para huir de algo, no para explorar nuevas tierras —recordaba Drumont—. El ario viaja, descubre América, y las tierras incógnitas; el semita espera a que los arios descubran las nuevas tierras y luego va a explotarlas. Y poned atención en las leyendas. Aparte de que los judíos nunca han tenido bastante fantasía para concebir un hermoso cuento, sus hermanos semitas, los árabes, han contado las historias de las *Mil y una noches* donde alguien descubre un odre lleno de oro, una caverna con los diamantes de los ladrones, una botella con un espíritu benévolo: y todo les llega regalado del cielo. En cambio, en las leyendas arias, pensemos en la conquista del Grial, todo debe ganarse a través de la lucha y del sacrificio.

—Con todo —decía alguno de los amigos de Drumont—, los judíos han conseguido sobrevivir a todas las adversidades...

—Cierto —a Drumont casi le salía espuma de la boca por el resentimiento—, es imposible destruirlos. Cualquier otro pueblo, cuando emigra a otro ambiente, no resiste a los cambios del clima, a la nueva comida, y se debilita. Ellos, en cambio, con el desplazamiento se fortalecen, como les pasa a los insectos.

—Son como los gitanos, que nunca se ponen enfermos. Aunque se alimenten de animales muertos. Quizá los ayude el canibalismo, y por eso secuestran niños...

—Pero no está comprobado que el canibalismo alargue la vida, si no, los negros de África... Son caníbales pero aun así se mueren como moscas en sus aldeas.

—¿Cómo se explica entonces la inmunidad del judío? Tiene una vida media de cincuenta y tres años, mientras que los cristianos la tienen de treinta y siete. Por un fenómeno que se observa desde la Edad Media, parecen más resistentes que los cristianos a las epidemias. Parece que hay en ellos una peste permanente que los defiende de la peste ordinaria.

Simonini observaba que estos argumentos ya habían sido tratados por Gougenot, pero en el cenáculo de Drumont no se preocupaban tanto por la originalidad de las ideas sino por su verdad.

—Vale —decía Drumont—, son más resistentes que nosotros a las enfermedades físicas, pero están más afectados por las enfermedades mentales. Lo de vivir siempre entre transacciones, especulaciones y conspiraciones, les altera el sistema nervioso. En Italia, hay un enajenado por trescientos cuarenta y ocho judíos, mientras entre los católicos hay uno cada setecientos setenta y ocho. Charcot ha llevado a cabo estudios interesantes sobre los judíos rusos, de los que tenemos noticias porque son pobres, mientras que en Francia son ricos y esconden sus males en la clínica del doctor Blanche, y les sale caro. ¿Sabéis que Sarah Bernhardt tiene un ataúd blanco en su alcoba?

—Están prohijando a una velocidad doble con respecto a nosotros. Ya ahora en el mundo son más de cuatro millones.

—Lo decía el Éxodo, los hijos de Israel crecieron, y se multiplicaron, y fueron aumentados y fortalecidos en extremo; y se llenó la tierra de ellos.

—Aquí están, ahora. Y aquí estaban cuando no sospechábamos que estuvieran. ¿Quién era Marat? Su verdadero nombre era Mara. Era de un familia sefardí desterrada de España, la cual, para disimular su origen judío, se hizo protestante. Marat: corroído por la lepra, muerto en la suciedad, un enfermo mental afligido por manías persecutorias y luego por manías homicidas, judío típico, que se venga de los cristianos mandando el mayor número posible a la guillotina. Contemplad su retrato en el Museo Carnavalet, veréis en seguida al alucinado, al neuropático, como Robespierre y otros jacobinos, esa asimetría en las dos mitades del rostro que revela al desequilibrado.

—La Revolución la hicieron eminentemente judíos, lo sabemos. Pero Napoleón, con su odio antipapista y sus alianzas masónicas, ¿era semita?

—Eso parece, lo dijo también Disraeli. Baleares y Córcega sirvieron de refugio a los judíos expulsados de España:

convertidos en marranos, tomaron el nombre de los señores que habían servido, como Orsini y Bonaparte.

En toda compañía hay un *gaffeur*, el que hace la pregunta equivocada en el momento equivocado. Y ahí salió la pregunta capciosa:

—¿Y entonces Jesús? Era judío, y con todo muere joven, es indiferente al dinero, piensa sólo en el reino de los cielos...

La respuesta llegó de Jacques de Biez:

—Señores, que Cristo fuera judío es una leyenda que inventaron precisamente los judíos, como san Pablo y los cuatro evangelistas. En realidad, Jesús era de raza céltica, como nosotros los franceses, que fuimos conquistados por los latinos sólo muy tarde. Y antes de ser emasculados por los latinos, los celtas eran un pueblo conquistador, ¿habéis oído hablar de los gálatas, que llegaron hasta Grecia? Galilea se llamaba así por los galos que la habían colonizado. Por otra parte, el mito de una virgen que habría alumbrado un hijo es un mito celta y druídico. Jesús, no hay más que mirar todos los retratos que poseemos, era rubio y con los ojos azules. Y hablaba contra las costumbres, las supersticiones, los vicios de los judíos y, al contrario de lo que los judíos se esperaban del Mesías, decía que su reino no era de esta tierra. Y si los judíos eran monoteístas, Cristo lanza la idea de la Trinidad, inspirándose en el politeísmo celta. Por eso lo mataron. Judío era Caifás que lo condenó, judío era Judas que lo traicionó, judío era Pedro que renegó de él...

El mismo año en que fundó *La Libre Parole*, Drumont tuvo la suerte o la intuición de cabalgar el escándalo de Panamá.

—Sencillo —le explicaba a Simonini, antes de lanzar su campaña—. Ferdinand de Lesseps, el mismo que ha abierto el canal de Suez, recibe el encargo de abrir el istmo de Panamá. Hay que emplear seiscientos millones de francos y Lesseps funda una sociedad anónima. Las obras empiezan en 1881 entre mil dificultades, Lesseps necesita más dinero y lanza una suscripción pública. Pero ha usado parte del dinero recogido para corromper a unos periodistas y esconder las dificultades que van saliendo poco a poco, como el hecho de que en el 87 se había excavado apenas la mitad del istmo y ya se habían gastado mil cuatrocientos millones de francos. Lesseps pide ayuda a Eiffel, el judío que ha construido esa horrible torre, luego sigue recogiendo fondos y empleándolos para corromper tanto a la prensa como a los diferentes ministros. De este modo, hace cuatro años, la Compañía del Canal quiebra con lo que ochenta y cinco mil buenos franceses que se habían adherido a su suscripción pierden todo su dinero.

—Es una historia conocida.

—Sí, pero lo que yo ahora puedo demostrar es que los que han ayudado a Lesseps han sido unos financieros judíos, entre los cuales está el barón Jacques de Reinach (¡barón de nombramiento prusiano!). *La Libre Parole* de mañana hará ruido.

Hizo ruido, involucrando en el escándalo a periodistas,

funcionarios gubernamentales, ex ministros, Reinach se suicidó, algunos personajes importantes fueron a parar a la cárcel, Lesseps se salvó gracias a la prescripción, Eiffel se libró por los pelos, Drumont triunfaba como fustigador de las corruptelas, pero sobre todo sustanciaba con argumentos concretos su campaña antijudía.

Algunas bombas

Antes aún de poder abordar a Drumont parece ser que Simonini fue convocado en la nave habitual de Notre-Dame por Hébuterne.

—Capitán Simonini —le dijo—, hace algunos años os encargué que espolearais a ese Taxil a una campaña antimasónica tan de circo ecuestre que se retorciera contra los antimasones más vulgares. El hombre que en nombre vuestro me garantizó que la empresa estaría bajo control era el abate Dalla Piccola, a quien entregué no pocos dineros. Ahora me parece que ese Taxil está exagerando. Puesto que el abate me lo habéis recomendado vos, intentad presionarle, y también a Taxil.

Aquí Simonini se confiesa a sí mismo que tiene un vacío en la mente: le parece saber que el abate Dalla Piccola había de ocuparse de Taxil, pero no recuerda haberle encomendado nada. Consigna entonces que le dijo a Hébuterne que se interesaría por el caso. Y añadió que en esos momentos seguía estando interesado en los judíos, y que iba a ponerse en contacto con el ambiente de Drumont. Se asombró al notar lo favorable que era Hébuterne a ese grupo. ¿Acaso no le habían dicho repetidamente, le preguntó Simonini, que el gobierno no quería inmiscuirse en campañas antijudías?

—Las cosas cambian, capitán —le contestó Hébuterne—. Mirad, hasta no hace mucho los judíos eran o unos pobrecillos que vivían en un gueto, como todavía sucede hoy en Rusia o en Roma, o grandes banqueros como en Francia. Los judíos pobres prestaban con usura o practicaban la medicina, pero los que hacían fortuna financiaban la corte y engordaban con las deudas del rey, aportando dinero para sus guerras. En este sentido, estaban siempre del lado del poder y no se metían en política. Y al estar interesados en las finanzas, no se ocupaban de industria. Luego sucedió algo de lo que también nosotros nos hemos percatado con retraso. Tras la Revolución, los estados han necesitado un volumen de financiación superior al que podían aportar los judíos, y el judío ha ido perdiendo gradualmente su posición de monopolio del crédito. Entre tanto, poco a poco, y nos estamos dando cuenta apenas ahora, la revolución había traído la igualdad de todos los ciudadanos, por lo menos en Francia. Y salvo, como siempre, los pobrecillos de los guetos, los judíos se han convertido en burguesía, no sólo la alta burguesía de los capitalistas, sino también la pequeña burguesía, la de las profesiones, los aparatos del Estado y del ejército. ¿Sabéis cuántos oficiales judíos hay hoy en día? Más de los que creéis. Y ojalá fuera sólo el ejército:

los judíos se han ido insinuando paulatinamente en el mundo de la subversión anarquista y comunista. Si antes los esnobs revolucionarios eran antijudíos en cuanto anticapitalistas, y los judíos al fin y al cabo eran aliados del gobierno del momento, hoy está de moda ser judío «de oposición». ¿Y quién, si no, era ese Marx del que tanto hablan nuestros revolucionarios? Un burgués pelado que vivía a costa de una mujer aristocrática. Y no podemos olvidar, por ejemplo, que toda la enseñanza superior está en sus manos, desde el Collège hasta la École des Hautes Études, y en sus manos están todos los teatros de París, y gran parte de los periódicos, véase el *Journal des débats*, que es el órgano oficial de la alta banca.

Simonini no entendía todavía qué buscaba Hébuterne sobre los judíos, ahora que los judíos burgueses se habían vuelto demasiados invasivos. Ante la pregunta, Hébuterne hizo un gesto vago.

—No lo sé. Debemos estar muy atentos. El problema es si debemos fiarnos de esta nueva categoría de judíos. ¡Y mirad que no estoy pensando en las fantasías que circulan sobre un complot judío para la conquista del mundo! Estos judíos burgueses ya no se reconocen en su comunidad de origen, y a menudo se avergüenzan, pero al mismo tiempo son ciudadanos de poco fiar, porque son plenamente franceses sólo desde hace poco, y mañana podrían traicionarnos, compinchándose incluso con la burguesía judía de Prusia. En los tiempos de la invasión prusiana, la mayor parte de los espías eran judíos alsacianos.

Iban a saludarse cuando Hébuterne añadió:

—A propósito. En los tiempos de Lagrange, tratasteis con un tal Gaviali. Lo hicisteis arrestar vos.

—Sí, era el jefe de los dinamiteros de la rue de la Huchette. Me parece que están todos en Cayena, o por esos mundos.

—Menos Gaviali. Recientemente se ha fugado y nos lo han señalado en París.

—¿Es posible evadirse de la Isla del Diablo?

—Es posible evadirse de cualquier sitio, basta tener agallas.

—¿Por qué no lo arrestáis?

—Porque un buen fabricante de bombas, en este momento, podría sernos útil. Lo hemos localizado: está de quincallero en Clignancourt. ¿Por qué no lo recuperáis?

No era difícil encontrar quincalleros en París. Aunque extendidos por toda la ciudad, antaño su reino estaba entre la rue Mouffetard y la rue Saint-Médard. Ahora, por lo menos los que Hébuterne había localizado, estaban por los alrededores de la puerta de Clignancourt, y vivían en una colonia de chabolas con los tejados de maleza, y no se sabe por qué, cuando hacía bueno florecían a su alrededor unos girasoles crecidos en aquella atmósfera nauseabunda.

Antaño, en los alrededores había uno de esos restaurantes denominados de Pies Húmedos porque los clientes tenían que esperar su turno en la calle y, una vez entrados, por una perra tenían el derecho de sumergir un enorme tenedor en una olla donde lo que pescaban, pescaban: si a uno le iba bien, le tocaba de un trozo de carne, si no, una zanahoria, y fuera.

Los quincalleros tenían sus *hôtels garnis*. No era mucho, una cama, una mesa, dos sillas desemparejadas. En la pared imágenes sagradas, o grabados de viejas novelas encontradas en la basura. Un trozo de espejo, lo indispensable para la *toilette* dominical. En su cubil, el quincallero separaba, ante todo, lo que había encontrado: los huesos, las porcelanas, el cristal y los viejos lazos, los jirones de seda. La jornada empezaba a las seis de la mañana, y después de las siete de la tarde, si los sargentos de ciudad (o, como ya los llamaba todo el mundo, los *flics*) encontraban a alguno trabajando, lo multaban.

Simonini fue a buscar a Gaviali allá donde habría debido estar. Al final de su búsqueda, en una *bibine* donde no se bebía sólo vino sino también un ajenjo que decían que estaba envenenado (como si el normal no fuera bastante venenoso), le indicaron a un individuo. Simonini recordaba que cuando había conocido a Gaviali todavía no llevaba barba, y para la ocasión se la había quitado. Habían pasado unos veinte años, pero pensaba que todavía seguía siendo reconocible. El que no era reconocible era Gaviali.

Tenía la cara blanca, arrugada, y la barba larga. Una corbata amarillenta más parecida a una cuerda le colgaba de un sobrecuello grasiento, del que sobresalía un cuello delgadísimo. En la cabeza llevaba un sombrero andrajoso, vestía una redingote verdosa sobre un chaleco encogido, los zapatos estaban enfangados como si no los limpiara desde hacía años y los cordones se amasaban lodosos con el cuero. Entre quincalleros, nadie le prestaba la menor atención a Gaviali porque nadie iba mejor vestido.

Simonini se presentó, esperándose cordiales agniciones. Gaviali lo miró duramente.

—¿Tenéis el valor de volver a presentaros ante mí, capitán? —dijo. Y ante el desconcierto de Simonini siguió—: ¿Me creéis cabalmente un necio? Bien lo vi, aquel día que llegaron los gendarmes y nos dispararon, que vos le disteis el tiro de gracia a aquel desgraciado que nos enviasteis como agente vuestro. Y luego, los que sobrevivimos, todos nosotros, nos encontramos en el mismo velero rumbo a Cayena, y vos no estabais; fácil sumar dos más dos. En quince años de ocio en Cayena uno se vuelve inteligente: ideasteis nuestro complot para denunciarlo. Debe de ser un oficio lucrativo.

—¿Y con ello? ¿Queréis vengaros? Os habéis reducido a un desecho de hombre, si vuestra hipótesis fuera correcta, la policía debería escucharme, y me basta con avisar a quien hay que avisar y regresáis a Cayena.

—Por Dios, capitán. Los años en Cayena me han vuelto sabio. Cuando uno hace de conspirador, ha de poner en la cuenta el encuentro con un *mouchard*. Es como jugar a policías y ladrones. Y además, ved, alguien ha dicho que con los años todos los revolucionarios se vuelven defensores del trono y del altar. A mí del trono y del altar no me importa mucho, pero considero acabada la época de los grandes ideales. Con esta denominada Tercera República no se sabe ni siquiera dónde está el tirano por asesinar. Hay una sola cosa que todavía sé hacer: bombas. Y el hecho de que vos vengáis a buscarme significa que queréis bombas. Está bien, con tal de que paguéis. Ya veis dónde vivo. Me conformaría con cambiar de alojamiento y de restaurante. ¿A quién he de mandar al otro barrio? Como todos los revolucionarios de antaño me he convertido en un vendido. Es un oficio que deberíais conocer bien.

—Quiero bombas de vos, Gaviali, pero todavía no sé cuáles, ni dónde. Hablaremos de ello cuando proceda. Puedo prometeros dinero, pasarle la esponja a vuestro pasado, y procuraros nuevos documentos.

Gaviali se declaró al servicio de quienquiera que pagara bien y Simonini, de momento, le pasó lo necesario para sobrevivir sin recoger quincallas durante por lo menos un mes. No hay nada como el penal para que uno esté dispuesto a obedecer a quien manda.

Qué debía hacer Gaviali, se lo diría Hébuterne a Simonini más tarde. En diciembre de 1893, un anarquista, Auguste Vaillant, lanzó un pequeño artefacto explosivo (lleno de clavos) en la Cámara de los Diputados, gritando: «¡Muerte a la burguesía! ¡Larga vida a la anarquía!». Un gesto simbólico: «Si hubiera querido matar, habría cargado la bomba de perdigones», dijo Vaillant en el proceso. «Desde luego, no puedo mentir para daros el placer de cortarme el cuello.»

Para dar ejemplo, el cuello se lo cortaron igualmente. Pero éste no era el problema: los servicios estaban preocupados de que gestos de ese tipo pudieran resultar heroicos y, por lo tanto, producir imitación.

—Hay malos maestros —explicó Hébuterne a Simonini— que justifican y alientan el terror y la inquietud social, mientras ellos se están ni tan tranquilos en sus clubes y en sus restaurantes hablando de poesía y bebiendo champagne. Fijaos en este periodistilla de cuatro perras, Laurent Tailhade (que por ser también diputado goza de doble influencia sobre la opinión pública). Ha escrito sobre Vaillant: «¿Qué importan las víctimas si el gesto ha sido hermoso?». Para el Estado, los Tailhade son más peligrosos que los Vaillant porque a éstos es difícil cortarles la cabeza. Hay que darles una lección pública a estos intelectuales que nunca pagan.

La lección tenían que organizarla Simonini y Gaviali. Pocas semanas después, en Foyot, justo en la esquina donde Tailhade iba a consumir sus caras comidas, estalló una bomba, y Tailhade perdió un ojo (Gaviali era un auténtico genio, la bomba estaba concebida de modo que la víctima no muriera sino que resultara herida lo que fuera menester). Los periódicos gubernamentales lo tuvieron fácil para escribir comentarios sarcásticos del tipo. «Y entonces, monsieur Tailhade, ¿el gesto ha sido hermoso?». Buen punto para el gobierno, para Gaviali y para Simonini. Y Tailhade, además del ojo, perdió la reputación.

El más satisfecho era Gaviali y Simonini pensaba que

era hermoso volver a dar vida y crédito a alguien que la había desgraciadamente perdido por los desgraciados casos de la vida.

En aquellos mismos años, Hébuterne encomendó a Simonini otros encargos. El escándalo de Panamá estaba dejando de impresionar ya a la opinión pública, porque las noticias, cuando son siempre las mismas, al cabo de un poco generan aburrimiento, Drumont se había desinteresado del caso, pero otros seguían con los fogonazos y, evidentemente, el gobierno estaba preocupado por la (¿cómo se diría hoy?) combustión oculta. Había que distraer a la opinión pública de las escorias de esa historia que ya era vieja, y Hébuterne le pidió a Simonini que organizara una buena revuelta, capaz de ocupar las primeras páginas de las gacetas.

Organizar una revuelta no es fácil, dijo Simonini, y Hébuterne le sugirió que los más proclives a armar jaleo eran los estudiantes. Hacer que los estudiantes empezaran algo para luego introducir a algún especialista del público desorden, era lo más oportuno.

Simonini no estaba en contacto con el mundo estudiantil, pero pensó en seguida que los que le interesaban, entre los estudiantes, eran los que tenían propensiones revolucionarias, mejor si eran anarquistas. ¿Y quién conocía mejor que nadie el ambiente de los anarquistas? Aquel que por oficio los infiltraba y los denunciaba, Rachkovski, pues. Conque se puso en contacto con él, el cual, mostrando todos sus dientes lobunos en una sonrisa que se quería amistosa, le preguntó cómo y por qué.

—Quiero sólo algunos estudiantes capaces de armar jaleo a la carta.

—Fácil —contestó el ruso—, id al Château Rouge.

El Château Rouge, en apariencia, era un lugar de encuentro de los miserables del Barrio Latino, en la rue Galande. Se abría en el fondo de un patio, con una fachada pintada de un rojo guillotina, y nada más entrar se sentía uno sofocado por el hedor de grasa rancia, de moho, de sopas cocidas y recocidas que en los años habían dejado como huellas táctiles en aquellas paredes pringosas. Y tampoco se entiende por qué, pues en aquel lugar había que traerse la comida porque la casa ponía sólo el vino y los platos. Una neblina pestífera, hecha de humo de tabaco y de emanaciones de mecheros de gas, parecía adormecer a decenas de *clochards* sentados incluso tres o cuatro por lado de mesa, dormidos los unos sobre los hombros de los otros.

En dos de las salas interiores, no había vagabundos sino viejas rameras mal enjoyadas, putillas aún no quinceañeras con el aspecto ya insolente, los ojos hundidos y los signos pálidos de la tuberculosis, y malhechores de barrio, con vistosos anillos con piedras falsas y redingotes mejores que los harapos de la primera sala. En esa confusión infecta circulaban señoras bien vestidas y señores con traje de noche, porque visitar el Château Rouge se había convertido en una emoción imprescindible: entrada la noche, después del teatro, llegaban carruajes de lujo, y el *tout Paris* iba a disfrutar de las ebriedades del hampa: gran parte de ella, con toda probabilidad, la pagaba el dueño del local con ajenjo, para atraer a los buenos burgueses que por ese mismo ajenjo pagarían el doble de lo debido.

En el Château Rouge, siguiendo una indicación de Rachkovski, Simonini entró en contacto con un tal Fayolle, de profesión comerciante de fetos. Era un hombre anciano que pasaba las veladas en el Château Rouge gastándose en aguardiente de ochenta grados lo que se ganaba durante la jornada merodeando por los hospitales para recoger fetos y embriones, que luego vendía a los estudiantes de la École de Médecine. Apestaba, además de a alcohol, a carne descompuesta, y el olor que emanaba lo obligaba a permanecer aislado incluso entre los hedores del Château; pero gozaba, se decía, de muchas relaciones en el ambiente estudiantil, sobre todo entre los que ejercían desde hacía años la profesión de estudiante, más proclives a nutridas licencias que al estudio de los fetos, y dispuestos a armar jaleo en cuanto se presentara la ocasión.

Pues bien, se daba el caso de que precisamente esos días, los jóvenes del Barrio Latino estaban irritados con un viejo carca, el senador Bérenger, que acababa de proponer una ley para reprimir los ultrajes a las buenas costumbres cuyas primeras víctimas eran (según decía) precisamente los estudiantes, lo que le valió el apodo de Père la Pudeur. El pretexto habían sido las exhibiciones de una tal Sarah Brown que semidesnuda y bien entrada en carnes (y proba-

... En dos de las salas interiores, no había vagabundos sino viejas rameras mal enjoyadas, putillas aún no quinceañeras con el aspecto ya insolente, los ojos hundidos y los signos pálidos de la tuberculosis, y malhechores de barrio, con vistosos anillos con piedras falsas y redingotes mejores que los harapos de la primera sala... (p. 475)

blemente sudorosa, se horripilaba Simonini) actuaba en el Bal des Quat'z Arts.

Cuidado con quitarles a los estudiantes los honestos placeres del voyeurismo. Y al menos el grupo que Fayolle controlaba, ya estaba proyectando ir una noche a armar jaleo bajo las ventanas del senador. Se trataba sólo de saber cuándo tenían intención de ir, y hacer que en los parajes estuvieran preparados otros individuos deseosos de llegar a las manos. Por una módica suma, Fayolle pensaría en todo. Simonini no tenía sino que avisar a Hébuterne del día y de la hora.

De modo que, en cuanto los estudiantes empezaron el alboroto, llegó una compañía de soldados, o de gendarmes, lo que fuera. En todas las latitudes, nada mejor que la policía para estimular en los estudiantes belicosas pasiones: voló alguna piedra, más que nada gritos, pero un bote de humo, disparado por un soldado para hacer una humareda, le entró en el ojo a un pobrecillo que por casualidad pasaba por allí. Ya tenían al muerto, indispensable. Imaginémonos, barricadas acto seguido e inicio de una auténtica sublevación. En ese momento entraron en acción los pegadores enrolados por Fayolle. Los estudiantes detenían un ómnibus, pedían educadamente a los pasajeros que bajaran, separaban los caballos y volcaban el vehículo para levantar una barricada, pero los otros alborotadores intervenían inmediatamente y prendían fuego al vehículo. De ahí a poco, se pasó de una protesta ruidosa a la revuelta y de la revuelta a un atisbo de revolución. Con lo cual las primeras páginas de los periódicos tenían preocupación para rato, y adiós a Panamá.

El bordereau

El año en el que Simonini ganó más dinero fue 1894. El trabajo salió casi por casualidad, aunque la casualidad siempre hay que ayudarla un poco.

En aquellos tiempos se había agudizado el resentimiento de Drumont por la presencia de demasiados judíos en el ejército.

—No lo dice nadie —se atormentaba—, porque hablar de estos potenciales traidores de la Patria precisamente en el seno de la más gloriosa de nuestras instituciones, y decir por ahí que el ejército está envenenado por todos estos judíos —pronunciaba «ces Juëfs, ces Juëfs», con los labios adelantados como para tomar un contacto fogoso, inmediato y feroz con la toda la raza de los infames israelitas— podría significar hacer perder fe en la Milicia, pero alguien deberá hablar, ¿no? ¿Vos sabéis cómo intenta volverse respetable ahora el judío? Con la carrera de oficial, o circulando por los salones de la aristocracia como artista y pederasta. Ah, estas duquesas están cansadas de sus adulterios con caballeros de viejo cuño, o con canónigos como Dios manda, y nunca se sacian de lo bizarro, de lo exótico, de lo monstruoso, se dejan atraer por personajes emperifollados y olorosos a pachulí como una mujer. Que se pervierta la buena sociedad, me importa bastante poco, no eran mejores las marquesas que fornicaban con los varios Luises, ahora bien, si se pervierte el ejército, le ponemos punto final a la civilización francesa; lo malo es que me faltan las pruebas, las pruebas.

—¡Encontradlas! —les gritaba a los redactores de su periódico.

En la redacción de *La Libre Parole*, Simonini conoció al comandante Esterházy: muy dandi, no paraba de alardear de sus orígenes nobles, de su educación vienesa, aludía a duelos pasados y futuros, se sabía que estaba cargado de deudas, los redactores lo evitaban cuando se les acercaba con aire reservado porque preveían una estocada, y el dinero prestado a Esterházy, ya se sabía, nunca volvía. Ligeramente afeminado, se llevaba una y otra vez un pañuelo bordado a la boca, y algunos decían que era tuberculoso. Su carrera militar había sido excéntrica, primero oficial de caballería en la campaña militar de 1866 en Italia, luego en los zuavos pontificios, a continuación había participado en la guerra de 1870 con la Legión Extranjera. Se rumoreaba que tenía que ver con el contraespionaje militar, pero obviamente no se trataba de informaciones que uno llevara cosidas en el uniforme. Drumont lo tenía en gran consideración, quizá para asegurarse un contacto con los ambientes militares.

Esterházy invitó un día a Simonini a cenar en el Boeuf à la Mode. Tras haber pedido un *mignon d'agneau aux lai-*

tues y discutido la carta de vinos, Esterházy llegó al punto:

—Capitán Simonini, nuestro amigo Drumont va en busca de pruebas que no encontrará jamás. El problema no es descubrir si hay espías prusianos de origen judío en el ejército. La paciencia de Job, eso es lo que hay que tener: este mundo pulula de espías y no nos escandalizaremos por uno más o uno menos. El problema político es demostrar que los hay. Estaréis de acuerdo conmigo en que, para acorralar a un espía o a un conspirador, no es necesario encontrar pruebas, es más fácil y más económico construirlas, y si es posible, construir al espía mismo. Así pues, en el interés de la nación, tenemos que elegir a un oficial judío, bastante sospechoso por alguna debilidad suya, y mostrar que ha transmitido informaciones importantes a la embajada prusiana de París.

—¿Qué queréis decir cuando decís nosotros?

—Os hablo en nombre de la sección de estadísticas del Service des Reinsegnements Français, dirigida por el teniente coronel Sandherr. Quizá sepáis que esta sección, con un nombre tan neutro, se ocupa sobre todo de los alemanes: al principio, se interesaba por lo que hacían en su casa, informaciones de todo tipo, desde periódicos, informes de oficiales de viaje, de las gendarmerías, de nuestros agentes a ambos lados de la frontera, intentando saber lo más posible sobre la organización de su ejército, cuántas divisiones de caballería tienen, a cuánto asciende el sueldo de la tropa, todo, en fin. Pero en los últimos tiempos, el servicio ha decidido ocuparse también de lo que hacen los alemanes en nuestra casa. Alguien se queja de esta confusión entre espionaje y contraespionaje, pero las dos actividades están sumamente vinculadas. Tenemos que saber lo que sucede en la embajada alemana, porque es territorio extranjero, y esto es espionaje; pero es allí donde se recogen informaciones sobre nosotros, y saberlo es contraespionaje. Pues bien, en la embajada trabaja para nosotros una tal madame Bastian que se encarga de los servicios de limpieza, se finge analfabeta, mientras que sabe incluso leer y entender el alemán. Su tarea consiste en vaciar todos los días las papeleras de las oficinas de la embajada, y a continuación transmitirnos notas y documentos que los prusianos (vos sabéis lo obtusos que son) creían condenados a la destrucción. Por lo tanto, se trata de producir un documento en el que un oficial nuestro anuncie noticias de todo punto secretas sobre armamentos franceses. Entonces se supondrá que el autor es alguien que tiene acceso a noticias reservadas y lo desenmascararemos. Así pues, necesitamos precisamente una pequeña lista, llamémoslo un *bordereau*. Por este motivo nos dirigimos a vos que en el tema, nos dicen, sois un auténtico maestro.

Simonini no se preguntó cómo conocían sus habilidades los del servicio. Quizá lo habían sabido por Hébuterne. Dio las gracias por el cumplido y dijo:

—Me imagino que debería reproducir la caligrafía de una persona precisa.

—Ya hemos localizado al candidato ideal. Se trata de un tal capitán Dreyfus, alsaciano, obviamente, que está haciendo prácticas en la sección. Está casado con una mujer rica y se da aires de *tombeur de femmes*, de suerte que todos sus colegas lo soportan a duras penas, y ni aun siendo cristiano lo soportarían. Es una excelente víctima sacrificial. Una vez recibido el documento, se harán los controles y se reconocerá la caligrafía de Dreyfus. Le tocará luego a la gente como Drumont hacer estallar el escándalo público, denunciar el peligro judío y al mismo tiempo salvar el honor de las fuerzas armadas que han sabido localizarlo y neutralizarlo de forma tan magistral. ¿Claro?

Clarísimo. A primeros de octubre, Simonini se encontró con el teniente coronel Sandherr. Tenía un rostro térreo e insignificante. La fisonomía perfecta para un jefe de los servicios de espionaje y contraespionaje.

—Aquí tiene un ejemplo de la caligrafía de Dreyfus, y aquí está el texto que hay que transcribir —le dijo Sandherr alargándoles dos hojas—. Como veis el apunte debe ser dirigido al agregado militar de la embajada, Von Schwarzkoppen, y anunciar la llegada de documentos militares sobre el freno hidráulico del cañón de ciento veinte, y otros detalles de este tipo. Los alemanes enloquecen con estas golosinas.

—¿No convendría introducir ya algún detalle técnico? —preguntó Simonini—. Resultaría aún más comprometedor.

—Espero que os deis cuenta —dijo Sandherr— que una vez estallado el escándalo, este *bordereau* se volverá de dominio público. No podemos dar en pasto a los periódicos informaciones técnicas. Al grano, capitán Simonini. Para que

Le Judaïsme, voilà l'ennemi...

Edouard Drumont

... Le tocará luego a la gente como Drumont hacer estallar el escándalo público... (p. 483)

estéis más a gusto, os he preparado un cuarto, con lo necesario para escribir. Papel, pluma y tinta son los que se utilizan en estas dependencias. Quiero una cosa bien hecha, trabajad despacio, y haced muchas pruebas para que la caligrafía sea perfecta.

Es lo que hizo Simonini. El *bordereau* era un documento en papel de copia de unos treinta renglones, dieciocho por un lado y doce por el otro. Simonini puso especial atención en que los renglones de la primera página estuvieran más espaciados que los de la segunda, porque es lo que sucede cuando se redacta una carta en estado de agitación, y se empieza de forma más relajada para luego acelerar. También tuvo en cuenta el hecho de que un documento de este tipo, si se lo tira a la papelera, primero se rasga, por lo que llegaría al servicio de estadísticas en varios pedazos, que luego habían de ser recompuestos, por lo cual era mejor espaciar también las letras, para facilitar el *collage*; pero no tanto como para alejarse del modelo de escritura que le habían dado.

En fin, que hizo un buen trabajo.

Sandherr hizo llegar el *bordereau* al ministro de la Guerra, el general Mercier, y, al mismo tiempo, mandaba realizar un control sobre los documentos de todos los oficiales que circulaban por la sección. Al final, sus colaboradores más fiables lo informaban de que la caligrafía era la Dreyfus, quien era arrestado el 15 de octubre. Durante dos semanas la noticia fue ocultada arteramente, aunque siempre dejando filtrar alguna que otra indiscreción, para cosquillear la curiosidad de los periodistas, luego se empezó a susurrar un nombre, al principio con el vínculo del secreto y, por fin, se admitió que el culpable era el capitán Dreyfus.

En cuanto Sandherr lo autorizó, Esterházy informó a Drumont, que recorría los cuartos de la redacción agitando el mensaje del comandante y gritando: «¡Las pruebas, las pruebas, aquí están las pruebas!».

La Libre Parole del 1 de noviembre titulaba con letras cubitales: «Alta Traición. Arresto del oficial judío Dreyfus». La campaña había empezado, Francia entera ardía de indignación.

Claro que aquella misma mañana a Simonini, mientras en la redacción se estaba brindando por el feliz acontecimiento, le cayó el ojo en la carta con la que Esterházy daba la noticia del arresto de Dreyfus. Se había quedado encima de la mesa de Drumont, manchada por su vaso, pero absolutamente legible. Y al ojo de Simonini, que se había pasado más de una hora imitando la presunta caligrafía de Dreyfus, le resultaba claro como el sol que esa caligrafía, con la que tan bien se había ejercitado, se parecía en todo a la de Esterházy. Nadie como un falsificador tiene mayor sensibilidad para estas cosas.

¿Qué había pasado? ¿Sandherr, en lugar de darle una hoja escrita por Dreyfus, le había dado una escrita por Esterházy? ¿Posible? Extravagante, inexplicable, pero irrefutable. ¿Lo había hecho por error? ¿Adrede? Y en ese caso,

¿por qué? ¿O el mismo Sandherr había sido engañado por un subordinado, que le había propuesto el modelo equivocado? Si se habían aprovechado de la buena fe de Sandherr, había que informarlo inmediatamente. Si era Sandherr el que había actuado de mala fe, demostrar que había entendido su juego era arriesgado. ¿Informar a Esterházy? Pero si Sandherr hubiera cambiado ex profeso las caligrafías para perjudicar a Esterházy, al informar a la víctima, Simonini habría puesto en su contra a todos los servicios. ¿Callar? ¿Y si algún día los servicios le achacaban a él el cambio?

Simonini no era responsable del error, le importaba aclararlo y, sobre todo, le importaba que sus falsificaciones fueran, permítaseme la expresión, auténticas. Decidió correr el riesgo y fue a donde Sandherr, el cual, al principio, se mostró reluctante a recibirlo, quizá porque temía un intento de chantaje.

Cuando luego Simonini le anunció la verdad (la única verdadera, por lo demás, en ese asunto de mentiras), Sandherr, más térreo que de costumbre, tenía trazas de no quererer creérselo.

—Coronel —dijo Simonini—, habréis conservado una copia fotográfica del *bordereau*. Procuraos una muestra de la escritura de Dreyfus y una de la de Esterházy y comparemos los tres textos.

Sandherr dio algunas órdenes, poco después tenía encima de su mesa tres hojas, y Simonini le aportaba algunas pruebas:

—Mirad, por ejemplo, aquí. En todas las palabras con doble ese, como *adresse* o *intéressant*, en el texto de Esterházy la primera de las dos eses siempre es más pequeña y la segunda mayor, y casi nunca están unidas. Es esto lo que he notado esta mañana, porque este estilo me había costado lo suyo cuando escribía el *bordereau*. Ahora mirad la caligrafía de Dreyfus, que veo por vez primera: es asombroso, de las dos eses, la mayor es la primera y es pequeña la segunda, y están siempre unidas. ¿Queréis que siga?

—No, me basta. No sé cómo ha ocurrido el equívoco, indagaré. Ahora el problema es que el documento ya está en las manos del general Mercier, que siempre podría quererlo comparar con una muestra de la escritura de Dreyfus, pero no es un experto calígrafo, y hay analogías entre estas dos caligrafías. Es importante sólo que no se le ocurra buscar una muestra de la caligrafía de Esterházy. Pero no veo por qué debería reparar en Esterházy, si vos no habláis. Intentad olvidar todo el asunto y, hacedme el favor, no volváis a venir a estas dependencias. Vuestros emolumentos serán corregidos adecuadamente.

Después de lo cual, Simonini no tuvo que recurrir a noticias reservadas para saber qué sucedía, porque los periódicos estaban llenos del caso Dreyfus. También en el estado mayor había personas capaces de cierta prudencia, que pidieron pruebas seguras de la atribución del *bordereau* a Dreyfus. Sandherr recurrió a un experto y famoso calígrafo, Bertillon, que observó, sí, que la caligrafía del *bordereau* no era exactamente igual a la de Dreyfus, pero que se trataba de un caso evidente de autofalsificación. Dreyfus había alterado (aunque sólo parcialmente) su escritura para hacer creer que la carta la había escrito otra persona. A pesar de estos detalles nimios, el documento era seguramente obra de Dreyfus.

¿Quién habría osado ponerlo en duda, cuando ya *La Libre Parole* martilleaba cada día a la opinión pública avanzando incluso la sospecha de que el *affaire* se desinflaría porque Dreyfus era judío y los judíos lo protegerían? Hay cuarenta mil oficiales en el ejército, escribía Drumont, ¿cómo es posible que Mercier haya encomendado los secretos de la defensa nacional a un cosmopolita judío alsaciano? Mercier era un liberal, llevaba tiempo presionado por Drumont y la prensa nacionalista, que lo acusaban de filosemitismo. No podía pasar por el defensor de un judío traidor. Y, por lo tanto, no le interesaba ni por asomo que la investigación se encallara, es más, se mostraba muy activo.

Drumont seguía machacando: «Durante mucho tiempo los judíos permanecieron ajenos al ejército, que se mantuvo en su pureza francesa. Ahora que se han infiltrado también en las tropas nacionales, serán los dueños de Francia, y Rothschild hará que le comuniquen los planes de movilización... Y pueden entender con qué finalidad».

La tensión era suprema. El capitán de los dragones Crémieu-Foa escribía a Drumont, diciéndole que estaba insultando a todos los oficiales judíos, y le pedía reparación. Los dos se batían en duelo y, para aumentar la confusión, ¿quién se presentaba como padrino de Crémieu-Foa? Esterházy... El marqués de Morès, de la redacción de *La libre Parole*, retaba a su vez a Crémieu-Foa, pero los superiores del oficial le prohibían participar en un nuevo duelo y lo confinaban en el cuartel, de modo que en su lugar bajaba al campo un capitán Mayer, que moría con un pulmón perforado. Debates inflamados, protestas contra este reavivarse de las guerras de religión... Y Simonini consideraba, extasiado, los ruidosos resultados de una sola hora de su trabajo de escribano.

En diciembre se convocaba el consejo de guerra, y mientras tanto había aparecido otro documento, una carta a los alemanes del agregado militar italiano Panizzardi, donde se mencionaba a «Ese canalla de D...» que le había vendido los proyectos de algunas fortificaciones. ¿D era Dreyfus? Nadie osaba ponerlo en duda, y sólo más tarde se descubriría que era un tal Dubois, un empleado del ministerio que vendía informaciones a diez francos cada una. Demasiado tarde, el 22 de diciembre, Dreyfus era reconocido culpable, y a primeros de enero era degradado en la École Militaire. En febrero sería embarcado hacia la Isla del Diablo.

Simonini asistió a la ceremonia de degradación, que en su diario recuerda como tremendamente sugestiva: las tropas alineadas en los cuatro lados del patio, Dreyfus llega y tiene que recorrer casi un kilómetro entre esas alas de valientes que, aun impasibles, parecen comunicarle su desprecio, el general Darras desenvaina el sable, la fanfarria resuena, Dreyfus con uniforme de gala marcha escoltado por cuatro artilleros al mando de un sargento, Darras pronuncia la sentencia de degradación, un gigantesco oficial de los gendarmes, con el yelmo emplumado, se acerca al capitán, le arranca los galones, los botones, el número del regimiento, le quita el sable y lo rompe en dos pedazos contra su rodilla, arrojándolos a los pies del traidor.

Dreyfus parecía impasible, y mucha prensa lo tomaría como señal de su traición. Simonini creyó haberle oído gritar en el momento de la degradación: «¡Soy inocente!», pero guardando la compostura, sin perder la posición de firmes. Era que, observaba sarcástico Simonini, el pequeño judío se había identificado tanto en su dignidad (usurpada) de oficial francés, que no conseguía poner en duda las decisiones de sus superiores: como si, al haber decidido que era un traidor, él tuviera que aceptarlo sin ni siquiera dejarse acariciar por la duda. Quizá en ese momento sentía de veras haber traicionado, y la afirmación de inocencia constituía, para él, una parte obligada del rito.

Eso es lo que Simonini creía recordar, pero en una de sus cajas encontró un artículo de un tal Brisson en *La Republique Française*, publicado el día siguiente, que decía todo lo contrario:

En el momento en que el general le ha arrojado a la cara ese apóstrofo deshonroso, ha levantado el brazo y ha gritado: «¡Viva Francia, soy inocente!».

El suboficial ha acabado su tarea. El oro que cubría el

uniforme yace en el suelo. Ni siquiera le han dejado las franjas encarnadas, distintivo del arma. Con su dolman ahora completamente negro, con el quepí oscurecido de pronto, parece como si Dreyfus vistiera ya el traje del galeote... Sigue gritando: «¡Soy inocente!». En el otro lado de la cancela, la muchedumbre, que ve sólo su perfil, estalla en imprecaciones y silbidos estridentes. Dreyfus oye esas maldiciones y su rabia se exaspera aún más.

Mientras pasa por delante de un grupo de oficiales, distingue estas palabras: «¡Vete, Judas!»; Dreyfus se da la vuelta furibundo y repite una vez más: «¡Soy inocente, soy inocente!».

Ahora no es posible distinguir sus facciones. Lo miramos por un instante, esperando leer una revelación suprema, un reflejo de esa alma a la que sólo los jueces han podido acercarse, escrutando sus dobleces más recónditas. Pero lo que domina su fisonomía es ira, una ira exaltada hasta el paroxismo. Sus labios están tendidos en una mueca espantosa, los ojos están inyectados de sangre. Y nosotros entendemos que si el condenado se presenta tan firme y camina con paso tan marcial, es porque se siente fustigado por ese furor que tensa sus nervios hasta quebrarlos...

¿Qué encierra el alma de ese hombre? ¿A qué motivos obedece, protestando de ese modo su inocencia, con una energía desesperada? ¿Espera acaso confundir a la opinión pública, inspirarnos dudas, proyectar sospechas sobre la lealtad de los jueces que lo han condenado? Se nos

Le Petit Journal

Le Petit Journal
CHAQUE JOUR 5 CENTIMES
Le Supplément illustré
CHAQUE SEMAINE 5 CENTIMES

SUPPLÉMENT ILLUSTRÉ
Huit pages : CINQ centimes

ABONNEMENTS

	[illegible]	[illegible]	[illegible]
PARIS	1 fr.	2 fr.	3 fr 50
DÉPARTEMENTS	1 fr.	2 fr.	4 fr.
ÉTRANGER	1 50	2 50	5 fr.

Sixième année — DIMANCHE 13 JANVIER 1895 — Numéro 217

LE TRAITRE
Dégradation d'Alfred Dreyfus

... un gigantesco oficial de los gendarmes, con el yelmo emplumado, se acerca al capitán, le arranca los galones, los botones, el número del regimiento, le quita el sable y lo rompe en dos pedazos contra su rodilla, arrojándolos a los pies del traidor... *(p. 491)*

antoja una idea, vívida como un relámpago: si no fuera culpable, ¡qué espantosa tortura!

Simonini no muestra haber sentido tortura alguna porque estaba seguro de la culpabilidad de Dreyfus, visto que la había decidido él. Lo que está claro es que la separación entre sus recuerdos y el artículo le decía cuánto turbó el *affaire* a todo un país, y cómo vio cada uno en la secuencia de los hechos lo que quería ver.

Aunque, en el fondo, que se fuera al diablo también Dreyfus, o a la isla del mismo. Ya no era asunto suyo.

La recompensa, que a su debido tiempo le llegó de forma discreta, fue de veras superior a sus expectativas.

Vigilando a Taxil

Mientras sucedían estos acontecimientos, Simonini recuerda bien que no ignoraba lo que estaba haciendo Taxil. Sobre todo porque, en el ambiente de Drumont, se hablaba muchísimo de él, al principio, con divertido escepticismo; luego, con escandalizada irritación. Drumont se consideraba un antimasón, un antisemita y un católico serio —y a su manera lo era— y no soportaba que su causa la apoyara un charlatán. Que Taxil era un charlatán, Drumont lo pensaba desde hacía tiempo, y ya lo había atacado en su *France juive* sosteniendo que todos sus libros anticlericales habían sido publicados por editores judíos. Pero en aquellos años sus relaciones se enfriaron aún más por razones políticas.

Nosotros lo hemos sabido ya por el abate Dalla Piccola: ambos se presentaron como candidatos a unas elecciones del consejo municipal parisino, contendiéndose el mismo tipo de electorado. Con lo que la batalla se trasladó al campo abierto.

Taxil escribió un *Monsieur Drumont, étude psychologique* en el que criticaba con cierto sarcasmo el antisemitismo excesivo del adversario y observaba que, más que entre los católicos, el antisemitismo era típico de la prensa socialista y revolucionaria. Drumont contestó con el *Testament d'un antisémite*, en el que ponía en entredicho la conversión de Taxil, recordaba el fango que había arrojado sobre los temas sagrados, y agitaba inquietantes interrogantes sobre su no beligerancia con el mundo judío.

Si consideramos que en el mismo 1892 nacía *La Libre Parole*, periódico de acción política, capaz de denunciar el escándalo de Panamá, y *Le diable au* XIXe *siècle*, que era arduo considerar una publicación fiable, se entiende por qué los sarcasmos hacia Taxil estaban a la orden del día en la redacción del periódico de Drumont, donde se seguían con sonrisas malignas sus progresivas desgracias.

Más que las críticas, observaba Drumont, estaban perjudicando a Taxil los consensos no deseados. En el caso de esa misteriosa Diana se estaban implicando decenas de aventureros de muy poco fiar, que se jactaban de tener familiaridad con una mujer que quizá no habían visto nunca.

Un tal Domenico Margiotta publicó *Souvenirs d'un trente-troisième. Adriano Lemmi Chef Suprème des Franc-Maçons* y se lo mandó a Diana, declarándose solidario con su rebelión. En su carta, este Margiotta se declaraba Secretario de la Logia Savonarola de Florencia, Venerable de la Logia Giordano Bruno de Palmi, Soberano Gran Inspector General, Grado 33 del Rito Escocés Antiguo y Aceptado, Príncipe Soberano del Rito de Memphis Misraim (grado 95), Inspector de las Logias Misraim en Calabria y Sicilia, Miembro de Honor del Gran Oriente Nacional de Haití, Miembro Activo del Supremo Concilio Federal de Nápoles, Inspector General de las Logias Masónicas de las Tres Calabrias, Gran Maestre *ad vitam* de la Orden Masónica Oriental de Misraim o Egipto de París (grado 90), Comandante de la Orden de los Caballeros Defensores de la Masonería Universal, Miembro Honorario *ad vitam* del Concilio Supremo y General de la Federación Italiana de Palermo, Inspector permanente y Delegado Soberano del Gran Directorio Central de Nápoles, Miembro del Nuevo Paladio Reformado. Debía de ser un alto dignatario masónico, pero decía que acababa de abandonar la masonería. Drumont decía que se había convertido a la fe católica porque la dirección suprema y secreta de la secta no había pasado a él, como se esperaba, sino a un tal Adriano Lemmi.

Y de este tenebroso Adriano Lemmi, Margiotta contaba que habría empezado su carrera como ladrón, cuando en Marsella había falsificado una letra de crédito de la compañía Falconet & C. de Nápoles y sustraído un saquito de perlas y 300 francos de oro a la mujer de un médico amigo suyo, mientras éste le preparaba una tisana en la cocina. Tras una temporada en la cárcel, desembarcó en Constantinopla, donde se puso al servicio de un viejo herborista judío, declarándose dispuesto a renegar del bautismo y a circuncidarse. Ayudado por los judíos, hizo la carrera que sabemos dentro de la masonería.

Ahí está, concluía Margiotta, «la raza maldita de Judas, de la que derivan todos los males de la humanidad, ha usado toda su influencia para elevar al gobierno supremo y universal de la orden masónica a uno de ellos, el más malvado de todos».

Al mundo eclesiástico estas acusaciones le iban perfectamente, y el libro que Margiotta publicó en el año 95, *Le Palladisme, Culte de Satan-Lucifer dans les triangles maçonniques*, se abría con cartas de elogio de los obispos de Grenoble, de Montauban, de Aix, de Limoges, de Mende, de Tarentaise, de Pamiers, de Orán, de Annecy, así como de Ludovico Piavi, patriarca de Jerusalén.

Lo malo es que las informaciones de Margiotta involucraban a la mitad del mundo político italiano, en especial a la figura de Crispi, ya lugarteniente de Garibaldi y en aquellos años primer ministro. Mientras se publicaran y se vendieran noticias fantasmagóricas sobre los ritos masónicos, en el fondo, se podía estar tranquilos; ahora bien, si se entraba en el meollo de las relaciones entre masonería y poder político, se corría el riesgo de irritar a algún personaje muy vengativo.

Taxil debería haberlo sabido pero, evidentemente, intentaba volver a ganar el terreno que Margiotta le estaba quitando y le respondía con un libro de casi cuatrocientas páginas, firmado por Diana, *Le 33ème Crispi*, en el que se mezclaban hechos notorios, como el escándalo del Banco Romano en el que Crispi había estado implicado, noticias sobre su pacto con el demonio Haborym y su participación en una sesión paládica, en la que la habitual Sophie Walder había anunciado que estaba embarazada de una hija que a su vez generaría el Anticristo.

—Cosas de opereta —se escandalizaba Drumont—. ¡No se lleva así la contienda política!

Con todo, la obra fue acogida con favor por el Vaticano, y esto sacaba aún más de sus casillas a Drumont. El Vaticano tenía una cuenta abierta con Crispi, que había hecho erigir en una plaza romana un monumento a Giordano Bruno, víctima de la intolerancia eclesiástica, y ese día León XIII lo pasó en oración de expiación a los pies de la estatua de san Pedro. Imaginémonos la alegría del pontífice cuando leyó aquellos documentos anticrispianos: encargó a su secretario, monseñor Sardi, que le enviara a Diana no sólo la habitual «bendición apostólica» sino también un vivo agradecimiento y los mejores deseos para que siguiera en su meritoria obra de desenmascaramiento de la «inicua secta». Y que la secta era inicua lo demostraba el hecho de que, en el libro de Diana, Haborym aparecía con tres cabezas, una humana con los cabellos llameantes, una de gato y otra de serpiente; aunque Diana precisara, con rigor científico, que ella no lo había visto nunca de esa forma (ante su invocación, se había presentado como un apuesto anciano con una sedosa barba larga y plateada).

—¡Ni siquiera se preocupan de respetar la verosimilitud! ¿Cómo puede conocer una americana que ha llegado a Francia desde hace poco —se indignaba Drumont— todos los secretos de la política italiana? Claro, la gente no repara en ello y Diana vende; ¡se acusará el sumo pontífice de prestar fe a cualquier patraña! ¡Hay que defender a la Iglesia de sus mismas debilidades!

Las primeras dudas sobre la existencia de Diana las expresaba abiertamente justo *La Libre Parole*. Al punto, intervenían en la polémica publicaciones de inspiración religiosa explícita como *L'Avenir* y *L'Univers*. En otros ambientes católicos, daban saltos mortales para probar la existencia de Diana: en *Le Rosier de Marie* se publicó el testimonio del presidente de la Orden de los Abogados de Saint-Pierre, Lautier, quien afirmaba haber visto a Diana en compañía de Taxil, Bataille y el dibujante que la había retratado, hacía tiempo, cuando Diana todavía era paladista. Aun así, debía de resplandecerle en el rostro la inminente conversión porque el autor la describía de este modo: «Es una joven de veintinueve años, graciosa, distinguida, de altura superior a la media, aire abierto, franco y honesto, la mirada chispeante de inteligencia que testimonia su resolución y su costumbre al mando. Viste de forma elegante y con gusto, sin afectación y sin esa abundancia de joyas que caracteriza de forma tan ridícula a la mayoría de las ricas extranjeras... Ojos poco comunes, ahora azul mar, ahora amarillo oro vivo». Cuando se le ofreció un *chartreuse* lo rechazó, por odio hacia todo lo que supiera a iglesia. Bebió sólo coñac.

Taxil había sido *magna pars* en la organización de un gran congreso antimasónico en Trento, en septiembre de 1896. Precisamente allí se intensificaron las sospechas y las críticas por parte de los católicos alemanes. Un tal padre Baumgarten pidió el certificado de nacimiento de Diana, y el testimonio del sacerdote con el que había abjurado. Taxil proclamó que llevaba las pruebas en el bolsillo, pero no las enseñó.

Un abate Garnier, en *Le Peuple Français*, el mes siguiente al congreso de Trento, llegaba a avanzar la sospecha de que Taxil era una mistificación masónica; un tal padre Bailly en el acreditadísimo *La Croix* tomaba también él las distancias, y la *Kölnische Volkszeitung* recordaba que Bataille-Hacks, todavía el mismo año en que empezaban los fascículos de *Le Diable*, blasfemaba contra Dios y todos sus santos. Entraban en la arena, a favor de Diana, el habitual canónigo Mustel, la *Civiltà Cattolica*, un secretario del cardenal Parocchi que le escribía «para fortalecerla contra la tempestad de calumnias que ni siquiera teme poner en duda su misma existencia».

Drumont no carecía de buenas relaciones en varios ambientes, ni de olfato periodístico; Simonini no entendía cómo lo consiguió, pero logró dar con Hacks-Bataille, probablemente lo sorprendió durante una de sus crisis etílicas, en las que cada vez más se inclinaba hacia la melancolía y el arrepentimiento, y consiguió el golpe de escena: Hacks, primero en la *Kölnische Volkszeitung* y luego en *La Libre Parole*, confesaba su falsificación. Cándidamente escribía: «Cuando salió la encíclica *Humanum genus* pensé que se podía acuñar moneda con la credulidad y la bestialidad insondable de los católicos. Era suficiente encontrar a un Jules Verne para darle una apariencia terrible a esas historias de bandidos. He sido ese Verne, eso es todo... Contaba escenas abracadabrantes que situaba en contextos exóticos, seguro de que nadie controlaría... Y los católicos se lo han tragado todo. La sandez de esa gente es tal que aún hoy, si yo dijera que les he tomado el pelo, no me creerían».

Lautier en *Le Rosier de Marie* escribía que quizá lo hubieran engañado y la que había visto no era Diana Vaughan y, por último, aparecía un primer ataque jesuita por parte de un tal padre Portalié en una revista muy seria como *Études*. Como si no bastara, escribían algunos periódicos que monseñor Northrop, obispo de Charleston (donde debería haber residido Pike, el Gran Maestro de los Grandes Maestros), había ido a Roma para asegurarle personalmente a León XIII que los masones de su ciudad eran gente honrada y en sus templos no había ninguna estatua de Satanás.

Drumont triunfaba, Taxil estaba aviado. La lucha antimasónica y la antijudaica volvían a estar en manos serias.

24

Una noche en misa

17 de abril de 1897

Querido capitán:

Vuestras últimas páginas acopian una increíble cantidad de acontecimientos, y está claro que mientras vos vivíais esas vicisitudes, yo vivía otras; evidentemente, vos estabais informado (y a la fuerza, con el jaleo que armaban Taxil y Bataille) de lo que sucedía a mi alrededor, quizás recordáis más de lo que yo consigo reconstruir.

Si ahora estamos en abril de 1897, mi historia con Taxil y Diana ha durado una docena de años, en los que han sucedido demasiadas cosas. Por ejemplo, ¿cuándo hicimos desaparecer a Boullan?

Debería de ser cuando llevábamos menos de un año con las publicaciones de *Le Diable*. Boullan vino una noche a Auteuil, trastornado, secándose los labios a cada instante con un pañuelo, pues en ellos se adensaba una espuma blancuzca.

—Me muero —dijo—. Me están matando.

El doctor Bataille decidió que una buena copa de alcohol fuerte le devolvería las fuerzas, Boullan la rechazó, luego con palabras quebradas nos contó una historia de sortilegios y maleficios.

Habíanos contado ya de sus pésimas relaciones con Estanislao de Guaita y su Orden Kabalístico de la Rosa-Cruz. Y con ese José Péladan que luego, en espíritu de disidencia, fundó la Orden de la Rosa Cruz Católica, personajes de los que obviamente *Le Diable* se había ocupado ya. A mi juicio había pocas diferencias entre los rosacruces de Péladan y la secta de Vintras de la que Boullan se había convertido en gran pontífice, toda gente que iba por el mundo con dalmáticas cubiertas de signos cabalistas y no se entendía bien si estaban del lado del Señor o del lado del diablo, pero quizás, precisamente por eso, Boullan llegó a estar de uñas con el ambiente de Péladan. Iban a escarbar en el mismo territorio y a intentar seducir a las mismas almas perdidas.

A Guaita, sus amigos fieles, lo presentaban como a un caballero exquisito (era marqués) que recogía grimorios constelados de pentáculos, obras de Lulio y Paracelso, manuscritos de su maestro de magia blanca y negra Eliphas Levi y otras obras herméticas de insigne rareza. Pasaba sus días, se decía, en un pequeño piso en la planta baja de la avenue Trudaine, donde no recibía sino a ocultistas y a veces se pasaba semanas sin salir. En esas habitaciones, según otros, combatía contra una larva que mantenía prisionera en un armario y, saturado de alcohol y morfina, daba cuerpo a las sombras producidas por sus delirios.

Que se movía entre disciplinas siniestras lo decían los títulos de sus *Ensayos sobre las Ciencias Malditas*, donde denunciaba las tramas luciferinas o luciferescas, satánicas o satanescas, diabólicas o diablescas de Boullan, pintado como un pervertido que había «elevado la fornicación a práctica litúrgica».

La historia era vieja, ya en 1887 Guaita y su entorno convocaron un «tribunal iniciático» que condenó a Boullan. ¿Se trataba de una condena moral? Boullan sostenía desde hacía tiempo que era una condena

... combatía contra una larva que mantenía prisionera en un armario y, saturado de alcohol y morfina, daba cuerpo a las sombras producidas por sus delirios... (p. 503)

física, y se sentía atacado sin cesar, golpeado, herido por fluidos ocultos, jabalinas de naturaleza impalpable que Guaita y los demás le estaban lanzando incluso desde una gran distancia.

Y ahora Boullan se sentía en las últimas.

—Cada noche, en el momento en que concilio el sueño, siento golpes, puñetazos, bofetadas; y no es una ilusión de mis sentidos enfermos, creedme, porque, en el mismo momento, mi gato se agita como si lo atravesara un calambre eléctrico. Sé que Guaita ha modelado una figura de cera que hiere con una aguja, y yo siento dolores atroces. He intentado lanzarle un contrasortilegio para cegarlo, pero Guaita se ha dado cuenta de la insidia, él es más poderoso que yo en estas artes, y me ha devuelto el golpe de retroceso. Los ojos se me nublan, la respiración se me vuelve pesada, no sé cuántas horas más podré sobrevivir.

No estábamos seguros de que nos contara la verdad, pero no era éste el punto. El pobrecillo estaba realmente mal. Y entonces Taxil tuvo uno de sus golpes de genio:

—Haceos pasar por muerto —dijo—. Haced saber por gente de confianza que habéis fallecido mientras estabais de viaje en París, no regreséis a Lyón, encontraos un refugio aquí en la ciudad, cortaos barba y bigotes, convertíos en otro. Como Diana, despertaos en otra persona, pero a diferencia de Diana quedaos en ella. Hasta que Guaita y compañía, al creeros muerto, dejen de atormentaros.

—¿Y cómo vivo, si ya no estoy en Lyón?

—Viviréis aquí con nosotros en Auteuil, por lo menos mientras la borrasca no se haya calmado, y vuestros adversarios sean desenmascarados. En el fondo, Diana necesita cada vez más asistencia y vos nos resultáis más útil aquí cada día que como visitante de paso.

—Claro que —añadió Taxil—, si tenéis amigos de fiar, antes de daros por muerto, escribidles cartas dominadas por el presagio de vuestra desaparición, y acusad claramente a Guaita y a Péladan, de modo que sean vuestros inconsolables seguidores los que desencadenen una campaña contra vuestros asesinos.

Y así fue. La única persona al corriente de la ficción fue madame Thibault, la asistente, sacerdotisa, confidente (y quizás algo más) de Boullan, que dio a sus amigos parisinos una conmovedora descripción de su agonía, y no sé cómo le iría con sus fieles lioneses, quizás hubo de enterrar un ataúd vacío. Poco tiempo después, la contrataría como gobernanta uno de los amigos y defensores póstumos de Boullan, Huysmans, un escritor de moda (y estoy convencido de que algunas noches, cuando no estaba yo en Auteuil, venía a visitar a su antiguo cómplice).

A la noticia de la muerte, el periodista Julio Bois atacó a Guaita en el *Gil Blas*, acusándolo tanto de prácticas de brujería como del homicidio de Boullan, y el *Figaro* publicaba una entrevista con Huysmans, que explicaba con pelos y señales cómo habían actuado los sortilegios de Guaita. Siempre en el *Gil Blas*, Bois retomaba las acusaciones, pedía una autopsia del cadáver para ver si el hígado y el corazón habían recibido de verdad el impacto de los dardos fluídicos de Guaita, y requería una investigación judicial.

Guaita replicaba, también desde el *Gil Blas*, ironizando sobre sus poderes mortíferos («Pues bien, sí, yo manipulo los venenos más sutiles con arte infernal, los volatilizo para que los vapores tóxicos fluyan, a centenares de leguas de distancia, hacia las narices de los que no me caen bien, yo soy el Gilles de Rais del siglo venidero»), y retaba en duelo tanto a Huysmans como a Bois.

Bataille se reía sardónico observando que con todos esos poderes mágicos, por una parte y por la otra, nadie había conseguido lastimar a nadie, pero un periódico de Tolosa insinuaba que alguien había recurrido verdaderamente a la brujería: uno de los caballos que tiraba del landó de Bois camino del duelo cayó muerto sin razón, se cambió de caballo y también éste se desplomó por los suelos, el landó volcó y Bois llegó al campo de honor lleno de morados y rasguños. Además, luego diría que una fuerza sobrenatural había detenido una de sus balas en el cañón de su pistola.

Los amigos de Boullan hicieron saber a las gacetas que los Rosacruces de Péladan habían encargado una misa en Notre-Dame, y que en el momento de la elevación blandían amenazantes puñales en dirección del altar. Quién sabe, para *El Diable,* éstas eran noticias muy sabrosas, y menos increíbles que otras a las que los lectores estaban acostumbrados. Salvo que había que sacar a colación a Boullan, y sin demasiados cumplidos.

—Vos estáis muerto —le había dicho Bataille—, y lo que se diga de este finado, ya no debe interesaros. Además, en el caso en que tuvierais que volver a aparecer un día, habríamos creado a vuestro alrededor un halo de misterio que no podrá sino ayudaros. Por consiguiente, no os preocupéis de lo que escribamos, no será sobre vos, sino sobre el personaje Boullan, que ya no existe.

Boullan aceptó, y quizás, en su delirio narcisista, disfrutaba leyendo lo que Bataille fantaseaba sobre sus prácticas ocultas. En realidad, a esas alturas, parecía magnetizado exclusivamente por Diana. La acompañaba con asiduidad morbosa y yo casi temía por ella, cada vez más hipnotizada por las fantasías del abate, como si ya no viviera bastante fuera de la realidad.

* * *

Vos habéis contado bien lo que sucedió después. El mundo católico se dividió en dos, y una parte puso en duda la misma existencia de Diana Vaughan. Hacks traicionó y el castillo que Taxil construyera empezaba a derrumbarse. Nos abrumaba el alboroto de nuestros adversarios y, al mismo tiempo, de los muchos imitadores de Diana, como ese Margiotta que habéis evocado. Entendíamos que habíamos forzado demasiado la mano, la idea de un diablo con tres cabezas que se sentaba a la mesa con el jefe del gobierno italiano era difícil de digerir.

Unos pocos encuentros con el padre Bergamaschi me convencieron de que ya, aunque los jesuitas romanos de la *Civiltà Cattolica* estaban decididos a seguir sosteniendo la causa de Diana, los jesuitas franceses (véase el artículo del padre Portalié que vos citáis) estaban determinados a hundir toda la historia. Otro breve coloquio con Hébuterne me convenció de que tampoco los masones veían el momento de que acabara la farsa. Para los católicos se trataba de que acabara en sordina, para no arrojar más descrédito sobre la jerarquía; los masones, en cambio, reclamaban una desconfesión clamorosa, de suerte que todos los años de propaganda antimasónica de Taxil fueran tachados de puro embuste.

Un día recibí dos recados al mismo tiempo. Uno, del padre Bergamaschi, decía: «Os autorizo a ofrecerle a Taxil cincuenta mil francos para que cierre toda la empresa. Fraternalmente en Xto, Bergamaschi». El otro, de Hébuterne, recitaba: «Acabémosla, pues. Ofrecedle a Taxil cien mil francos si confiesa públicamente haberse inventado todo».

Tenía la espalda bien guardada por ambos lados, no me quedaba sino proceder: naturalmente, tras haber cobrado las sumas prometidas por mis poderdantes.

La defección de Hacks facilitó mi tarea. No me quedaba sino empujar a Taxil a la conversión o reconversión, o lo que fuera. Como al principio de esta empresa, tenía de nuevo a disposición ciento cincuenta mil francos y para Taxil setenta y cinco mil eran suficientes, puesto que yo tenía argumentos más convincentes que el dinero.

—Taxil, hemos perdido a Hacks, y sería difícil exponer a Diana a un encuentro público. Yo pensaré en cómo hacerla desaparecer. Ahora, sois vos quien me preocupa: de voces que he recogido, parece ser que los masones han decidido acabar con vos, y vos mismo habéis escrito lo sangrientas que son sus venganzas. Antes la opinión pública católica os habría defendido, pero ahora veis que incluso los jesuitas se están retirando. Y he aquí que se os ofrece una ocasión extraordinaria: una logia, no me preguntéis cuál puesto que se trata de un asunto muy reservado, os ofrece setenta y cinco mil francos si declaráis públicamente que os habéis burlado de todos. Entendéis la ventaja para la masonería: se limpia de todo el estiércol que le habéis arrojado y con él cubre a los católicos, que pasarán por unos credulones. En cuanto a vos, la publicidad que derivará de este golpe de escena hará que vuestras próximas obras vendan aún más que las anteriores, visto que en el mundo católico venden siempre menos. Reconquistad al público anticlerical y masón. Os conviene.

No necesitaba insistir mucho: Taxil es un calavera y la idea de exhibirse en una nueva calaverada ya le hacía brillar los ojos.

—Escuchad, querido abate, yo alquilo una sala y comunico a la prensa que cierto día aparecerá Diana Vaughan, y ¡presentará al público una foto del demonio Asmodeo, que ha sacado con el permiso del mismo Lucifer! Digamos que prometo con un aviso que entre los que intervengan se rifará una máquina de escribir del valor de cuatrocientos francos; no será necesario rifarla al final, porque, obviamente, me presentaré para decir que Diana no existe, y si no existe ella, es natural que no exista ni siquiera la máquina de escribir. Ya me veo la escena: acabaré en todos los periódicos, y en primera plana. Genial. Dadme tiempo para organizar bien el acontecimiento, y (si no os molesta) pedid un anticipo de esos setenta y cinco mil francos, para los gastos...

Al día siguiente, Taxil había encontrado la sala, la de la Sociedad de Geografía, pero estaría libre sólo el Lunes de Pascua. Recuerdo haber dicho:

—Será casi dentro de un mes, pues. Durante este período, no os dejéis ver, para no suscitar más chismes. Yo, mientras tanto, reflexionaré sobre cómo acomodar a Diana.

Taxil tuvo un momento de vacilación, mientras el labio le temblaba, y con él le temblaban los bigotes:

—No querréis... eliminar a Diana —dijo.

—Qué tontería —contesté—, no olvidéis que soy un religioso. La volveré a meter en el mismo lugar de donde la saqué.

Me pareció perdido ante la idea de perder a Diana, pero el miedo a la venganza masónica era más fuerte de lo que era o había sido su atracción por Diana. Además de un golfante, es un cobarde. ¿Cómo habría reaccionado si le hubiera dicho que sí, que tenía la intención de eliminar a Diana? Quizás, por miedo a los masones, habría aceptado la idea. Con tal de que no fuera él quien tuviera que llevar a cabo el acto.

El Lunes de Pascua será el 19 de abril. Así pues, si en esta conversación con Taxil se hablaba de un mes de espera, estos hechos debieron suceder alrededor del 19 o del 20 de marzo. Hoy es 17 de abril. Al re-

... se sentía atacado sin cesar, golpeado, herido por fluidos ocultos, jabalinas de naturaleza impalpable que Guaita y los demás le estaban lanzando incluso desde una gran distancia... *(p. 505)*

componer por grados los acontecimientos de los últimos diez años he llegado hasta hace poco más de un mes. Y si este diario había de servirme a mí, como a vos, para encontrar el origen de mi desconcierto, en esos diez años no ha sucedido nada. O quizás, el acontecimiento crucial haya sucedido justo en estas últimas cuatro semanas.

Ahora es como si tuviera miedo de recordar más.

18 de abril, al alba

Taxil rondaba furioso y soliviantado por la casa, pero Diana no se daba cuenta de lo que estaba pasando. En las alternancias entre las dos condiciones, seguía nuestros conciliábulos con los ojos muy abiertos, y parecía despertarse sólo cuando un nombre de persona o lugar le encendía algo así como un endeble relámpago en la mente.

Se estaba reduciendo cada vez más a algo vegetal, con una sola manifestación animal, una sensualidad cada vez más excitada, que se dirigía independientemente a Taxil, a Bataille cuando todavía estaba con nosotros, a Boullan y, naturalmente, por mucho que intentara no ofrecerle ningún pretexto, también a mí.

Diana había entrado en nuestra camarilla con poco más de veinte años y ya había pasado los treinta y cinco. Y aun así, Taxil decía con sonrisas cada vez más lúbricas que con la madurez se volvía más fascinante, como si una mujer de más de treinta años siguiera siendo deseable. Pero también es verdad que su vitalidad casi arbórea a veces le daba a su mirada una vaguedad que parecía misterio.

Pero son perversiones que no entiendo. Dios mío, ¿por qué me demoro en la forma carnal de aquella mujer, que para nosotros había de ser sólo un feliz instrumento?

* * *

He dicho que Diana no se daba cuenta de lo que estaba sucediendo. Quizás me equivoque: en marzo, puede ser porque ya no veía ni a Taxil ni a Bataille, se excitó. Adolecía de una crisis histérica prolongada, el demonio (decía) la obsesionaba con crueldad, la hería, la mordía, le retorcía las piernas, le daba golpes en la cara: y me enseñaba marcas azuladas en torno a los ojos. En las palmas empezaban a aparecerle huellas de heridas que se parecían a estigmas. Se preguntaba por qué las potencias infernales actuaban tan severamente justo con una paladista devota de Lucifer, y me agarraba por la sotana, como pidiendo ayuda.

Pensé en Boullan, que entendía más que yo de maleficios. En efecto, nada más llamarlo, Diana lo tomó por los brazos y empezó a temblar. Él le colocó las manos en la nuca, y hablándole con dulzura la calmó, luego le escupió en la boca.

—¿Y quién te dice, hija mía —le dijo—, que quien te somete a estas torturas es tu señor Lucifer? No piensas que, en desprecio y castigo de tu fe paladista, tu enemigo es el Enemigo por excelencia, o lo que es lo mismo, ese eón que los cristianos llaman Jesucristo, o uno de sus presuntos santos?

—Pero, señor abate —dijo Diana confusa—, si soy paladista es porque no le reconozco ningún poder al Cristo prevaricador, al punto de que un día me negué a apuñalar la hostia porque consideraba una insania reconocer una presencia real en lo que era sólo un grumo de harina.

—Y aquí te equivocas, hija mía. Mira lo que hacen los cristianos, que reconocen la soberanía de su Cristo, pero no por ello niegan la existencia del diablo, es más, temen sus insidias, su enemistad, sus seducciones. Y eso es lo que debemos hacer nosotros: si creemos en el poder de nuestro señor Lucifer, es porque consideramos que su enemigo, Adonai, quizás manifestándose como Cristo, existe espiritualmente y se manifiesta a través de su nequicia. Así pues, deberás doblegarte a pisotear la imagen de tu enemigo de la única manera que le está permitida a un luciferiano de fe.

—¿Qué es?

—La misa negra. Jamás podrás obtener la benevolencia de Lucifer nuestro señor como no sea celebrando tu rechazo del Dios cristiano a través de la misa negra.

Diana me pareció convencida, y Boullan me pidió permiso para llevarla a una reunión de fieles satanistas, en su intento de convencerla de que satanismo y luciferianismo o paladismo tenían los mismos fines y la misma función purificadora.

No me gustaba que Diana saliera de casa, pero era preciso aflojarle un poco las riendas.

* * *

Encuentro al abate Boullan, en coloquio confidencial con Diana. Le está diciendo:

—¿Ayer te gustó?

¿Qué sucedió ayer?

El abate sigue:

—Pues bien, precisamente mañana por la noche tengo que celebrar otra misa solemne en una iglesia desconsagrada de Passy. Noche admirable, es el 21 de marzo, el equinoccio de primavera, fecha rica en significaciones ocultas. Si aceptas venir, te tendré que preparar espiritualmente, ahora, y tú sola, en confesión.

Salí y Boullan se quedó con ella más de una hora. Cuando por fin me reclamó, dijo que Diana la noche siguiente iría a la iglesia de Passy, y deseaba que yo la acompañara.

—Sí, señor abate —me dijo Diana con ojos insólitamente chispeantes, y las mejillas encendidas—, sí, os lo ruego.

Debería haber declinado, pero tenía curiosidad, y no quería parecer un beato a los ojos de Boullan.

* * *

Escribo y tiemblo, la mano casi corre sola por el folio, ya no estoy recordando, revivo, es como si contara algo que está sucediendo en este instante…

Era la noche del 21 de marzo. Vos, capitán, empezasteis vuestro diario el 24 de marzo, contando que yo perdía la memoria el día 22 por la mañana. Así pues, si sucedió algo terrible, debe de haber sido la noche del 21.

Intento reconstruir pero me cuesta mucho, me temo que tengo fiebre, la frente me quema.

Una vez recogida Diana en Auteuil, le doy una dirección al coche de punto. El cochero me mira torcido, como si desconfiara de un cliente como yo, a pesar de mi hábito eclesiástico, pero ante la oferta de una buena propina se pone en camino sin decir nada. Se va alejando del centro y se dirige hacia los baluartes por calles cada vez más oscuras, hasta que tuerce por una calleja bordeada por casas muertas y que termina en un *cul-de-sac* ante la fachada casi derrumbada de una antigua capilla.

Bajamos, el cochero parece tener una gran prisa por irse, al punto de que, tras haberle pagado la carrera, mientras me estoy hurgando en los bolsillos para encontrar algún franco más, grita: «¡No importa, señor abate, gracias igualmente!» y renuncia a la propina con tal de marcharse lo antes posible.

—Hace frío, y tengo miedo —dice Diana, estrechándose a mí. Me retraigo, pero al mismo tiempo, como no muestra el brazo, sino que se lo noto bajo la capa que lleva, me estoy dando cuenta de que va vestida de forma extraña: lleva un manto con capucha, que la cubre toda entera de la cabeza a los pies, de modo que en esa oscuridad se la podría tomar por un monje, de esos que vagan por los subterráneos de los monasterios en esas novelas de estilo gótico que estaban de moda a principios de este siglo. Nunca se lo he visto, pero debo decir que nunca se me ha pasado por la cabeza ir a inspeccionar el baúl con todo lo que se había traído de la clínica del doctor Du Maurier.

La puertecilla de la capilla está semiabierta. Entramos en una única nave, aclarada por una serie de cirios que arden sobre el altar y sobre muchos trípodes encendidos que forman una corona a su alrededor a lo largo de un pequeño ábside. El altar está cubierto por un paño oscuro, parecido a los que se usan en los funerales. Encima, en lugar del crucifijo o de otro icono, hay una estatua del demonio en forma de macho cabrío, con un falo extendido, desproporcionado, de por lo menos treinta centímetros de longitud. Las velas no son blancas o color marfil sino negras. En el centro, en un tabernáculo, se ven tres calaveras.

—Me ha hablado de ellas el abate Boullan —me susurra Diana—, son las reliquias de los tres magos, los verdaderos, Theobens, Menser e

Saïr. La extinción de una estrella fugaz los avisó de que se alejaran de Palestina para no ser testigos del nacimiento de Cristo.

Ante el altar, dispuestos en semicírculo, hay una fila de jovencitos, varones a la derecha y doncellas a la izquierda. La edad de ambos grupos es tan tierna que poca diferencia se nota entre los dos sexos, y ese amable anfiteatro podría parecer habitado por graciosos andróginos; sus diferencias están aún más disimuladas por el hecho de que todos llevan en la cabeza una corona de rosas mustias, aunque los jovencitos están desnudos, y se distinguen por el miembro que ostentan, enseñándoselo los unos a los otros, mientras las muchachuelas están ataviadas con cortas túnicas de tejido casi transparente, que acarician sus pequeños senos y la curva temprana de las caderas, sin ocultar nada. Son todos muy guapos, a pesar de que sus rostros expresan más malicia que inocencia, lo que sin duda aumenta su encanto. Y debo confesar (¡curiosa situación, en la que yo, clérigo, me confieso a vos, capitán!) que mientras experimento no digo terror pero sí, al menos, temor ante una mujer ya madura, me resulta difícil sustraerme a la seducción de una criatura impúber.

Esos monaguillos singulares pasan detrás del altar tomando pequeños incensarios que distribuyen a los presentes, luego algunos de ellos acercan unos ramilletes resinosos a los trípodes, encendiéndolos, y con ellos atizan los turíbulos, de los que está emanando un humo denso y un perfume enervante de drogas exóticas. Otros de esos efebos desnudos están distribuyendo pequeñas copas y una me la ofrecen también a mí.

—Beba, señor abate —me dice un jovencito de mirada procaz—, sirve para introducirse en el espíritu del rito.

He bebido y ahora veo y oigo todo como si se desarrollara en la niebla.

Entra Boullan. Lleva una clámide blanca con encima una casulla roja en la que está representado un crucifico del revés. En la intersección de los dos brazos de la cruz está la imagen de un macho cabrío negro, que erguido sobre sus patas traseras, presenta sus cuernos... Al primer movimiento que hace el celebrante, como por azar o negligencia, en realidad por perversa coquetería, la clámide se ha abierto por delante, enseñando un falo de proporciones notables como nunca habría supuesto en un ser fláccido como Boullan, erecto, por alguna droga que el abate, evidentemente, ha asumido. Las piernas están ceñidas por calzas oscuras pero completamente transparentes, como las de Celeste Mogador (por desgracia reproducidas en el *Charivari* y otros hebdomadarios, visibles también por parte de abates y clérigos, aunque no quisieran) cuando bailaba el cancán en el Bal Mabille.

El celebrante ha dado la espalda a los fieles y ha empezado su misa en latín mientras los andróginos le responden.

—*In nomine Astaroth et Asmodei et Beelzébuth. Introibo ad altare Satanae.*

—*Qui laetificat cupidatatem nostram.*

—*Lucifer omnipotens, emitte tenebram tuam et afflige inimicos nostros.*

—*Ostende nobis, Domine Satanas, potentiam tuam, et exaudi luxuriam meam.*

—*Et blasphemia mea ad te veniat.*

Entonces Boullan saca una cruz de su vestidura, se la coloca bajo los pies y la pisotea repetidamente:

—Oh Cruz, yo te aplasto en memoria y venganza de los antiguos Maestros del Templo. Yo te pisoteo porque fuiste el instrumento de la falsa santificación del falso dios Cristo Jesús.

En ese momento, Diana, sin prevenirme y como por subitánea iluminación (sin duda, por instrucciones que Boullan le dio anoche en confesión), cruza la nave entre dos alas de fieles y se coloca erguida a los pies del altar. Entonces, volviéndose hacia los fieles (o infieles que sean), con gesto hierático se quita de golpe la capucha y la capa resplandeciendo desnuda. Me faltan las palabras, capitán Simonini, pero es como si la estuviera viendo, revelada como Isis, el rostro cubierto únicamente por una fina máscara negra.

Me entra como un singulto al ver por primera vez a una mujer en toda la insostenible violencia de su cuerpo desnudo. Los cabellos de oro fulvo que ella suele llevar castamente peinados en un moño, liberados le caen impúdicamente hasta acariciarle las nalgas, de una redondez malignamente perfecta. De esa estatua pagana se nota la soberbia del cuello fino que se yergue como una columna por encima de los hombros de una blancura marmórea, mientras los senos (y veo por primera vez las mamas de un hembra) se yerguen firmemente soberbios y satánicamente orgullosos. Entre ellos, el único residuo no carnal, el medallón que Diana no abandona jamás.

Diana se da la vuelta y sube con lúbrica suavidad los tres escalones que llevan al altar, entonces, ayudada por el celebrante, se tumba, la cabeza abandonada en una almohada de terciopelo negro listado de plata, mientras los cabellos fluctúan más allá de los bordes de la mesa, el vientre ligeramente curvado, las piernas abiertas para mostrar el vello cobrizo que oculta la entrada de su femenina caverna, mientras el cuerpo resplandece siniestro con el reflejo rojizo de las velas. Dios mío, no sé con qué palabras describir lo que estoy viendo, es como si mi natural horror por la carne femenina y el temor que me inspiran se hubieran disuelto para dejar espacio sólo a una sensación nueva, como si un licor jamás saboreado me corriera por las venas...

Boullan ha colocado en el pecho de Diana un pequeño falo de marfil y sobre su vientre una tela bordada en la que ha apoyado un cáliz de piedra oscura.

Del cáliz ha sacado una hostia y no se trata seguro de una de esas ya consagradas con las que vos, capitán Simonini, comerciáis, sino de una partícula que Boullan, todavía sacerdote a todos lo efectos de la santa y romana Iglesia, aunque probablemente ya excomulgado, va a consagrar sobre el vientre de Diana.

Y dice:

—*Suscipe, Domine Satanas, hanc hostiam, quam ego indignus famulus tuus offero tibi. Amen.*

Acto seguido, toma la hostia y, tras haberla bajado dos veces hacia el suelo, levantado dos veces hacia el cielo, y girado una vez tanto a la derecha como a la izquierda, la muestra a los fieles diciendo:

—Desde el sur yo invoco la benevolencia de Satán; desde el este invoco la benevolencia de Lucifer; desde el norte invoco la benevolencia de Belial; desde el oeste invoco la benevolencia de Leviatán, que se abran de par en par las puertas de los infiernos y vengan a mí, llamados por estos nombres, los Centinelas del Pozo del Abismo. ¡Padre nuestro, que estás en los infiernos, maldito sea tu nombre, quede aniquilado tu reino, sea despreciada tu voluntad, así en la tierra como en el infierno! ¡Sea alabado el nombre de la bestia!

Y el coro de jovencitos, en voz muy alta:

—¡Seis, seis, seis!

¡El número de la Bestia!

Grita ahora Boullan:

—Que Lucifer sea magnificado, cuyo Nombre es Desventura. ¡Oh maestro del pecado, de los amores innaturales, de los benéficos incestos, de la divina sodomía, Satán, a ti te adoramos! ¡Y tú, oh Jesús, yo te fuerzo a encarnarte en esta hostia de modo que podamos renovar tus sufrimientos y atormentarte una vez más con los clavos que te crucificaron y traspasarte con la lanza de Longino!

—Seis, seis, seis —repiten los muchachos.

Boullan eleva la hostia y pronuncia:

—En principio era la carne, y la carne era con Lucifer y la carne era Lucifer. Ella estaba en el principio con Lucifer: todo se hizo por ella y sin ella no se hizo nada de cuanto existe. Y la carne se hizo palabra y puso su morada entre nosotros, en las tinieblas, y nosotros hemos contemplado su opaco esplendor de hija unigénita de Lucifer, llena de gritos y furor, y de deseo.

Acaricia la partícula contra el vientre de Diana luego se la inmerge en la vagina. En cuanto la extrae, la eleva hacia la nave gritando a grandes voces:

—¡Coged y comed!

Dos de los andróginos se le postran delante, le levantan la clámide y juntos le besan el miembro erguido. Luego todo el grupo de adolescentes se arroja a sus pies y, mientras los muchachos empiezan a masturbarse, las jovencitas se arrancan los velos mutuamente y se revuelcan las unas sobre las otras lanzando gritos voluptuosos. El aire se está llenando de otros perfumes que se van volviendo cada vez más insosteniblemente violentos y todos los presentes, poco a poco, lanzando primero suspiros de deseo y luego gemidos de voluptuosidad, se desnudan empezando a aparearse los unos con los otros, sin distinciones de sexo o de edad, y veo entre los vapores a una arpía de más de setenta años, toda la piel llena de arrugas, los senos como dos hojas de lechuga, las piernas esqueléticas, darse revolcones por el suelo mientras un adolescente besa ávidamente la que fuera su vulva.

Yo soy un temblor, miro en torno a mí para ver cómo salir de ese lupanar, el espacio donde estoy agazapado está tan lleno de aliento venenoso que es como si viviera en una nube densa, lo que he bebido al principio sin duda me ha drogado, ya no consigo razonar y veo todo a través de una niebla rojiza. Y a través de esa niebla diviso a Diana, siempre desnuda, sin el antifaz, mientras baja del altar y el hatajo de los dementes, sin cesar su confusión carnal, se aparta como puede para dejarle libre el paso. Diana viene hacia mí.

Embargado por el terror de reducirme al estado de esa masa de enajenados retrocedo, pero doy contra una columna, Diana llega a mí, jadeando sobre mí, o Dios mío, la pluma me tiembla, la mente me vacila, lagrimeante de disgusto, puesto que soy (ahora como entonces) incapaz incluso de gritar porque me ha invadido la boca algo no mío, me siento rodar por los suelos, los perfumes me están aturdiendo, ese cuerpo que busca confundirse con el mío me provoca una excitación preagónica, endemoniado, como si fuera una histérica del La Salpêtrière, estoy tocando (con mis manos, ¡como si lo quisiera!) esa carne ajena, penetro esa herida suya con insana curiosidad de cirujano, ruego a la hechicera que me deje, la muerdo para defenderme y ella me grita que lo vuelva a hacer, echo la cabeza hacia atrás pensando en el doctor Tissot, sé que esos desmayos acarrearán el adelgazamiento de todo mi cuerpo, la palidez térrea de mi rostro ya moribundo, la vista nublada y los sueños tumultuosos, la ronquera de las fauces, los dolores de los bulbos oculares, la invasión mefítica de manchas rojas en la cara, el vómito de materias calcinadas, las palpitaciones del corazón y, por último, con la sífilis, la ceguera.

Y mientras ya he dejado de ver, de golpe siento la sensación más lacerante, indecible e insoportable de mi vida, como si toda la sangre de mis venas brotara de golpe de una herida de cada uno de mis miembros tensos hasta el espasmo, de la nariz, de las orejas, de las puntas de los dedos, incluso del ano; socorro, socorro, creo entender qué es la muerte, de la que todo ser vivo huye aunque la busque por instinto innatural de multiplicar su simiente...

Ya no consigo escribir, ya no estoy recordando, estoy reviviendo, la experiencia es insostenible, quisiera perder de nuevo todo recuerdo...

* * *

Es como si me recobrara tras un deliquio, me encuentro a Boullan a mi lado, que lleva de la mano a Diana, de nuevo cubierta por su capa. Boullan me dice que hay un coche en la puerta, conviene que lleve a Diana a casa, porque parece exhausta. Diana tiembla, y murmura palabras incomprensibles.

Boullan es extraordinariamente servicial, y primero pienso que quiere hacerse perdonar algo; en el fondo, es él quien me ha arrastrado a esta disgustosa ceremonia. Ahora bien, cuando le digo que puede irse y que de Diana me ocupo yo, insiste en acompañarnos, recordándome que vive en Auteuil. Como si estuviera celoso. Para provocarlo le digo que no voy a Auteuil sino a otro sitio, que llevo a Diana a casa de un amigo de confianza.

Palidece, como si le sustrajese un botín que le pertenece.

—No importa —dice—, voy yo también, Diana necesita ayuda.

Al subirme al simón, doy sin reparar en ello la dirección de la rue Maître Albert, como si hubiera decidido que a partir de esa noche Diana tenía que empezar a desaparecer de Auteuil. Boullan me mira sin entender, pero calla, y se sube, dándole la mano a Diana.

No hablamos durante todo el trayecto, los hago entrar en mi aposento. Tiendo a Diana en la cama, la agarro por una muñeca y hablándole por vez primera vez después de todo lo que, en silencio, había sucedido entre nosotros. Le grito:

—¿Por qué, por qué?

Boullan intenta entrometerse, pero lo empujo con violencia contra la pared, donde resbala hasta el suelo: sólo entonces me doy cuenta de lo frágil y enfermizo que es ese demonio, en comparación yo soy un Hércules.

Diana forcejea, la capa se le abre en el seno, no soporto volver a ver sus carnes, intento taparla, la mano se me engancha en la cadenilla de su medallón, en la breve liza se rompe, el medallón queda entre mis manos, Diana intenta retomarlo, retrocedo hasta el fondo de la habitación y abro esa pequeña teca.

Aparecen una silueta de oro que sin duda alguna reproduce las tablas mosaicas de la ley y un texto en hebreo.

—¿Qué significa? —pregunto, acercándome a Diana, tendida en el lecho con los ojos abiertos de par en par—. ¿Qué quieren decir estos signos detrás del retrato de tu madre?

—Mamá —murmura con voz ausente—, mamá era hebrea... Ella creía en Adonai...

Así, pues. No sólo he copulado con una mujer, estirpe del demonio, sino con una judía. Porque la descendencia entre ésos, lo sé, pasa por parte

... Mamá —murmura con voz ausente—, mamá era hebrea... (p. 524)

de madre. Y por lo tanto, si por casualidad en ese coito mi semilla hubiera fecundado ese vientre impuro, yo daría vida a un judío.

—No puedes hacerme esto —grito, y me abalanzo sobre la prostituta, le aprieto el cuello, ella forcejea, yo aumento la presión, Boullan ha recobrado conciencia y se me arroja encima, lo alejo de nuevo con una patada en la ingle, y lo veo desmayarse en un rincón, me arrojo una vez más sobre Diana (¡oh, verdaderamente había perdido el juicio!), poco a poco sus ojos parecen salírsele de las órbitas, la lengua se extiende hinchada fuera de la boca, oigo un último hálito, luego su cuerpo se abandona exánime.

Me recompongo. Considero la enormidad de mi gesto. En un rincón, Boullan gime, casi capado. Intento volver en mí y me río: sea como sea, nunca seré padre de un judío.

Vuelvo a mi ser. Me digo que tengo que hacer desaparecer el cadáver de la mujer en la cloaca del sótano, que a estas alturas se está volviendo más acogedora que vuestro cementerio de Praga, capitán. Pero está oscuro, debería tener encendido un candil, recorrer todo el pasillo hasta vuestra casa, bajar a la tienda y de allí a la alcantarilla. Necesito la ayuda de Boullan, el cual está levantándose del suelo mientras me mira con la mirada fija de un demente.

Y en ese instante entiendo también que no podré dejar salir de esta casa al testigo de mi delito. Me acuerdo de la pistola que me había dado Bataille, abro el cajón donde la había escondido, la apunto hacia Boullan que sigue mirándome alucinado.

—Lo siento, abate —le digo—, si queréis salvaros, ayudadme a hacer desaparecer este dulcísimo cuerpo.

—Sí, sí —dice, como en un éxtasis erótico. En su enajenación, Diana muerta, con la lengua fuera de la boca y los ojos tan abiertos, debe de resultarle tan deseable como la Diana desnuda que había abusado de mí para su placer.

Por otra parte, tampoco yo estoy lúcido. Como en un sueño envuelvo a Diana en su capa, tiendo un candil encendido a Boullan, agarro a la muerta por los pies y la arrastro por el pasillo hasta vuestra casa, luego abajo por la escalerilla hasta la tienda y de allí a la cloaca; en cada escalón, el cadáver se golpea la cabeza con un ruido siniestro y, por fin, la alineo junto a los restos de Dalla Piccola (el otro).

Boullan me parece enloquecido. Se ríe.

—Cuántos muertos —dice—. Quizás sea mejor aquí abajo que allá fuera, en el mundo, donde Guaita me espera. ¿Podría quedarme con Diana?

—Por supuesto, abate —le digo—, no podría desear nada mejor.

Saco la pistola, disparo y le doy en medio de la frente.

Boullan cae oblicuamente, casi sobre las piernas de Diana. Tengo que inclinarme, levantarlo y colocarlo a su lado. Yacen juntos como dos amantes.

* * *

Precisamente ahora, al contarlo, he descubierto, con ansiosa memoria, lo que sucedió un instante antes de perderla.

El círculo se ha cerrado. Ahora sé. Ahora, al alba del 18 de abril, acabo de escribir lo que le sucedió el 21 de marzo de madrugada a quien yo creía que era el abate Dalla Piccola…

25

Aclararse las ideas

De los diarios del 18 y del 19 de abril de 1897

A estas alturas, quien leyera el escrito de Dalla Piccola por encima del hombro de Simonini, vería que el texto se interrumpía, como si la pluma, imposibilitada la mano de seguir aferrándola mientras el cuerpo del escritor resbalaba a tierra, hubiera trazado espontáneamente un largo garabato sin sentido que acababa más allá del folio, emborronando el fieltro verde del escritorio. Y después, en un folio sucesivo, parecía que quien había retomado la escritura era el capitán Simonini.

El cual se había despertado vestido de cura, con la peluca de Dalla Piccola, pero sabiéndose ya, sin sombra de duda, Simonini. Vio en seguida, abiertas encima de la mesa, y cubiertas por una escritura histérica y cada vez más confusa, las últimas páginas que había redactado el supuesto Dalla Piccola, y mientras leía, sudaba y el corazón le palpitaba, y con él recordaba, hasta el punto donde la escritura del abate acababa y él (el abate), o sea, él (Simonini), se habían, no... se había desmayado.

Nada más recobrarse y a medida que la mente se le desanublaba poco a poco, todo se le iba volviendo claro. Curándose entendía, y sabía, que era una sola persona con Dalla Piccola; lo que la noche anterior Dalla Piccola había recordado, a esas alturas lo estaba recordando también él, es decir, estaba recordando que en calidad del abate Dalla Piccola (no el de los dientes sobresalientes que había matado, sino el otro que había hecho renacer y personificado durante años) había vivido la experiencia terrible de la misa negra.

¿Y luego qué pasó? Quizá en el forcejeo, Diana pudo arrancarle la peluca, quizá para poder arrastrar el cuerpo de la desgraciada hasta la cloaca tuvo que liberarse de la sotana, y al fin, casi fuera de sí, volvió por instinto a su propia alcoba de la rue Maître Albert, donde se despertó la mañana del 22 de marzo, incapaz de entender dónde estaban sus hábitos.

El contacto carnal con Diana, la revelación de su ignominioso origen, y su necesario, casi ritual, homicidio, habían sido demasiado para él, y esa misma noche perdió la memoria, o sea, la perdieron al mismo tiempo Dalla Piccola y Simonini, y las dos personalidades se habían alternado en el curso de ese mes. Con toda probabilidad, como le sucedía a Diana, él pasaba de una condición a la otra a través de una crisis. Un raptus epiléptico, un desmayo, quién sabe, no se daba cuenta y cada vez se despertaba distinto, pensando simplemente haber dormido.

La terapia del doctor Froïde había funcionado (aunque éste jamás sabría que funcionaba). Al contarle poco a poco al otro sí mismo los recuerdos que extraía con esfuerzo y como en sueños del torpor de su memoria, Simonini había llegado al punto crucial, al acontecimiento traumático que lo había sumergido en la amnesia y había hecho de él dos personas distintas, cada una de las cuales recordaba una parte de su pasado, sin que él, o ese otro que aun así no dejaba de ser él mismo, consiguieran recomponer su unidad, y cada uno había intentado ocultar al otro la razón terrible, cuyo recuerdo era inconcebible, de esa anulación.

Al recordar, Simonini se sentía justamente exhausto y, para asegurarse de que había renacido de veras a nueva vida, cerró el diario, decidió salir y exponerse a cualquier encuentro, sabiendo ya quién era. Sentía la necesidad de una comida completa, pero ese día aun no quería concederse ninguna glotonería, porque sus sentidos ya habían sido sometidos a dura prueba. Como un ermitaño de la Tebaida, sentía necesidad de penitencia. Fue a Flicoteaux, y con trece perras consiguió comer mal de forma razonable.

Una vez regresado a casa, confió al papel algunos detalles que estaba acabando de reconstruir. No habría habido ninguna razón para seguir con su diario, empezado para recordar lo que ahora sabía, pero es verdad que ya se había acostumbrado a él. Al suponer que existía un Dalla Piccola que era otro con respecto a él, había cultivado durante poco menos de un mes la ilusión de que existía alguien con quien dialogar, y al dialogar, se había dado cuenta de lo sólo que había estado siempre, desde la infancia. Quizá (aventura el Narrador) había escindido su personalidad precisamente para crearse un interlocutor.

Ahora había llegado el momento de darse cuenta de que el Otro no existía y que también el diario es un entretenimiento solitario. Pero se había acostumbrado a esa monodia, y así iba a seguir. No es que se amara de forma especial, pero el fastidio que sentía por los demás lo inducía incluso a soportarse.

Había puesto en escena a Dalla Piccola —el suyo, habiendo matado al verdadero— cuando Lagrange le pidió que se ocupara de Boullan. Pensaba que, en muchos temas, un eclesiástico levantaría menos sospechas que un laico. Y no le disgustaba volver a dar vida a alguien a quien se la había quitado.

Cuando compró, por cuatro perras, la casa y la tienda del impasse Maubert, no usó en seguida el cuarto y la salida de la rue Maître Albert, prefiriendo establecer su dirección en el impasse para poder disponer de la tienda. Al entrar en escena Dalla Piccola, amuebló el cuarto con muebles baratos y en él situó la demora de su abate fantasma.

Dalla Piccola no había servido sólo para curiosear en los ambientes satanistas y ocultistas; Dalla Piccola había hecho apariciones en la vela de un moribundo, llamado por el pariente cercano (o lejano) que se beneficiaría sucesivamente del testamento que Simonini redactaría, de modo que si alguien llegara a dudar de ese documento inesperado, se podría contar con el testimonio de un hombre de la Iglesia, quien podía jurar que el testamento coincidía con las últimas voluntades susurradas por el moribundo. Hasta que, con el asunto Taxil, Dalla Piccola se volvió esencial y prácticamente tomó a su cargo toda esa empresa durante más de diez años.

En calidad de Dalla Piccola, Simonini pudo abordar también al padre Bergamaschi y a Hébuterne, porque su disfraz funcionaba a la perfección. Dalla Piccola era lampiño, su pelo era pajizo, las cejas tupidas y, sobre todo, llevaba gafas azules que ocultaban la mirada. Como si no bastara, se había preocupado por inventar otra caligrafía, más menuda y casi femenina e incluso se acostumbró a modificar la voz. De verdad, cuando era Dalla Piccola, Simonini no sólo hablaba y escribía de forma distinta sino que pensaba de forma distinta, identificándose con su papel.

Era una pena que ahora Dalla Piccola tuviera que desaparecer (destino de todos los abates con ese nombre), pero Simonini tenía que desembarazarse de todo ese asunto: había que borrar la memoria de los acontecimientos vergonzosos que lo habían llevado al trauma y, además, Taxil, según lo prometido, abjuraría públicamente el Lunes de Pascua. Y, por último, una vez desaparecida Diana, era mejor que se perdiera todo rastro del complot, en el caso de que alguien se planteara inquietantes preguntas.

Tenía a su disposición sólo ese domingo y la mañana del día siguiente. Volvió a vestir los paños de Dalla Piccola para encontrarse con Taxil, quien durante casi un mes había ido cada dos o tres días a Auteuil sin encontrar ni a Diana ni a él, con la vieja que decía no saber nada, y ya temía que los hubieran secuestrado los masones. Le dijo que Du Maurier le había dado, por fin, la dirección de la verdadera familia de Diana, en Charleston, y había encontrado la manera de embarcarla hacia Norteamérica. Justo a tiempo para que Taxil pudiera poner en escena su denuncia del embuste. Le pasó cinco mil francos de adelanto sobre los setenta y cinco mil prometidos, y se citaron para la tarde siguiente en la Sociedad de Geografía.

Aún como Dalla Piccola, Simonini fue a Auteuil. Gran sorpresa de la vieja que tampoco había vuelto a verles, ni a Diana ni a él, desde hacía casi un mes y no sabía qué decirle al pobre señor Taxil que se había presentado tantas veces. Le contó la misma historia, Diana había reencontrado a su familia y había vuelto a Norteamérica. Una generosa indemnización calló a la arpía, que recogió sus harapos y se marchó por la tarde.

Esa misma tarde, Simonini quemó todos los documentos y las huellas de la camarilla de aquellos años y, entrada la noche, llevó de regalo a Gaviali un cajón con toda la ropa y aderezos de Diana. Un quincallero nunca se pregunta de dónde procede el género que le llega a las manos. A la mañana del día siguiente, Simonini fue a donde su casero de Auteuil y, alegando una repentina misión en tierras lejanas, anuló todo, pagando los seis meses siguientes, sin rechistar. El casero fue con él a la casa para controlar que muebles y paredes estuvieran en buen estado, se quedó con las llaves y la cerró con dos vueltas.

Se trataba sólo de «matar» (por segunda vez) a Dalla Piccola. Bastaba poco, Simonini se quitó el disfraz de abate, guardó la sotana en el pasillo, y Dalla Piccola desapareció de la faz de la tierra. Por precaución, eliminó también el reclinatorio y los libros de devoción del apartamento, transfiriéndolos a la tienda como mercancía para improbables aficionados, y se encontró con un *pied-à-terre* a su disposición que podía usar para alguna otra personificación.

De toda aquella historia, ya no quedaba nada, salvo en los recuerdos de Taxil y Bataille. Pero Bataille, tras su traición, no se volvería a presentar nunca, y en cuanto a Taxil, la historia se concluiría esa tarde.

La tarde del 19 de abril, en sus paños habituales, Simonini fue a disfrutar del espéctáculo de la retractación de Taxil. Taxil había conocido, además de a Dalla Piccola, a un pseudonotario Fournier, sin barba, moreno y con dos dientes de oro y había visto al Simonini barbudo una sola vez, cuando fue a procurarse las falsificaciones de las cartas de Hugo y Blanc, unos quince años antes, y probablemente había olvidado la cara de aquel amanuense. Así pues, Simonini, que por precaución se había puesto una barba blanca y gafas verdes, que le hacían pasar por miembro del Instituto, podía sentarse tranquilamente en el patio de butacas para disfrutar del espectáculo.

Fue un acontecimiento del que dieron noticia todos los periódicos. La sala estaba abarrotada, por curiosos, fieles de Diana Vaughan, masones, periodistas e incluso delegados del arzobispo y del nuncio apostólico.

Taxil habló con chulería y facundia totalmente meridional. Sorprendiendo al auditorio, que se esperaba la presentación de Diana y la confirmación de todo lo que Taxil había publicado en los últimos quince años, empezó polemizando con los periodistas católicos e introdujo el núcleo de sus revelaciones con un «Más vale reír que llorar, dice la sabiduría de las naciones». Aludió a su gusto por la mistificación (no se es impunemente hijo de Marsella, dijo entre las carcajadas del público). Para convencer al público de que era un intrigante, contó con gran gusto la historia de los tiburones de Marsella y de la ciudad sumergida del Léman. Claro que nada igualaba la mayor mistificación de su vida, y sin ningún recato se explayó contando su aparente conversión y cómo había engañado a confesores y directores espirituales que debían asegurarse de la sinceridad de su arrepentimiento.

Ya en este esordio fue interrumpido primero por carcajadas, luego por intervenciones violentas de varios sacerdotes, cada vez más escandalizados. Algunos se levantaban y amagaban con salir de la sala, otros agarraban las sillas como para lincharlo. En fin, un tumulto de mil demonios donde la voz de Taxil todavía conseguía hacerse oír contando cómo él, para complacer a la Iglesia, decidió, tras la *Humanum genus*, injuriar a los masones. En el fondo, decía, también los masones deberían agradecérmelo porque mi publicación de los rituales no ha resultado ajena a su decisión de suprimir añejas prácticas, ridículas a los ojos de todos los masones amigos del progreso. En cuanto a los católicos, me había dado cuenta, desde los primeros días de mi conversión, de que muchos estaban convencidos de que el Gran Arquitecto del Universo —el Ser Supremo de los masones— es el diablo. Bien, no tenía sino que echarle leña a esta convicción.

La confusión seguía. Cuando Taxil citó su conversación con León XIII (el Papa había preguntado: «Hijo mío, ¿qué desea usted?», y Taxil contestó: «¡Santo padre, morir a vuestros pies, aquí en este momento... Ésa sería mi felicidad más grande!»), los gritos se convirtieron en un coro. Algunos gritaban: «¡Respetad a León XIII; no tenéis el derecho de pronunciar su nombre!»; otros exclamaban: «¿Y que tengamos que oír esto? ¡Es repugnante!»; otros: «¡Qué canalla! ¡Qué inmundo crapuloso!»; mientras la mayoría se regodeaba.

—Y, de este modo —narraba Taxil—, he hecho crecer el árbol del luciferismo moderno, en el que he introducido un ritual paládico, de mi propia cosecha desde la primera hasta la última línea.

Luego contó cómo había transformado a un antiguo amigo alcoholizado en el doctor Bataille, había inventado a Sophie Walder o Sapho, y cómo, por último, había escrito él mismo todas las obras firmadas por Diana Vaughan. Diana, dijo, era sólo una protestante, una copista dactilógrafa, representante de una fábrica norteamericana de máquinas de escribir, una mujer inteligente, ingeniosa, y de elegante sencillez como suelen serlo las protestantes. Se empezó a interesar por las diabluras, se había divertido, y se había convertido en su cómplice. Le había tomado gusto a ese chistoso enredo, estar en correspondencia con obispos y cardenales, recibir cartas del secretario particular del sumo pontífice, informar al Vaticano de los negros complots de los luciféricos...

—Incluso —seguía Taxil—, hemos visto que creían en nuestras simulaciones en ciertos círculos masónicos. Cuando Diana reveló que Adriano Lemmi había sido nombrado por el Gran Maestre de Charleston su sucesor para el soberano pontificado diabólico, algunos masones italianos, entre ellos un diputado del Parlamento, se tomaron en serio la noticia, se quejaron de que Lemmi no los hubiera informado, y constituyeron en Sicilia, Nápoles y Florencia tres Supremos Consejos paladistas independientes, nombrando a miss Vaughan socia de honor. El célebre señor Margiotta escribió haber conocido a la señorita Vaughan, pero la verdad es que fui yo quien le habló de un encuentro que jamás se produjo y éste fingió o creyó recordarlo de veras. Los mismos editores han sido mistificados, pero no tienen por qué dolerse porque les he permitido publicar obras que pueden rivalizar con las *Mil y una noches*.

—Señores —prosiguió—, cuando alguien se da cuenta de que ha sido engañado, lo mejor es reírse con el público de la galería. Señor abate Garnier —dijo refiriéndose a uno de sus críticos más encarnizados que estaba en la sala—, al incomodaros, haréis que se rían más de vos.

... Diana, dijo, era sólo una protestante, una copista dactilógrafa, representante de una fábrica norteamericana de máquinas de escribir, una mujer inteligente, ingeniosa, y de elegante sencillez como suelen serlo las protestantes... (p. 536)

—¡Sois un canalla! —gritó Garnier, agitando su bastón, mientras los amigos intentaban calmarlo.

—Por otra parte —siguió Taxil seráfico—, no podemos criticar a quien ha creído en nuestros diablos que salían en las ceremonias de iniciación. ¿Acaso los buenos cristianos no creen que mosén Satán transportó a Jesucristo a una montaña, desde cuya cima le mostró todos los reinos de la Tierra... Y cómo conseguía mostrárselos todos si la Tierra es redonda?

—¡Bravo! —gritaban unos.

—Por lo menos no seáis blasfemo —gritaban otros.

—Señores —estaba ya concluyendo Taxil—, confieso que he cometido un infanticidio: ahora el paladismo está muerto. ¡Su padre acaba de asesinarle!

El alboroto llegó a su ápice. El abate Garnier se subió a una silla e intentaba arengar a la concurrencia, pero su voz la cubrían las risotadas de algunos, y las amenazas de otros. Taxil permanecía en el podio desde el que había hablado, mirando audazmente a la muchedumbre en tumulto. Era su momento de gloria. Si quería ser coronado rey de la mistificación, había alcanzado su objetivo.

Miraba fijamente a los que le pasaban por delante, agitando el puño o el bastón y gritándole: «¿No os avergonzáis?», con el aire de quien no entendía. ¿De qué se tenía que avergonzar? ¿De que todos hablaran de él?

El que más se estaba divirtiendo era Simonini, que pensaba en lo que le esperaba a Taxil los días siguientes.

El marsellés buscaría a Dalla Piccola para recibir su dinero. Pero no sabría dónde encontrarlo. Si iba a Auteuil, encontraría la casa vacía, o quizá habitada por algún desconocido. Nunca había sabido que Dalla Piccola tenía una dirección en la rue Maître Albert. No sabía dónde localizar al notario Fournier, ni se le ocurriría vincularlo con aquel que, muchos años antes, le había falsificado la carta de Hugo. Boullan sería imposible de encontrar. Nunca había sabido que Hébuterne, que conocía vagamente como dignatario masón, había tenido que ver con su aventura y siempre había ignorado la existencia del padre Bergamaschi. En fin, que Taxil no sabría a quién pedirle su recompensa, por lo que Simonini se embolsaba no la mitad, sino la totalidad (menos, desgraciadamente, los cinco mil francos de anticipo).

Era divertido pensar en ese pobre golfante dando vueltas por París en busca de un abate y de un notario que no habían existido nunca, de un satanista y de una paladista cuyos cadáveres yacían en una cloaca desconocida, de un Bataille que, de encontrarlo lúcido, no sabría decirle nada, y de un fajo de francos que habían ido a parar al bolsillo que no debía. Vituperado por los católicos, visto con recelo por los masones que tenían el derecho de temer un nuevo cambio de chaqueta, quizá teniendo que pagar aún muchas deudas a los tipógrafos, sin tener a donde volver su pobre cabeza sudada.

Claro que, pensaba Simonini, ese charlatán de marsellés se lo tenía merecido.

26

La solución final

10 de noviembre de 1898

Hace ya año y medio que me he liberado de Taxil, de Diana y, lo que más cuenta, de Dalla Piccola. Si estaba enfermo, me he curado. Gracias a la autohipnosis, o al doctor Froïde. Y aun así he pasado unos meses entre varias angustias. Si fuera creyente, diría que he sentido remordimientos y que he estado atormentado. Pero ¿remordimientos de qué?, ¿atormentado por quién?

La misma noche en que me regodeaba por haber engañado a Taxil, lo celebré con serena leticia. Sólo sentía no poder compartir con nadie mi victoria, pero estoy acostumbrado a satisfacerme sin compañía. Fui, como habían hecho los diasporados de Magny, a Brébant-Vachette. Con lo que había lucrado del fracaso de la empresa de Taxil, podía permitírmelo todo. El maître me reconoció, pero lo que más cuenta es que yo lo reconocí a él. Demorose en describirme la *salade Francilion* creada tras los triunfos de la *pièce* de Alejandro Dumas —el hijo, Dios mío, lo que estoy envejeciendo—. Pónense a cocer patatas en el caldo, se las corta en rodajas, y cuando todavía están templadas se las aliña con sal, pimienta, aceite de oliva y vinagre de Orleáns, más medio vaso de vino blanco, Château d'Yquem a ser posible, y se le añaden hierbas aromáticas bien trituradas. Al mismo tiempo, se ponen a cocer en *court-bouillon* mejillones muy grandes con un tallo de apio. Ultimada la cocción, se mezcla todo y se cubre con finas rebanadas de trufa, cocidas en Champagne. Todo ello dos horas antes de servir, de modo que el plato llegue a la mesa frío pero en su punto.

Con todo, no estoy sereno, y siento la necesidad de aclarar mi estado de ánimo retomando este diario, como si todavía estuviera curándome con el doctor Froïde.

Y es que han seguido sucediendo cosas inquietantes y vivo en una perpetua inseguridad. Ante todo, aún me atormenta no saber quién es el ruso que yace en la cloaca. Él, y quizá eran dos, estaba aquí, en estas habitaciones el 12 de abril. ¿Alguno de ellos ha vuelto? Varias veces me ha pasado que no encontraba algo —pequeñeces: una pluma, un cuadernillo de folios— y luego lo he encontrado donde juraría que no lo había puesto nunca. ¿Alguien ha estado aquí, ha hurgado, ha cambiado de sitio, ha encontrado? ¿Qué?

Los rusos. Eso quiere decir Rachkovski, pero ese hombre es una esfinge. Ha venido a verme dos veces, siempre para requerirme lo que él considera material aún inédito heredado del abuelo, y yo me he tomado mi tiempo, por un lado, porque todavía no he puesto a punto un dossier satisfactorio, por el otro, para excitar su deseo.

La última vez me ha dicho que no estaba dispuesto a aguardar más. Ha insistido para saber si era sólo una cuestión de precio. No soy codicioso, le he dicho, es cierto que el abuelo me dejó unos documentos en los que se había protocolizado todo lo que se dijo aquella noche en el cementerio de Praga, pero no los tengo aquí, debería dejar París para ir a buscarlos a un determinado sitio. Pues id, id, me ha dicho Rachkovski. Luego ha hecho una alusión, harto vaga, a las molestias que podría tener por el desarrollo del *affaire* Dreyfus. ¿Y él qué sabe?

La verdad es que el hecho de que hayan mandado a Dreyfus a la Isla del Diablo no ha acallado las voces sobre sus vicisitudes. Es más, han empezado a hablar los que lo consideran inocente o, como se los llama ya, los dreyfusistas, y se han movilizado diferentes grafólogos para discutir el peritaje de Bertillon.

Todo empezó a finales del 95, cuando Sandherr dejó el servicio (parece ser que estaba afectado por una parálisis progresiva o algo por el estilo) y fue sustituido por un tal Picquart. Este Picquart se reveló en seguida un metomentodo, era evidente que seguía dándole vueltas al *affaire* Dreyfus, aunque hubiera concluido hacía meses, y, de repente, en marzo del año pasado, el hombre encontró en las consabidas papeleras de la embajada el borrador de un telegrama que el agregado militar alemán quería mandar a Esterházy. Nada comprometedor, pero ¿por qué tenía que mantener relaciones este agregado militar alemán con un oficial francés? Picquart controló mejor a Esterházy, buscó muestras de su escritura y se dio cuenta de que la caligrafía del comandante se parece a la del *bordereau* de Dreyfus.

Lo supe porque la noticia se filtró a *La Libre Parole*, y Drumont echaba venablos contra ese meterete que quería volver a poner en cuestión un asunto felizmente resuelto.

—Sé que ha ido a denunciar el hecho a los generales Boisdeffre y Gonse, que, por suerte, no le han hecho caso. Nuestros generales no están enfermos de los nervios.

Hacia noviembre me crucé en la redacción con Esterházy; estaba muy agitado y pidió hablarme en privado. Vino a mi casa acompañado por un tal comandante Henry.

—Simonini, se murmura que la caligrafía del *bordereau* es la mía. Vos habéis copiado de una carta o un apunte de Dreyfus, ¿verdad?

—Pues naturalmente. El modelo me lo dio Sandherr.

—Ya lo sé; pero ¿por qué aquel día Sandherr no me convocó también a mí? ¿Para que no controlara el modelo de la escritura de Dreyfus?

—Yo hice lo que se me pidió.

—Lo sé, lo sé. Pero os conviene ayudarme a aclarar el enigma. Porque, si hubiera sido usado para alguna cábala cuyas razones no logro identificar, podría ser conveniente para alguien eliminar a un testigo tan peligroso como vos. Así es que el tema os toca de cerca.

Nunca debería haberme mezclado con los militares. No me sentía tranquilo. A continuación, Esterházy me explicó lo que se esperaba de mí, diome el modelo de una carta del agregado italiano Panizzardi y el texto de una carta que debería fabricar, en la que Panizzardi le hablaba al agregado militar alemán de la colaboración de Dreyfus.

—El comandante Henry —concluyó— se encargará de encontrar este documento y de hacerlo llegar al general Gonse.

Hice mi trabajo, Esterházy me entregó un millar de francos y luego no sé qué sucedió, pero, a finales del 96, a Picquart lo destinaban al Cuarto de Fusileros de Túnez.

Pero, mientras yo estaba ocupado en liquidar a Taxil, parece ser que Picquart movió a amigos, y el tema se complicó. Naturalmente, se trataba de noticias oficiosas que de alguna manera llegaban a los periódicos. La prensa dreyfusista (y no era mucha) las daba como seguras, mientras que la prensa antidreyfusista las tildaba de calumnias. Aparecieron telegramas dirigidos a Picquart, de los cuales se deducía que era él el autor del tristemente célebre telegrama de los alemanes a Esterházy. Por lo que pude entender, era una jugada de Esterházy y de Henry. Un bonito juego de pelota, donde no era necesario inventar acusaciones porque bastaba con hacer rebotar hacia el adversario las que te habían llegado a ti. Santo Dios, el espionaje (y el contraespionaje) son cosas demasiado serias para dejarlas en manos de los militares; profesionales como Lagrange y Hébuterne nunca habían metido la pata de semejante manera, pero claro, ¿qué puedes esperarte de gente que un día sirve para el Servicio Informaciones y mañana para el Cuarto de Fusileros de Túnez o que ha pasado de los zuavos pontificios a la Legión Extranjera?

Además, la última jugada no había servido para casi nada, y se había abierto una investigación sobre Esterházy. ¿Y si, para liberarse de toda sospecha, éste contara que el *bordereau* lo había escrito yo?

* * *

Durante un año he dormido mal. Cada noche oía ruidos en la casa, tenía la tentación de levantarme y bajar a la tienda, pero temía encontrarme con un ruso.

* * *

En enero de este año, se ha celebrado un proceso a puertas cerradas donde Esterházy ha sido absuelto completamente de toda acusación y sospecha. Picquart ha sido castigado con sesenta días de fortín. Aun así, los dreyfusistas no cejan, un escritor bastante vulgar como Zola ha publicado un artículo inflamado («J'accuse!»), y un grupo de escritorzuelos y pretendidos científicos ha bajado a la arena pidiendo la revisión del proceso. ¿Quiénes son estos Proust, France, Sorel, Monet, Renard, Durkheim? Nunca los he visto en casa Adam. De este Proust me dicen que es un pederasta de veinticinco años, autor de escritos afortunadamente inéditos; y Monet, un pintamonas de quien he visto un cuadro o dos, donde parece que este individuo mira el mundo con ojos legañosos. ¿Qué tienen que ver un literato o un pintor con las decisiones de un tribunal militar? Oh, pobre Francia, como se queja Drumont. Si estos susodichos «intelectuales», como los llama ese abogado de las causas perdidas que es Clemenceau, se ocuparan de las pocas cosas sobre las que habrían de ser competentes...

Se le ha abierto un proceso a Zola que, por suerte, ha sido condenado a un año de cárcel. Todavía hay justicia en Francia, dice Drumont, que en mayo ha sido elegido diputado por Argel, por lo que habrá un buen grupo antisemita en la cámara, y esto servirá para defender las tesis antidreyfusistas.

Todo parecía ir viento en popa. En julio, Picquart había sido condenado a ocho meses de detención, Zola se había escapado a

Londres, y yo estaba pensando que nadie reabriría el caso, cuando un tal capitán Cuignet va y sale con que la carta en la que Panizzardi acusaba a Dreyfus era falsa y, encima, lo demuestra. No sé cómo podía afirmarlo, dado que yo había trabajado a la perfección. En cualquier caso, los altos mandos le hicieron caso, y puesto que la carta había sido descubierta y difundida por el comandante Henry, se empezó a hablar de un «falso Henry». A finales de agosto, empujado contra las cuerdas, Henry confesó, fue encarcelado en el Mont-Valerién, y el día siguiente se cortó la garganta con su navaja de afeitar. Es lo que yo decía, nunca hay que dejar ciertas cosas en manos de los militares. ¿Cómo? Arrestas a un supuesto traidor, ¿y le dejas la navaja de afeitar?

—Henry no se ha suicidado. ¡Ha sido suicidado! —sostenía Drumont, furibundo—. ¡Todavía hay demasiados judíos en el estado mayor! ¡Abriremos una suscripción pública para financiar un proceso de rehabilitación de Henry!

Sin embargo, cuatro o cinco días después, Esterházy huía a Bélgica y de allí a Inglaterra. Casi una admisión de culpabilidad. El problema era por qué no se había defendido echándome la culpa a mí.

* * *

En medio de estas agonías, la otra noche oí de nuevo ruidos en casa. La mañana siguiente encontré no sólo la tienda sino también la bodega manga por hombro, y la puerta de la escalerilla que da a la cloaca, abierta.

Mientras me preguntaba si no debía huir yo también como Esterházy, llamó Rachkovski a la puerta de la tienda. Sin ni si-

... ¡Todavía hay demasiados judíos en el estado mayor!... *(p. 547)*

quiera subir al despacho, se sentó en una silla en venta, suponiendo que alguien osara jamás desearla, y empezó al instante:

—¿Qué diríais si yo le comunicara a la Sûreté que en la bodega de aquí abajo hay cuatro cadáveres, aparte del hecho de que uno de ellos es un hombre mío que estaba buscando por doquier? Estoy cansado de esperar. Os doy dos días para ir a recuperar los protocolos de los que me habéis hablado y olvidaré lo que he visto abajo. Me parece un pacto honesto.

Que Rachkovski supiera ya todo de mi cloaca, no me sorprendía. Más bien, visto que tarde o temprano tendría que darle algo, intenté sacar provecho del pacto que me proponía. Me atreví a relanzar:

—Podríais ayudarme a resolver un problemilla que tengo con los servicios de las fuerzas armadas...

Echose a reír:

—¿Tenéis miedo de que se descubra que sois vos el autor del *bordereau*?

Decididamente este hombre lo sabe todo. Unió las manos como para recoger los pensamientos e intentó explicarme.

—Probablemente no habéis entendido nada de todo este asunto y teméis sólo que alguien os meta por en medio. No temáis. Toda Francia necesita, por razones de seguridad nacional, que el *bordereau* sea creído auténtico.

—¿Por qué?

—Porque la artillería francesa está preparando su arma más innovadora, el cañón de setenta y cinco, pero hay que hacer creer a los alemanes que los franceses siguen aun trabajando en el cañón de ciento veinte. Era preciso que los alemanes se enteraran de que un espía iba a venderles los secretos del cañón ciento veinte, para que creyeran que ése era el punto flaco de los franceses. Observaréis, como persona con sentido común, que los alemanes deberían haberse dicho: «¡Carape, si este *bordereau* fuera auténtico, tendríamos que haber sabido algo, antes de tirarlo a la papelera!». Y, por lo tanto, no habrían debido tragárselo. Y en cambio, cayeron en la trampa, porque en el ambiente de los servicios secretos nadie le dice todo a los demás, siempre se piensa que el vecino de escritorio es un agente doble y, con toda probabilidad, se acusaron mutuamente: «¿Cómo? Llega un anuncio tan importante ¿y no lo sabía ni siquiera el agregado militar que aun así parecía ser el destinatario? ¿O lo sabía y se lo calló?». Imaginaos qué torbellino de sospechas recíprocas, alguien allí se habrá dejado el cargo. Hacía falta y hace falta que todos crean en el *bordereau*. Y era ése el motivo por el que era urgente mandar cuanto antes a Dreyfus a la Isla del Diablo, para evitar que, para defenderse, se pusiera a decir que era imposible que hubiera revelado nada sobre el cañón de ciento veinte porque, si acaso, lo habría hecho sobre el de setenta y cinco. Parece ser que alguien le puso una pistola delante invitándolo a evitar el deshonor que lo esperaba con el suicidio. De este modo, habríase evitado el riesgo de un proceso público. Pero Dreyfus tiene la cabeza dura e insistió en defenderse, porque pensaba que no era culpable; un oficial no debería pensar nunca. Además, yo creo que el desgraciado no sabía nada del cañón de setenta y cinco, imaginémonos si ciertas cosas llegan al escritorio de uno que está en prácticas. Claro que siempre es mejor ser prudentes. ¿Estamos? Si se supiera que el *bordereau* es obra vuestra, caería todo el montaje y los alemanes entenderían que el cañón de ciento veinte es una pista falsa. Son duros de mollera sí, estos *alboches*, pero no del todo. Me diréis que, en realidad, no sólo los servicios alemanes, sino también los franceses están en manos de una pandilla de chapuceros. Es obvio, de otro modo esos hombres trabajarían para la Ojrana, que funciona un poco mejor y, como veis, tiene informadores aquí y allá.

—¿Y Esterházy?

—Nuestro petimetre es un agente doble: fingía espiar a Sandherr para los alemanes de la embajada y mientras tanto espiaba a los alemanes de la embajada para Sandherr. Se ha empleado para montar el caso Dreyfus, pero Sandherr se dio cuenta de que estaba quemándose y los alemanes empezaban a sospechar de él. Sandherr sabía perfectamente que os había dado un modelo de la caligrafía de Esterházy. Tratábase de culpar a Dreyfus pero, si el asunto no hubiera salido como debía, siempre se podía arrojar la responsabilidad del *bordereau* sobre Esterházy. Naturalmente, Esterházy se dio cuenta demasiado tarde de la trampa en que había caído.

—¿Pues, entonces, por qué no reveló mi nombre?

—Porque lo habrían desmentido y habría ido a parar a algún fortín, o a un canal. Mientras que así puede estarse en Londres rascándose la barriga, con una buena renta, a cargo de los servicios. Ya se lo siga atribuyendo a Dreyfus, o se decida que el traidor es Esterházy, el *bordereau* debe seguir siendo auténtico. Nadie le echará nunca la culpa a un falsificador como vos. Vuestra seguridad no peligra. En cambio, yo os daré muchos problemas por esos cadáveres que tenéis abajo. De modo que adelante con esos datos que me sirven. Pasado mañana vendrá a veros un joven que trabaja para mí, un tal Golovinski. No os toca a vos producir los documentos originales porque habrán de estar en ruso, y del asunto se ocupará él. Vos tenéis que proporcionarle material nuevo, auténtico y convincente, para darle más cuerpo a ese dossier vuestro sobre el cementerio de Praga que ya es conocido *lippis et tonsoribus*. Pase que el origen de las revelaciones sea una reunión en ese cementerio; ahora bien, la época en que se desarrolló la reunión debe resultar imprecisa, y deben tratarse argumentos actuales, no fantasías medievales.

Había de aplicarme.

* * *

Disponía de casi dos días y dos noches enteras para reunir los centenares de apuntes y recortes que había ido recogiendo en el curso de una frecuentación más que decenal con Drumont. No pensaba tener que usarlos porque se trataba de cosas publicadas todas ellas en *La Libre Parole*, pero quizá para los rusos era material desconocido. Se trataba de discernir. A ese Golovinski y a Rachkovski no les interesaba, seguro, que los judíos fueran más o menos negados para la música, o para las exploraciones. Más interesante, si acaso, era la sospecha de que preparaban la ruina económica de la buena gente.

He controlado lo que ya había usado para los anteriores discursos del rabino. Los judíos se proponían apoderarse de los ferrocarriles, de las minas, de los bosques, de la administración de los impuestos, del latifundio; apuntaban a la magistratura, a la abogacía, a la instrucción pública; querían infiltrarse en la filosofía, en la política, en las ciencias, en el arte y, sobre todo, en la medicina, porque un médico entra en las familias, más que el cura. Había que minar la religión, difundir el librepensamiento, suprimir las clases de religión cristiana de los programas escolares, acaparar el comercio del alcohol y el control de la prensa. Rediós, ¿qué más podían pretender?

No es que no pueda reciclar también ese material. Rachkovski debería conocer sólo la versión de los discursos del rabino que le di a Juliana Glinka, donde se hablaba de argumentos específicamente religiosos y apocalípticos. Pero está claro que hay que añadirles algo nuevo a mis textos previos.

Diligente, he pasado revista a todos los temas que podían tocar de cerca los intereses de un lector medio. Los he transcrito con buena caligrafía de más de medio siglo antes, en papel debidamente amarilleado y ahí está: volvía a tener los documentos que me había transmitido mi abuelo tal como fueron redactados en las reuniones de los judíos, en ese gueto en el que había vivido de joven, traduciéndolos de los protocolos que los rabinos anotaron tras su reunión en el cementerio de Praga.

Cuando, al día siguiente, Golovinski entró en la tienda, me sorprendí de que Rachkovski encomendara tareas tan importantes a un joven mujik fláccido y miope, mal vestido, con pinta de ser el último de la clase. Luego, hablando, dime cuenta de que era más sesudo de lo que parecía. Hablaba un mal francés con marcado acento ruso, pero preguntó en seguida cómo es que los rabinos del gueto de Turín escribían en francés. Díjele que en Piamonte, en aquellos tiempos, todas las personas alfabetizadas hablaban francés, y la cosa lo convenció. Pregunteme yo para mis adentros si mis rabinos del cementerio hablaban hebreo o yídico, pero visto que los documentos estaban en lengua francesa, el asunto carecía de interés.

—Mirad —le decía—, mirad, por ejemplo, en este folio se insiste sobre cómo se debe difundir el pensamiento de los filósofos ateos, para desmoralizar a los gentiles. Y oíd aquí: «Debemos borrar el concepto de Dios de las mentes de los cristianos, reemplazándolo con cálculos aritméticos y necesidades materiales».

Había calculado que las matemáticas no le gustan a nadie. Recordando las quejas de Drumont contra la prensa obscena, pensé que, al menos para los bienpensantes, la idea de la difusión de diversiones fáciles e insulsas para las grandes masas resultaría excelente para un complot. Escuchad ésta, le decía a Golovinski: «Con el fin de que las masas no lleguen a hacer nada por reflexión, distraeremos su pensamiento con juegos, diversiones, casas públicas; presentaremos concursos de arte, de deporte de todas clases... Favoreceremos el amor al lujo desenfrenado y aumentaremos los salarios, lo que no proporcionará ventaja alguna a los obreros, puesto que, al mismo tiempo, elevaremos los precios de todos aquellos productos que sean de primera necesidad, con el pretexto de las malas cosechas. Desorganizaremos también la producción en su base, sembrando los gérmenes de la anarquía entre los obreros y procurando por todos los medios que llegue a serles indispensable el vino y el alcohol. Trataremos de llevar a las gentes a inventar toda clase de teorías fantásticas, nuevas y que parezcan progresistas, o liberales».

—Bien, bien —decía Golovinski—. ¿Pero hay algo que vaya

bien para los estudiantes, además del tema de las matemáticas? En Rusia los estudiantes son importantes, son cabezas calientes que hay que mantener bajo control.

—Aquí tenéis: «Cuando nosotros estemos en el poder, separaremos de la educación todos los asuntos de enseñanza que puedan causar trastornos y haremos de la juventud muchachos obedientes a la autoridad, que amarán a quien les gobierna. Reemplazaremos el clasicismo, así como todo estudio de la historia antigua, que presenta muchos más ejemplos malos que buenos, por el estudio del porvenir. Borraremos de la memoria de los hombres todos los hechos de los siglos pasados que no nos sean agradables. Con una educación metódica conseguiremos eliminar los residuos de esa independencia de pensamiento de la que llevamos sirviéndonos para nuestros fines desde hace mucho tiempo... Los libros que tengan menos de trescientas páginas, pagarán doble impuesto; esta medida obligará a los escritores a producir libros tan largos que se leerán poco, sobre todo a causa de su precio. Al contrario, los que editemos nosotros para el bien de los espíritus en la tendencia que habremos establecido, serán baratos y leídos por todo el mundo. Los impuestos harán callar el vano deseo de escribir y si hay personas que tengan deseos de escribir en contra de nosotros, no encontrarán quien quiera imprimir sus obras». En cuanto a los periódicos, el proyecto judaico prevé una libertad de prensa ficticia, que sirva para el mayor control de las opiniones. Dicen nuestros rabinos que habrá que acaparar el mayor número de periódicos, para que expresen opiniones aparentemente distintas, y de este modo den la impresión de una circulación libre de las ideas, mientras que, en realidad, todos reflejarán las ideas de los dominadores judaicos. Observan que comprar a los periodistas no será difícil porque constituyen una masonería y ningún editor tendrá el valor de revelar la trama que los ata a todos al mismo carro porque, en el mundo de los periódicos, no se admite a nadie que no haya tomado parte en algún negocio sucio en su vida privada. Naturalmente, habrá que prohibir a todos los periódicos dar noticias de crímenes para que el pueblo crea que el nuevo régimen ha suprimido incluso la delincuencia. Ahora bien, tampoco hay que preocuparse demasiado de los vínculos con la prensa, sea ésta libre o no, porque el pueblo ni se da cuenta, encadenado como está al trabajo y a la pobreza. ¿Qué necesidad tiene el proletario trabajador de que los charlatanes obtengan el derecho de charlatanear?

—Esto es bueno —observaba Golovinski—, porque en mi patria las cabezas calientes se quejan siempre de una pretendida censura gobernativa. Hay que hacer entender que con un gobierno judío sería peor.

—Pues para eso tengo algo mejor: «Es preciso tener en cuenta la cobardía, la debilidad y la inconstancia y la falta de equilibrio de las masas. Hay que darse cuenta de que la fuerza de las masas es ciega, desprovista de razón en su discernimiento y que oscila sin voluntad de un lado a otro. ¿Es posible que las masas juzguen con calma y administren los negocios del Estado evitando las rivalidades sin confundirlos con sus propios intereses? ¿Podrían defenderse contra un enemigo extranjero? Es imposible, porque un plan dividido entre tantos partidos como cerebros hay hoy en las masas, pierde su valor y si se hace imposible el entenderlo, cuánto más el ejecutarlo. Sólo un autócrata puede concebir vastos proyectos y asignar a cada cosa su papel particular en el mecanismo de la máquina gubernamental... Sin el despotismo absoluto es imposible la civilización, porque la civilización no puede avanzar más que bajo la protección de un jefe, cualquiera que sea, con tal de que nunca esté en las manos de las masas». Pues, mirad este otro documento: «Dado que jamás se ha visto una constitución salida de la voluntad de un pueblo, el proyecto de mando tiene que brotar de una cabeza única». Y leed esto: «Tendrán como el dios indio Visnú cien manos, cada una de las cuales controlará todo. Ya no necesitaremos ni siquiera policía: un tercio de nuestros súbditos controlará a los otros dos tercios»

—Muy bueno.

—Pues hay más: «El populacho es bárbaro, y lo demuestra en todas las ocasiones. Ved esos brutos alcoholizados, embrutecidos por la bebida, que la libertad tolera sin límites. ¿Es que vamos a permitir nosotros y permitir a nuestros semejantes el imitarlos? En los países cristianos, el pueblo está embrutecido por el alcohol, la juventud está trastornada por la intemperancia prematura en la que nuestros agentes la han iniciado... Nuestra divisa debe ser "fuerza c hipocresía"; sólo la fuerza es la que da la victoria en política. La violencia debe ser un principio, el engaño y la hipocresía una regla. Este mal es el único medio de conseguir su objeto, que es el bien. No nos detengamos ante la corrupción, compra de conciencias, la impostura y la traición, pues el fin justifica los medios».

—En la santa madre Rusia se habla mucho de comunismo, ¿qué piensan al respecto los rabinos de Praga?

—Leed esto: «En política, no dudemos en confiscar la propiedad, si de este modo podemos conseguir sumisión y poder. Haremos creer que somos quienes liberamos a los trabajadores, haciéndoles creer que les ayudamos con el espíritu de fraternidad y de interés por la humanidad pregonado por nuestra masonería. Les haremos creer que venimos a sacarles de la opresión, haciéndoles ver las ventajas de entrar en las filas de nuestros ejércitos socialistas, anarquistas y comunistas. Pero la nobleza, que de derecho explotaba a las clases trabajadoras, tenía gran interés en que pudieran vivir y criarse sanos y fuertes. Nuestro interés, por el contrario, desea la degeneración de los gentiles; nuestra fuerza consiste en mantener al trabajador en un estado constante de necesidades e impotencia, porque de este modo lo sujetaremos más a nuestra voluntad, y a su alrededor no encontrará nunca, ni poder ni energía suficiente para volverse contra nosotros». Y añadidle esto: «Organizaremos una crisis económica universal por todos los medios que nos sean posibles con ayuda del oro que, casi en su totalidad, está en nuestro poder. Simultáneamente, echaremos a la calle en toda Europa masas enormes de obreros. Estas masas serán felices precipitándose sobre todos aquellos que, en su ignorancia, envidiaron desde la infancia, verterán su sangre y en seguida podrán arrebatarles sus bienes. A nosotros no nos harán daño, porque el momento del ataque lo conoceremos y tomaremos las medidas necesarias para proteger nuestros intereses».

—¿Y no tenéis nada sobre judíos y masones?

—Faltaría más. Aquí hay un texto clarísimo: «Hasta que llegue nuestro reinado crearemos y multiplicaremos las logias masónicas en todos los países del mundo y atraeremos a ellas a todos los que sean o puedan ser agentes destacados. Estas logias formarán nuestra principal base de información y de propaganda. En estas logias se anudarán todas las clases socialistas y revolucionarias de la sociedad. Entre el número de los miembros de estas logias estarán casi todos los agentes de la policía nacional e internacional. Los que ingresan en las sociedades secretas son generalmente los ambiciosos, los aventureros y demás gentes que, por una u otra razón, quieren abrirse un camino; con gente de esa calaña no nos costará trabajo entendernos para llevar adelante nuestros proyectos. Es natural que seamos nosotros y nadie más quienes manejen los asuntos de la francmasonería».

—¡Fantástico!

—Recordad también que la judería rica mira con interés hacia el antisemitismo que se ensaña con los judíos pobres, porque induce a los cristianos de corazón más tierno a sentir compasión por toda su raza. Leed lo que pone aquí: «Las manifestaciones antisemitas han sido siempre muy útiles a los jefes de Sión, porque inspiran compasión en el corazón de algunos gentiles, sobre todo los que se conmueven y compadecen de la triste suerte de un pueblo que, en apariencia, es tratado tan injustamente. Este sentimiento hace que muchas personas se interesen por ellos y formen en las filas de los servidores de Sión. El antisemitismo, causa de persecuciones contra los judíos de las clases inferiores, ha permitido a sus jefes dominar y sujetar a sus correligionarios; y lo consiguen fácilmente porque tienen el talento de presentarse en el preciso momento en que parece que son ellos los que los salvan. Obsérvese que los jefes judíos nunca han sufrido en las convulsiones antisemitas, en lo que se refiere a sus bienes personales o a su situación oficial en los cargos públicos que desempeñan. Esto no tiene nada de sorprendente, puesto que esos mismos jefes lanzan contra los judíos humildes y pobres a los sabuesos cristianos y esos mismos sabuesos se encargan de mantener el orden entre ellos, lo que contribuye a consolidar a Sión».

Había recuperado muchas páginas, exageradamente técnicas, que Joly había dedicado a los mecanismos de los préstamos y de los tipos de interés. No entendía mucho, ni estaba seguro de que, desde los tiempos en que Joly escribía, los tipos hubieran cambiado, pero confiaba en mi fuente y le pasaba a Golovinski páginas y páginas que probablemente encontrarían un lector atento en el comerciante o en el artesano endeudados, o caídos en el torbellino de la usura.

Por último, eran recientes unos discursos que se hacían en *La Libre Parole* sobre el ferrocarril metropolitano que había de construirse en París. Era una historia vieja, llevaban hablando años del tema, mas sólo en julio del 97 se ha aprobado un proyecto oficial y entonces han empezado las primeras obras de excavación de una línea entre la Puerta de Vincennes y la Puerta de Maillot. Poco aún, pero ya se ha constituido una compañía del metro y desde hace más de un año *La Libre Parole* ha iniciado una campaña contra muchos accionistas judíos que figuran en ella. Me ha parecido útil, por lo tanto, vincular el complot judío con los metropolitanos, por lo que he propuesto: «En poco tiempo, todas las grandes ciudades estarán atravesadas, además de por su red de alcantarillado, por grandes líneas férreas metropolitanas. Aprovechando estos lugares subterráneos, podremos hacer volar las ciudades con sus instituciones y toda su documentación».

—Pero —me ha preguntado Golovinski—, si la reunión de

Praga sucedió hace tanto tiempo, ¿cómo podían saber los rabinos de los ferrocarriles metropolitanos?

—Ante todo, si vais a ver la última versión del discurso del rabino que salió hace unos diez años en el *Contemporain*, la reunión en el cementerio de Praga debió de celebrarse hacia 1880, cuando me parece que existía ya un metro en Londres. Y, además, basta que el proyecto tenga los tonos de la profecía.

Golovinski ha apreciado mucho esta parte, que le ha parecido denso de promesas, como se expresa él. Luego ha observado:

—¿No os parece que muchas de las ideas que expresan esos documentos se contradicen entre ellas? Por ejemplo, por un lado se quiere prohibir el lujo y los placeres superfluos, castigar la ebriedad, y por el otro, difundir el deporte y las diversiones, alcoholizar a los obreros...

—Los judíos siempre dicen una cosa y su contrario, son mentirosos por naturaleza. Si producís un documento de muchas páginas, la gente no se lo leerá todo de un tirón. Nuestro objetivo es obtener sentimientos de repulsa uno a la vez, y cuando alguien se escandaliza por una afirmación leída hoy, ya no se acuerda de la que lo escandalizó ayer. Y además, si leéis bien, veréis que los rabinos de Praga quieren usar lujo, diversiones y alcohol para reducir a la plebe a la esclavitud ahora, pero, cuando se hagan con el poder, la obligarán a la morigeración.

—Justo, justo, perdonad.

—Ah, es que yo estos documentos los he meditado durante décadas y décadas, desde niño, por lo que conozco todos sus matices —he concluido con legítimo orgullo.

—Tenéis razón. Por último, quisiera terminar con alguna afirmación muy fuerte, algo que quede en la cabeza, que simbolice la maldad judaica. Por ejemplo: «Tenemos ambiciones ilimitadas, una codicia que nos devora, una venganza sin piedad y un odio reconcentrado».

—No está mal para un folletín. Pero, ¿os parece que los judíos, que son todo menos necios, van a pronunciar palabras como ésas, que los condenan?

—Yo no me preocuparía mucho de eso. Los rabinos hablan en su cementerio, seguros de que no los escuchan los profanos. No tienen pudor, hay que lograr que las masas se indignen.

Golovinski ha sido un buen colaborador. Tomaba o fingía tomar por auténticos mis documentos, pero no dudaba en alterarlos cuando le resultaba cómodo. Rachkovski ha elegido al hombre adecuado.

—Pienso —ha concluido Golovinski— que ya tengo bastante material para juntar los que llamaremos los «Protocolos de la reunión de los rabinos en el cementerio de Praga».

El cementerio de Praga se me estaba yendo de las manos, pero probablemente estaba colaborando en su triunfo. Con un suspiro de alivio, he invitado a Golovinski a cenar en Paillard, en la esquina de la chaussée d'Antin y del boulevard des Italiens. Caro, pero exquisito. Golovinski ha demostrado apreciar el *poulet archiduc* y el *canard à la presse*. A lo mejor, uno que viene de las estepas, habríase atiborrado de chucrut con igual pasión. Podría haber ahorrado y evitar las miradas de recelo que los camareros lanzaban a un cliente que masticaba de forma tan ruidosa.

La cosa es que comía con gusto y, será por los vinos o por

... quisiera terminar con alguna afirmación muy fuerte, algo que quede en la cabeza, que simbolice la maldad judaica. Por ejemplo: «Tenemos ambiciones ilimitadas, una codicia que nos devora, una venganza sin piedad y un odio reconcentrado»... (p. 561)

auténtica pasión, no sé si religiosa o política, los ojos le brillaban de excitación.

—Saldrá un texto ejemplar —decía—, donde aflora un odio profundo de raza y religión. Hierve el odio en estas páginas, parece que se desborda de un recipiente lleno de hiel... Muchos entenderán que hemos llegado al momento de la solución final.

—Ya le he oído usar esa expresión a Osmán Bey, ¿lo conoce?

—De fama. Si es que es obvio, esta raza maldita hay que extirparla a toda costa.

—Rachkovski no me parece de esta misma opinión; dice que los judíos sirven vivos para tener un buen enemigo.

—Cuentos. Un buen enemigo se encuentra siempre. Y no creáis que porque trabajo para Rachkovski, comparta todas sus ideas. Él mismo me ha enseñado que, mientras se trabaja para el amo de hoy, hay que prepararse a servir al amo de mañana. Rachkovski no es eterno. En la santa Rusia hay gente más radical que él. Los gobiernos de Europa occidental son demasiado timoratos para decidirse a una solución final. Rusia, en cambio, es un país lleno de energías, y de esperanzas alucinadas, que piensa siempre en una revolución total. Es de esta tierra nuestra de donde tenemos que esperar el gesto resolutivo, no de estos franceses que no dejan de hablar de *égalité* y *fraternité*, o de esos patanes de los alemanes, incapaces de grandes gestos...

Ya lo había intuido yo tras el coloquio nocturno con Osmán Bey. Después de la carta de mi abuelo, el abate Barruel no publicó sus acusaciones temiendo una matanza generalizada, aunque, probablemente, lo que quería mi abuelo era lo que vaticinaban Osmán

Bey y Golovinski. Quizá mi abuelo me había condenado a realizar su sueño. Ea, santo Dios, no me tocaba eliminar directamente a mí, por suerte, a todo un pueblo, pero mi aportación, aun modesta, estaba dándola.

Y en el fondo, era también una actividad lucrativa. Los judíos no me pagarían nunca para exterminar a todos los cristianos, me decía, porque los cristianos son demasiados, y si fuera posible, pensarían ellos en todo. Acabar con los judíos, en cambio, echadas las cuentas, sería posible.

No tenía que liquidarlos yo, que (en general) rehúyo de la violencia física, pero claramente sabía cómo habría que hacerlo, porque había vivido las jornadas de la Comuna. Coges unas brigadas bien adiestradas e indoctrinadas, y toda persona que encuentres con la nariz ganchuda y el pelo rizado, al paredón. Caería también algún cristiano pero, como les decía ese obispo a quienes habían de atacar Béziers, ocupada por los albigenses: por prudencia, matémoslos a todos. Dios ya reconocerá a los suyos.

Está escrito en sus Protocolos, el fin justifica los medios.

27

Diario interrumpido

20 de diciembre de 1898

Tras entregar a Golovinski todo el material que todavía tenía para los Protocolos del cementerio, me he sentido vacío. Como de joven, después de licenciarme, cuando me preguntaba: «¿Y ahora?». Curado de mi conciencia dividida, ya ni siquiera tengo a nadie a quien contarme.

He rematado el trabajo de una vida, que empezó con la lectura del *Bálsamo* de Dumas, en la buhardilla turinesa. Pienso en el abuelo, en sus ojos abiertos al vacío mientras evoca el fantasma de Mardoqueo. Gracias también a mi obra, los Mardoqueos de todo el mundo están encaminándose hacia una hoguera majestuosa y tremenda. ¿Y yo? Siento una melancolía del deber cumplido, más vasta e impalpable que la que se conoce en los piróscafos.

Sigo produciendo testamentos ológrafos, vendiendo algunas decenas de hostias por semana, pero Hébuterne ya no me busca, quizá me considera demasiado viejo, y no hablemos del ejército, donde mi nombre debe de haber sido borrado incluso de la cabeza de los que aún me recordaban, si todavía los hay, puesto que

Sandherr yace paralítico en algún hospital y Esterházy juega al bacarrá en algún burdel de lujo de Londres.

No es que tenga necesidad de dinero, he acumulado bastante, pero me aburro. Tengo molestias gástricas y casi ni consigo consolarme con la buena cocina. Me preparo unos caldos en casa y, si voy al restaurante, luego no pego ojo en toda la noche. A veces vomito. Orino más que de costumbre.

Sigo frecuentando *La Libre Parole*, pero todos los furores antisemitas de Drumont ya no me excitan. Sobre lo que sucedió en el cementerio de Praga, ya están trabajando los rusos.

El caso Dreyfus sigue a hervor lento, hoy hace ruido la intervención inopinada de un católico dreyfusista en un periódico que siempre ha sido ferozmente antidreyfusista como *La Croix* (¡buenos tiempos aquellos cuando *La Croix* se batía para sostener a Diana!); ayer las primeras planas estaban ocupadas por la noticia de una violenta manifestación antisemita en la place de la Concorde. En un periódico humorístico, Caran d'Ache ha publicado una doble viñeta: en la primera, se ve a una familia numerosa armoniosamente sentada a la mesa mientras el patriarca advierte de que no se debe hablar del asunto Dreyfus; en la segunda, pone que habían hablado de eso, y se ve una pelea furibunda.

El tema divide a los franceses y, por lo que se lee aquí y allá, también al resto del mundo. ¿Se volverá a hacer el proceso? Entre tanto, Dreyfus sigue en Cayena. Se lo tiene merecido.

He ido a ver al padre Bergamaschi, y lo he encontrado viejo y cansado. A la fuerza, si yo tengo sesenta y ocho años, él debería de tener por lo menos ochenta y cinco.

—Precisamente, te quería saludar, Simonino —me ha di-

... He ido a ver al padre Bergamaschi, y lo he encontrado viejo y cansado... (p. 567)

cho—. Vuelvo a Italia, a acabar mis días en una de nuestras casas. He trabajado demasiado por la gloria del Señor. Tú, por el contrario, ¿no estarás metido aún en demasiadas intrigas? Yo ya les tengo horror a las intrigas. Qué límpido era todo en los tiempos de tu abuelo; los carbonarios allá y nosotros acá, se sabía quién y dónde estaba el enemigo. Ya no soy el de antes.

Se le ha ido la cabeza. Lo he abrazado fraternalmente y me he ido.

* * *

Ayer por la tarde pasaba por delante de Saint-Julien-le-Pauvre. Justo al lado de la puerta se sentaba un desecho de hombre, un *cul-de-jatte* ciego, con la cabeza calva cubierta de cicatrices moradas, que emitía una melodía endeble de un flautín que apoyaba en un orificio de la nariz mientras con el otro producía un silbido sordo y su boca se abría como la de quien se ahogara, para tomar aliento.

No sé por qué, pero me ha dado miedo. Como si la vida fuera una cosa mala.

* * *

No consigo dormir bien, tengo sueños agitados, en los que se me aparece Diana desgreñada y pálida.

A menudo, muy temprano, paso a ver qué hacen los recogedores de colillas. Siempre me han fascinado. De primera mañana, los ves merodear con su saco apestoso atado con una cuerda a la cintura, y un bastón con la punta de hierro, con la que arponean la colilla aunque esté debajo de una mesa. Es divertido ver cómo, en los cafés al aire libre, los camareros los echan a patadas, a veces hasta mojándolos con el sifón del seltz.

Muchos han pasado la noche en la margen del Sena y allí los puedes ver por la mañana, sentados en los *quais*, separando la hierba todavía húmeda de saliva de la ceniza, o lavándose la camisa impregnada de jugos de tabaco, o esperando a que se seque al sol mientras adelantan en su labor. Los más osados no recogen sólo colillas de cigarro, sino también de cigarrillos, donde separar el papel mojado de la picadura es una empresa aún más desagradable.

Luego los ves dirigirse como un enjambre hacia la place Maubert y alrededores para vender su mercancía, y en cuanto ganan algo, entran en una taberna para beber alcohol venéfico.

Miro la vida de los demás para pasar el tiempo. Es que estoy viviendo como un jubilado, o como uno que ha regresado de una guerra.

* * *

Es extraño, es como si tuviera nostalgia de los judíos. Los echo de menos. Desde mi juventud, he construido, quisiera decir lápida a lápida, mi cementerio de Praga, y ahora es como si Golovinski me lo hubiera robado. Quién sabe qué harán con él en Moscú. A lo mejor reúnen mis protocolos en un documento seco y burocrático, sin su ambientación originaria. Nadie querrá leerlo, así que yo habría derrochado mi vida para producir un testimonio sin objeto. O quizá sea éste el modo en que las ideas de mis rabinos (pues nunca han dejado de ser mis rabinos) se difundan por el mundo y acompañen la solución final.

* * *

En algún sitio había leído que en la avenue de Flandre existe, en el fondo de un viejo patio, un cementerio de los judíos portugueses. Desde finales del siglo XVII, se levantaba el hotel de un tal Camot que les permitió a los judíos, en su mayor parte alemanes, enterrar a sus muertos, a cincuenta francos el adulto y veinte el niño. Más tarde, el hotel pasó a un tal Matard, desollador de animales, que se dedicó a enterrar indistintamente los despojos de los judíos y los restos de los caballos y bueyes que despellejaba, por lo que los judíos protestaron; los portugueses compraron un terreno cercano para enterrar a sus muertos, mientras que los judíos del norte encontraron otro terreno en Montrouge.

Lo cerraron a principios de este siglo, pero todavía se puede entrar. Hay unas veinte piedras funerarias, algunas escritas en hebreo y otras en francés. He visto una curiosa que recitaba: «El Dios supremo me ha llamado durante el vigésimo tercer año de mi vida. Prefiero mi situación a la esclavitud. Aquí reposa en beatitud Samuel Fernández Patto, fallecido el 28 de abril del segundo año de la República francesa una e indivisible». Lo que se decía, republicanos, ateos y judíos.

El lugar es sórdido, pero me ha servido para imaginarme el cementerio de Praga, del que sólo he visto imágenes. He sido un buen narrador, habría podido convertirme en un artista: a partir de pocos indicios construí un lugar mágico, el centro oscuro y lunar del complot universal. ¿Por qué he permitido que se me llevaran mi creación? Habría podido hacer que pasaran muchas otras cosas...

* * *

Ha vuelto Rachkovski. Me ha dicho que sigue necesitándome. Me he enojado:

—No respetáis los pactos. Creía que habíamos saldado las cuentas —le he dicho—. Yo os he dado material nunca visto, y vos habéis callado sobre mi cloaca. Es más, soy yo el que sigo esperando algo. No creeréis que un material tan valioso os salga gratis.

—Sois vos quien no los ha respetado. Los documentos pagaban mi silencio. Ahora queréis también dinero. Bien, no discuto, el dinero pagará los documentos. Pero, entonces, todavía me debéis algo por mi silencio sobre la cloaca. Además, Simonini, no nos pongamos a regatear, no os conviene indisponerme. Os he dicho que para Francia es esencial que el *bordereau* sea considerado auténtico, pero no lo es para Rusia. No me costaría nada daros en pasto a la prensa. Pasaríais el resto de vuestra vida en las salas de justicia. Ah, se me olvidaba. Para reconstruir vuestro pasado, he hablado con ese padre Bergamaschi, y con el señor Hébuterne, y me han dicho que vos les habíais presentado a un tal abate Dalla Piccola que montó el asunto Taxil. He intentado encontrar el rastro de ese abate y parece ser que se ha disuelto en el aire, con todos los que colaboraban en ese asunto en una casa de Auteuil, menos el mismo Taxil, que da vueltas por París buscando también él a ese abate desaparecido. Podría haceros juzgar por su asesinato.

—No existe el cuerpo.

—Hay otros cuatro aquí abajo. Uno que deposita cuatro cadáveres en una cloaca puede haber hecho perfectamente que otro se desvanezca quién sabe dónde.

Estaba en las manos de ese miserable.

—Está bien —he cedido—, ¿qué queréis?

—En el material que le habéis dado a Golovinski hay un paso que me ha llamado mucho la atención, el proyecto de usar los metropolitanos para minar las grandes ciudades. Claro que, para que el argumento resulte creíble, sería necesario que estallara alguna bomba allá abajo.

—¿Y dónde?, ¿en Londres? Aquí todavía no hay metropolitano.

—Pero han empezado las excavaciones, ya hay perforaciones a lo largo del Sena: yo no necesito que salte París por los aires. Me basta con que se derrumben dos o tres vigas de sostén, mejor aún con un pedazo del firme de alguna calle. Una explosión de poca monta: sonará como una amenaza y una confirmación.

—Entiendo. Pero ¿qué tengo que ver yo con esto?

—Vos habéis trabajado ya con explosivos y tenéis a vuestra disposición a expertos, por lo que sé. Considerad el tema en su correcta óptica. Según lo que yo creo, todo debería desarrollarse sin incidentes, porque estas primeras excavaciones, de noche, no están custodiadas. Admitamos que por un desafortunadísimo caso se descubra al autor del sabotaje. Si es un francés, se arriesga a algún que otro año de cárcel; si es un ruso, estalla una guerra franco-rusa. No puede ser uno de los míos.

Iba a reaccionar de modo violento; ese hombre no podía empujarme a una acción tan desatinada , soy un ciudadano tranquilo, y de edad. Luego me he contenido. ¿A qué se debía la sensación de vacío que notaba desde hacía semanas como no fuera al sentimiento de haber dejado de ser un protagonista?

Al aceptar ese encargo, volvía a la primera línea. Colaboraba para dar crédito a mi cementerio de Praga, para hacer que se volviera más verosímil y, por lo tanto, más verdadero de lo que había sido nunca. Una vez más, yo sólo derrotaba a una raza.

—Tengo que hablar con la persona adecuada —he contestado—, y os haré saber dentro de algunos días.

* * *

He ido a buscar a Gaviali; sigue trabajando como quincallero pero, gracias a mi ayuda, tiene documentos inmaculados y algún dinero apartado. Desgraciadamente, en menos de cinco años se ha avejentado de forma espantosa: la Isla del Diablo deja sus huellas. Las manos le tiemblan y consigue levantar a duras penas el vaso, que generosamente le he llenado más de una vez. Se mueve con esfuerzo, ya casi no consigue inclinarse y me pregunto cómo consigue recoger los harapos.

Reacciona con entusiasmo a mi propuesta:

—Ya no es como antes, que no se podían usar ciertos explosivos porque no daban tiempo de alejarse. Ahora se hace todo con una buena bomba de relojería.

—¿Cómo funciona?

—Sencillo. Tomáis un despertador cualquiera y lo reguláis a la hora deseada. Llegada esa hora, un índice del despertador se dispara y, en lugar de activar la alarma, si lo conectáis de la forma adecuada, activa un detonador. El mecanismo hace detonar la carga y bum. Cuando estáis a diez leguas de distancia.

Al día siguiente, viene a verme con un artefacto aterrador en su sencillez: ¿cómo se puede imaginar que esa fina maraña de hilos y ese cebollón de preboste originen una explosión? Pues lo hacen, dice Gaviali con orgullo.

Al cabo de dos días voy a inspeccionar las obras con el aspecto del curioso, haciendo también alguna que otra pregunta a los obreros. He localizado una excavación donde es fácil bajar desde el nivel de la calle al inmediatamente inferior, a la salida de una galería sostenida por vigas. No quiero saber adónde lleva la galería o si lleva a alguna parte: basta colocar la bomba a la entrada y ya está.

Me encaro con Gaviali, no sin aspereza:

—La mayor estima por vuestra sabiduría, pero las manos os tiemblan y las piernas os fallan, no sabríais bajar a la obra y quién sabe qué haríais con esos contactos de los que me habéis hablado.

Los ojos se le humedecen:

—Es verdad, soy un hombre acabado.

—¿Quién podría hacer el trabajo por vos?

—Ya no conozco a nadie; no olvidéis que mis mejores compañeros siguen estando en Cayena, y los enviasteis vos. Así pues, asumid vuestras responsabilidades. ¿Queréis que estalle la bomba? Pues id a colocarla vos.

—Tonterías, no soy un experto.

—No hace falta ser un experto cuando un experto os ha instruido. Mirad bien lo que he colocado en esta mesa: es lo indis-

... No quiero saber adónde lleva la galería o si lleva a alguna parte: basta colocar la bomba a la entrada y ya está... *(p. 575)*

pensable para hacer funcionar una bomba de relojería. Un despertador cualquiera, como éste, con tal de que se conozca el mecanismo interno que hace saltar la alarma a la hora deseada. Luego una pila que, activada desde el despertador, acciona el detonador. Yo soy un hombre a la antigua, y usaría esta batería, denominada Daniel Cell. En este tipo de pilas, a diferencia de las voltaicas, se usan sobre todo elementos líquidos. Se trata de llenar un pequeño contenedor a medias con sulfato de cobre y la otra mitad con sulfato de zinc. En el estrato de cobre se introduce un platillo de cobre y en el de zinc, un platillo de zinc. Las extremidades de los dos platillos obviamente representan los dos polos de la pila. ¿Claro?

—Hasta ahora sí.

—Bien. El único problema es que con una Daniel Cell hay que poner atención al transportarla pero, hasta que no está conectada con el detonador y la carga, pase lo que pase, no pasa nada; y cuando esté conectada, se ha de colocar en una superficie plana, de otro modo el operador sería un imbécil. Por último, llegamos a la carga. Antaño, recordaréis, yo no cesaba de elogiar la pólvora negra. Pues bien, hace diez años, descubrieron la balistita, la pólvora sin humo, diez por ciento de alcanfor y nitroglicerina y colodión por partes iguales. Al principio, presentaba el problema de la fácil evaporación del alcanfor y la subsiguiente inestabilidad del producto. Aunque desde que los italianos la producen en Avigliana, parece haber mejorado. Estoy todavía indeciso sobre si usar la cordita, que han descubierto los ingleses, donde el alcanfor ha sido sustituido por vaselina al cinco por ciento, mientras para los otros componentes, se toma el cincuenta y ocho por ciento de nitroglicerina y el treinta y siete de algodón fulminante disuelto en acetona, una masa trabajada como si fueran fideos ásperos. Ya veré qué elegir, son diferencias de poca monta. Así pues, ante todo, hay que colocar las manecillas en la hora fijada, luego se conecta el despertador a la pila y ésta al detonador, y el detonador a la carga; por último, se activa el despertador. Atención, no invertir jamás el orden de las operaciones, es obvio que si uno primero conecta, activa y luego hace girar las manecillas... ¡bum! ¿Entendido? Después uno se va a casa o al teatro, o al restaurante: la bomba lo hará todo ella sola. ¿Claro?

—Claro.

—Capitán, no me atrevo a decir que podría manejarla incluso un niño, pero seguramente podrá un antiguo capitán de los garibaldinos. Tenéis mano firme, ojos seguros; sólo habéis de llevar a cabo las pequeñas operaciones que os digo. Basta con seguir el orden justo.

* * *

Acepto. Si lo consigo, me volveré joven de golpe, capaz de doblegar a mis pies a todos los Mardoqueos de este mundo. Y a la putilla del gueto de Turín. ¿*Gagnu*, eh? Ya verás quién soy yo.

Necesito quitarme de encima el olor de Diana en celo, que en las noches de verano me persigue desde hace año y medio. Me doy cuenta de que he existido sólo para derrotar a esa raza maldita. Rachkovski tiene razón, sólo el odio calienta el corazón.

He de ir a cumplir con mi deber de gran uniforme. Me he puesto el frac y la barba de las veladas en casa de Julieta Adam. Casi por casualidad he descubierto en el fondo de uno de mis armarios una pequeña reserva de la cocaína de Parke y Davis que le proporcionaba al doctor Froïde, debería darme cierto nervio. Le he añadido tres vasitos de cognac. Ahora me siento un león.

Gaviali querría venir conmigo pero no se lo permitiré, con sus movimientos ya demasiado lentos podría entorpecerme.

He entendido perfectamente cómo funciona el tema. Pondré a punto una bomba que hará época.

Gaviali me está dando las últimas recomendaciones:

—Y atento a esto y atento a lo otro.

Y qué diantres, todavía no estoy hecho un cascajo.

Inútiles aclaraciones eruditas

El único personaje inventado de esta historia es el protagonista, Simone Simonini, pero no es inventado el capitán Simonini, su abuelo, aunque la Historia lo conoce sólo como el misterioso autor de una carta al abate Barruel.

Todos los demás personajes (salvo alguna figura menor de relleno como el notario Rebaudengo o Ninuzzo) existieron realmente e hicieron y dijeron lo que dicen y hacen en esta novela. Esto no vale sólo para los personajes que aparecen con su nombre verdadero (y aunque a muchos pueda parecerles inverosímil, existió de verdad también un personaje como Léo Taxil), sino también para figuras que aparecen con un nombre ficticio sólo porque, por economía narrativa, he hecho que una sola persona (inventada) dijera e hiciera lo que, de hecho, hicieron o dijeron dos personas (históricamente reales).

Aunque bien pensado, también Simone Simonini, al ser efecto de un collage al que se le han atribuido cosas hechas en realidad por personas distintas, de alguna manera ha existido. Es más, bien mirado, todavía sigue entre nosotros.

La historia y la trama

El Narrador se da cuenta de que, en la trama bastante caótica de los diarios aquí reproducidos (con todos esos adelante-y-atrás, es decir, lo que los cineastas denominan *flashbacks*), el lector podría no lograr remontarse al desarrollo lineal de los hechos, desde el nacimiento de Simonino hasta el final de sus diarios. Es la fatal discrasia entre *story* y *plot*, como dicen los anglosajones, o, como decían los formalistas rusos (todos judíos), entre *fabula* y *sjuzet* o *trama*. Al Narrador, si hemos de ser francos, a menudo le ha costado orientarse, pero considera que un lector como Dios manda podría pasar por alto estas sutilezas y disfrutar igualmente de la historia. En el caso, de todas maneras, de un lector excesivamente puntilloso, o no fulmíneo en su comprensión, aquí hay una tabla que aclara las relaciones entre los dos niveles (comunes en verdad a toda novela —como se decía antaño— «bien construida»).

En la columna «Trama» se relaciona la sucesión de páginas del diario correspondiente a los capítulos, tal como el lector los lee. En la columna «Historia» se reconstruye, en cambio, la sucesión real de los acontecimientos que Simonini o Dalla Piccola evocan o reconstruyen en distintos momentos.

Capítulo	Trama	Historia
1. El viandante que esa gris mañana	El Narrador comienza a espiar el diario de Simonini	
2. ¿Quién soy?	Diario del 24 de marzo de 1897	
3. Chez Magny	Diario del 25 de marzo de 1897 (Evocación de las comidas Chez Magny de 1885-1886)	
4. Los tiempos del abuelo	Diario del 26 de marzo de 1897	1830-1855 Infancia y adolescencia hasta la muerte del abuelo
5. Simonino carbonario	Diario del 27 de marzo de 1897	1855-1859 Trabajo en la notaría de Rebaudengo y primeros contactos con los servicios
6. Al servicio de los servicios	Diario del 28 de marzo de 1897	1860 Coloquio con los jefes de los servicios piamonteses
7. Con los Mil	Diario del 29 de marzo de 1897	1860 En la *Emma* con Dumas. Llegada a Palermo. Encuentro con Nievo. Primer regreso a Turín
8. El *Ercole*	Diarios del 30 de marzo al 1 de abril de 1897	1861 Desaparición de Nievo. Segundo regreso a Turín y exilio en París
9. París	Diario del 2 de abril de 1897	1861… Primeros años en París

Capítulo	Trama	Historia
10. Dalla Piccola perplejo	Diario del 3 de abril de 1897	
11. Joly	Diario del 3 de de 1897, entrada la noche	1865 En la cárcel para espiar a Joly. Trampa para carbonarios
12. Una noche en Praga	Diario del 4 de abril de 1897	1865-1866 Primera versión de la escena en el cementerio de Praga. Encuentros con Brafmann y Gougenot
13. Dalla Piccola dice que no es Dalla Piccola	Diario del 5 de abril de 1897	
14. Biarritz	Diario del 5 de abril de 1897, entrada la mañana	1867-1868 Encuentro en Munich con Goedsche. Asesinato de Dalla Piccola
15. Dalla Piccola redivivo	Diarios del 6 y 7 de abril	1869 Lagrange habla de Boullan
16. Boullan	Diario del 8 de abril de 1897	1869 Dalla Piccola va a ver a Boullan
17. Los días de la Comuna	Diarios del 9 de abril de 1897	1870 Los días de la Comuna
18. Protocolos	Diarios del 10 y 11 de abril de 1897	1871-1879 Regreso del padre Bergamaschi. Enriquecimientos de la escena del cementerio de Praga. Asesinato de Joly

Capítulo	Trama	Historia
19. Osmán Bey	Diario del 11 de abril de 1897	1881 Encuentro con Osmán Bey
20. ¿Rusos?	Diarios del 12 de abril de 1897	
21. Taxil	Diario del 13 de abril de 1897	1884 Simonini encuentra a Taxil
22. El diablo en el siglo XIX	Diario del 14 de abril de 1897	1884-1896 Las vicisitudes del Taxil antimasónico
23. Doce años bien empleados	Diarios del 15 y 16 de abril de 1897	1884-1896 Los mismos años vistos por Simonini (en esos años Simonini conoce a los psiquiatras en Chez Magny, como se relata en el capítulo 3)
24. Una noche en misa	Diario del 17 de abril de 1897 (que termina al alba del 18 de abril)	1896-1897 Fracaso de la empresa de Taxil. 21 de marzo de 1897. Misa negra
25. Aclararse las ideas	Diario del 18 y 19 de abril de 1897	1897 Simonini entiende y liquida a Dalla Piccola
26. La solución final	Diario del 10 de noviembre de 1898	1898 La solución final
27. Diario interrumpido	Diario del 20 de diciembre de 1898	1898 Preparación del atentado

Сергѣй Нилусъ.

Великое въ маломъ

и

АНТИХРИСТЪ,

как̃ъ близкая политическая возможность.

ЗАПИСКИ ПРАВОСЛАВНАГО.

(ИЗДАНІЕ ВТОРОЕ. ИСПРАВЛЕННОЕ И ДОПОЛНЕННОЕ).

ЦАРСКОЕ СЕЛО.
Типографія Царскосельскаго Комитета Краснаго Креста.
1905.

Primera edición de Los protocolos de los sabios de Sión.

Fecha	Hechos póstumos
1905	Aparece en Russia el volumen *Lo grandioso en lo ínfimo*, de Sérguei Nilus, donde se publica un texto que se presenta así: «Un amigo, ahora difunto, me dio un manuscrito que, con una precisión y una claridad extraordinarias, describe los planes y el desarrollo de una siniestra conjura mundial ... Este documento obra en mi poder desde hace casi cuatro años, junto con la absoluta garantía de que es la traducción veraz de documentos (originales) robados por una mujer a uno de los jefes más poderosos y de mayor nivel de iniciación de la masonería ... El hurto tuvo lugar al término de una asamblea secreta de los «iniciados» en Francia, país que es el nido del «contubernio masónico judío». A quienes deseen ver y oír, me atrevo a desvelar este manuscrito con el título de *Protocolos de los sabios de Sión*». Los protocolos se traducen inmediatamente a muchísimas lenguas.
1921	El *London Times* descubre las relaciones con el libro de Joly y denuncia los *Protocolos* como una falsificación. Desde entonces los *Protocolos* han reeditados continuamente como auténticos.
1925	Hitler, *Mein Kampf* (I, 11) «En los famosos *Protocolos de los sabios de Sión* queda claro que la existencia de este pueblo se apoya en una continua mentira. El *Frankfurter Zeitung* dice lloriqueando cada semana que *Los protocolos* se basan en una falsificación: y en ello está la mejor prueba de que son verdaderos... Cuando este libro se convierta en patrimonio común de todo el pueblo, el peligro judaico podrá considerarse eliminado».
1939	Henri Rollin, *L'Apocalypse de notre temps*: «Podemos considerarlos la obra más difundida en el mundo después de la Biblia».

Referencias iconográficas

p. 170 *Victoria de Calatafimi*, 1860 © Mary Evans Picture Lirary / Archivos Alinari

p. 220 Honoré Daumier, *Un día en que no se paga…* («Le Public au Salon», 10, para *Le Charivari*), 1852 © BnF

p. 460 Honoré Daumier, *¡Y pensar que hay personas que toman ajenjo en un país que produce vinos como éste!* (*Bocetos parisienses* para *Le Journal Amusant*), 1864, © BnF

p. 493 *Le Petit Journal*, 13 de enero de 1895 © Archivos Alinari

El resto de las ilustraciones pertenecen al archivo iconográfico del autor.

Índice